龙榆生集

暨南中文名家文丛

主编 程国赋 贺仲明

张振谦/编

人民出版社

龙榆生晚年在书斋中（1902—1966）

創刊號

中華郵政特准掛號認為新聞紙類
中華民國二十二年四月一日出版

上海民智書局發行

《词学季刊》创刊号封面

总　序

程国赋　贺仲明

作为中国第一所由政府创办的华侨学府，暨南大学从创办开始就与中华文化传承传播息息相关。学校的前身是1906年清政府创立于南京的暨南学堂，后迁至上海，1927年更名为国立暨南大学。抗日战争期间，迁址福建建阳。1946年迁回上海，1949年8月合并于复旦大学、交通大学等高校。新中国成立后，暨南大学于1958年在广州重建，“文革”期间一度停办，1978年在广州复办。暨南学堂的创办，与清政府“宏教泽”“系侨情”的考虑密切相关。“暨南”二字出自《尚书·禹贡》：“东渐于海，西被于流沙，朔南暨，声教讫于四海。”意即面向南洋，将中华文化远播到五洲四海。2018年10月24日，习近平总书记视察暨南大学并发表重要讲话，肯定学校“作用独特”，指示学校“把中华优秀传统文化传播到五洲四海”。

暨南大学中文系成立于1927年，距今已有94年的发展历史，是暨南大学成立最早的院系之一。自此以来，中文系以其深厚的人文底蕴和国学基础，以传播中华文化为己任，坚持“宏教泽而系侨情”的办学宗旨，培养和造就了一代代人文英才，成为暨南大学办学历史上有着重要地位和影响的学系。

在中文系的发展历史上，名家荟萃，群星闪烁，1949年以前的各个时期，夏丏尊、方光焘、龙榆生、陈钟凡、郑振铎、许杰、刘大杰、梁实秋、沈从文、李健吾、钱锺书、洪深、曹聚仁、王统照、何家槐、沈端先（夏衍）等一大批名彦学者亲执教鞭，授业解惑。1958 年暨大在广州重建后，萧殷、黄轶球、何家槐、郭安仁（丽尼）、秦牧等著名专家、学者、作家在中文系任教。可谓鸿儒硕学，流光溢彩，有云蒸霞蔚之盛。这些专家、学者不仅有着很深的学术造诣和学术成就，而且拥有浓厚的家国情怀。在随学校几度搬迁的过程中，在暨南大学坎坷曲折的办学历程中，一代又一代暨南大学中文系的师生以爱国爱校、坚忍不拔、顽强拼搏、不折不挠的精神践行着“忠信笃敬”的暨南校训。以抗日战争时期发生在暨南园的“最后一课”为例，1941 年 12 月 8 日，太平洋战争爆发。日军坦克开进上海租界，并炮击停泊在黄浦江上的英美军舰。这天早晨，学校举行会议，作出了悲壮而坚毅的决定：“当看到一个日本兵或一面日本旗经过校门时，立刻停课，将这所大学关闭。”何炳松校长含泪向教师们宣布后，大家分头准备上课。上课铃响了，学生们如往日一样坐在座位上。教师们宣布了学校的决定，学生们脸上呈现出坚毅的神色，静静地坐着，听老师在讲台上严肃而镇静地讲授“最后一课”。在郑振铎撰写的《最后一课》（收入《蛰居散记》，上海出版公司 1951 年版）中，他用沉重的笔调记下了暨南大学百年历史上最为悲壮也最为神圣的一幕：

我不荒废一秒钟的工夫，开始照常的讲下去。学生们照常的笔记着，默默无声的。

这一课似乎讲得格外的亲切，格外的清朗，语音里自己觉得有点异样；似带着坚毅的决心，最后的沉着；像殉难者的最后的晚餐，像冲锋前的士兵们似的上了刺刀，“引满待发”。

然而镇定、安详、没有一丝的紧张的神色。该来的事变，一定会来的。一切都已准备好。

谁都明白这“最后一课”的意义。我愿意讲得愈多愈好；学生们愿意笔记得愈多愈好。

讲下去，讲下去，讲下去。恨不得把所有的应该讲授的东西，统统在这一课里讲完了它；学生们也沙沙的不停的在抄记着，心无旁用，笔不停挥。……

没有伤感，没有悲哀，只有坚定的决心，沉毅异常的在等待着；等待着最后一刻的到来。

远远的有沉重的车轮辗地的声音可听到。

几分钟后，几辆满载着日本兵的军用车，经过校门口，由东向西，徐徐的走过，当头一面旭日旗，血红的一个圆圈，在迎风飘荡着。

时间是上午10时30分。

我一眼看见了这些车子走过去，立刻挺直了身体，作着立正的姿势沉毅的合上书本，以坚决的口气宣布道：

“现在下课！”

学生们一致的立了起来，默默的不说一句话，有几个女生似在低低的啜泣着。

没有一个学生有什么要问的，没有迟疑，没有踌躇，没有彷徨，没有顾虑。个个人都已决定了应该怎么办，应该向哪一个方面走去。

赤热的心，像钢铁铸成似的坚固，像走着鹅步的仪仗队似的一致。

从来没有那么无纷纭的一致的坚决过，从校长到工役。

这样的，光荣的国立暨南大学在上海暂时结束了她的生命。默默的在忙着迁校的工作。

这天早上，王统照教授给学生讲的是大学一年级国文课，内容是陆机的《文赋》。徐开垒从学生的角度记述了“最后一课”对他心灵的震撼和终身的影响：

这天他的脸色非常严肃，课堂上一片静寂，而我们回头从阳台上望下去，康脑脱路上却是一片乱哄哄，但见日本军队卡车正在马路上横冲直撞，卡车的喇叭声像鬼哭狼嚎。王统照老师像法国著名作家都德的短篇小说《最后一课》里的韩麦尔先生那样认真地坚持讲课，在到剩下最后一刻钟时间，他才终于放下课本（讲义），讲课程以外的话了。

他的神情是这样严峻，在他黑瘦的脸上，从玳瑁边眼镜里射出极其严肃的眼光，用十分沉痛又十分关切爱护的口气对我们说：

“同学们，刚才何校长与我们许多教师商量，决定向全校师生员工发出通知：学校从现在开始，停办了！因为日本军队已经开始进入租界！我们决不能让敌人来接管我们的学校！今天这一节是最后一课，我们现在要解散了！”……

多么沉痛的现实！多么使人刻骨铭心的难忘印象！这时我又忽然听到王统照先生对我们讲话了：

“同学们，你们都很年轻，都二十岁不到吧？我们的日子正长，青年人要有志气，要有能冲破黑暗的精神，学校可能内迁，你们跟不跟学校到内地去，何校长说过了：这要看每个人的家庭环境来定，不要勉强。问题在不论留下来，还是跟着内迁，都要有个精神准备，这就是坚持爱国，坚持抗日！……”（徐开垒：《何炳松校长的爱国主义精神》，载刘寅生等编：《何炳松纪念文集》，华东师范大学出版社 1990 年版）

后来，何炳松曾对人谈及当时的情况，说：“与学校同仁共同经过‘一·二八’之变，经过‘八·一三’之变，又经过‘一二·八’之变。我们忍受，我们镇定，我们照应该做的步骤，默默地做去。我们没有丢自己的脸，没有丢国家民族的脸。在事变已过，局势大定以后，总是邀少数友好喝一次酒。我们斟了满满的一大杯‘干了吧！’一饮而尽。”（阮毅成：《记何炳松先生》，载刘寅生等编：《何炳松纪念文集》，华东师范大学出版社 1990 年版）正所谓仰天俯地，无愧于心！暨南百年，屡遭磨难，三度停办，数易其址，而终保华侨高等教育而不断，实有赖于是。

暨南大学中文系前辈学者的学术精神和家国情怀滋养、鼓励着一代代的中文人。在几代人的共同努力下，目前，暨南大学中文学科获得快速发展，在学科建设、人才队伍、教学、科研、社会服务等各方面均取得突出的成绩，截至2021年，本学科拥有一级学科博士点、博士后流动站、国家文科基础学科人才培养和科学研究基地、文艺学国家重点学科（2007年）、广东省一级攀峰重点学科。其中，国家文科基础学科人才培养和科学研究基地是全校唯一一个同类的研究基地；本学科拥有国家教学名师、长江学者特聘教授、青年长江学者、国家“万人计划”哲学社会科学领军人才、青年拔尖人才、教育部新世纪优秀人才等国家级人才20人次，广东省高校珠江学者特聘教授、广东省“千百十工程”国家级、省级培养对象等省级人才25人次，其中，长江学者特聘教授、青年长江学者、国家“万人计划”哲学社会科学领军人才、教育部新世纪优秀人才、广东省高校珠江学者特聘教授、广东省“千百十工程”国家级培养对象等人才称号的获批，均实现我校在同一领域的突破；目前本学科在研的国家社科基金重大项目14项，近五年新增国家社科基金项目62项；在2020年第八届教育部高等学校优秀成果奖评选中，中文系教师共获得一等奖1项，二等奖3项，这是全校迄今为止第一个教育部高等学校优秀成果奖一等奖，实现我校在科学研究领域的重要突破；近年来本学科教师发表论文715篇，其中在《中国社会科学》《文学评论》《文艺研究》《中国语文》等权威期刊发表论文125篇；入选首批国家级一流本科专业，在2020年软科中国最好学科排名中，暨南大学中文学科进入全国前5%，在全国排名第九。2020年9月，依托暨南大学文学院，中华文化港澳台及海外传承传播协同创新中心被教育部认定为省部共建协同创新中心，这是全国侨务系统第一家，同时也是广东省第二家人文社科类省部共建协同创新中心，协同创新中心的认定对于向港澳台和海外传播中华文化、对于包括中国语言文学学科在内的暨南大学文科的发展将起到很好的推动作用。

暨南大学中文系薪火相传，生生不息。目前，学科处在一个重要的发展时期。中文学科入选广东省高水平大学建设的行列，入选“冲一流、补短板、强特色”重点建设的学科。在国家双一流建设以及广东省高水平大学建设的征程中，暨南中文人将在前辈学者打下的扎实基础上不断开拓，力争将学科建设提上一个新的台阶。

为了纪念曾经在暨南大学中文系工作、任教过的前辈学者，为弘扬他们的学术精神和家国情怀，经中文系系务会集体讨论，决定编撰“暨南中文名家文丛”。暨南大学中文系前辈中优秀学者云集，我们无法悉数纳入，只能依据一定的选取原则。具体有三：一是学术或创作成就卓著；二是与暨大中文系渊源深厚；三是业已辞世。在此原则上，我们选取了夏丏尊、方光焘、龙榆生、郑振铎、刘大杰、许杰、王统照、何家槐、秦牧、萧殷等10位教授，编撰文集。其他许多名家大家，只能留遗珠之憾了。我们编撰该文丛的目的，既表达我们对前辈学者的崇高敬意，同时也希望更多的后来者知晓来路，立足当下，展望未来。这套丛书由中文系10位年轻老师主持编撰，分两年出版。

最后说明一下编选体例。版本方面，我们采用初版本和善本相结合的方式。编选上，尽量保留原文风格，但对一些术语、译名上的差异，以及异体字、标点符号等，则按照现在标准给予修订。个别逻辑错误或文字疏漏，也进行了补正。

“暨南中文名家文丛”的编撰得到中华文化港澳台及海外传承传播协同创新中心和广东省高水平大学经费的支持，得到人民出版社的大力支持，特此致谢。

2021年10月于广州

目 录

CONTENTS

前　言

龙榆生（1902—1966），本名龙沐勋，字榆生，晚年以字行，号忍寒词人、箨公，江西万载人。他出生于仕宦之家，父亲龙赓言是清光绪十六年（1890）进士，长期在州县为官，两袖清风。母亲杨玉兰在他五岁时因病早逝。龙榆生自十岁开始随父在家乡集义小学读书，高小毕业后，曾跟随黄侃、陈衍、朱祖谋研习音韵学和诗词学，先后任教于暨南大学、中山大学、中央大学、上海音乐学院等高校。1966 年 11 月，因肺炎并发心肌梗塞，病逝于上海。龙榆生是近现代著名学者、词人，20 世纪最负盛名的词学大师之一，与夏承焘、唐圭璋、詹安泰并称“民国词学四大家”。其《中国韵文史》《词曲概论》《唐宋词格律》《东坡乐府笺》《唐宋诗学概论》《词学十讲》《唐宋名家词选》等，皆为诗词界瞩目之作，数次重版，风行海内外，历久不衰。

龙榆生聪颖早慧，幼时便是在父亲督促下学习中华传统文化，后通过堂兄龙沐光介绍，结识了北京大学国文系教授黄侃。黄侃对其文章评价颇高，并计划推荐他进入北大学习，但因患重病以及黄侃调至武昌高等师范学校（武汉大学前身），未能如愿。此后，他也来到武昌，不仅旁听黄侃授课，而且家教黄侃之子。他在《苜蓿生涯过廿年》中回忆这段时光时说：“我在黄先生家里，住不到半年，一面做学生，一面做先生，也颇觉着称心如意。我还记得，我在过二十岁生日的那一天，正是暮春天气。悄悄的一个人，跑到黄鹤楼上，泡了一壶清茶，望着黄流滚滚的长江，隔着人烟稠密的汉阳汉口，风帆如织，烟树低迷，不觉胸襟为之开展，慨然有澄清之志。”[①] 黄侃除声韵文字之学致力最深外，也喜欢作诗填词，曾在此期间为龙氏专门评点吴文英词。经黄侃介绍，龙榆生曾短暂任教于武昌私立中华大学附中。此后，又赴厦门，在集美中学工作四年，期间结识了厦门大学国文系主任、著名诗人陈衍。

1928 年 9 月，经陈衍推荐，龙榆生赴上海暨南大学任教，次年获评教授，又兼中文系主任。他来到上海后，结识了当时蛰居于沪的朱祖谋、陈三立、郑孝胥、夏敬观等前辈学者，并拜清末词坛领袖朱祖谋为师，专事词学。在暨南大学教书期间，龙榆生闲暇时去朱祖谋府上请益，两人经常谈词论学，有时，还替朱氏校勘文献。他曾说：“我因为在暨南教词的关系，后来兴趣就渐渐的转向词学那一方面去，和彊村先生的关系，也就日见密切起来。”[②]1931 年，朱祖谋在去世前将平生校词双砚赠送龙榆生，并委托其整理遗稿，这就是当时著名的“彊村授砚”事件。此后，龙榆生继续在暨南大学讲授诗词学，直至 1935 年 9 月，郑振铎任暨南大学文学院院长，以龙榆生多病，匆忙发表另聘教授一人代理系主任的通告。龙榆生遂愤而辞职，改应广州中山大学之聘。

龙榆生执教暨南大学期间，是其词体创作和词学研究的起点，也是丰收期。从现存龙榆生词集《忍寒词》来看，他的第一首词作是写于 1929 年的《齐天乐・秋感和清真》，随后不断有新词出现。也正是从这时起，他开始在暨南大学讲授“词学概论”“专家词”“词选”等课程，教学生吟诵和填

---

① 龙榆生：《龙榆生全集》第九卷，上海古籍出版社 2015 年版，第 239 页。

② 龙榆生：《龙榆生全集》第九卷，上海古籍出版社 2015 年版，第 255 页。

词。在他的倡议下，暨南大学成立了“词学研究会”，会址设于莲韬馆，遂称莲韬词社。旋迁往他处，易名为“岁寒词社”。同时，他开始撰写词学论文，改变了以前词学界评点论词的形式，对词体起源与发展、词的艺术风格、代表性词人及其作品，尤其是唐宋词，进行了全面而深入的探讨。其中，他于 1934 年 4 月发表的《研究词学之商榷》一文，正式界定了词学的概念与范围，并提出词学研究的八个方面，即在图谱之学、音律之学、词韵之学、词史之学、校勘之学这五项清代传统词学成就的基础上，又提出目录之学、声调之学、批评之学三个有待开辟的新领域，这可视为当时引导词学研究界前进方向的纲领性宏文。时至今日，文中的观点依然深刻地影响着学界对于“词学”的基本认识和判断。他的许多词学论著也是此时写成的，如《东坡乐府笺》《唐宋名家词选》《辛稼轩年谱》《清真词研究》《梦窗词选笺》等均是他在暨南大学中文系授课的讲义。

龙榆生对现代词学的最大贡献，当首推在暨南大学任教期间创办的《词学季刊》。《词学季刊》创办于 1933 年 4 月，是我国第一个专门研究词学的学术刊物，也是民国时期创办最早、影响最大的一份专业词学刊物，成为当时词学研究成果发表的重要平台。龙榆生担任主编和主要撰稿人的《词学季刊》标志着中国词学批评逐渐由传统的词话批评形式向现代的学术批评形式转变，词学批评方法也由直观感性的评点批评转向严密理性的逻辑批评。从某种意义上说，《词学季刊》是龙氏试图构建现代词学史的有益尝试和重要载体，标志着现代词学这一学科的诞生。夏承焘称赞他主编的《词学季刊》说：“盖词之为学，久已不振，旧学既衰，新学未兴。龙君标举《词学（季刊）》，使百年来倚声末技，顿成显学，厥功甚伟。”[①] 可惜的是，它仅仅出版发行了 11 期，就因抗日战争爆发而终刊。

---

① 夏承焘：《词学季刊》影印本题词，上海书店 1985 年版。

龙榆生以毕生精力治词，在现代词学研究领域进行了多方面的开拓，是现代词学的开创者与奠基人。其词学成就除了撰写词学论著、创办学术刊物，推动“词学”学科建设外，还通过编选词选、笺注与校订词籍，搜集词话来普及词作经典和保存、传播词学资料。如他编选的《唐宋名家词选》《唐五代宋词选》《唐五代词选注》《近三百年名家词选》，皆为优良的词选，深受词学界重视，至今对广大读者仍有深远影响。经他考证笺注而成的《东坡乐府笺》迄今为止仍为东坡词集的最佳版本之一。他校订的《苏门四学士词》《樵歌》《遍行堂集词》及《云起轩词》等词籍，辑录的《文芸阁词话》《彊村老人评词》《大鹤山人词话》《近代名贤论词遗札》《词论零珠》等论词资料，对于两宋至近代的词学研究，提供了扎实的文献基础和丰富材料。

龙榆生不仅长于论述，而且敏于创作，一生吟咏不绝。其词集《忍寒词》早在 1948 年已行世，经后人整理出版的《忍寒诗词歌词集》分为上、下两编。上编《忍寒庐吟稿》收录 1924 年至 1948 年的作品，下编《葵倾室吟稿》收录 1952 年至 1966 年的作品，共计千余首，包括诗歌 543 首，词 589 首。其诗学清代同光体诗人陈衍、陈三立，呈现出清苍幽峭、沉郁悲慨、瑰丽雄奇之风格；“词宗清真、梦窗，兼嗜苏、辛”（夏敬观《风雨龙吟室词序》），横溢豪放，语言典雅，意境宏阔，均是中国现当代旧体诗词创作的重要成果。

龙榆生作为民国时期著名的词学家，在词人年谱、词籍笺注、词选编撰、词史建构、词学批评理论、词学学科建设、词体文献保存、创办词学刊物等方面均有独到的认知和发现，做出了巨大贡献，在词学研究的现代化进程上产生了极其重要的影响。他在词学研究和诗词创作领域斐然的成就，为中国现代文化史留下了浓墨重彩的一笔。

本书选录了龙榆生的学术论文 23 篇，主要分为三个部分：第一，词体本体研究，包括词体的产生及发展过程、词律、词谱等基本问题。第二，唐宋词个案研究，主要对唐五代、两宋具有代表性的几位词人进行了探讨和论述。第三，清代民国词研究，对清代及近代词坛的主要词人、词派、词选、词学理论进行剖析和评价。选录兼顾两个方面：其一，专选词学论文，重视其一生治学的主要方向以及对词学研究做出的巨大贡献。其二，优先选择其在暨南大学工作期间的成果，此时他的主要学术兴趣在唐宋词研究，论文主要刊载于他主编的《词学季刊》。

第一编

词体本体研究

词体之演进*

一、正名

前人称词为“诗余”，亦谓之“长短句”。对于诗词界限，多作模糊影响之谈。于是世之论词者，辄持填词须“上不类诗，下不入曲”之说。例如王士祯《花草蒙拾》：

> 或问诗词、词曲分界？予曰：“无可奈何花落去，似曾相识燕归来”，定非香奁诗；“良辰美景奈何天，赏心乐事谁家院”，定非《草堂》词也。

近代学者知词为“诗余”说之不可通，乃于词之起源问题多所探讨，议论纷纷，莫衷一是。不知词原乐府之一体，词不称作而称填，明此体之句度声韵，一依曲拍为准，而所依之曲拍，又为隋、唐以来之燕乐杂曲，即所谓“今曲子”者是。其所以“上不类诗，下不入曲”者，固以所依之曲调，既不为南北朝以前之乐府，又不为金、元以后之南北曲，非文辞之风格上有显然之差别也。诗、乐本有相互关系；诗歌体制，往往与音乐之变革，互为推移。在古乐府中，亦有先有词而后配乐，或先有曲而后为之制词者。后者为填词之所托始，而所填之曲，则唐、宋以来之词，与古乐府又截然二事。元稹《乐府古题·序》云：

> 《诗》讫于周，《离骚》讫于楚，是后诗之流为二十四名：赋、颂、铭、赞、文、诔、箴、诗、行、咏、吟、题、怨、叹、章、篇、操、引、谣、讴、歌、曲、词、调，皆诗人六义之余，而作者之旨，由操

---

* 本文原刊于《词学季刊》创刊号（1933 年 4 月）。

而下八名，皆起于郊祭、军宾、吉凶、苦乐之际。在音声者，因声以度词，审调以节唱。句度长短之数，声韵平上之差，莫不由之准度。而又别其在琴瑟者，为操、引；采民甿者，为讴、谣；备曲度者，总得谓之歌、曲、词、调。斯皆由乐以定词，非选词以配乐也。由诗而下九名，皆属事而作，虽题号不同，而悉谓之为诗可也。后之审乐者，往往采取其词，度为歌曲，盖选词以配乐，非由乐以定词也。（《元氏长庆集》卷二十三）

歌、曲、词、调四者，既皆由乐以定词；则后来依曲拍而制之词，其命名必托始于此。而所谓诗之流为二十四名，皆诗人六义之余，疑亦前人称词为“诗余”之所本；惟词仅为二十四名之一，后乃以别名而为一种新兴文体之总名，而此种总名，又为“曲子词”之简称；在五代、宋时，或称“曲子词”，或仅称“曲子”，或称“今曲子”。其仅称“曲子”或“今曲子”者，就乐曲之本体言，以乐曲足赅括歌词也。其称“曲子词”者，首见于欧阳炯之《花间集·序》：

今卫尉少卿字弘基，以拾翠洲边，自得羽毛之异；织绡泉底，独殊机杼之功。广会众宾，时延佳论。因集近来“诗客曲子词”五百首，分为十卷。

及孙光宪之《北梦琐言》：

晋相和凝，少年时好为“曲子词”，布于汴、洛。洎入相，专托人收拾焚毁不暇。

其仅称“曲子”者，如《画墁录》云：

柳三变既以调忤仁庙，吏部不放改官。三变不能堪，诣政府。晏公曰：“贤俊作曲子么？”三变曰：“只如相公亦作曲子。”公曰：“殊虽作曲子，不曾道‘绿线慵拈伴伊坐’。”柳遂退。

又见《古今词话》：

和凝好为小词，布于汴、洛。洎入相，契丹号为“曲子相公”。

其称“今曲子”者，所以别于古乐府而言。王灼《碧鸡漫志》云：

盖隋以来，今之所谓“曲子”者渐兴，至唐稍盛。今则繁声淫奏，殆不可数。古歌变为古乐府，古乐府变为“今曲子”，其本一也。（卷一）

朱熹亦有“今曲子”之说：

古乐府只是诗，中间却添许多泛声。后来人怕失了那泛声。逐一声添个实字，遂成长短句；“今曲子”便是。（《朱子语类》百四十）

关于上述诸名称之纪载，殆不胜枚举；而辞气之间，类存卑视心理。称“曲子”或“曲子词”，原为纪实；而《花间集》必于“曲子词”之上，锡以“诗客”之美名。宋人称词，恒冠以“小”字，明所依之曲调，已非中夏之正声，繁声淫奏，悉为“胡夷里巷之曲”。词体之别于诗者在此，其进展迟缓之原因亦在此。观上述和凝之焚稿，晏殊、柳永之相诘难，其故可知也。词所依之声，既非雅乐，故在宋初，士大夫间，犹往往以为忌讳。例如《东轩笔录》所述一事可证：

王安国性亮直，嫉恶太甚。王荆公初为参知政事，闲日因阅读晏元献公小词而笑曰：“为宰相而作小词，可乎？”平甫曰：“彼亦偶然自喜而为尔；顾其事业，岂止如是耶？”时吕惠卿为馆职，亦在座，遽曰：“为政必先放郑声，况自为之乎？”平甫正色曰：“放郑声，不若远佞人也。”吕大以为议己，自是尤与平甫相失也。

以小词为郑声，而与佞人对举，其为士大夫所讳，盖在所依之声。然自隋以来，所谓“胡夷里巷之曲”，经数百年之酝酿，已大行于朝野上下；士大夫乐其声调之美，不惜屈就曲拍，一依其“句度长短之数，声韵平上之差，为之准度”，而为撰歌词，阳讳其名，而阴用其实；始而于“曲子词”之上，加“诗客”二字，以别于淫哇鄙俚之曲；进而为名称上之“风雅化”。于是同为依“今曲子”而制作之歌词，有题曰“乐章”者，有题曰“乐府”者，有题曰“琴趣外篇”者，有题曰“诗余”者，有题曰“渔笛谱”者，有题曰“语业”者，有题曰“长短句”者，有题曰“歌曲”者，有题曰“别调”者，凡此之类，未易悉数。要各自标雅号，而其实则皆所谓“今曲子”词也。兹取毛氏《宋六十家词》、王氏《四印斋所刻词》、朱氏《彊村丛书》、吴氏《双照楼影刊词》四大丛刻，校核各家词集之标题。除径题某某词之外，则毛刻有下列九种：

柳永《乐章集》　　周必大《近体乐府》
杨炎正《西樵语业》　　赵长卿《惜香乐府》
高观国《竹屋痴语》　　晁补之《琴趣外篇》
黄机《竹斋诗余》　　刘克庄《后村别调》
石孝友《金谷遗音》

王刻有下列九种：

冯延巳《阳春集》　　苏轼《东坡乐府》
贺铸《东山寓声乐府》　　周邦彦《清真集》
辛弃疾《稼轩长短句》　　朱敦儒《樵歌》
王沂孙《花外集》　　王炎《双溪诗余》
许棐《梅屋诗余》

朱刻有下列五十四种：

温庭筠《金奁集》　　王安石《临川先生歌曲》
柳三变《乐章集》附《续添曲子》　　黄庭坚《山谷琴趣外篇》
苏轼《东坡乐府》　　秦观《淮海居士长短句》
刘弇《龙云先生乐府》　　吴则礼《北湖诗余》
米芾《宝晋长短句》　　米友仁《阳春集》
周邦彦《片玉集》　　张纲《华阳长短句》
刘一止《苕溪乐章》　　朱敦儒《樵歌》

沈与求《龟溪长短句》
曹勋《松隐乐府》
朱翌《潜山诗余》
史浩《鄮峰真隐大曲》附《词曲》
仲并《浮山诗余》
洪适《盘洲乐章》
韩元吉《南涧诗余》
李洪《芸庵诗余》
王之望《汉滨诗余》
杨万里《诚斋乐府》
李吕《澹轩诗余》
赵彦端《介庵琴趣外篇》
周必大《平园近体乐府》
葛长庚《玉蟾先生诗余》
高观国《竹屋痴语》
韩淲《涧泉诗余》
姜夔《白石道人歌曲》
汪晫《康范诗余》
杨冠卿《客亭乐府》
廖行之《省斋诗余》
蔡戡《定斋诗余》
张辑《东泽绮语债》附《清江渔谱》
张镃《南湖诗余》
王迈《臞轩诗余》
范仲淹《范文正公诗余》
吴潜《履斋先生诗余》
汪莘《方壶诗余》
赵崇嶓《白云小稿》
刘克庄《后村长短句》
柴望《秋堂诗余》
赵孟坚《彝斋诗余》
周密《苹洲渔笛谱》
夏元鼎《蓬莱鼓吹》
卫宗武《秋声诗余》
陈允平《日湖渔唱》
熊禾《勿轩长短句》
陈德武《白雪遗音》
陈深《宁极斋乐府》
家铉翁《则堂诗余》
蒲寿宬《心泉诗余》

吴刻有下列九种（附陶氏涉园续刊七种）：

欧阳修《欧阳文忠公近体乐府》
欧阳修《醉翁琴趣外篇》
晁元礼《闲斋琴趣外篇》
晁补之《晁氏琴趣外篇》
向子諲《酒边集》
张孝祥《于湖居士乐府》
魏了翁《鹤山先生长短句》
戴复古《石屏长短句》

许棐《梅屋诗余》　　黄庭坚《山谷琴趣外篇》

周邦彦《片玉集》　　辛弃疾《稼轩长短句》

张孝祥《于湖先生长短句》　　赵以夫《虚斋乐府》

刘克庄《后村居士诗余》　　方岳《秋崖乐府》

综上四家所刻唐、宋人词，凡题“诗余”者二十七种，题“乐府”者十五种，题“长短句”者十种，题“琴趣外篇”者七种，题“乐章”者三种，题“歌曲”者二种。其人自为集，或特立名号者不计焉。其本为一人之作，而互见各本者，如欧阳修词，既称“近体乐府”，又称“琴趣外篇”；张孝祥词，既称“乐府”，又称“长短句”；刘克庄词，既称“别调”，又称“长短句”，又称“诗余”。惟柳氏《乐章》，尚保存“曲子”二字。凡所称“诗余”“乐府”“长短句”“琴趣外篇”“乐章”“歌曲”一类之雅号，皆所以附庸于风雅，而于词之本体无与。知词为“曲子词”之简称，而所依之声，乃隋、唐以来之燕乐新曲，则“词为诗余”之说，不攻自破；即词之起源问题，与诗、词、曲三者之界限，亦可迎刃而解矣。

二、乐曲之嬗变及其繁衍

词既依唐、宋间所谓“今曲子”之节拍而成，则吾人考求词体之建立，与其进展之步骤，不得不于乐曲方面，加以深切注意。中国古乐之崩坏，由来已久。据《碧鸡漫志》：

> 西汉时，今之所谓古乐府者渐兴，晋、魏为盛，隋氏取汉以来乐器歌章古调，并入清乐，余波至李唐始绝。唐中叶虽有古乐府，而播在声律则甚少矣。士大夫作者，不过以诗一体自名耳。（卷一）

汉、晋间乐府，据郭茂倩《乐府诗集》所载，有郊庙、燕射、鼓吹、横吹、相和、清商、舞曲、琴曲诸类中所包涵乐曲；而《相和歌辞》中，有相和、吟叹、四弦、平调、清调、瑟调、楚调诸曲；《清商曲辞》中，有吴声、西曲、江南弄等。此二类所包涵之乐曲，以南朝之作为多。而《旧唐书·音乐志》云：

平调、清调、瑟调，皆周房中曲之遗声，汉世谓之三调。（卷二十九）

《乐府诗集》云：

永嘉之乱，五都沦覆，中朝旧音，散落江左。后魏孝文、宣武，用师淮、汉，收其所获南音，谓之清商乐，《相和》诸曲，亦皆在焉。所谓清商正声，《相和》五调伎也。（卷二十六）

所谓清商三调，虽在隋代尚存，而旧乐式微，已成不可挽回之势。南朝偏安江左，所有吴声歌曲，亦曾风行一世。而隋氏有天下，承北朝之系统；所有胡戎之乐，经长时间之酝酿，已深入人心，牢不可破。齐尚药典御祖珽，自言旧在洛下，晓知旧乐，尝上书齐文宣帝曰：

魏氏来自云、朔，肇有诸华，乐操土风，未移其俗。至道武帝皇始元年，破慕容宝于中山，获晋乐器，不知采用，皆委弃之。（中略）至太武帝平河西，得沮渠蒙逊之伎，宾嘉大礼，皆杂用焉。此声所兴，盖苻坚之末，吕光出平西域，得胡戎之乐，因又改变，杂以秦声，所谓《秦汉乐》也。(《隋书》卷十四《音乐志》)

据珽所言，北朝音乐，盖与南朝截然殊致；最后乃糅合胡秦，以自成一种特殊音乐。隋开皇二年，齐黄门侍郎颜之推，请冯梁国旧事，考寻古典。高祖不从，曰：

梁乐，亡国之音，奈何遣我用耶？（《隋书》卷十四《音乐志》）

自是吴声歌曲，亦日就沉沦，更何论中夏正声？会有郑译者，援苏提婆之说，以琵琶七调，傅合律吕，于是新旧稍稍融洽，以构成隋、唐以来燕乐系统。译之言曰：

先是周武帝时，有龟兹人曰苏祗婆，从突厥皇后入国，善胡琵琶。

听其所奏，一均之中间有七声。因而问之，答云："父在西域，称为知音。代相传习，调有七种。"以其七调，勘校七声，冥若合符。一曰"娑陁力"，华言平声，即宫声也。二曰"鸡识"，华言长声，即商声也。三曰"沙识"，华言质直声，即角声也。四曰"沙侯加滥"，华言应声，即变征声也。五曰"沙腊"，华言应和声，即征声也。六曰"般赡"，华言五声，即羽声也。七曰"俟利䇲"，华言斛牛声，即变宫声也。译因习而弹之，始得七声之正。然后就此七调，又有五旦之名，旦作七调。以华言译之，旦者则谓"均"也。其声亦应黄钟、太簇、林钟、南吕、姑洗五均，已外七律，更无调声。译遂因其所捻琵琶，弦柱相饮为均，推演其声，更立七均，合成十二，以应十二律。律有七音，音立一调，故成七调十二律，合八十四调，旋转相交，尽皆和合。(《隋书》卷十四《音乐志》)

张炎《词源》八十四调之说，即本于此。然隋以来俗乐，实只二十八调；唐、宋曲词所用宫调，亦不出此数；盖俗乐本出龟兹，而以琵琶为主；琵琶四弦，弦各七调，四乘七得二十八调。然郑译必言五音、二变、十二律者，亦故为傅会，以避免新旧之争耳。燕乐在隋、唐间，既自构成系统，乃产生所谓"近代曲"。郭茂倩云：

隋自开皇初，文帝置七部乐：一曰西凉伎，二曰清商伎，三曰高丽伎，四曰天竺伎，五曰安国伎，六曰龟兹使，七曰文康伎。至大业中，炀帝乃立清乐、西凉、龟兹、天竺、康国、疏勒、安国、高丽、礼毕，以为九部，乐器工衣于是大备。唐武德初，因隋旧制，用九部乐。太宗增高昌乐，又造宴乐，而去礼毕曲。其著令者十部：一曰宴乐，二曰清商，三曰西凉，四曰天竺，五曰高丽，六曰龟兹，七曰安国，八曰疏勒，九曰高昌，十曰康国，而总谓之燕乐。声辞繁杂，不可胜纪。凡燕乐诸曲，始于武德、贞观，盛于开元、天宝。其著录者

十四调二百二十二曲。(《乐府诗集》卷七十九)

燕乐在当时，原称俗乐。其所包涵乐曲，虽或源出雅部，而实变用胡声。《唐书·礼乐志》云：

自周、陈以上，雅郑淆杂而无别，隋文帝始分雅、俗二部，至唐更曰“部当”。凡所谓俗乐者，二十有八调：正宫、高宫、中吕宫、道调宫、南吕宫、仙吕宫、黄钟宫，为七宫；越调、大食调、高大食调、双调、小食调、歇指调、林钟商，为七商；大食角、高大食角、双角、小食角、歇指角、林钟角、越角，为七角；中吕调、正平调、高平调、仙吕调、黄钟羽、般涉调、高般涉，为七羽。皆从浊至清，迭更其声，下则益浊，上则益清，慢者过节，急者流荡。其后声器浸殊，或有宫调之名，或以倍四为度，有与律吕同名，而声不近雅者。其宫调乃应夹钟之律，燕设用之。丝有琵琶、五弦、箜篌、筝，竹有觱篥、箫、笛，匏有笙，革有杖鼓、第二鼓、第三鼓、腰鼓、大鼓，土则附革而为鞚，木有拍板、方响，以体金应石而备八音。倍四本属清乐，形类雅音，而曲出于胡部。复有银字之名，中管之格，皆前代应律之器也。后人失其传，而更以异名，故俗部诸曲，悉源于雅乐。周、隋管弦杂曲数百，皆西凉乐也；鼓舞曲，皆龟兹乐也。唯琴工犹传楚、汉旧声及清调，蔡邕五弄、楚调四弄，谓之九弄。隋亡，清乐散缺，存者才六十三曲。(《新唐书》卷二十二)

观所言七宫、七商、七角、七羽，而独缺徵声，及“从浊至清，迭更其声”之语，则俗乐以琵琶四弦叶律之说（近人夏呋庵先生著《词调溯源》即主此说），果信而有徵。自琵琶曲大行，而汉、魏以来旧曲，已澌灭殆尽。古乐府之体制，不适宜于“今曲子”，此词体酝酿之所由来也。

《旧唐书·音乐志》云：

自开元以来，歌者杂用胡夷里巷之曲。(卷三十)

《宋史·乐志》亦云：

唐贞观增隋九部为十部，以张文收所制歌名燕乐，而被之管弦。厥后至坐部伎琵琶曲，盛流于时，匪直汉氏上林乐府、缦乐，不应经法而已。（卷一百四十二）

唐、宋乐曲之策源地，类出教坊；而崔令钦《教坊记》云：

平人女以容色选入内者，教习琵琶、三弦、箜篌、筝翟贿，谓搊弹家。（《说郛》卷十二）

与《新唐书·礼乐志》所载弦乐合。吾人既知自隋讫宋，所用乐器及所有乐曲，并出胡戎，骎假而代华夏之正声。旧曲翻新，代有增益。崔令钦在唐官著作佐郎，而所载教坊乐曲，计有杂曲二百七十八种、大曲四十六种之多。为研究便利起见，列举如下：

《献天花》	《和风柳》	《美唐风》
《透碧空》小石	《巫山女》	《度春江》
《众仙乐》正平	《大定乐》	《龙飞乐》小石
《庆云乐》	《绕殿乐》	《泛舟乐》
《抛球乐》	《清平乐》大石	《放鹰乐》
《夜半乐》	《破阵乐》贞观时制	《还京乐》
《天下乐》正平	《同心乐》	《贺圣朝》南吕宫《薄媚》
《奉圣乐》	《千秋乐》	《泛龙舟》
《泛玉池》	《春光好》	《迎春花》
《凤楼春》	《负阳春》	《章台春》
《绕池春》	《满园春》	《长命女》
《武媚娘》	《杜韦娘》	《柳青娘》

《杨柳枝》	《柳含烟》	《替杨柳》
《倒垂柳》	《浣溪纱》	《浪淘沙》
《撒金沙》	《纱窗恨》	《金簑岭》
《隔帘听》	《恨无媒》	《望梅花》
《望江南》	《好郎君》	《想夫怜》
《别赵十》	《忆赵十》	《念家山》
《红罗袄》	《乌夜啼》	《墙头花》
《摘得新》	《北门西》	《煮羊头》
《河渎神》	《二郎神》	《醉乡游》
《醉花间》	《灯下见》	《太边邮》
《太白星》	《剪春罗》	《会佳宾》
《当庭月》	《思帝乡》正平	《醉思乡》
《归国遥》	《感皇恩》道调宫	《恋皇恩》
《皇帝感》	《恋情深》	《忆汉月》
《忆先皇》	《圣无忧》	《定风波》
《木兰花》	《更漏长》	《菩萨蛮》
《破南蛮》	《八拍蛮》	《芳草洞》
《守陵官》	《临江仙》	《虞美人》
《映山红》	《献忠心》	《卧沙堆》
《怨黄沙》	《遐方怨》	《怨胡天》
《送征衣》	《送行人》	《望梅愁》
《阮郎迷》	《牧羊怨》	《扫市舞》
《凤归云》	《罗裙带》	《同心结》
《一捻盐》	《阿也黄》	《劫家鸡》

《绿头鸭》	《下水舡》	《留客住》
《离别难》	《喜长新》	《羌心怨》
《女王国》	《缭踏歌》	《天外闻》
《贺皇化》	《五云仙》	《满堂花》
《南天竺》	《定西番》	《荷叶杯》
《感庭秋》	《月遮楼》	《感恩多》
《长相思》	《西江月》	《拜新月》
《上行杯》	《团乱旋》	《喜春莺》
《大献寿》	《鹊踏枝》	《万年欢》
《曲玉管》	《倾杯乐》	《谒金门》
《巫山一段云》	《望月波罗门》	《玉树后庭花》
《西河狮子》	《西河剑气》	《怨陵三台》
《儒士谒金门》	《武士朝金阙》	《掺工不下》
《麦秀两歧》	《金雀儿》	《浐水吟》
《玉搔头》	《鹦鹉杯》	《路逢花》
《初漏归》	《相见欢》	《苏幕遮》
《游春苑》	《黄钟乐》	《诉衷情》
《折红莲》	《征步郎》	《洞仙歌》
《太平乐》	《长庆乐》	《喜回銮》
《渔父引》	《喜秋天》	《大郎神》
《胡渭州》	《梦江南》	《濮阳女》
《静戎烟》	《三台》	《上韵》
《中韵》	《下韵》	《普恩光》
《恋情欢》	《杨下采桑》	《大酺乐》

《合罗缝》	《苏合香》	《山鹧鸪》
《七星管》	《醉公子》	《朝天乐》
《木笪》	《看月宫》	《宫人怨》
《叹疆场》	《拂霓裳》	《驻征游》
《泛涛溪》	《胡相问》	《广陵散》
《帝归京》	《喜还京》	《游春梦》
《柘枝引》	《留诸错》	《如意娘》
《黄羊儿》	《兰陵王》	《小秦王》
《花王发》	《大明乐》	《望远行》
《思友人》	《唐四姐》	《放鹘乐》
《镇西乐》	《金殿乐》	《南歌子》
《八拍子》	《渔歌子》	《七夕子》
《十拍子》	《措大子》	《风流子》
《吴吟子》	《生查子》	《醉胡子》
《山花子》	《水仙子》	《绿钿子》
《金钱子》	《竹枝子》	《天仙子》
《赤枣子》	《千秋子》	《心事子》
《胡蝶子》	《沙碛子》	《酒泉子》
《迷神子》	《得蓬子》	《剉碓子》
《麻婆子》	《红娘子》	《甘州子》
《刺历子》	《镇西子》	《北庭子》
《采莲子》	《破阵子》	《剑器子》
《师子》	《女冠子》	《仙鹤子》
《穆护子》	《赞普子》	《蕃将子》

《回戈子》	《带竿子》	《摸鱼子》
《南乡子》	《大吕子》	《南浦子》
《拨棹子》	《河满子》	《曹大子》
《引角子》	《队踏子》	《水沽子》
《化生子》	《金娥子》	《舍麦子》
《多利子》	《毗砂子》	《上元子》
《西溪子》	《剑阁子》	《嵇琴子》
《莫壁子》	《胡攒子》	《唧唧子》
《玩花子》	《西国朝天》	

以上杂曲

《踏金莲》	《绿腰》	《凉州》
《薄媚》	《贺圣乐》	《伊州》
《甘州》	《泛龙舟》	《采桑》
《千秋乐》	《霓裳》	《后庭花》
《伴侣》	《雨霖铃》	《柘枝》
《胡僧破》	《平翻》	《相驼逼》
《吕太后》	《突厥三台》	《大宝》
《一斗盐》	《羊头神》	《大姊》
《舞姊》	《急月记》	《断弓弦》
《碧霄吟》	《穿心蛮》	《罗步底》
《回波乐》	《千春乐》	《龟兹乐》
《醉浑脱》	《映山鸡》	《昊破》

《四会子》	《安公子》	《舞春风》
《迎春风》	《看江波》	《寒雁子》
《又中春》	《玩中秋》	《迎仙客》
《同心结》		

以上大曲。原书于《西国朝天》下有“大曲名”三字，即接《踏金莲》《绿腰》诸曲，疑其间有窜乱，俟续考。

上述诸曲，或出诸里巷，或来自胡戎，或为边塞征戍之辞，或出乐家翻新之制，要为唐教坊流行乐曲。五代、宋贤，依其曲调而为之填词，今有传作可考者，殆居大半。即以《乐府诗集》卷七十九至八十二所载近代曲校之，计与《教坊记》合者，有《抛球乐》《破阵乐》《还京乐》《千秋乐》《长命女》《杨柳枝》《浪淘沙》《望江南》《想夫怜》(本名《相府莲》，出南齐王俭)，《凤归云》《离别难》《拜新月》《征步郎》《太平乐》《大郎神》(郭云：“《离别难》初名《大郎神》。”)《胡渭州》《杨下采桑》《大酺乐》《山鹧鸪》《醉公子》《叹疆场》《如意娘》《何满子》《水沽子》(郭作《水鼓子》)《绿腰》《凉州》《伊州》《甘州》《采桑》《霓裳》《雨霖铃》《回波乐》等三十二曲。而《破阵乐》本舞曲，为唐太宗所造。《还京乐》为明皇自蜀还京时，乐工所进。(郭据《乐府杂录》，而《碧鸡漫志》据《唐史》云：“民间以明皇自潞州选京师，夜半举兵诛章皇后，制《夜半乐》《选京乐》二曲。”未知孰是？)《千秋乐》起于明皇开元十七年，以八月五日为千秋节。《长命女》为大历中，乐工即古曲《西河长命女》，增损节奏而为之(《碧鸡漫志》亦同其说)。《杨柳枝》为白居易洛中所制(《漫志》引乐天作《杨柳枝二十韵》自注云：“洛下新声也。”)《望江南》本名《谢秋娘》；李德裕镇浙西，为妾谢秋娘所制。《离别难》

为武后朝有一士人陷冤狱，籍其家，妻配入掖庭，善吹觱篥，乃撰此曲以寄情焉；初名《大郎神》，盖取良人第行也。既畏人知，遂三易其名，曰《悲切子》，终号《怨回鹘》云（《乐府杂录》）《大酺乐》为唐张文收造。《如意娘》为唐则天皇后所作。《何满子》为开元中，沧洲歌者，临刑进以赎死。《绿腰》为贞元中，乐工进曲，德宗命录出要者，因以为名，后语讹为《绿腰》。《乐府杂录》云："《绿腰》，软舞曲也。"《凉州》为开元中，西凉府都督郭知运进。（《漫志》："《唐史》及《传载》称天宝乐曲，皆以边地名，若《凉州》《伊州》《甘州》之类，曲遍声繁名入破。……《吐蕃史》及《开天传信记》亦云，西凉州献此曲。"）《伊州》为西京节度盖嘉运所进。《采桑》本清商西曲。《霓裳》本《婆罗门》商调曲，开元中，西凉府节度杨敬述进。《唐会要》曰："天宝十三载，改《婆罗门》为《霓裳羽衣》。"（《漫志》："《霓裳羽衣曲》，说者多异。予断之曰，西凉创作，明皇润色，又为易美名。"）《雨霖铃》为明皇幸蜀，西入斜谷，属霖雨弥旬，于栈道雨中闻铃声，与山相应，帝既悼念贵妃，因采其声为此曲，以寄恨焉。（《乐府杂录》又言：明皇自蜀反正，乐工制《还京乐》《雨霖铃》二曲）《回波乐》为唐中宗时造，盖出于西水引流泛觞也。综览上述诸曲，自《破阵乐》以下，为中土帝王所造者三：如《破阵乐》《如意娘》《雨霖铃》是。西凉所进者四：《凉州》《伊州》《甘州》《霓裳》是。乐工所进者四：《还京乐》《千秋乐》《大酺乐》《绿腰》是。制自女子者一：《离别难》是。创自名人者一：《望江南》是。因旧曲造新声者四：《长命女》《杨柳枝》《采桑》《回波乐》是。其他一时未暇备考，或竟不能详考者甚多。然《教坊记》中所胪举，决为唐曲，且多出于开元、天宝间，殆可无疑也。又《安公子》为隋大业末，"内里新翻曲子"。（《漫志》："炀帝将幸江都，乐工王令言者，妙达音律，其子弹胡琵琶作《安公子》曲。"）唐高宗晨坐闻莺声，命乐人白明达写之，遂有《春莺啭曲》。他如《羯鼓录》称：明皇曾制《春光好》《秋风高》二曲，汝南王琎亦奏《舞山香》一曲。(《说郛》卷六十五)开元、天宝，盖为新曲创作极盛时期。五代、宋初词所依之曲调，大抵此时已臻美备。惟曲调虽充分发达，而与乐曲伴奏之歌词，何以必待唐末、五代，乃见适合曲拍之长短句词体，昌盛流行？此乃本文所欲探讨之根本问题，又非可以一言而尽也。

自元魏采用胡夷之乐，浸淫以迄陈、隋，雅郑混淆而无别。后虽雅俗分立，而所谓雅乐，已名存而实亡。胡夷之乐，相习既久，不期然而由接受以起消化作用，以渐进于创作时期。开元、天宝间，即促成胡乐之中国化。于是大曲、杂曲，杂然并陈。王灼云：

> 凡大曲，有散序、靸、排遍、攧、正攧、入破、虚催、实催、衮遍、歇指、杀衮，始成一曲，此谓大遍。而《凉州》排遍，予曾见一本，有二十四段。后世就大曲制词者，类从简省，而管弦家又不肯从首至尾吹弹，甚者学不能尽。(《碧鸡漫志》卷三)

又论《霓裳羽衣曲》条，引乐天和元微之《霓裳羽衣曲歌》自注云：

> 散序六遍无拍，故不舞。中序始有拍，亦名拍序。……《霓裳》十二遍而曲终，凡曲将终，皆声拍促速。惟《霓裳》之末，长引一声。(同上)

又论《甘州》条云：

> 今仙吕调有曲破，有八声慢，有令，而中吕调有《象甘州八声》，他宫调不见也。凡大曲就本宫调制引、序、慢、近、令，盖度曲者常态。(同上)

大曲遍数既多，未易谙习，故裁截用之者有之，就本宫调制引、序、慢、近、令者有之。后世制词者，自乐于简易，而引、序、慢、近、令，又多从大曲中来；此亦倚声填词进展迟缓之一因也。南宋修内司所编《乐府混成集》，大曲一项，凡数百解，有谱无词者居半。(王国维《宋元戏曲史》

引《齐东野语》卷十）其摘取大曲中之一段以制引、序、慢、近、令，而之填词者，若《甘州》《石州》《伊州》《梁州》《氐州》《婆罗门》《霓裳》《绿腰》《泛清波》，并为大曲，而后来有《甘州子》《甘州遍》《甘州令》《八声甘州》《石州慢》《伊州令》《梁州令》《梁州令叠韵》《氐州第一》《婆罗门令》《婆罗门引》《霓裳中序第一》《六幺令》《泛清波摘遍》之属，其为就大曲中裁截，殆可无疑。其他类此者，未易悉数。宋姜夔《霓裳中序第一·叙》云：

又于乐工故书中得商调《霓裳曲》十八阕，皆虚谱无辞。按沈氏《乐律》"《霓裳》道调"，此乃商调；乐天诗云"散序六阕"，此乃两阕，未知孰是？然音节闲雅，不类今曲。予不暇尽作，作《中序》一阕传于世。(《白石道人歌曲》卷三）

此摘取大曲之一段，而为之填词者之明证也。凡一种乐曲，历时稍久，往往变易宫调，旧曲翻新。如《碧鸡漫志》所称：

《伊州》见于世者，凡七商曲：大石调、高大石调、双调、小石调、歇指调、林钟商、越调。第不知天宝所制七商中何调耳？（卷三）

今《六幺》行于世者四：曰黄钟羽，即俗呼般涉调；曰夹钟羽，即俗呼中吕调；曰林钟羽，即俗呼高平调；曰夷则羽，即俗呼仙吕调，皆羽调也。（卷三）

今越调《兰陵王》，凡三段二十四拍，或曰遗声也。……又有大石调《兰陵王慢》，殊非旧曲。（卷四）

《虞美人》旧曲三：其一属中吕调，其一中吕宫，近世将转入黄钟宫。（卷四）《安公子》见于世者，中吕调有近，般涉调有令。（卷四）

《河传》唐词存者二：其一属南吕宫，凡前段平韵，后仄韵。其一乃今《怨王孙》曲，属无射宫。（卷四）

今黄钟宫有《三台夜半乐》，中吕调有慢，有近拍，有序。（卷四）

天宝诸乐曲，有《凌波神》二曲：其一在林钟宫，云：时号道调

宫……其一在南吕商，云：时号小调。（卷四）

《荔枝香》，今歇指、大石两调，皆有近拍，不知何者为本曲？（卷四）

今大石调《念奴娇》，世以为天宝间所制曲，予固疑之。然唐中叶渐有今体慢曲子，而近世有填《连昌宫词》入此曲者。后复将此曲入道调宫，又转入高宫、大石调。（卷五）

《清平乐》曲在越调，唐至今盛行。今世又有黄钟宫、黄钟商两音者。（卷五）

《望江南》曲，自唐至今，皆南吕宫，字句亦同。止是今曲两段。（卷五）

今黄钟宫、大石调、林钟商、歇指调，皆有《十拍令》。（卷五）

《长命女西河》在林钟羽，时号平调，今俗呼高平调也。……近世有《长命女令》，前七拍，后九拍，属仙吕调。宫调、句读，并非旧曲。又别出大石调《西河》慢声犯正平，极奇古。盖《西河长命女》，本林钟羽，而近世所分二曲，在仙吕、正平两调，亦羽调也。（卷五）

凡乐曲几无不分隶数宫调者。观上述，除《望江南》始终属南吕宫外，并变易甚多。同一调名，因所隶宫调不同，往往依声而制之歌词，亦遂句读参差，与曲中所表之情，相挟而俱变。故唐、宋人词，有同用一调，而所描写离合悲欢之情绪，截然殊致者。此殆翻曲者之故弄狡狯。倚声家选调之难，必于句度韵律及所属宫调，加以缜密之注意，庶几能使声情吻合。今观万氏《词律》所载，唐、五代人词所用曲调，所谓“又一体”者，不可胜数。词既依曲拍为句，不应若是参差；则其故必为所属宫调不同，或沿旧名而别翻新曲，殆可无疑也。如柳永《乐章集》，《倾杯》一曲，既入黄钟羽，又入大石调，又入散水调；《倾杯乐》一曲，既入仙吕宫，又入大石调；《凤归云》一曲，既入林钟商，又入仙吕调；《洞仙歌》一曲，既入中吕调，又入仙吕调，又入般涉调。同一曲名，而所属宫调若是其不同，非身通音律者，固应不敢轻于尝试。盖倚声填词，词中所表之情，必与曲中所表之情相应；非若率意作五、七言诗，一任乐工之选调排入，其不相融洽者，独可借泛声以资救济。吾意新曲至唐大盛，而新词必至唐末、五代，乃如春云之乍展，此必为其一大原因。后当详悉讨论之，聊于此引其端绪而已。

由上文所述，而知大曲可裁截以制引、序、慢、近、令。益以隋、唐以来杂曲之繁衍，或移宫换羽，因旧曲造新声。新乐入人既深，演习者众，相沿日久，自然默化潜移。制词者既苦大曲之繁重，而有引、序、慢、近、令之属，供其选择，则其事轻而易举。然有嫌杂曲之过于单纯，不足以铺叙故事者，于是有所谓“传踏”，取一种曲调重叠用之，以咏一事；以歌者为一队，且歌且舞，以侑宾客（《宋元戏曲史》）。此其体实介乎大曲、杂曲之间。《碧鸡漫志》云：

世有般涉调《拂霓裳》曲，因石曼卿取作“传踏”，述开元、天宝旧事。（卷三）

曾慥《乐府雅词》，亦载郑仅《调笑转踏》（即“传踏”），分咏儿女风流韵事。其近似“传踏”，徒歌而不舞者，则有欧阳修之《采桑子》，凡十一首；赵德麟之商调《蝶恋花》，凡十首。一述西湖之胜，一咏会真之事（《宋元戏曲史》）。文人之乐于简易，而不甚注意于乐曲之变化，舍大曲而用小令，重叠歌咏，以取快一时，此实有“以词害曲”之嫌；而乐曲之由合而分，又由分而合，亦足推见歌词进展之程序矣。日本内藤虎次郎著有《宋乐与朝鲜乐之关系》一文（林大椿译载《小说月报》第二十二卷九月号）。据《高丽史》所记，高丽时代之“唐乐”，有：《献仙桃》《寿延长》《五羊仙》《抛球乐》《莲花台》五曲。又唐乐之基础小曲，别有：

《惜奴娇》	《万年欢》慢	《忆吹箫》慢
《洛阳春》	《月华清》慢	《转花枝》令
《感皇恩》令	《醉太平》	《夏云峰》慢
《醉蓬莱》慢	《黄河清》慢	《还宫乐》
《清平乐》	《荔子丹》	《水龙吟》慢
《倾杯乐》	《太平年》慢　中腔唱	《金殿乐》慢
《安平乐》踏歌唱	《爱月夜眠迟》慢	《惜花春起早》慢
《帝台春》慢	《千秋岁》令	《风中柳》令
《汉宫春》慢	《花心动》慢	《雨淋霖》慢
《行香子》慢	《雨中花》慢	《迎春乐》令
《浪淘沙》令	《御街行》令	《西江月》慢
《游月宫》令	《少年游》	《桂枝香》慢
《庆金枝》令	《百宝妆》	《满朝欢》令
《天下乐》令	《感恩多》令	《临江仙》慢
《解佩》令		

四十三种，并录其词。内藤氏又谓："尤以此五种乐曲中，所含之小曲，有更在四十三种之外者。此外在终宴所歌之曲中，则有《风入松》《夜深词》二曲。"其小曲四十三种中，有三十一种实全录宋、金时代之词。而所谓《献仙桃》等五曲，其所含之小曲，又有奏、有唱，（所谓奏者仅有器，所谓唱者则唱歌词）。观其体制，似又合若干小曲，以成大曲。惜求《高丽史》原书不得，（杭州文澜阁本《高丽史》对乐曲无多纪载，不知内藤氏所据何本）即内藤氏所称道之《乐学轨范》，亦不见于中土藏家，无从细加比勘，为可憾耳！内藤氏又谓："朝鲜乐中之《抛球乐》，与宋代盛行之所谓

‘圆社’者颇相类。”今考陈元观之《事林广记》卷之二文艺类，“圆社”之戏，首有“摸场”词，以五言及骈俪语，形容蹴球之姿势，颇似舞曲中之致语。继以《满庭芳》词二阕（见第一生修梅花馆传钞本），以此悬揣唐人之《抛球乐》，其歌曲必不止一段。其他乐曲亦可例推。倚声制词者，殆皆裁取曲中最美听之一段而已。

吾人既明隋、唐以来乐曲之渊源流变，与其分合盛衰之故，将进而考求依此种曲拍而成之词体，及其进展之历程；不得不于歌词体制之新旧过渡期中，加以深切注意。若仅从文字形式上之长短参差，以上附南朝乐府，或以“胡夷里巷之曲”为词体之起源，而不察其转变之由，知其一不知其二者，皆非本文之所欲置辩者也。

三、本　论

长短句歌词之产生，为求吻合曲调，而免用和声，此为学者所公认。沈括《梦溪笔谈》云：

> 古乐府皆有声有词，连属书之，如曰“贺贺贺”“何何何”之类，皆和声也。今管弦中之缠声，亦其遗法。唐人乃以词填入曲中，不复用和声。此格虽云自王涯始，然贞元、元和之间，为之者已多。

朱熹亦有“泛声”之说，引见前文。方成培《香研居词麈》，以为词之始，本于乐之散声，其说曰：

> 唐人所歌，多五、七言绝句，必杂以散声，然后可比之管弦。如《阳关诗》，必至三叠而后成音，此自然之理；后来遂谱其散声，以字句实之，而长短句兴焉。（卷一）

所谓“和声”“泛声”“散声”，皆曲中之有声无辞者。长短句既为适应此种“散声”而作，则此种歌词必为一字一音，证之《乐府大全》所载小品谱二段（王骥德《曲律》卷四引），及世传《白石道人歌曲》旁谱，每字仅一音符，当为可信。又据《碧鸡漫志》："今越调《兰陵王》，凡三段二十四拍。""近世有《长命女令》，前七拍，后九拍。"今以周邦彦《兰陵王》词考之，则元稹所谓"依《忆江南》曲拍为句"者，其为一句一拍可知也。万氏《词律》所收和凝《长命女》词，两段七句，注云"此调或不分段"，正与《漫志》"前七拍"之说合。大抵和凝仍依唐调，后乃加九拍一段，《漫志》所称"近世曲子无单遍者"（卷五《望江南》调）可证。（吾友夏瞿禅亦主一拍为一句之说。）然则"因声以度词，审调以节唱，句度长短之数，声韵平上之差，莫不由之准度"者，为倚声填词家必遵之矩范，不容有所出入，元稹亦既明其理矣。何以古乐府必用"和声"，而长短其句之歌辞，必待燕乐新曲大行之后，乃见发展？此其故已于第二节中，略引端绪，当更进而详悉讨论之。

《乐府诗集·近代曲辞》，收近代曲至八十四种之多。而其间除刘禹锡之《潇湘神》，白居易、刘禹锡之《忆江南》，王建之《宫中调笑》，韦应物之《调笑》，戴叔伦之《转应词》（三体实同一调），吉中孚妻张氏之《拜新月》（调与后来之《拜星月》曲句读大异）为长短句外，余并为五、七言诗。然有一曲，为具"倚声填词"形式，而又为自制新曲者，则隋炀帝及其臣王胄同作之《纪辽东》是。特为拈出比勘之：

炀帝作：

辽东海北剪长鲸，（韵）风云万里清。（叶）方当销锋散马牛，（句）旋师宴镐京。（叶）前歌后舞振军威，（换韵）饮至解戎衣。（叶）判不徒行万里去，（句）空道五原归。（叶）

秉旄仗节定辽东，（韵）俘馘变夷风。（叶）清歌凯捷九都水，（句）归宴洛阳宫。（叶）策功行赏不淹留，（换韵）全军藉智谋。（叶）讵似南宫复道上，（句）先封雍齿侯。（叶）

王胄作：

辽东浿水事龚行，（韵）俯拾信神兵。（叶）欲知振旅旋归乐，（句）

为听凯歌声。（叶）十乘元戎才度辽，（换韵）扶濊已冰消。（叶）讵似百万临江水，（句）桉辔空回镳。（叶）

天威电迈举朝鲜，（韵）信次即言旋。（叶）还笑魏家司马懿，（句）迢迢用一年。（叶）鸣銮诏跸发淆潼，（换韵）合爵及畴庸。（叶）何必丰沛多相识？（句）比屋降尧封。（叶）

郭茂倩云："《纪辽东》，隋炀帝所作也。"（《乐府诗集》卷七十九）即录以冠《近代曲辞》。综观一调四词，虽平仄尚未尽洽，而每首八句六叶韵，前后段各四句换韵，句法则七言与五言相间用之，四词无或乖舛者，欲不谓为倚声制词之祖可乎？而世人未暇详考，仅见词为长短句法，遂剌取《三百篇》中之断句，以为词体之所托始；又或谬附于南朝乐府，如沈约《六忆》、梁武帝《江南弄》之类，以词为乐府之余；并为皮傅之谈，未观其通者也。一种新兴体制之进展，必有所依傍与一定之步骤；词体之发达，必待新兴乐曲大行之后，而初期作品，无论声韵、气格以及结构、技术种种方面，必不能遽臻于美满完善之境地者，盖其初本出于尝试，必经过长时间之涵养，深识乐曲歌词配合之理，乃能契合无间，进而"优入圣域"。吾持此说，以推论词体之演进，尚觉圆融无碍。即世传隋、唐旧曲，其出于后人伪托之词，亦可持此以为判断。如韩偓《海山记》所载之《望江南》八调，朱弁《曲洧旧闻》所载之《夜饮》《朝眠》二曲，皆炀帝作；而以《纪辽东》四词比勘之，已觉其不类；又不独《望江南》为唐李德裕所造曲，且唐人所作皆单调，炀帝不应预填双调，可证其为赝品而已。

词体原于隋、唐间所谓"近代曲"，而《乐府诗集》所载曲辞，除《纪辽东》四曲外，长短句无出于贞元、元和以前者，则开元、天宝间，虽入于新曲创造时期，而尚未深究声词配合之理。炀帝为亡国之主，虽略引端绪，而不能见重于新朝。"曲子词"进展之以渐而不以顿，盖有由矣。郭《乐府》所收开元、天宝间歌曲，如《水调歌》十一遍，配以七言绝句九首、五言绝句二首;《凉州歌》五遍，配以七言绝句四首、五言绝句一首;《大和》五遍，皆配以七言绝句;《伊州歌》十遍，配以七言绝句五首、五言绝句五首;《陆州歌》八遍，配以五言绝句七首，惟簇拍为七言绝句。凡此，皆当时盛行之大曲，而所有歌词，并由乐工任选时贤词句，随声配合。《明皇杂录》云:

> 禄山犯顺，议欲迁幸。帝置酒楼上，命作乐，有进《水调歌》者，曰:“山川满目泪沾衣，富贵荣华能几时?不见只今汾水上，惟有年年秋雁飞!”上问:“谁为此曲?”曰:“李峤。”上曰:“真才子!”不终饮而罢。(《碧鸡漫志》卷四引)

是李峤《汾阴行》,(原为七言古体长篇，乐工仅裁取四句入曲。)曾被乐工配入《水调歌》曲也。又如王昌龄《从军行》中之“秦时明月汉时关”一首，曾配入《盖罗缝》曲；岑参《赴北庭度陇思家》之“西向轮台万里余”一首，配入《簇拍陆州》；沈佺期之“闻道黄龙戍”五律前四句，配入《伊州歌》第三遍；杜甫之“锦城丝管日纷纷”一首，配入《水调歌》入破第二遍。(并见《乐府诗集》)据此，则在长短句未兴之前，无论何人所作诗，或古体歌行，或近体律、绝，无不可入曲者，特其配合之权，操之乐工耳。文士作诗，既极自由，又人人有入乐之望；且当开元天宝之世，乐工又以得名人诗句为荣，下逮中唐，此风犹未衰歇。如元稹赠白居易诗，自注云:“乐人高玲珑能歌，歌予数十诗。”《唐史》称:“李贺乐府数十篇，云韶诸工，皆合之弦筦。”又称:“李益诗名与贺相埒，每一篇成，乐工争以赂求取之，被声歌，供奉天子。”又称:“元微之诗，往往播乐府。”旧史亦称:“武元衡工五言诗，好事者传之，往往被于管弦。”(《碧鸡漫志》卷一)士大夫一有诗名，即有乐工为之配入相当曲调，播诸弦管，有此方便法门，则谁肯依一定之曲拍，受种种之拘制，以从事于“倚声填词”乎?此长短句歌词发展迟缓之最大原因，一也。

乐曲以缓急相间、参差错落为美听，故一曲之中，各有抑扬抗坠之节。所谓五、七言和古、近体诗，形式并过于平板，少变化，且绝句以四句为度，以之入曲，必不能恰应节奏。于是乐工之流，不得不谋救济之方。其法有二：一为利用泛声，化一定之词句为参差错落；一为重叠歌唱，使有低徊往复、悠扬不尽之音。关于前者，则沈括、朱熹、方成培之属，皆先我言之矣。然一种曲调，除选择表现相当情绪之词句，予以配合外，对各遍之应用七言或五言，亦有相当之规定。白居易《听水调》诗云：

> 五言一遍最殷勤，调少情多似有因。不会当时翻曲意，此声肠断为何人？

《漫志》卷四引《脞说》云："《水调》第五遍，五言，调声最悲苦。"证之《乐府诗集》，《水调歌》第五遍诗云：

> 双带仍分影，同心巧结香。不应须换彩，意欲媚浓妆。（卷七十九）

恰为五言调，而所表仍为悲苦之情。关于后者，则方成培氏所谓："如《阳关》诗，必至三叠而后成音。"白居易《河满子》诗云：

> 世传满子是人名，临就刑时曲始成。一曲四词歌八叠，从头便是断肠声。

《乐府诗集》配《河满子》曲以薛逢诗：

> 系马宫槐老，持杯店菊黄。故交今不见，流恨满山光。（卷八十）

五字四句，乐天所谓一曲四词，庶几是也。歌八叠，疑有和声（《漫志》卷四）。《杜阳杂编》云："文宗时，宫人沈阿翘为帝舞《河满子》，调辞风态，率皆宛畅。"原五言绝句，声韵本极短促，非更叠唱和，利用泛声，何有"宛畅"之可言乎？唐人以诗入曲，其法不外利用叠唱与泛声。然一曲之中，叠唱同样词句，至八次之多；且中杂泛声，或有声有词或有声无辞，则听者仍只能欣赏乐曲之美，而不能见歌词之美，此又旧体五、七言诗之不适宜于入曲，而其势不得不变为长短句。朱熹所谓“后来人怕失了那泛声，逐一添个实字”者，似犹未洞彻词体发展之原由也。

沈括称：“以词填入曲中，贞元、元和之间，为之者已多。”王灼谓：“唐中叶渐有今体慢曲子。”然依曲拍为句，有明文可考者，乃为刘禹锡、白居易之《忆江南》词。其他王建、韦应物、戴叔伦之《调笑》，虽并为长短句，亦皆单调小令。唐中叶之慢曲子，竟不见有主名之传作；则当世文士，不乐就曲拍之拘制，而仍以乐工采诗入曲为得意者，实为长短句词体进展之最大障碍也。王灼谓：

> 唐时古意亦未全丧，《竹枝》《浪淘沙》《抛球乐》《杨柳枝》，乃诗中绝句，而定为歌曲。（《漫志》卷一）

所谓“古意亦未全丧”一语，正见中国士大夫守旧观念之牢固，凡事非“则古称先”，殆不足以自高声价。必待新兴势力之奔腾澎湃，不可遏抑，乃肯抛却一切陈旧思想，低首下心，予以接受而为之效力。即在歌词方面，新曲至唐，既发展至最高程度，而士大夫仍不欲深究声词配合之理，专为旧体诗歌，而犹自夸曰：此古意也，此古法也，不知其所配合之乐曲，几全出于“胡夷里巷”，原不必攀附古意以自鸣高也。

黄花庵谓：李白《菩萨蛮》《忆秦娥》二词，为百代词曲之祖。（《唐宋诸贤绝妙词选》卷一）然二词殊晚出，且来历不明。《湘山野录》记《忆秦娥》词云：

> 此词写于鼎州沧水驿，不知何人所作。魏道辅泰见而爱之。后至长沙，得《古风集》于曾子宣内翰家，乃知李白所撰。

而《菩萨蛮》一调，究竟起于开元（胡应麟《笔丛》），抑起于大中初（《杜阳杂编》），尚难断定。且太白以复古自命，律诗尚不屑为。据孟棨《本事诗》：

> 白尝言：“兴寄深微，五言不如四言，七言又其靡也，况使束于声

调俳优哉？”

白目律诗以俳优，不愿受其束缚。长短句系依曲拍而制，其声调上之束缚，视律诗何啻倍蓰？开元、天宝间，其他诗人尚不肯为，而谓天才纵逸如太白，而肯俯就南蛮歌曲之节奏，为之制词乎？此二词尚难信为白作，其他流传贞元、元和以前之作品，凡不见《乐府诗集·近代曲辞》者，殆皆出于后人伪托，不足依据者也。李白而后，有张志和之《渔歌子》(《乐府纪闻》)，然特化七言绝句而为之，变第三句七字为三言二句耳。况渔父家风，为中土隐逸之士所崇慕，又非“胡夷里巷之曲”所能比拟乎？长短句词体，在开元、天宝间，尚未为文人采用，较然可知矣。

唐中叶诗人，如刘禹锡、白居易、元稹之流，号能注意民间歌曲，复古思想亦较其他诗人为淡。如元、白之创作新乐府，主张“不复拟古题，即事名篇，无复倚傍。”(《元氏长庆集》卷二十三)“刘禹锡在沅湘，以俚歌鄙陋，乃依骚人《九歌》作《竹枝》新辞九章，教里中儿歌之。”(《乐府诗集》卷八十一)禹锡序称：“《竹枝》，巴歈也。其音协黄钟羽，末如吴声，含思宛转，有淇濮之艳。”其注意乐曲与声词配合之理，即此可见一斑。观所作虽仍为七言绝句，而渐有接受新体歌曲之趋势。故《近代曲辞》，即录禹锡之《潇湘神》二曲，刘、白两人之《忆江南》五首，为长短句词之肇端。而禹锡词：

> 春去也，多谢洛城人。弱柳从风疑举袂，丛兰裛露似霑中，独坐亦含颦。

集中题作：“和乐天《春词》，依《忆江南》曲拍为句。”(《四部丛刊》本《刘梦得外集》卷四)刘、白诗名满天下，乃肯就曲拍以填词。其初料亦出于尝试，而风气一开，使世人晓然于声词配合之理，以长短参差之句，入抑扬抗坠之曲，固较以五、七言诗体，勉强配合曲调者，为能兼显歌词之美也。中唐以后，作者遂多，然皆单调小令，无制慢词者；则诗人余事填词，尚出之以游戏，而非以严肃态度，专力为此也。

王灼既明言“唐中叶渐有今体慢曲子”矣，察其语气，不但有曲，而兼有曲词。吾意新兴体制，往往鄙夫俗子，为能得风气之先。以词本依“胡夷里巷之曲”而成，则推测词体之进展，不应注意于诗人墨客，且须同时考核当时民间歌曲情形。凡略知唐代历史及曾读唐诗者，莫不知开元、天宝间，一般民众所同感苦痛者，为征兵戍边一事；盛唐诗人如王昌龄辈之所咨嗟咏叹，作为诗歌者，大抵征夫征妇之怨情为多。近世敦煌石室新发现之唐写本《云谣集杂曲子》，其曲词中所表之情绪，乃往往与盛唐诗人之“闺怨”“从军行”等题相契合，则其词或当为开元、天宝间作品，出于刘、白之先，未可知也。《云谣杂曲》，合伦敦、巴黎所藏两本，（朱彊村先生有合校本，已刻入《彊村遗书》矣。）得三十首。其所用曲调，有:《凤归云》《天仙子》《竹枝子》《洞仙歌》《破阵子》《浣溪沙》《柳青娘》《倾杯乐》《内家娇》《拜新月》《抛球乐》《渔歌子》《喜秋天》十三曲，除《内家娇》外，全见于《教坊记》。而其间如《凤归云》第一首之“征夫数载”，第二首之“征衣裁缝了”，第四首之“娉得良人，为国远长征”;《洞仙歌》第一首之“恨征人久镇边夷”，第二首之“无计恨征人，争向金风漂荡”;《破阵子》第二首之“独隔千山与万津，单于迷虏尘”，第三首之“早晚三边无事了，香被重眠比目鱼”，第四首之“年少征夫堪恨，从军千里余”，并述征妇怨情，而词俱朴拙，务铺叙，少含蓄之趣，亦足为初期作品技术未臻精巧之证。且三十首中，除怨征夫远去、独守空闺之作外，其他亦为一般儿女相思之词，无忧生念乱之情，亦无何等高尚思想；其为当世民间流行之歌曲，或且出于安、史乱前，戍卒之远向西陲者，携以同去；故得存于敦煌石室，沉沦千载，而复显于今日；俾治词学者，借此窥见唐代初期作品之本来面目，知词体创制之伟绩，不在太白及刘、白之伦，而在不见史传之无名作者；斯固吾人之大幸，亦言词学者所不容忽也。

年来泛览唐、宋人词，略见词学进展之程序。凡同一调名而句度参差、平仄亦不甚严整者，往往为较先之作品，或文士深通乐曲者之所为；以其人恒与乐工接近，其或移宫转调，声词配合，可以互为参详；非若纯粹文人，只能依一定之成规，或曾经他人尝试填过之旧例，斤斤于字句之出入，且特别注意于精巧之技术也。如《云谣集》中之《凤归云》，其二首各为八十二字，又二首则各少三字。《竹枝子》一首为五十七字，别一首多七字。《洞仙歌》一首为七十六字，别一首少二字。《内家娇》一首为一百四字，别一首少八字。《拜新月》一首为八十四字，别一首多二字（从朱校本）。其间句度参差，尤未易悉数。若执"词有衬字"之说，纵于字数之多少，可以祛疑，而句度参差，又将何说？吾意此等初期作品，或竟出乐工之所为，或接近乐工者之所制；以诗人依曲拍为句之词，如刘、白、王、韦诸作拟之，工拙之数，自不相侔；而集中有令、有慢，又强半表当时民众同感苦痛之征成怨情，则令、慢曲词，固同起于开元、天宝间也。

开元、天宝间，既有令、慢曲词之创制，又经中叶刘、白诸贤之尝试，宜斯体之发展，必日异而月新。然事实不然，必待北宋柳永肆意长调，而后文人始注意于慢曲。唐诗人狃于积习，故应不敢遽效前驱也。刘、白而后，小词之进展，不得不归功于"士行尘杂"之温庭筠。《旧唐书》称：

> （庭筠）能逐弦吹之音，为侧艳之词。（卷一百九十下）

孙光宪谓："其词有《金荃集》，取其香而软也。"（《北梦琐言》）诗人刻意填词，盖莫先于温氏。惟其"士行尘杂，狂游狭邪"（《旧唐书·文苑传》），故不复以依流行曲调之声填词为嫌，且得尽量发展；惟其"能逐弦吹之音，为侧艳之词"，故集中诸词所依曲调，亦渐见繁复；长短句词体，至是始正式为诗人采用以抒写性情矣。时宣宗爱唱《菩萨蛮》词，令狐绹假庭筠手，撰二十阕以进。（《乐府纪闻》）此时填词风尚，殆已大行于朝野间；得庭筠"才思艳丽"以发之，固宜其一日千里。今所传《金奁集》（《彊村丛书》本），温氏所依之曲调，有：

越调

《清平乐》	《遐方怨》	《诉衷情》	《思帝乡》

南吕宫

《梦江南》	《河传》	《蕃女怨》	《荷叶杯》

中吕宫

《菩萨蛮》	《玉胡蝶》

双调

《归国遥》

林钟商调

《更漏子》

高平调

《酒泉子》	《定西蕃》	《杨柳枝》

仙吕宫

《南歌子》	《河渎神》

歇指调

《女冠子》

八宫调，十八曲，大抵皆唐教坊中曲也。庭筠既开风气，浸淫迄于五代，作者繁兴。蜀相韦庄既以曲词种子，传入巴蜀；会前蜀主王衍、后蜀

主孟昶，并知音能词；衍尝自制《甘州曲令》(《十国春秋》)，及《醉妆词》；又尝自执歌板，歌《后庭花》《思越人》曲（《北梦琐言》）；昶亦曾作《玉楼春》(《温叟诗话》)、《相见欢》(《十国春秋》)二词。于是西蜀一隅，顿成曲词长养滋蔓之疆土。赵崇祚有《花间集》之撰辑，欧阳炯为之序云：

庶使西园英哲，用资羽盖之欢；南国婵娟，休唱莲舟之引。

既美其名曰“诗客曲子词”，又取“阳春白雪”相况，由是“胡夷里巷之曲”，经多方面之妆饰，且进登大雅之堂矣。《花间集》中诸作者，除温庭筠外，其所依曲调，则皇甫松有：

《天仙子》	《浪淘沙》	《杨柳枝》	《摘得新》
《梦江南》	《采莲子》		

六曲。韦庄有：

《浣溪沙》	《菩萨蛮》	《归国遥》	《应天长》
《荷叶杯》	《清平乐》	《望远行》	《谒金门》
《江城子》	《河传》	《天仙子》	《喜迁莺》
《思帝乡》	《诉衷情》	《上行杯》	《女冠子》
《更漏子》	《酒泉子》	《木兰花》	《小重山》

二十曲。薛昭蕴有：

《浣溪沙》	《喜迁莺》	《小重山》	《离别难》
《相见欢》	《醉公子》	《女冠子》	《谒金门》

八曲。牛峤有：

《杨柳枝》	《女冠子》	《梦江南》	《感恩多》
《应天长》	《更漏子》	《望江怨》	《菩萨蛮》

《酒泉子》	《定西蕃》	《玉楼春》	《西溪子》
《江城子》			

十三曲。张泌有：

《浣溪沙》	《临江仙》	《女冠子》	《河传》
《酒泉子》	《生查子》	《思越人》	《满宫花》
《杨柳枝》	《南歌子》	《江城子》	《河渎神》
《胡蝶儿》			

十三曲。毛文锡有：

《虞美人》	《酒泉子》	《喜迁莺》	《赞成功》
《西溪子》	《中兴乐》	《更漏子》	《接贤宾》
《赞浦子》	《甘州遍》	《纱窗恨》	《柳含烟》
《醉花间》	《浣溪沙》	《月宫春》	《恋情深》
《诉衷情》	《应天长》	《河满子》	《巫山一段云》
《临江仙》			

二十一曲。牛希济有：

《临江仙》	《酒泉子》	《生查子》	《中兴乐》
《谒金门》			

五曲。欧阳炯有：

《浣溪沙》	《三字令》	《南乡子》	《献衷心》
《贺明朝》	《江城子》	《凤楼春》	《小重山》
《临江仙》	《菩萨蛮》	《山花子》	《河满子》
《薄命女》	《望梅花》	《天仙子》	《春光好》

《采桑子》	《杨柳枝》	《渔父》	

十九曲。顾敻有：

《虞美人》	《河传》	《甘州子》	《玉楼春》
《浣溪沙》	《酒泉子》	《杨柳枝》	《遐方怨》
《献衷心》	《应天长》	《诉衷情》	《荷叶杯》
《渔歌子》	《临江仙》	《醉公子》	《更漏子》

十六曲。孙光宪有：

《浣溪沙》	《河传》	《菩萨蛮》	《河渎神》
《虞美人》	《后庭花》	《生查子》	《临江仙》
《酒泉子》	《清平乐》	《更漏子》	《女冠子》
《风流子》	《定西蕃》	《河满子》	《玉胡蝶》
《八拍蛮》	《竹枝》	《思帝乡》	《上行杯》
《谒金门》	《思越人》	《杨柳枝》	《望梅花》
《渔歌子》			

二十五曲。魏承班有：

《菩萨蛮》	《满宫花》	《木兰花》	《玉楼春》
《诉衷情》	《生查子》	《黄钟乐》	《渔歌子》

八曲。鹿虔扆有：

《临江仙》	《女冠子》	《思越人》	《虞美人》

四曲。阎选有：

《虞美人》	《临江仙》	《浣溪沙》	《八拍蛮》
《河传》			

五曲。尹鹗有：

《临江仙》	《满宫花》	《杏园芳》	《醉公子》
《菩萨蛮》			

五曲。毛熙震有：

《浣溪沙》	《临江仙》	《更漏子》	《女冠子》
《清平乐》	《南歌子》	《河满子》	《小重山》
《定西蕃》	《后庭花》	《酒泉子》	《菩萨蛮》

十二曲。李珣有：

《浣溪沙》	《渔歌子》	《巫山一段云》	《临江仙》
《南乡子》	《女冠子》	《酒泉子》	《望远行》
《菩萨蛮》	《西溪子》	《虞美人》	《河传》

十二曲。凡此，必皆当时蜀中盛行之曲调，且一曲两段者居多；视刘白、王、韦、戴之《忆江南》《潇湘神》《调笑》诸曲，仅用单遍者，显有长足之进步。王灼谓"近世曲无单遍者"，而《花间集》词，一曲两段或仅单遍者，各有制作。故知时至晚唐，文人对于声词配合之理，渐有相当注意；而词体之进展，亦足于其体势拓张上觇之。且《花间》诸贤所用曲调，其题号已多近雅者。如《教坊记》中所载《柳青娘》《别赵十》《忆赵十》《煮羊头》《唐四姐》《黄羊儿》《措大子》《醉胡子》《麻婆子》《刺历子》《剉碓子》《胡攒子》《唧唧子》《平翻》《大宝》《大姊》《舞一姊》一类，里巷鄙俚之曲，

悉已汰去不用，此其所以为“诗客曲子词”欤？

南唐偏安江左，中、后二主并好音，工文学。后主尝因旧曲有《念家山》，亲演为《念家山破》（陈旸《乐书》）；昭惠后亦作《邀醉舞破》《恨来迟破》（《填词名解》），是南唐已多自作新声。而今所传二主词，及冯延巳《阳春集》，所用曲调，仍与《花间》无大出入；以此知五代人词，所依之声，仍多为唐以来旧曲；声词配合之完美，盖必经过若干时间之尝试，而后始能契合无间也。南唐词格，视西蜀为高。然特在文学之内容与技术方面，有相当贡献；于体制之进展，仍无特殊之努力也。

“诗客曲子词”，经西蜀、南唐数十年之涵养，已尽脱离原始里巷杂曲之本来面目，而日趋于精妙渊雅。陈世修序《阳春集》，所谓：

> 或当燕集，多运藻思，为乐府新词，俾歌者倚丝竹而歌之，所以娱宾而遣兴也。（四印斋本）

以词为娱宾遣兴之资，足觇当时风气，渐视此为风流雅事；不似唐末对温庭筠“能逐弦吹之音，为侧艳之词”，犹含议讽之意。小词之得充分发达，皆士大夫对于歌曲观念之转变，有以促成之也。

北宋统一告成，汴京繁庶，歌词种子，亦由江左转植中州。《宋史·乐志》十七：

> 宋初置教坊，得江南乐，已汰其坐部不用。自后因旧曲创新声，转加流丽。（卷一百四十二）

又云：

> 民间作新声者甚众，而教坊不用也。太宗所制曲，乾兴以来通用之。凡新奏十七调，总四十八曲：黄钟、道调、仙吕、中吕、南吕、正宫、小石、歇指、高平、般涉、大石、中吕、仙吕、双越调、黄钟羽。其急慢诸曲几千数。（同上）

燕乐杂曲，至宋制作益繁。既因旧曲创新声，则歌词体制自必随之进展。

然宋初作家，如晏殊、欧阳修辈，仍以《阳春》为祖，而专工小令。在此时期，词虽渐为士大夫所重视，而于令、慢诸曲，颇存歧视之心。以令词为诗人习用，已历百年；而慢词在唐盛时以迄宋初，尚未为士大夫所注意，仅流行于教坊或里巷间；虽同属依新曲而制之歌词，在宋初又俨然有雅俗之大界。如本文所引晏殊、柳永互相诘难之辞，晏氏谓："殊虽作曲子，不曾道'针线闲拈伴伊坐'。"柳作《定风波》，属林钟商慢词，而晏词则多为令、近，长调绝少。二者之间，在当时固自有辨也。

慢词之发展，所以必经长时间之酝酿，直至柳永而始疆土日辟者，其间亦自有故。吴曾《能改斋漫录》云：

> 仁宗留意儒雅，务本理道，深斥浮虚薄之文。初，进士柳三变，好为淫冶曲调，传播四方。尝有《鹤冲天》词云："忍把浮名，换了浅斟低唱。"及临轩发榜，特落之，曰："此人风前月下，好去浅斟低唱，何要浮名？且填词去。"三变由此自称："奉旨填词。"

所谓"淫冶曲调"，即就里巷流行之乐曲而为之填词。陈师道既言："三变游东都南北二巷，作新乐府，骫骳从俗，天下咏之。"（《后山诗话》）叶梦得《避暑录话》亦称：

> 永为举子时，狂游狭邪，善为歌词。教坊乐工每得新腔，必求永为词，始行于世。

歌词之转变，恒视曲调为转移，而与声色歌舞之场，发生密切关系。（详拙编《五代宋词通论》）永既"骫骳从俗"，又"狂游狭邪"，与歌妓接触之机会既多，自易娴习其曲调。"且恁偎红倚翠，未要浮名"，则世俗之毁，固不介意；其放笔为慢词，自有其相当之环境，与出群之才力。往时之倚旧曲制词者，至此则新曲翻借重于歌词之力量，方得盛行。柳永之创作精神，盖视温庭筠犹有过之矣。今所传《乐章集》及《续添曲子》（《彊村丛书》本），凡用正宫、中吕、仙吕宫、大石调、双调、小石调、歇指调、林钟商、中吕调、平调、仙吕调、南吕调、般涉调、黄钟羽、散水调、黄钟宫、越调十七宫调，一百五十三曲。（其曲名同而宫调异者，仍别作一曲）或同一曲名，而别入数宫调，且大部为长调慢词。其为依新腔而制之作品必居多数。其内容约分二类，所谓“非羁旅穷愁之词，则闺门淫媟之语”（《艺苑雌黄》）是也。李之仪称：“耆卿词铺叙展衍，备足无余。”（《历代诗余》卷一百十四），此自指后一类言之。盖专应乐工之要求，须得一般人之了解，固无取乎婉曲有含蕴。证之《云谣集杂曲子》，及晏殊之《山亭柳》：

家住西秦，赌博艺随身。花柳上，斗尖新。偶学念奴声调，有时高遏行云。蜀锦缠头无数，不负辛勤。　　数年来往咸京道，残杯冷炙谩销魂。衷肠事，托何人？若有知音见采，不辞偏唱《阳春》。一曲当筵落泪，重掩罗巾。（《珠玉词》）

凡为一般民众而作非专供诗人墨客娱宾遣兴之资者，在初期所有较长之曲调，殆无不以“铺叙展衍”为主。永以文人而常与乐工交往，对于倚声填词之经验，既极丰富，乃得肆其笔力，借此体以发抒其羁旅行役穷愁抑郁之情。词有声韵句度之种种束缚，而永以此体写景述事，无不运用如意，非深识声词配合之理，乌能开此广大法门？词体之进展，盖至柳氏而至矣，尽矣，蔑以加矣！

自柳永出而慢词长调，始大行于士大夫间。苏轼虽极诋柳词，而欲发抒其“浩怀逸气”，不得不借长调以资驰骋。秦观以学柳七，为轼所讥。然开风气之先，一世词流，终不能不受柳之支配。惟自长调大行之后，即继以苏氏之“铜琶铁板”，“一洗绮罗香泽之态，摆脱绸缪宛转之度”（胡寅《芗林词·序》），词格日高，而去原始曲情日远。后来周邦彦诸人“增演慢曲、引、近，或移宫换羽为三犯、四犯之曲，按月律为之。”（《词源》卷下）虽创调亦多，而影响之大，终不及柳。南宋姜夔最号知音，自言：

子颇喜自制曲，初率意为长短句，然后协以律，故前后阕多不同。（《白石道人歌曲》卷四《长亭怨慢·序》）

又所谓“非由乐以定词”者。其音节之闲雅，固自别具风格，而声情词情，皆为骚人逸士之所独赏，非复依教坊乐曲填词之旧式矣。

四、结　论

本文为欲明一种文体演进之步骤，非可一蹴而几，而其体势之完成，亦有多方面之影响。故不惮繁琐，关于词之名称，及所依乐曲之渊源流变，加以详明之叙述。终之以依声而制之词，经过若干时间之酝酿涵育，与夫种种障碍，历二三百载，而后体势乃大成。推其演进历程，往往与当世士大夫所讥之“淫冶曲词”，与夫“胡夷里巷之曲”“声色歌舞之场”，皆有极深切之关系。而所谓“士行尘杂”之温庭筠，“薄于操行”之柳永，乃为斯体开山作祖。疆土既辟，而其收获乃穷极奇变，蔚为中国文学之大观。大家如韦庄、冯延巳、晏殊、欧阳修、晏几道、苏轼、秦观、贺铸、周邦彦、辛弃疾、姜夔、王沂孙、吴文英、张炎、周密之伦，各宏造诣，或且高出于温、柳二家。此又就词论词者之事，非本篇范围之所及已。

选词标准论*

一

选词之目的有四：一曰便歌，二曰传人，三曰开宗，四曰尊体；前二者依他，后二者为我。操选政者，于斯四事必有所居；又往往因时代风气之不同，各异其趣。自唐末以迄宋、金之世，词家专集无虑数百家。前人率以词为小道，孰肯专精致力于此？即或兀兀穷年，亦苦不能尽究；而典型之作，有足垂范后昆；或清丽之音，大为风行当世者；必有人出而抉择汇集，以适应时世之需要，而选本尚焉。自《花间》《尊前》以迄近代浙、常两派之所标榜，虽醇疵互见，持说不同，要皆应运而生，各具手眼。而或者蔽于一偏之见，互相排击：言宗派者，薄《花间》《草堂》，而重朱（彝尊）、周（济）诸选；矜新解者，又忽于作者之特殊造诣，而强古人以就一己之范围。由是而词学一道，亦如儒、墨之支分派衍，途术纷歧；由是而治词学者，读专集既不易，读选本又恐迷方。持两执中，重新估定各本之价值，而为后来操选政者，略贡一得之愚；此个人之素怀，亦即本文之所由作也。

二

周济云："北宋有无谓之词以应歌，南宋有无谓之词以应社。"（《介存斋论词杂著》）所谓"应歌""应社"之作，从文学方面言之，自不能免"无谓"之诮；而北宋词音调之谐美，南宋词技巧之精密，又未尝不以"应歌""应

* 本文原刊于《词学季刊》第一卷第二号（1933年8月）。

社”之故，而促进其造诣。况周颐谓：“北宋人手高眼低，其自为词诚敻乎弗可及；其于他人词，凡所盛称，率非其至者。”（《蕙风词话》）此其言虽非为宋人选宋词而发，而于宋人对词之见解，有所误会。不知由唐、五代以迄南宋，所有歌词，故以协律第一要义，而风格之高雅次之。李清照论词，亦致意于此：

> 始有柳屯田永者，变旧声作新声，出《乐章集》。大得声称于世，虽协音律，而词语尘下。……至晏元献、欧阳永叔、苏子瞻，学际天人，作为小歌词，直如酌蠡水于大海，然皆句读不葺之诗尔，又往往不协音律者。何耶？盖诗文分平仄，而歌词分五音，又分五声，又分六律，又分清浊轻重。且如近世所谓《声声慢》《雨中花》《喜迁莺》，既押平声韵，又押入声韵；《玉楼春》本押平声韵，又押上、去声，又押入声。本押仄声韵，如押上声则协，如押入声则不可歌矣。王介甫、曾子固文章似西汉，若作一小歌词，则人必绝倒，不可读也。乃知别是一家，知之者少。晏叔原、贺方回、秦少游、黄鲁直出，始能知之。（《苕溪渔隐丛话》）

南宋以前词，既以“应歌”为主，故其批评选录标准，一以“声情并茂”为归，而尤侧重音律。词集选本之最早而仅存于今日者，宜莫如《云谣集杂曲子》；而所收歌词三十阕，除写征妇怨情之作外，皆一般儿女思慕之词（说详拙著《词体之演进》）。既无何等特殊高尚情感可言，而措辞朴拙，如“两眼如刀，浑身似玉”（《内家娇》）之类，亦绝不见技巧；则其纂集之宗旨，必以此等作品，悉为民间流行之歌曲，汇为一集，即所以便于歌者，殆可无疑。逮至南唐、西蜀，士大夫阶级，既以词为娱宾遣兴之资，厌俗曲之鄙俚平庸，乃从而谋技术上之改进，除注意于音节谐婉外，其辞藻务精艳，其结构务谨严，其情致务香软含蓄，而一以雅丽为归。《花间》《尊前》之结集，盖即依此标准，而其主旨仍在“应歌”。何以证之？证之以欧阳炯《花间集·序》：

名高白雪，声声而自合鸾歌；响遏行云，字字而偏谐凤律。……则有绮筵公子，绣幌佳人，递叶叶之花笺，文抽丽绵；举纤纤之玉指，拍按香檀。不无清绝之辞，用助娇娆之态。……昔郢人有歌《阳春》者，号为绝唱，乃命之为《花间集》。庶使西园英哲，用资羽盖之欢；南国婵娟，休唱莲舟之引。

据此，则《花间集》所以高于《云谣》者，为其撰自文人，将以清绝之辞，用助娇娆之态；其初本与民间俗曲，并为歌者之资；而《白雪阳春》，羞同凡响。其编纂体例，虽以作者为主，且略依辈行后先为次，而其意旨所在，则欧阳炯已明白言之矣。《尊前》一集，虽编者姓氏不可知，而据欧阳公《近体乐府》罗泌校语，已引《尊前集·蝶恋花》二条；传钞《金奁集·菩萨蛮》注云："五首已见《尊前集》。"（吴昌绶《尊前集·跋》）朱彝尊氏亦以此集为宋初人编（陶氏涉园《景宋金元名家词·叙录》载朱氏《尊前集·跋》）。其编制略近《花间》，以人为主，而时有窜乱，如李、王前后三见，当出传写者之混淆；每家之词在调名下或注宫调，或否，意其始必全注，久乃有所缺遗。选词以便歌，在宋人原有二例：一以宫调类别，一以时令物色分题。下文续有说明，而《尊前》已引其端绪矣。毛晋云：

雍熙间，有集唐末、五代诸家词，命名《家宴》，为其可以侑觞也。又有名《尊前集》者，殆亦类此。（《词苑英华》本《尊前集·跋》。按《家宴集》，《直斋书录解题》卷二十一著录，毛氏即本陈振孙说）

《花间》《尊前》之所采辑，悉为侑觞之用；毛氏之言，先得我心矣。

词集之编次，无论别集与选本，凡以宫调类列，或以时令物色分题者，皆所以便于应歌，何以知其然也？据《古今词话》：

万俟雅言自号词隐，崇宁中，充大晟府制撰，与晁次膺按月律进

词。(《历代诗余》卷一百十六引)

张炎亦称:

> 粤自隋、唐以来,声诗间为长短句;至唐人则有《尊前》《花间集》。迄于崇宁,立大晟府,命周美成诸人讨论古音,审定古调,沦落之后,少得存者。由此八十四调之声稍传;而美成诸人又复增演慢曲、引、近,或移宫换羽为三犯、四犯之曲,按月律为之,其曲遂繁。(《词源》卷下)

所谓"按月律进词",其曲情与词情,必与节物相应。宋人词集之编制,所以便歌,揆厥缘因,即由于此。再观现存词集之犹沿旧式编次者,以宫调类列,则有:

温庭筠《金奁集》(《彊村丛书》本)

张先《张子野词》(同前)

柳永《乐章集》(同上)

《金奁》虽题庭筠撰,实选集温词及韦庄、欧阳炯、张泌诸家之作,分隶诸宫调之下。吴昌绶跋云:

> 盖宋人杂取《花间集》中温、韦诸家词,各分宫调,以供歌唱,其意欲为《尊前》之续,故《菩萨蛮》注云:"五首已见《尊前集》。"《尊前》就词以注调,《金奁》依调以类词,义例正相比附。(涉园《景刊宋元词·叙录》)

以此与张、柳二家词集相比勘,显见宋人编纂词集或选集歌词,皆以便于歌唱为主,《乐章》流播歌者之口,尤足窥见义例。至周邦彦《片玉集》,据涉园影宋刊陈元龙集注本,及四印斋影元巾箱本(题曰《清真集》),并分春景、夏景、秋景、冬景、单题、杂赋等六类;而于每调之下各注宫调,殆犹所谓"按月律为之"之遗意耶?南宋人词,惟吴文英《梦窗词集》(《彊村丛书》本),注宫调同《清真》,而不以时令节物分题;姜夔《白石道人歌曲》，则自制曲及自度曲，皆注宫调，其他则否以此见宋以前词，固以应歌为要；宋以后，则词已不复能歌；而士大夫对于词之观念与鉴赏，又稍稍变移方向矣。

《直斋书录解题》歌词类，宋人选宋词，除曾慥之《乐府雅词》、鲖阳居士之《复雅歌词》、赵粹夫之《阳春白雪》外，尚有《草堂诗余》二卷、《类分乐章》二十卷、《群公诗余前后编》二十二卷、《五十大曲》十六卷、《万曲类编》十卷，陈振孙谓："皆书坊编集者。"今除《草堂诗余》外，余并失传；其编辑体例及内容，皆不得悉。惟以《草堂》例之，类分乐章以下四种，既同出书坊编集，其为适应当时需要，而以便于歌者为原则，殆可推知；而其书之易亡，当亦以后来不传歌法，遂不为人重视。独《草堂诗余》传播最广，翻刻最多，数百年来，几于家弦户诵，虽类列凌乱，雅郑杂陈，而在词坛之势力，反驾乎《花间》《尊前》之上。此其故当由其编制原以便歌，又能使雅俗共赏。其选集者之姓氏，各本皆无，惟北海图书馆藏元至正辛卯本题"建安古梅何士信君实编选"。士信仕履无考，疑即书坊中人。其书分前后二集，体例与今《四部丛刊》影明刊本，大致相同（说详赵叔雍先生著《词总集提要》）。

其前集春景又分：初春、早春、芳春、赏春、春思、春恨、春闺、送春等八门，夏景类又分：初夏、避暑、夏夜、首夏、夏宴、适兴、村景、残夏等八门，秋景类又分：初秋、感旧、旅思、秋情、秋别、秋夜、晚秋、秋怨等八门，冬景类又分：小冬、冬雪、雪景、小春、暮冬等五门，后集节序类又分：元宵、立春、寒食、上巳、清明、端午、七夕、中秋、重阳、除夕等十门，天文类又分：雪、月、雨、晴、晓、夜、咏雨等四门，地理类又分：金陵、赤壁、西湖、钱塘亭等四门，人物类又分：隐逸、渔父、佳人、妓女等四门，人事类又分：宫词、风情、旅况、警悟等四门，饮馔器用类又分：茶酒、筝笛、渔舟、庆寿、吉席、赠送、感旧等七门，花禽类又分：花卉、禽鸟、荷花、桂花等四门。破碎支离，自多可议。惟以《清真集》之编纂体例，相与比勘。此虽不注宫调，而以时序景物分题，且出自书坊，必当世比较流行之歌曲；书贾牟利，类录以为传习之资。其作者上自西蜀、南唐，下迄南宋诸贤，如史达祖、刘克庄辈，凡所采录，不必精严，吾人但认当日之类编歌本可也。其四卷本为明嘉靖间上海顾汝所刊，题“武陵逸史编次”；率以字数多寡为序，与以前各本不同，为后来词分“小令”“中调”“长调”之所由昉。盖自宋亡之后，词之歌法失传，而言词律者，乃斤斤于字句长短之间，归纳众制，以相推勘。明、清所选巨帙，如《花草粹编》《历代诗余》之类，率以此为选录标准；在宋以前，词以应歌为主，歌词分隶于诸宫调之下，或以时序景物分题，随地随时，因宜传唱，决无以字数多寡分类之理。顾刻谓此种分类，亦出宋本；其为明人好事依托，殆可无疑。

吾人既知《花间》《尊前》《草堂诗余》之类，其选录标准，既皆以“为其可以侑觞”为主；《花间》出于赵崇祚之手，将以投合士大夫嗜好，为上流社会娱宾遣兴之资，陆游所谓：

> 倚声作词者，本欲酒间易晓，颇摆落故态，适与六朝跌宕意气差近，此集所载是也。(《词苑英华》本《花间集·跋》)

《尊前》一集，其性质与《家宴》相类。陈振孙《家宴集·解题》云：

> 所集皆唐末、五代人乐府，视《花间》不及也。末有《清和乐》十八章，为其可以侑觞，故名《家宴》也。(《直斋书录解题》卷二十一)

《家宴》失传，陈氏亦不知编者姓氏。《尊前》之编者亦无考，意或与《草堂》同出书坊，故亦不及《花间》之精粹；而其选辑之目的，悉为“便歌”可知也。

宋人选宋词，以“便歌”为主，而以雅正为归者，尚有曾慥之《乐府雅词》及鲖阳居士之《复雅歌词》。《复雅》无传，然据陈振孙言：

末卷言宫词音律颇详，然多有调而无曲。（《直斋书录解题》卷二十一）

是其书于选录歌词之外，兼及歌词之法矣。海宁赵万里君从《岁时广记》等书，辑出若干条，谓其体例与《本事曲子集》《古今词话》及《本事词》《诗词记事》相类似（《校辑宋金元人词》），是又以“便歌”兼“传人”为目标者。曾辑《雅词·序》称：

余所藏名家长短句，裒合成篇，或后或先；非有诠次，多是一家，难分优劣；涉谐谑则去之，名曰《乐府雅词》。九重传出，以冠于篇首，诸公“转踏”次之。

今观其目次，首“转踏”，有：集句《调笑》 郑彦能《调笑》 晁无咎《调笑》《九张机》。

次大曲，有：董颖《道宫薄媚》。

次雅词，有：

欧阳永叔	王介甫	晁无咎	周美成	陈莹中
徐师川	贺方回	舒信道	叶少蕴	赵德麟
王履道	晁次膺	晁叔用	陈去非	苏养直
李萧远	吕居仁	毛泽民	曾公衮	李景元
向伯恭	谢无逸	朱希真	沈会宗	陈子高
赵子发	曹元宠	魏夫人	李易安	

诸家之作。其《拾遗》序次殊凌乱，未足窥见义例。但就正编以“转踏”“大曲”“雅词”依次类列，与杨朝英《阳春白雪》之选元人散曲，冠以宋词属大曲者，颇复相类；则曾氏此选，盖上承《花间》之遗绪，虽未明言为“侑觞”之用，而所谓“多是一家，难分优劣，涉谐谑则去之”者，知其蓝本，

亦必出于当时流行之歌曲，特汰去淫滥之作，为文人学士吟赏之资耳。至赵闻礼之《阳春白雪》(有《词学丛书》本，有清吟阁本)，既不以宫调相属，又不以作者为次，故一人一调，往往分见于诸卷中，似随得随钞，漫无标准。惟南宋名作，往往有为他本所绝无者，独赖兹集以传，足为考订之助，不足据以言义例也。

前人选词之专以"便歌"者，如《花间》《尊前》等，但录歌词，而不详曲度，既如上述。而在当时，则并有有声有辞之总集。明王骥德云：

> 予在都门日，一友人携文渊阁所藏刻本《乐府大全》(又名《乐府浑成》)一本见示，盖宋、元时词谱(即宋词，非曲谱)，止林钟商一调中，所载词至二百余阕，皆平生所未见。以乐律推之，其书尚多，当得数十本。所列凡目，亦世所不传；所画谱绝与今乐家不同。有《卜算子》《浪淘沙》《鹊桥仙》《摸鱼儿》《西江月》等，皆长调，又与诗余不同。有《娇木笪》，则元人曲所谓《乔木查》，盖沿其名而误其字者也。中佳句有"酒入愁肠，谁信道，都做泪珠儿滴"，又"怎知道，恁地忆。再相逢瘦了，才信得"。皆前人所未道。(《曲律》卷四)

《木笪》之名，见崔令钦《教坊记》。其林钟商目(原注：隋呼歇指调)，又分：

娋声、品(有大品、小品)、歌曲子、唱歌、中腔、踏歌、引、三台、倾杯乐、慢曲子、促拍、令、序、破子、急曲子、木笪、丁声长行、大曲、曲破诸细目。其娋声谱则仅注音符，并无词句；小品谱则一行音谱，一行歌词，与世传《白石道人歌曲》行款相似。兹录其词如下：

> 正秋气凄凉鸣幽砌，向枕畔偏恼愁心，尽夜苦吟。
>
> 戴花殢酒。酒泛金尊，花枝满帽，笑歌醉拍手，戴花殢酒。

此其撰辑标准，决为应歌。后来曲度不传，散亡遂易。所收作品，是否雅郑杂陈，不易推测；而后人选词，以各调字数多寡为次，且从而旁注平仄，作为图谱者，盖本其意。特此为唱歌者作，彼为填词者作耳。

选词以“便歌”为标准，则虽力避谐谑淫滥，而其在文学上之价值，终不如在音节上之为选者所重视，此宋人选宋词，所以不必尽善美；即以《花间》论，亦不乏庸滥之词，其他更无论矣。

三

词至南宋，制作益繁，专家亦日众，于是网罗散佚，以昭示来兹，乃为文士之所图，而类乎词史之选本出，即所谓因词以传人者是也。此风开于北宋杨元素（绘）。欧阳修《近体乐府·渔家傲》小注，引有京本《时贤本事曲子后集》一则，吴讷《唐宋名贤百家词》本之《东坡词》，亦引有杨元素《本事曲集》及《本事集》者各二条（说详梁启超《记时贤本事曲子集》）。赵万里君续从《苕隐渔隐丛话》及《敬斋古今黈》搜得四事，都为九则，录入所为《校辑宋金元人词》中，称为最古之词话。因词以见人见事，具有历史性质，惜其义例无由全窥耳。

因词以存人，或以人为主，或以事为主。其以事为主者，如上述之《时贤本事曲子集》及杨湜之《古今词话》；是以人主者，则莫善于黄升、周密二氏之《绝妙词选》。下当分别论之：

黄氏《花庵词选》，原分两编：一曰《唐宋诸贤绝妙词选》，上自李太白，下迄陆氏侍儿之作，凡录唐、五代人词二十六家，宋人词九十四家，禅林词四家，闺房词十家；一曰《中兴以来绝妙词选》，录南宋康伯可以下，迄黄叔阳（升），凡八十九家之作，各家悉以时代后先为次，又于姓氏下或系仕履，间缀短评，颇具文学史性质。其自序谓：

> 长短句始于唐，盛于宋。唐词具载《花间集》，宋词多见于曾端伯（慥）所编，而《复雅》一集，又兼采唐、宋，迄于宣和之季，

> 凡四千三百余首。吁！亦备矣！况中兴以来，作者继出；及乎近世，人各有词，词各有体；知之而未见，见之而未尽者，不胜算也。暇日裒集，得数百家，名之曰《绝妙词选》。佳词岂能录，亦尝鼎一脔而已。然其盛丽如游金张之堂，妖冶如揽嫱施之袪，悲壮如三闾，豪俊如五陵；花前月底，举杯清唱，合以紫箫，节以红牙，飘飘然作骑鹤扬州之想，信可乐也。(《词苑英华》本《唐宋诸贤绝妙词选·序》)

据此，知其选录宗旨，盖继《花间》《乐府雅词》《复雅歌词》诸编而作；而又不拘一体、不限一格，无论盛丽、妖冶、悲壮、豪俊，莫不兼收；其意若曰，但取其能代表某一家之作风，固不容以私见为去取。虽称“花前月底，举杯清唱，合以紫箫，节以红牙”，一似以“便歌”主，而一推其义例，则仍旨在“传人”也。又胡德方序云：

> 古乐府不作，而后长短句出焉。我朝巨公胜士，娱戏文章，亦多及此。然散在诸集，未易遍窥。玉林（黄昇）此选，博观约取，发妙音于众乐并奏之际，出至珍于万宝毕陈之中，使得人一编，则可以尽见词家之奇。(《词苑英华》本《中兴以来绝妙词选·序》)

所谓“博观约取”，即从各家专集，撷取精粹，以代表其作风；亦后来《三朝词综》等书编纂体例之所由昉也。升自著有《散花庵词》(丁氏《善本书室藏书志》)，是其人本工词，精于持择，要不失为善本(《四库全书总目》词曲类二)。然其中如李后主《山花子》一首，本李璟之作，《南唐书》载冯延巳之对可证，亦未免小有疏舛(同上)。又如李太白《菩萨蛮》《忆秦娥》二词，升评“为百代词曲之祖”，而不言所出；又《清平乐令》注云：

> 按：吕鹏《遏云集》载应制词四首，以后二首无清逸气韵，疑非太白所作。(《唐宋诸贤绝妙词选》卷一)

以“气韵”二字，判决作品之真赝，殆极危险。其他诸家之作，选择亦未尽臻于至当。要之《花庵》此选，原不以标宗立派，自未能极尽精纯。至朱彝尊氏，乃与《草堂》同类而非笑之。其序《孟彦林词》：

> 去《花庵》《草堂》之陈言，不为所役，俾滓窳涤濯，以孤技自拔于流俗。（《曝书亭集》卷四十）

其标准不同，故于《花庵》《草堂》，并加排斥；此亦吾国往时学者无时代观念之通病，不足致讥也。

草窗所辑《绝妙好词》，所采多绍兴迄德祐间人；自二、三巨公外，姓字多不著（厉鹗《绝妙好词笺·跋》）。其书始张孝祥，终仇远，都一百三十二家。自宋以来，即词家所共推挹。如张炎云：

> 近代词人用功者多，如《阳春白雪》集，如《绝妙词选》，亦自可观；但所取不精一，岂如周草窗所选《绝妙好词》之为精粹。（《词源》卷下）

朱尊氏尤极称之，曾为此书作跋云：

> 词人之作，自《草堂诗余》盛行，屏去激楚阳阿，而巴人之唱齐进矣。周公谨《绝妙好词》选本，虽未全醇，然中多俊语；方诸《草堂》所录，雅俗殊分。（《曝书亭集》四十三）

彝尊谓：“词以雅为尚。”（《曝书亭集·乐府雅词跋》）此在歌法失传之后，论词者固当以尽雅为归；而在歌词盛行之时，固贵雅俗共赏。南宋自姜夔出，词格日高，而所为歌词，乃渐为文士所独赏。草窗、玉田，固皆绍述白石老仙者（从彝尊说）；而草窗此选，不期然而以“清言秀句”（钱遵王《述古堂藏书题词》）为归。然所采诸人，姓字既多不著，则选录标准，盖亦借词以传人者。特草窗词学功深，故能抉择精英，而不免参以主观见解，乃近于后来浙、常诸派，借选词以标宗立义耳。

以词传人，而具有历史性质之选本既出，于是有断代成编者，有划地为界者。如元好问之《中州乐府》，悉录金源一代之作；又如聂先之《百名家词》，王昶之《明词综》《国朝词综》《琴画楼词钞》，谭献之《箧中词》等，皆闻元氏之风而起者。其域于一隅之选本，如《四明近体乐府》《常州词录》《金陵词征》《湖州词征》《粤西词见》，乃至最近刊行之《闽词征》等，虽纯驳互见，而其旨在传人，兼足为言词史者之资，则亦应运而生，不为无功于词学者也。

四

金、元而后，南北曲兴，歌词之法不传，醇雅之音渐绝；陵夷至于明代，而词学之衰敝极矣。元、明间人，时或窃取唐、宋人词以入曲；而所肄习，惟《花间》《草堂》二本；《草堂》之流布尤广，传刻至数十百种之多（详赵叔雍先生所撰《词总集提要》）。正由其雅俗兼陈，足备挦扯之用，故当词学式微之日，独得盛行。明人选词，惟杨慎之《词林万选》，董逢元之《唐词纪》，尚有传本；而名实相乖，漫无体例，《四库总目提要》已加贬斥矣。董书不以人序，不以调分，而区为景色、吊古、感慨、宫掖、行乐、别离、征旅、边戍、佳丽、悲愁、忆念、怨思、女冠、渔父、仙逸、登第十六门（《四库全书总目》卷二百），似沿《草堂》旧习，而支离灭裂，尤为可笑。不知《草堂》原出坊间，性质近于传习歌本。明代不传歌词之法，则选词自当严定体例，杨、董二书，盖等诸“自郐”矣。

清初词人，未脱晚明旧习。自浙、常二派出，而词学遂号中兴；风气转移，乃在一、二选本之力；选词标准，亦遂与前代殊途。伶工之词，至是乃为士大夫所摈斥；思欲兴起绝学，不得不别树标帜，先之以尊体，继之以开宗，壁垒一新，而旗鼓重振。自朱彝尊《词综》、张惠言《词选》、周济《宋四家词选》，乃至近代朱彊村先生之《宋词三百首》，盖无不各出手眼，而思以扶持绝学，宏开宗派为己任。至其得失利病，下当分别论之。

朱氏《词综》，录唐昭宗、李白，以下迄金、元人，兼采闺秀、方外，乃至神女、乩仙之作。各家姓氏之下，系以小传，间著短评，体例略近《花庵》《绝妙词选》，似仍为“传人”而作，然其目的不仅在此。词虽大半出于“胡夷里巷之曲”，而自唐、宋以迄金、元，历数百年之酝酿变化，聚千百文人乐家之聪明才力，以从事于制作之工巧，与内在之充实。伶工、歌女往日借以娱宾者，久之而不能复被管弦，其声情之美，渐归湮灭；而爱好此体者，乃不得不专玩词情。此犹今日之皮黄京剧，论其辞句，文理多不可通；而出诸名伶之口，亦复抑扬顿挫，宛转动听；学士文人，恒为颠倒。一旦拨屏声容之美，而于文字上以求精纯，则其不能重登大雅之堂，且将随时代以俱消歇，盖可断言矣。生当词乐消沉数百年之后，举凡文人才士，所寄托于文字者，亦贵其能表现时代精神，与作者性情抱负，兼及技术之工巧而已。吾国文人之言诗歌者，咸以《风》《骚》为极则；所谓比兴之义，不淫不乱之旨，所争在托兴之深微，所务为修辞之醇雅。由传统观念以论词，词固早被士大夫目为小道，而一旦欲上跻于《风》《雅》之列，则抉择标准势必从严，此清代言词学者，所以先贵尊体也。汪森为《词综》作序，即托本于《诗三百篇》，而重述其旨云：

> 古诗之于乐府，近体之于词，分镳并骋，非有先后；谓诗降为词，以词为诗之余，殆非通论矣。西蜀、南唐而后，作者日盛。宣和君臣，转相矜尚。曲调愈多，流派因之亦别。短长互见，言情者或失之俚，使事者或失之伉。鄱阳姜夔出，句琢字炼，归于醇雅。于是史达祖、高观国羽翼之，张辑、吴文英师之于前，赵以夫、蒋捷、周密、陈允平、王沂孙、张炎、张翥效之于后，譬之于乐，舞《箾》至于九变，而词之能事毕矣。

观其以姜夔为宗，而俨然特立一系统，一似江西诗派之一祖三宗者。然则此书选辑之标准，盖与以前诸本大异其趣。汪氏所谓“庶几可一洗《草堂》

之陋，而倚声者知所宗”，此浙派建立之所由来也。然其着意之点，似仍偏于技术。

彝尊于《词综·发凡》著其说云：

> 世人言词，必称北宋。然词至南宋，始极其工，至宋季而始极其变，姜尧章氏最为杰出。

又于《黑蝶斋词·序》云：

> 词莫善于姜夔，宗之者张辑、卢祖皋、史达祖、吴文英、蒋捷、王沂孙、张炎、周密、陈允平、张翥、杨基，皆具夔之一体。(《曝书亭集》卷四十)

又于《鱼计庄词·序》云：

> 小令宜师北宋，慢词宜师南宋。(同上)

彝尊推重姜夔，谓其填词最雅也(《词综·发凡》)。南宋姜、张一派词，所以归于醇雅，其间亦自有故。盖小令滋衍于晚唐、五代，至北宋而体势大成，如晏几道之作，所谓“嬉弄于乐府之余，而寓以诗人之句法，清壮顿挫，能动摇人心”(黄庭坚《小山词·序》)；贺铸之作，所谓“幽洁如屈、宋，悲壮如苏、李”(张耒《东山词·序》)者，固已尽雅之能事矣。慢词大盛于宋仁宗朝，柳永《乐章集》，实为一时代表；而所依之声，乃多为教坊新曲。迨后周邦彦提举大晟府“增演慢曲、引、近，或移宫换羽，为三犯、四犯之曲，按月律为之，其曲遂繁”(《词源》卷下)。张炎称：“美成之词，浑厚和雅，善于融化诗句。”(同上)则“雅”之一字，北宋词何遽不足当之？而朱氏选词，言雅必宗南宋者，盖不知北宋词多为教坊而作，传唱期于普遍，故不免有时雅俗杂陈；《乐章》无论矣，即《清真》言情之作，亦有或失之俚者。南宋词之所以极工而尽雅，则根本为文人聊自怡悦之资；其声曲之产生，又多出于文人自度；或清贵富厚之家，私蓄工妓，从事隶习。如《暗香》《疏影》二曲，制自姜夔，而范成大家工妓，为之歌唱(《白石道人歌曲》五），所谓“小红低唱我吹箫”者是也。临安一隅，则有张枢喜音律，尝度《依声集》百阕，音韵谐美；杨缵洞晓律吕，尝自制琴曲二百操（并见《浩然斋雅谈》）。二人者皆当时贵胄，又喜与并世词客相往还；所有歌词，既为少数人之欣赏而作，不期然而鄙俚之病，涤荡无余。周密亦彝尊所谓宗法尧章者；而《苹洲渔笛谱》一编，所与酬唱者，有李彭老、李莱老、张枢、施岳、陈允平、杨缵、吴文英、赵崇嶓、史达祖、王沂孙、赵孟坚、卢祖皋、张辑、孙惟信、赵汝茪诸人，或擅词华，或精音律。举凡彝尊所谓姜派词人，大抵瓜葛有连，渊源有自；而其所以尽雅之故，则彝尊亦不暇深考其所以然；徒欲立义标宗，乃拈出“雅”之一字，上祖姜氏，以造成词学之一系统；又值清康熙极盛之世，文人才士方借词以为陶写性灵之资，取姜、张之醇雅，以端其归趣；亦未始非适应运会，有功词苑之巨编。自《词综》出而浙派以成，尊又屡申其旨，于《孟彦林词·序》则曰：

> 宋以词名家者，浙东、西为多。钱唐之周邦彦、孙惟信、张炎、仇远，秀州之吕渭老，吴兴之张先，此浙西之最著者也。三衢之毛滂，天台之左誉，永嘉之卢祖皋，东阳之黄机，四明之吴文英、陈允平，皆以词名浙东；而越州才尤盛，陆游、高观国、尹焕倚声于前，王沂孙辈继和于后；今所传《乐府补题》，大都越人制作也。（《曝书亭集》卷四十）

于《鱼计庄词·序》则曰：

> 在昔鄱阳姜石帚、张东泽，弁阳周草窗，西秦张玉田，咸非浙产，然言浙词者必称焉。是则浙词之盛，亦由侨居者为之助；犹夫豫章诗派，不必皆江西人，亦取其同调焉尔矣。（同上）

由斯以谈，则朱氏之选录《词综》，其目的固在建立宗派，而其抉择标准，则以雅为归明矣。后来厉鹗亦宗朱氏之言，而为畅其旨云：

> 曾端伯选词，名《乐府雅词》；周公谨善为词，题其堂曰“志雅”。词之为体，委曲啴缓；非纬之以雅，鲜有不与波俱靡，而失其正者矣。(《樊榭山房文集》卷四《群雅词集·序》

是犹谓词之托体既卑，不得不借骚雅之辞，以提高其风格；而其称沈岸登善学白石老仙，其后辈张龙威之词，清婉深秀（《红兰阁词·序》）。然则清婉深秀，殆可为“雅”字作注脚矣。

自朱氏《词综》出，而浙西填词者，家白石而户玉田，春容大雅，风气之变，实由于此（彝尊说）。浙派承明词之敝而崇尚清灵，抬举姜、张，以为登峰造极之境（参用徐珂《清代词学概论》）；而不知姜、张一派词之在南宋，各有其特殊性格与环境。张炎力主清空，谓：“清空则古雅峭拔。”又云：“姜白石词，如野云孤飞，去留无迹。”（《词源》卷下）所谓清空之一境，乃譬之以“野云孤飞”，此事自关天分，宁可力强而致？持此说以相标榜，徒崇尔雅、斥淫哇，而不务内容之充实；流极所至，乃为饾饤，为寒乞（参用徐说），为滑易，为空无所有；浙派敝极，而《词综》之声价随灭。周济乃并其宗主而亦加排击，谓：

> 雅俗有辨，生死有辨，真伪有辨，真伪尤难辨；稼轩豪迈是真，竹山便伪；碧山恬退是真，姜、张皆伪。(《宋四家词选·序论》)

其实姜、张何尝皆伪，特貌为姜、张之浙派末流，则真性就湮，无可讳言耳。此《词综》之作，原以宏开宗派，而其流弊，乃至厚诬古人，操选政者可不慎哉？

五

《词综》之独标姜、张，为世诟病，既如上述；而一时风气因以大开，词在文坛复占重要地位。然词既不复有重被管弦之望，则树立壁垒，仍在意格与技术之争。浙派过重修辞，壹意“开宗”，而未能确切“尊体”：乃有常州派起而与之抗衡，张惠言《词选》一编，即以“尊体”相号召者。故其序曰：

> 词者，盖出于唐之诗人，采乐府之音，以制新律，因系其词，故曰词。传曰：“意内言外谓之词。”其缘情造端，兴于微言，以相感动，极命风谣里巷男女哀乐，以道贤人君子幽约怨悱不能自言之情，低徊要眇，以喻其致；盖诗之比兴，变风之义，骚人之歌，则近之矣。然以其文小，其声哀；放者为之，或跌荡靡丽，杂以昌狂俳优。然要其至者，莫不恻隐盱愉，感物而发，触类条畅，各有所归，非苟为雕琢曼辞而已。

词之兴起，除受燕乐新曲影响外，大抵皆言里巷男女哀乐之情（详见拙著《词体之演进》）。迨此体盛行，乃有所谓贤人君子，借此以达其幽约怨悱不能自言之隐，非其体制本然也。“跌荡靡丽，杂以昌狂俳优”，在当日或目为当行之作；而“恻隐盱愉，感物而发，触类条畅，各有所归”者，又皆一时才士之所为，非如十五国风之出于里巷讴谣也。惠言本《易》学大师，以说经之目光论词，故其要在于“尊体”。惟其独标意格，而又虑世之言词者，惑于“词为小道”及“托体卑”之说，不敢专精探讨也；为不得不别辟途径，拨弃声曲关系，而特立一新系统。其于唐代词人，最推温庭筠氏，谓“其言深美闳约”。于宋贤则主张先、苏轼、秦观、周邦彦、辛弃疾、姜夔、王沂孙、张炎，谓“渊渊乎文有其质焉”（并见《词选·序》）。柳永一派，为所深斥。其言曰：

> 其荡而不反，傲而不理，枝而不物。柳永、黄庭坚、刘过、吴文英之伦，亦各引一端，以取重于当世，而前数子者，又不免有时放浪通脱之言出于其间。后进弥以驰逐，不务原其指意，破析乖刺，坏乱而不可纪。故自宋之亡而正声绝，元之末而规矩隳，以至于今，四百余年，作者十数，谅其所是，互有繁变，皆可谓安蔽乖方，迷不知门

户者也。

所标宗旨，于此可见，而所谓“安蔽乖方，迷不知门户者”，或为浙派而言；所“正声”，所谓“规矩”，皆就操选政者之立场而定，本非一成而不可变之定律。其徒金应珪守其师说，重申其旨云：

> 乐府既衰，填词斯作；三唐引其绪，五季畅其支，两宋名公尤工此体，莫不飞声尊俎之上，引节丝管之间；然乃“琼楼玉宇”，天子识其忠言；“斜阳烟柳”，寿皇指为怨曲；造口之壁，比之诗史；太学之咏，传其主文。举此一隅，合诸四始，途归所会，断可识矣。(《词选·序》)

金氏之言，盖即后来周济所主“词非寄托不入”(《宋四家词选·序论》)之论；而又别陈三蔽：一曰淫词，二曰鄙词，三曰游词。终谓：

> 今欲塞其歧途，必且严其科律，此《词选》之所以止于一百十六首也。

就正统派文学观念言之，张氏《词选》选录之精严，盖自有选本以来，无出其右者。然门庭过隘，又特尊温庭筠，取其《菩萨蛮》十四章，参互证解，以为感士不遇之作，谓“篇法仿佛《长门赋》”；又谓：“照花四句，(照花前后镜，花面交相映。新贴绣罗襦，双双金鹧鸪。)《离骚》初服之意。”一似庭筠词中所表现之胸怀气性，咸足步武灵均。殊不思庭筠之为人，士行尘杂，不修边幅(《旧唐书》卷一百九十下)，虽“能逐弦吹之音，为侧艳之词”，未必有意接迹《风》《骚》，不背“恻隐盱愉”之旨。又据《乐府纪闻》：

> 宣宗爱唱《菩萨蛮》。令孤绹假温庭筠手，撰二十阕以进，戒勿泄；而遽言于人，且曰“中书堂内坐将军”，以讥其无学也。由是疏之。

由此可知，庭筠之词多为应歌而作；即就风格论，亦所谓“香而软”(《北梦琐言》)者。王国维氏，即不以张氏之论为然。其所著《人间词话》云：

张皋文谓飞卿之词，“深美闳约”，予谓此四字，惟冯正中足以当之。刘融斋谓“飞卿词精妙绝人”，差近之耳。

温词情致之婉美，结构之精密，词藻之清艳，的是出色当行；而张氏必欲以《风》《骚》体格附益之，即为此体开山作祖，未免涉于穿凿，作者本意殆不其然。柳永慢词，在词学史上地位，不亚于温氏；而张氏不录其只字，其蔽在过崇词体，乃不惜并其本来面目而亦隐没之。观其《自序》：

义有幽隐，并为指发；几以塞其下流，导其渊源；无使风雅之士，惩于鄙俗之音；不敢与诗赋之流，同类而风诵之也。

其用意固已昭然若揭矣。

我国旧时学者，严于雅俗之界，又喜“托古改制”，往往迷乱本真；就张选以求词学之全，宁复可得？然在词乐失传之后，将欲振兴斯道，非力崇体格不为功。近人吴瞿安（梅）先生云：

皋文《词选》一编，扫靡曼之浮音，接《风》《骚》之真脉。……溯源竟委，辨别真伪。于是常州词派成，与浙词分镳争席矣。（《词学通论》）

朱彊村先生亦颇推挹张选，其《望江南·题清代诸家词集后》云：

回澜力，标举选家能。自是词中疏凿手，横流一别见淄渑。异议四农生。（《彊村语业》卷三）

疏凿《词源》，别开疆宇，使此体上接《风》《骚》，作者襟抱学问，喷薄而出，且以沉着醇厚为宗旨（参用徐珂说），洗荡淫哇；体格既高，而庸滥鄙俚及无病呻吟之作，无由自附于风雅；百年来词学界之得重放光明，又不得不归功张氏矣。

六

常州派词人，何以务在“尊体”？谓将以织往开来也。古人往矣，不妨严定规律，使其就我范围；范围古人，以示来学；清人选词，用意莫不如此。自张氏《词选》出，而词体日尊；然奥窔虽开，而津途未辟；至周济氏，受词法于武进董士锡；董为词又师其舅氏张皋文、翰风兄弟；渊源有自，又从而推拓之。以张选之门庭过隘，而又无迹可寻也，乃标举四家，以示矩范。又为之序曰：

清真，集大成者也。稼轩敛雄心，抗高调，变温婉，成悲凉。碧山餍心切理，言近旨违，声容调度，一一可循。梦窗奇思壮采，腾天潜渊，返南宋之清泚，为北宋之秾挚。是为四家，领袖一代；余子荦荦，以方附庸。(《宋四家词选·序论》)

彼于意境体格，二者兼重；抬举四家，以范围两宋词人，而又示学者以从入之途径云：

问途碧山，历梦窗、稼轩以还清真之浑化。余所望于世之为词人者，盖如此。(同上)

宋词本有疏、密二派(从彊村先生说)，稼轩疏而碧山、梦窗皆密。周氏于碧山又云：

碧山胸次恬淡，故“黍离”“麦秀”之感，只以唱叹出之，无剑拔弩张习气。(《宋四家词选·序论》)

于梦窗又云：

皋文不取梦窗，是为碧山门径所限耳。梦窗立意高，取径远，皆非余子所及；惟过嗜饾饤，以此被议。若其虚实并到之作，虽清真不过也。(同上)

于稼轩又云：

> 稼轩不平之鸣，随处辄发，有英雄语，无学问语，故往往锋颖太露。然其才情富艳，思力果锐，南北两朝，实无其匹，无怪流传之广且久也。(《介存斋论词杂著》)

周氏了然于诸家之得失利病，以碧山无稼轩“锋颖太露”之弊，亦无梦窗“过嗜饾饤”之习，而又“餍心切理，言近指远”，故认为足示学者以梯航，而端其趋向；梦窗运思过密，而立意特高，亦为深造者必由之径；而又虑其能实而不能空也，乃取“才情富艳，思力果锐”之稼轩，以疏宕之；而究极于清真，以期达最高之鹄的。其所标宗旨，殆不仅以“尊体”“开宗”，而特富“传灯”之意；在近代选本中，可谓最能示人以津筏，最有步骤及计划者矣。虽其所论，似仍偏于技术之修养，而堂庑特大，含蕴亦丰。彊村先生题云：

> 金针度，《词辨》止庵精。截断众流穷正变，一镫乐苑此长明。推演四家评。(《彊村语业》卷三《望江南》)

则亦明言其选词标准，盖为暗度金针，而《词辨》一编，周氏又自明定义例，区分正、变。观其附记：

> 向次《词辨》十卷：一卷起飞卿为正；二卷起南唐后主为变；名篇之稍有疵累者为三、四卷；平妥清通才及格调者为五、六卷；大体纰缪、精彩间出为七、八卷；本事词话为九卷；庸选恶札，迷误后生，大声疾呼以昭炯戒为十卷。(《介存斋论词杂著》)

今虽仅存正、变二卷，而旨意可观；其以温庭筠、韦庄、欧阳炯、冯延巳、晏殊、欧阳修、晏几道、柳永、秦观、周邦彦、陈克、史达祖、吴文英、周密、王沂孙、张炎、唐珏、李清照诸家为正，而以李后主、蜀主孟昶、鹿虔扆、范仲淹、苏轼、王安石、辛弃疾、姜夔、陆游、刘过、蒋捷诸家为变，亦具卓识；且于清真、梦窗、碧山、稼轩四家之作，所录独多，并见其与《四家词选》，义例一贯。至张、周二选之大别，则张主谨严，而失之狭隘穿凿；周明正、变，而失之傅会牵强。然为来学阶梯，而仍不忽视词之本体，则周氏之论，终较通达。其《词辨·序》云：

> 夫人感物而动，兴之所托，未必咸本庄雅；要在讽诵紬绎，归诸中正，辞不害志，人不废言；虽乖缪庸劣，纤微委琐，苟可驰喻比类，翼声究实，吾皆乐取，无苛责焉。

作者不必然，而要在读者"讽诵紬绎，归诸中正"，此常州词派之微旨，亦即其所以历百年而不敝者；而"乖缪庸劣，纤微委琐"，在张选所不收者，周氏则视其"苟可驰喻比类，翼声究质"，皆所乐取。词人选词，视经师为闳远矣。

《四家词选》，抑苏而扬辛，退姜、张而进辛、王；而又将北宋诸大家，如晏殊、欧阳修、晏几道、张先、柳永、秦观、贺铸等，隶属于周邦彦之下；范仲淹、苏轼、晁补之等，隶属于辛弃疾之下；林逋、毛滂等，隶属于王沂孙之下；赵令畤、王安国、苏庠等，隶属于吴文英之下；倒本根为枝叶，认祖祢作云仍；虽见地颇高，而措置未妥。此其故盖亦蔽于宗派之说，过执度人之旨，故不惜颠倒衣冠，以就我范畴；然使从事斯学者，有辙可循，秩然不紊，则其功不可没也。

周氏欲以稼轩之"雄心高调"，运梦窗之"奇思壮采"；而不知赏东坡之"清雄"（王鹏运说），适以自限。又取碧山与清真、稼轩、梦窗，分庭抗礼，亦微嫌拟不于伦（彊村先生说）。为矫此弊，而彊村先生之《宋词三百首》，乃继之有作。录宋词八十七家，而柳永十三首、晏几道十八首、苏轼十二首、周邦彦二十三首、贺铸十二首、姜夔十六首、吴文英二十四首；七家之作，乃占全书三分之一以上，俨然推为宗主；而疏密兼收，情辞并重，其目的固一以"度人"为本，而兼崇体制；然不偏不颇，信能舍浙、常二派之所短，而取其所长，更从而恢张之，为学词者之正鹄矣。况周颐序云：

大要求之体格神致，以浑成为主旨。

所谓“浑成”，料即周济所称之“浑化”；衍常州之绪，以别开一宗；晚近词坛，盖悉奉此为圭臬；而以“尊体”诱导来学之词选，至此殆已臻于尽善尽美之境，后来者无以复加矣。

上述清人所选唐、宋词，皆各有主张，影响于词坛者至巨；词学中兴之盛业，朱、张、周、朱诸选本，实为枢机。外此如刘逢禄之《词雅》、成肇麐之《唐五代词选》、周之琦之《心日斋十六家词选》、戈载之《宋七家词选》、冯煦之《宋六十一家词选》等，虽并崇体格，而或“我见”太深，或沙汰未净，俱不足以转移风气，故暂略而不述云。

七

自唐迄今，绵历千载，“曲子词”之发扬滋长，派衍支分，作者何止万家，选本亦无虑数百种，异轨同奔，莫可究诘。然作者以时代关系及个人性情才调之不同，果各有所长，正亦不容偏废。选家目的，既不外“便歌”“传人”“开宗”“尊体”四种，则去取标准，料亦未能出此范围。今歌法久已失传，其声情之美，虽有才智之士，亦终不能悬悟以还当时之旧，则所谓选词以便歌者，在今日固已无所用之矣。“曲子词”之地位，于中国文学史上既树不拔之基，则吾人之所考求，亦当于其所以演变推迁之故，与夫各作者之利病得失，加以深切注意，抱定历史家态度，以衡量各名家之作品，显示其本来面目，而不容强古人以就我范园，抉取精华，而无所歧视；务使此千年来之词学，与其渊源流变之所由，乃至各作家之特殊风格，皆可于此觇之；纯取客观，以明真相，宗派之说，既无所容心；尊体之言，亦已成过去，一时有时之风尚，一家有一家之特质，不牵人以就我，不是古以非今，一言以蔽之：“还他一个本来面目。”吾所望于后之选词者如此。

关于前贤选词之目的与标准既明，则彼应运而生之选本，吾人皆可窥其作用，悟其旨归；读者既可由此知津，亦不至迷方不定；执持衡量，以解众纷；由上述诸家选本，以考求唐、宋迄今词坛风尚，与其转变推迁之故，亦可以思过半矣。吾所望于后之读词选者如此。

词律质疑*

一　北宋词但言乐句无四声之说

词本依声而作，声必协律而后可歌，此必然之理，古今无异议者也。然此所谓律者，乃律吕之律，依所属宫调不同，而异其作用，必准之管弦而俱合，付之歌喉而无所戾，初未尝专以四声清浊当之。唐、宋以来曲子词，据王灼说："音节皆有辖束，而一字一拍，不敢辄增损。"（《碧鸡漫志》一）牛僧孺谓："拍为乐句。"（《漫志》一引）后世所谓依谱填词，但按其句度长短之数、声韵平上之差，便以为能尽协律之能事。其实所谓"音节皆有辖束"者，断不能以后来词谱所定句豆，为可尽之。杨守斋（缵）《作词五要》：

> 第二要择律。律不应月则不美，如十一月调须用正宫，元宵词必用仙吕宫为宜也。

王氏《漫志》亦有"依月用律"之说：

> 崇宁间，建大晟乐府，周美成为提举官，而制撰官又有七。万俟咏雅言，元祐诗赋科老手也。……政和初，召试补官，寘大晟乐府制撰之职，新广八十四调，患谱弗传。雅言请以盛德大业及祥瑞事迹制词实谱。有旨："依月用律，月进一曲。"自此新谱稍传。

张炎《词源》复有相似之记载：

> 美成诸人又复增演慢曲、引、近，或移宫换羽为三犯、四犯之曲，按月律为之，其曲遂繁。

* 本文原刊于《词学季刊》第一卷第三号（1933 年 12 月）。

据上诸说，则填词必应月律，方能谐美。此所谓律，即律吕之律，而关乎宫调方面者；自音谱失传，吾人已无从悬揣其妙用矣。《作词五要》又称：

第三要填词按谱。自古作词，能依句者已少，依谱用字者百无一二。词若歌韵不协，奚取焉？或谓善歌者融化其字则无疵，殊不知详制转折，用或不当则失律，正、旁、偏、侧，凌犯他宫，非复本调矣。

近人蔡桢谓：

按此条所谓谱，乃指音谱而言，与今日仅有平仄可循之词谱不同。此项音谱，亦非通音律者不能运用。(《词源疏证》下)

音谱之不同于后来之所谓词谱，即见四声清浊之未足以赅词律；而杨氏所云"能依句者已少"，盖指准乐句填词者而言。晁补之云：

东坡居士词，人谓多不谐音律；然横放杰出，自是曲子中缚不住者。(《历代诗余》引)

皇甫牧《玉匣记》亦称："子瞻之词虽工，而多不入腔，盖以不能唱曲故耳。"然则歌词之能否协律，必以歌喉为准；而在文字上，固不易确定某字为合律与不合律也。且证以杨缵之说，则世传东坡词多不协律，恐仅就不合乐句而言。至"依谱用字者百无一二"，虽"好音乐，能自度曲"(《宋史·文苑传》)，"顾曲名堂，不能自已"(楼钥《清真文集·序》)之周邦彦，"于音谱且间有未谐"(《词源》下)；横放杰出之东坡，固未足以与语此也。兹取《念奴娇》二阕，为比勘如下：

大江东去，浪淘尽、千古风流人物。故垒西边，人道是、三国周郎赤壁。乱石穿空，惊涛拍岸，卷起千堆雪。江山如画，一时多少豪杰。　　遥想公瑾当年，小乔初嫁了，雄姿英发。羽扇纶巾，谈笑处(一作间)、樯橹灰飞烟灭。故国神游，多情应笑我，早生华发。人生

如梦，一尊还酹江月。(《赤壁怀古》)

凭高眺远，见长空万里，云无留迹。桂魄飞来光射处，冷浸一天秋碧。玉宇琼楼，乘鸾来去，人在清凉国。江山如画，望中烟树历历。　　我醉拍手狂歌，举杯邀月，对影成三客。起舞徘徊风露下，今夕不知何夕。便欲乘风，翻然归去，何用骑鹏翼。水晶宫里，一声吹断横笛。(《中秋》)

二词同为东坡之作，而句度差异如此。万树《词律》知其不可强同，而列《赤壁怀古》为又一体，且以“故垒西边，人道是”为一句，“羽扇纶巾，谈笑处”一句，“多情应笑”为一句，“我早生华发”为一句，已属牵强割裂，至于“小乔初嫁了，雄姿英发”二句，他作皆上四下五，亦知“了”字属下句，断不可通，乃强分为又一体，又从而为之说曰：“首句四字不必论，次句九字，语气相贯，或于三字下，或于五字下略断，乃豆也，非句也。”(《词律》十六）殊不知东坡此阕，语意所到，乃至不恤破坏乐句而为之；若必强傅以“曲子律”，未必果能与曲拍相应，而先丧失其词情，且扞格而不可通。固哉万氏，前人已言“东坡词为曲子中缚不住者”，乃必强加以枷锁何也？厉鹗手批《词律》，抨击万氏几至体无完肤，即如论此词云：“是字读断，殊非坡翁语气。”又云：“‘笑我’二字，固是相联，如何‘我’字可连下读也？必作两四一五，则《词综》所云(《词综》云：本系“多情应”是一句，“笑我生华发”一句。)，亦甚合理。”厉氏对于音律实鲜究心，与万氏为意气之争，亦无当于体要。东坡之被讥为“多不协律”，当就其破坏乐句方面言之；观于上列二词，殆可断定。至于句中平仄，其重要处，如前后两结之六字句，并用“仄平平仄平仄”，比勘都无差舛；则当时所谓不协律，其最大者为不合乐句。其细者必准之弦管，付诸歌喉，而后能晓然于其所以不合之故；初未以四声平仄，当曲中之音律也。

元稹序《乐府古题》，别歌词为“由乐以定词”与“选词以配乐”二种，其言“由乐以定词”者，必“因声以度词，审调以节唱，句度长短之数，声韵平上之差，莫不由之准度”。所谓“声韵平上之差”，殆为后来以四声言词律者之所本。其在北宋，言词律者，尚无清浊四声之说。叶梦得称：

> 柳永为举子时，多游狎邪，善为歌词。教坊乐工每得新腔，必求永为辞，始行于世。(《避暑录话》)

据此，则万俟咏、周邦彦以前，词家之通晓音律，而所作亦尽入腔者，宜莫如柳永。永所撰《乐章集》，悉以宫调区分；则其词之尽付歌喉，无所违迕，殆可推见。试取同一曲名，并隶同一宫调之词，加以比勘，以证四声清浊，不足以赅声律之妙用，而在北宋固不以此言律也。如般涉调之《安公子》，其一首云：

> 远岸收残雨，雨残稍觉江天暮。拾翠汀洲人寂静，立双双鸥鹭。望几点、渔灯隐映蒹葭浦。停画桡、两两舟人语。道去程今夜，遥指前村烟树。　　游宦成羁旅，短樯吟倚闲凝伫。万水千山迷远近，想乡关何处？自别后、风亭月榭孤欢聚。刚断肠、惹得离情苦。听杜宇声声，劝人不如归去。(《彊村丛书》本)

又一首云：

> 梦觉清宵半，悄然屈指听银箭。惟有床前残泪烛，□（此处原脱一字，无从校补）啼红相伴。暗惹起、云愁雨恨情何限。从卧来、展转千余遍。恁数重鸳被，怎向孤眠不暖。　　堪恨还堪叹，当初不合轻分散。及至厌厌独自个，却眼穿肠断。似恁地、深情密意如何拚。虽后约、的有于飞愿。奈片时难过，怎得如今便见。(《彊村丛书》本)

细按词中各字，其无关紧要处，平仄亦有出入，遑论四声？特句法谨严，所有上一下四之句，如前一首之“立双双鸥鹭”“道去程今夜”“想乡关何处”“听杜宇声声”等句，与后一首之“□啼红相伴”“恁数重鸳被”“却眼穿肠断”“奈片时难过”等句，无不合者。又如仙吕调之《西施》三首，虽句度长短各不相同，而前后结并用上一下四之句，如第一首用“早江上兵来”“但空照荒台”；第二首用“爱浅画双蛾”“幸时恁相过”；第三首用“向日夜潜消”“渐结尽春梢”；亦无一乖违者。至其句度参差，或主词有衬字之说，或如张炎所议，为歌者“宛转迁就之声”（《词源》下），歌谱失传，无从质证。然据上列诸证，知北宋词之所谓协律与否，所争仍在乐句；杨缵所称“能依句者已少”，其是之谓欤？

后人言四声，以为是能尽谐音协律之能事者，率以方、杨《和清真词》为口实。万树谓：“但观《清真》一集，方氏和章，无一字而相违，更四声之尽合。”（《词律·自序》）张炎则言：“美成于音谱，且间有未谐。”孰是孰非，姑不具论。且举《清真集》中同用一曲之词，一为比勘。如商调《浪淘沙》：

晚阴重、霜凋岸草，雾隐城堞。南陌脂车待发，东门帐饮乍阕。正拂面、垂杨堪揽结，掩红泪、玉手亲折。念汉浦离鸿去何许，经时信音绝。　　情切，望中地远天阔。向露冷风清无人处，耿耿寒漏咽。嗟万事难忘，唯是轻别。翠尊未竭。凭断云、留取西楼残月。罗带光销纹衾叠，连环解、旧香顿歇。怨歌永、琼壶敲尽缺。恨春去、不与人期，弄夜色，空余满地梨花雪。（郑文焯校《清真集》）

又一首云：

万叶战、秋声露结，雁度砂碛。细草和烟尚绿，遥山向晚更碧。见隐隐、云边新月白，映落照、帘幕千家。听数声何处倚楼笛，装点尽秋色。　　脉脉，旅情暗自消释。念珠玉临水犹悲感，何况天涯客。忆少年歌酒，当时踪迹。岁华易老，衣带宽、懊恼心肠终窄。飞散后、风流人阻，蓝桥约、怅恨路隔。马蹄过、犹斯旧巷陌。叹往事、一一堪伤，旷望极，凝思又把阑干拍。（同上）

二词除四声多出入外，如前一首“玉手亲折”之“折”字叶，后一首“帘幕千家”之“家”字平声不叶；前一首“翠尊未竭”句之“竭”字叶，后一首“岁华易老”句之“老”字不叶；前一首“罗带光销纹衾叠”句之“叠”字叶，后一首“飞散后风流人阻”句之“阻”字不叶；且前一首句法为上四下三，后一首乃为上三下四，于音拍为不合。私意张炎所称“美成于音谱且间有未谐”，于此等句法，庶几近之。至于四声之拘守，纵方、杨和章，无一字相违，又何解于美成之自相刺谬？而况方、杨和作，即就此曲论，如第四、五句，杨乐民作“征鼓催人骤发，长亭渐觉宴阕”，方千里作“柔橹悲声顿发，骊歌恨曲未阕”，周词“陌”字入声，方、杨“橹”字、“鼓”字皆上声；周词“饮”字上声，方、杨“曲”字、“觉”字皆入声，固不如万氏所云“更四声之合”乎？

四声之说，北宋既无所闻，求之周、柳集中，亦多不合；然则协律一事，四声清浊又为一事；虽二者有相通之点，究不可混为一谈。北宋诸词，所谓不协音律之说，固以“乐句”为准，非必一字之清浊四声，不容稍有出入也。

二、四声清浊与音谱关系

自张炎《词源》出，而填词家始有四声清浊之辨，炎之言曰：

先人晚畅音律，有《寄闲集》，旁缀音谱，刊行于世。每作一词，必使歌者按之，稍有不协，随即改正。曾赋《瑞鹤仙》一词云：“卷帘人睡起。放燕子归来，商量春事。芳菲又无几。减风光都在，卖花声里。吟边眼底，被嫩绿、移红换紫。甚等闲、半委东风，半委小桥流水。　还是苔痕湔雨，竹影留云，做晴犹未。繁华迤逦。西湖上、多少歌吹。粉蝶儿、扑定花心不去，闲了寻香雨翅。那知人、一点新愁，寸心万里。”此词按之歌谱，声字皆协，惟“扑”字稍不协，遂改为“守”字，乃协。始知雅词协音，虽一字亦不放过，信乎协音之不易也。又作《惜花春起早》云“琐窗深”，“深”字音不协，改为“幽”字，又不协，再改为为“明”字，歌之始协。此三字皆平声，胡为如是？盖五音有唇、齿、喉、舌、鼻，所以有轻清重浊之分，故平声字可为上、入者此也。听者不知宛转迁就之声，以为为合律，不详一定不易之谱，则曰失律，矧歌者岂特忘其律，抑且忘其声字矣。述词之人，若只依旧本之不可歌者，一字填一字，而不知以讹传讹徒费思索。当以可歌者为工，虽有小疵，亦庶几耳。（《论音谱》）

依张氏之说，其可注意者，约有下列数事：

（一）欲歌词之协律，必使歌者按之，乃可决定其当否。

（二）四声清浊，与音谱有密切关系。

（三）歌词之不合律者，可由歌者设法宛转迁就之。

（四）歌者未必通声律。

（五）按谱当以可歌者为准，不宜只依旧本之不可歌者一字填字，以讹传讹。

炎父张枢既晓畅音律，使四声清浊，即能尽协律之能事，则随声即得，又奚待歌者之按拍而后知之？以此知四声清浊，确与音谱有密切关系，而谓音律之妙用，即尽于此，又不其然。至所谓“宛转迁就之声”，即杨缵所谓“善歌者融化其字”；此在今日之以西乐制谱者，每多用之。而歌者未必通音律，尤未必深究字音之清浊四声，其结果或“凌犯他宫”，或唱来却非其字，此论歌词者所以必须严律也。词之音谱不传，居今日而言词律，将以何人之作为准？纵或一字填一字，四声清浊，一字无违，恐仍不免“以讹传讹，徒费思索”耳。此又言音律者之所以难也。

南宋词家多兼通音律，如姜夔、杨缵、吴文英之徒，善自度腔；其于平仄四声，亦稍精究。吴文英《莺啼序》一曲，集中凡三首。其最为言词律者称道之“傍柳系马”句，用“去上去上”；又一首作“快展旷眼”，声并无违。又一首作“冉冉迅羽”，则第一字不合矣。姑无论“去上去上”，是否在曲中最为美听，一如万氏所云：“今之所疑拗句者，乃当日所为谐音协律者也。”（《词律·自叙》）吾人试取此同样之句，加以玩味，则除“傍柳系马”外，即文英亦不能因难见巧。必以此相拘制，又奚能免“徒费思索”之讥乎？

就文字上之四声平仄论，南宋之于北宋，果然后出转精。自张炎言清浊四声，后人乃得借以悬揣宋词之律，然张氏亦未尝以此为能尽音律之变也。迨沈义父著《乐府指迷》，乃稍畅论四声在填词方面之妙用。其说云：

> 腔律岂必人人皆能按箫填谱？但看句中用去声字，最为紧要。然后更将古知音人曲，一腔三两只参订，如都用去声，亦必用去声。其次如平声，却用得入声字替。上声字最不可用去声字替。不可以上、去、入，尽道是侧声便用得，更须调停参订用之。

沈氏严于上、去之辨，万氏《词律》即沿其说而推衍之。所谓：“平止一途，仄兼上、去、入三种，不可遇仄而以三声概填。”（《词律·发凡》）又论上、去不宜率用之理由云：“上声舒徐和软，其腔低；去声激厉劲远，其腔高；相配用之，方能抑扬有致。”又云：“若上、去互易，则调不振起，便成落腔。”又云：“名词转折跌荡处，多用去声，何也？三声之中，上、入二者可以作平，去则独异。”（并见《发凡》）其说甚辩，然终不足以概其全，则谓四声与音谱有密切之关系可也；谓音谱即可以四声悬定之，则所谓“古知音人曲”，如周邦彦、姜夔、吴文英之徒，且未能尽合，又安从取正？终见其扞格而不能通尔。

万氏称：“词曲一理。”（《词律·发凡》）宋翔凤亦云：“宋、元之间，词与曲一也。以文写之则为词，以声度之则为曲。”（《乐府余论》）言词律而主四声清浊，其殆受南北曲之影响乎？所谓“入之派入三声，为曲言之”，而“今词中之作平者，比比而是”（《词律·发凡》），即其例证矣。请更征之明人王骥德所著《曲律》。其《论平仄第五》云：

> 四声者，平、上、去、入也。平谓之平，上、去、入，总谓之仄。曲有宜于平者，而平有阴、阳；有宜于仄者，而仄有上、去、入；乖其法则曰拗嗓。盖平声声尚含蓄，上声促而未舒，去声往而不返，入声则逼侧而调不得自转矣。故均一仄也，上自为上，去自为去，独入声可出入互用。北音重浊，故北曲无入声，转派入平、上、去三声。而南曲不然，词隐谓“入可代平”，为独泄造化之秘。……其用法则宜平不得用仄，宜仄不得用平（此仄兼上、去）；宜上不得用去，宜去不得用上；宜上、去，不得用去、上，宜去、上，不得用上、去；上上、去去，不可叠用；单句不得连用四平、四上、四去、四入，双向合一不合二，合三不合四。……一调中有数向连用仄声者，宜一上一去间用（按：此谓韵脚）。词隐谓：“遇去声当高唱，遇上声当低唱，平声、入声又当斟酌其高低，不可令混。”或又谓平有提音，上有顿音，去有送音。盖大略平、去、入，启口便是其字，而独上声字须从平声起音，渐揭而重以转入，此自然之理。（《曲律》二）

《论阴阳第六》云：

> 古之论曲者曰：“声分平、仄，字别阴、阳。”……自五声之有清浊也，清则轻扬，浊则沉郁。周氏以清者为阴，浊者为阳，故于北曲中，凡揭起字皆曰阳，抑下字皆曰阴。而南曲正尔相反。南曲凡清声字皆揭而起，凡浊声字皆抑而下。今借其所谓阴、阳二字而言，则曲之篇章句字，既播之声音，必高下抑扬，参差相错，引如贯珠，而后可入律吕，可和管弦。倘宜揭也，而或用阴字，则声必欺字；宜抑也，而或用阳字，则字必欺声；阴、阳一欺，则调必不和；欲诎调以就字，则声非其声；欲易字以就调，则字非其字矣。（《曲律》二）

此言四声清浊，与律调之关系，持论至精。词亦倚曲（此谓燕乐杂曲）而成，自可以此说通之。然曲谱具存，尚可以管弦为准；词则无所取正，纵用白石诸人自度曲，四声清浊，一字不误，亦不复能重付歌喉。所谓“徒费思索”，终无所补。王氏又云：

> 南曲之有阴、阳也，其窍今日始辟，然此义微之又微，所不易辨，不能字字研其至当。当亦如前取务头法，将旧曲子令优人唱过，但有其字是而唱来却非其字本音者，即是宜阴用阳，宜阳用阴之故，较可寻绎而得之也。(《曲律》三)

所有阴、阳之辨，必令优人唱过，而后可知，南曲且如此；况大晟遗曲，早已散为飞烟，而谓依清真之四声，一字填一字，便自诩为协律，可乎？清浊四声，与音谱有重大关系，此无可疑者。倘谓宋词协律之作，悉拘拘于四声清浊之内，一成而不可易，则按之周、柳遗制，未见合符。沈义父云：

> 前辈好词甚多，往往不协律腔，所以无人唱。如秦楼楚馆所歌之词，多是教坊乐工及闹市做赚人所作，只缘音律不差，故多唱之。求其下语用字，全不可读。(《乐府指迷》)

闹市做赚人，宁复精究于四声清浊？徒以口耳相习，动合管弦。词之协律与否，自当以音谱及管弦为断。若仅取前人雅词，拘守四声，以为能中律吕，吾未见其然也。

三、近代词人以四声清浊当词律之不尽可信

自词之音谱失传，后世填词者无所准则，于是有人焉，广采众制之同用一曲者，排比推勘，以求其共同之规式，而注平仄之词谱出。其书之可考者，莫早于明张綖之《诗余图谱》。《四库总目》称：

> 是编取宋人歌词，择声调合节者一百十首，汇而谱之，各图其平

> 仄于前，而缀词于后。有当平当仄、可平可仄二例，而往往不据古词，意为填注，于古人故为拗句以取抗坠之节者，多改谐诗句之律。

继起作者，有明程明善之《啸余谱》，清赖以邠之《填词图谱》，皆依平仄为式，考校未精。至万树《词律》出，《发凡》起例，“考其调之异同，酌其句之分合，辨其字之平仄，序其篇之短长，务标准于名家，必酌中于各制”（《词律·自叙》），而又严去、上之区别，正诸家之缺遗，俾词有准绳，学存矩矱，厥功甚伟。然自是而谈词学者，对于词之音律观念，随之转移。一若平仄四声，可概当时之八十四调。然万氏命名之本旨，固谓：“义取乎刑名法制，若将禁防佻达不率之为者，顾推寻本源，期于合辙而止。”（吴兴祚《词律·序》）初不以此“律”字为音律之“律”也。

词有特殊之音节，后来虽不可歌，要其声韵之美，耐人寻味，实为最富于音乐性之新诗体。而一究其声韵之变化，与句度之长短、字音之平仄，皆有绝大关系，归纳众制，而求出一共通之法则，此为研究词学者切要之图，初不必由此以蕲复唐、宋以来歌词之旧也。自万氏书出，而学者有所遵循，康熙《钦定词谱》，续成巨帙；于是清代言词律者，如霞蔚云蒸，持说益严，取材益富，如吴县戈载、秀水杜文澜、德清徐本立之属，递有增益。谈平仄之不足，进而论上、去；论上、去之不足，更进而言四声；言四声之不足，更进而言清浊阴阳。推其后出转精之由，无非欲复宋人歌词之旧，作者苦而梦想之实现无期，此又今日言填词者之所以徘徊歧路，莫知所适者也。

有清末季，大词人如郑文焯、况周颐之属，皆号为守律至严者。文焯自谓“于音律有神悟”（张孟劬先生说），所著有《词源斠律》等书；所自填词，亦严于四声之辨。至周颐则益为拘守，尝谓：

> 凡协宫律，先审清浊。阴平，清声；阳平，浊声，亦如上、去不可通融（《二云词·绮寮怨·序》）。

是直以四声清浊，当宋人之宫律矣。又于《意难忘词·序》云：

> 细审清真此调，“觞”阳平，“香”阴平，“凉”“浪”阳平，“相”阴平，“郎”阳平，“妆”阴平，“肠”“妨”阳平，“光”阴平，两声相间，抑扬相应，两段一律。至前段起句“黄”阳平，后段起句“双”阴平，所以为换头也。昔人于阴阳平，分析配合，谨严如此，吾辈可忽乎哉？黄九烟先生云“三仄应须分上去，两平还要辨阴阳”，诚知音之言矣（《二云词》）。

果如况氏所云“两段一律”，“阴阳平亦如上、去不可通融”，则清真此词，上阕之“爱停歌驻拍”句，即同于下阕之“解移宫换羽”句；又何以上句用“去平平去入”，下句乃用“上平平去上”？岂宫律仅以韵脚之阴阳为断，其他皆可不顾及乎？此又况氏之不能自圆其说者也。况氏填词，自谓：“除寻常三数熟调外，悉根据宋、元旧谱，四声相依，一字不易。”（《餐樱词·自序》）其实所称“宋、元旧谱”，仅据清真、白石、梦窗诸家词，谨守其四声而已。宋人言律，必以宫调为准；而况氏谓：“今日而言宫调，已与绝学无殊，无庸深求高论。”（赵尊岳《蕙风词史·跋》）是其说已自相矛盾；而必执四声清浊，以当宫律者，无他，特欲因难见巧，且借以为锻炼词句之途术而已。故其说云：

> 畏守律之难，辄自放于律外，或托前人不专家、未尽善之作以自解，此词家大病也。守律诚至苦，然亦有至乐之一境。常有一词作成，自己亦既惬心，似乎不必再改。唯据律细勘，仅有某某数字，于四声未合，即姑置而过存之，亦孰为责备求全者？乃精益求精，不肯放松一字，循声以求，忽然得至隽之字。或因一字改一句，因此句改彼句，忽然得绝警之句。此时曼声微吟，拍案而起，其乐何如！虽剥珉出璞，选薏得珠，不逮也。（《蕙风词话》卷一·三四）

此言确从甘苦中得来，信能极推敲之乐；然束缚已甚，而仍不能重被管弦；

与宋人之所谓“律”，盖迥不相侔，亦“徒费思索”耳。

自蕙风之说出，而海内填词者，益相竞以四声。老友易大厂先生，复创为清浊虚实之论，以实行“填”之一字；虽持之有故，言之成理；而欲以此上窥宋代乐曲之秘奥，以规复当世唱词之法，盖戛戛乎其难矣。

四、结　论

吾人既知四声清浊之说，在北宋未有所闻，而平仄阴阳，又确与音谱有密切关系；则居今日而言词律，将拨弃四声而高谈宫调乎？抑将谨守四声，自诩为可尽协律之能事乎？前贤不可复作，音谱亦淹没无传，声音之道至微，果将何所取正？然归纳众制，尚可发见共通之点；就共通之规式，以求歌词声韵上之变化，与其音节之美，则四声清浊之间，亦大有研究之价值。必守一家之说，以为四声清浊，可以尽宋词音谱之妙，乃谨守勿失，而自诧为能契其微，则恒以偏概全，动多窒碍。吾意今人之言词律，乃如律诗之律；词至今日，特一种句读不葺之新体律诗耳。词体之较律诗为进步，即在其句度声韵变化无方；而当世之所以必依谱（此指音谱）填词者，所谓“由乐以定词”，故“莫不由之准度”。而所为“准度”者，乃在弦管与歌喉，不能执“旧本之不可歌者，一字填一字”，而遽以为有合也。

自音谱失传，而填词乃等于作诗。诗律有精粗，而不能偭规矩。词既有共通之规式，则或依平仄，或守四声，自可随作者之意，以期不失声情之美。今日既无音谱，以定吾词，虽谨守四声，亦只能吟而不能唱。吾知他日必有聪明才智之士，精究乎词曲变化之理，与声韵配合之宜，更制新词，以入新曲。今之乐，犹古之乐也，苟能深明乎声律之妙用，正不妨“自我作古”，更何必以“自制新词”为嫌哉？

古乐府不得不降而为词，词不得不降而为南北曲，当其演变之际，莫不依乐律为转移；而彼此之间，又各有连带之关系。今言词之音律，既不能规复宋人之旧，则何妨自作长短句，而使新乐家协之以律，以验声词配合之理？年来研治词学，既感词不可歌，引为大憾；而所谓四声清浊之说，证之宋贤遗制，亦未祛疑。因草此文，所冀海内宏达，加以匡正。扬声家之余烈，开新曲之先河，俾作者有途辙可循，庶歌词有重兴之日，幸甚！

二十二年十月二十二日，脱稿于真如村居。

研究词学之商榷*

取唐、宋以来之燕乐杂曲，依其节拍而实之以文字，谓之“填词”。推求各曲调表情之缓急悲欢，与词体之渊源流变，乃至各作者利病得失之所由，谓之“词学”。前者在词之歌法未亡之前，凡习闻其声者，皆不妨即席填词，便付弦管借以娱宾遣兴。即在歌词之法已亡之后，亦可依各家图谱，因其“句度长短之数，声韵平上之差”，借长短不葺之新诗体，以自抒其性灵抱负。文人学士之才情富艳者，皆优为之。后者则在歌词盛行、管弦流播之际，恒为学者所忽略，不闻著有专书。迨世异时移，遗声阒寂，钩稽考索，乃为文学史家之所有事。归纳众制，以寻求其一定之规律，与其盛衰转变之情，非好学深思，殆不足以举千年之坠绪，如网在纲，有条不紊，以昭示来学也。

自唐迄宋、元之际，亘数百年，词人辈出，惟务创作，罕著成规。词乐一线之延，至宋季已不绝如缕。张叔夏氏，始著《词源》一书，于是词乃成为专门之学。其上卷专论宫律，属于乐曲方面之事，有《五音相生》《阳律阴吕合声图》《律吕隔八相生图》《律吕隔八相生》《律生八十四调》《古今谱字》《四宫清声》《五音宫调配属图》《十二律吕》《管色应指字谱》《宫调应指谱》《律吕四犯》《结声正讹》《讴曲旨要》等十四目。其下卷兼论作法，属于填词方面之事，有《音谱》《拍眼》《制曲》《句法》《字面》《虚字》《清空》《意趣》《用事》《咏物》《节序》《赋情》《离情》《令曲》《杂论》《五要》（杨守斋《作词五要》）等十六目。虽所论未必尽当，且自歌法失传，其《讴曲旨要》一篇，已不为世所通晓。然词之有学，实始于张氏，而《词

* 本文原刊于《词学季刊》第一卷第四号（1934 年 4 月）。

源》一书，乃为研究词学者之最要典籍矣。

其后沈义父著《乐府指迷》，陆辅之著《词旨》，虽时有精义，未为宏篇。清代词学大行，述作益富。自万树《词律》出，钩稽众制，排比其平、仄之出入，斟酌其字句之分合，务以名家为标准。而又严上、去之区别，正诸家之缺遗，举明、清以来，张綖、程明善、赖以邠诸家之说，摧陷而廓清之，而"图谱之学"，于以建树。题曰《词律》，"义取乎刑名法制"（吴兴祚《词律·序》），非"律吕"之"律"，其性质固与张之《诗余图谱》、程之《啸余谱》、赖之《填词图谱》，异名同质者也。清代治词乐之学者，有凌廷堪之《燕乐考原》，方成培之《香研居词尘》。郑文焯《词源斠律》最晚出，自谓"于音律有神悟"，而其言不免于夸诞。吾友夏瞿禅（承焘），已屡有驳议。声音之道，在乎口耳相传。宋谱既亡，异说纷起，周、张不作，果孰从而正之？此词乐之亡，治音律之学者，所以望而却步也。吴县戈载"慨填词之家，用韵舛杂"（朱绶《词林正韵·序》），于是"探索于两宋名公周、柳、姜、张等集，以抉其阃奥，包孕宏富，剖断精微"（顾千里序），以成《词林正韵》一书。学者咸遵用之，于是戈氏遂成其为"词韵之学"。海盐张宗橚著《词林纪事》，采集唐、宋以来诸家笔记之有关于词者，依计有功《唐诗纪事》之成例，排比作者时代之先后，自唐迄元，有得必书。于是词人之性行里居，约略可睹，以渐成其为"词史之学"。近人王国维著《清真遗事》，吾友夏瞿禅继起有作，所撰《词人年谱》，考证宏博，后出转精。行见"词史之学"，方兴未艾。光绪间，临桂王鹏运与归安朱彊村先生，合校《梦窗词集》，创立五例（详四印斋本《梦窗甲乙丙丁稿》），藉为程期，于是言词者始有"校勘之学"。其后《彊村丛书》出，精审加于毛、王诸本之上，为治词学者所宗。此三百年来，词学成绩之彰彰可纪者也。

词为声学，而大晟遗谱，早已荡为云烟。即《白石道人歌曲》旁缀音谱，经近代学者之钩稽考索，亦不能规复宋人歌词之旧，重被管弦。则吾人今日研究唐、宋歌词，仍不得不以诸大家之制作为标准。词虽脱离音乐，而要不能不承认其为最富于音乐性之文学。即其句度之参差长短，与语调之疾徐轻重，叶韵之疏密清浊，比类而推求之，其曲中所表之声情，必犹可睹。吾人不妨于诸家“图谱之学”外，别为“声调之学”。至于考证词人史迹，校勘词集字句，则近代诸贤已引其端绪，又著有成效。学者触类而长，光大发挥，庶于唐、宋以来，歌词之发展因缘，与诸家之得失利病，皆昭然若揭。兹所望于海内之治词学者，尚有下列三事，请更分别言之。

一、声调之学

词本倚声而作，则词中所表之情，必与曲中所表之情相应。故唐、五代乃至北宋柳永、秦观、周邦彦诸家之作，类多本意，不复于调外标题。盖声词本不相离，倚声制词，必相吻合故也。自曲谱散亡，歌声绝于后人之耳，驯至各曲调所表之情绪，为喜为悲，为宛转缠绵，抑为激昂慷慨，若但依其句度长短，殊未足以尽曲中之情。即依谱填词者，亦复无所准则。即在宋贤遗制中，如秦观之《千秋岁》：

> 柳边沙外。城郭春寒退。花影乱，莺声碎。飘零疏酒盏，离别宽衣带。人不见，碧云暮合空相对。　　忆昔西池会。鹓鹭同倾盖。携手处，今谁在。日边清梦断，镜里朱颜改。春去也，落红万点愁如海。

其声情之悲抑，读者稍加领会，即可得其“弦外之音”。其黄庭坚、李之仪、孔平仲诸家和词（见《历代诗余》），亦皆哀怨。则《千秋岁》曲之为悲调，可以推知。其前乎秦氏之作者，有张先与东坡各一首，虽用入声韵，而所表之情，与秦词犹不相远。至周紫芝以此调贺叶审言生日，黄公度亦以此调作寿词，倚悲声而当“介眉”之献，其不合必矣。细案此调之声情悲抑在于叶韵甚密，而所叶之韵又为“厉而举”之上声，与“清而远”之去声。其声韵既促，又于不叶韵之句，亦不用一平声字于句尾以调剂之，既失其雍和之声，乃宜于悲抑之作。此曲之为悲调，而不合用作寿词，其在声韵上之可考见者如此。又如《浪淘沙》，在唐人作者，皆七言绝句。刘禹锡、皇甫松之遗制，大抵所写为感怀盛衰、迁流怅惘之情。其后因旧曲造新声，变而为长短句，如李后主之作：

帘外雨潺潺。春意阑珊。罗衾不耐五更寒。梦里不知身是客，一晌贪欢。　独自莫凭阑。无限江山。别时容易见时难。流水落花春去也，天上人间。

其凄清哀咽，固犹是旧曲之遗声。至谢逸作：

料峭小桃风。凝淡春容。宾灯山列半天中。丽服妆携手处，笑语匆匆。　酒滴小槽红。一饮千钟。铜壶擎烛绛纱笼。归去笙歌喧院落，月照帘栊。

以写嬉游之盛。取与后主之作相较，知亦不合曲情。宋代诸贤对于择腔之不慎已如此！此文人不通音律，而率意填词之大病也。

宋贤之作，如上述周紫芝、谢逸诸家，已多不合曲情者。然则吾人欲确定某一曲调之为喜为悲，为宛转缠绵，抑为激昂慷慨，果将以何为标准乎？曰：是当取号称知音识曲之作家，将一曲调之最初作品，凡句度之参差长短、语调之疾徐轻重、叶韵之疏密清浊，一一加以精密研究，推求其复杂关系，从文字上领会其声情；然后罗列同一曲调之词，加以排比归纳，则其间或合或否，不难一目了然。例如《六州歌头》，世共传为激壮之曲。《演繁露》云：

《六州歌头》，本鼓吹曲也。近世好事者，倚其声为吊古词……音调悲壮。又以古兴亡事实文之。闻其歌，使人怅慨，良不与艳词同科。

今日此曲流传之最初作品，为贺铸作：

少年侠气，交结五都雄。肝胆洞。毛发耸。立谈中。死生同。一诺千金重。推翘勇。矜豪纵。轻盖拥。联飞鞚。斗城东。轰饮酒垆，春色浮寒瓮。吸海垂虹。闲呼鹰嗾犬，白羽摘雕弓。狡穴俄空。乐匆匆。　　似黄粱梦。辞丹凤。明月共。漾孤篷。官冗从。怀倥偬。落尘笼。簿书丛。鹖弁如云众。供粗用。忽奇功。笳鼓动。渔阳弄。思悲翁。不请长缨，系取天骄种。剑吼西风。恨登山临水，手寄七弦桐。目送归鸿。

篇中既多用三字短句，复以“东”“董”“冻”同叶，又皆为洪亮之音。陡觉繁音促节，奔迸齿颊，而一种亢爽激昂之气概，跃然于字里行间。其悲壮之声情，亦于歌词上充分表出（参看《音乐杂志》创刊号拙著《从旧体歌词组织推测新体乐歌应取之途径》），此从句度、语调、叶韵种种复杂关系，可以窥见曲中所表之情者也。至韩元吉作：

东风著意。先上小桃枝。红粉腻。娇如醉。倚朱扉。记年时。隐映新妆面。面临水岸。春将半。云日暖。斜桥转。夹城西。草软莎平跋马。垂杨渡、玉勒争嘶。认蛾眉凝笑，脸薄拂燕脂。绣户曾窥。恨依依。　　共携手处。香如雾。红随步。怨春迟。销瘦损。凭谁问。只花知。泪空垂。旧日堂前燕，和烟雨，又双飞。人自老。春长好。梦佳期。前度刘郎，几许风流地，花也应悲。但茫茫暮霭，目断武陵溪。往事难追。

所用为“支”“微”韵，平韵不转韵而仄韵转韵，与贺作之全阕同韵，平仄互叶者迥殊。又“支”“微”韵本为萎弱不振之音，乃变而为低抑凄凉之调，而与本曲之响高音壮者，竟不相侔矣。

复次，宋王灼尝称：“贺（铸）《六州歌头》《望湘人》《吴音子》诸曲，周（邦彦）《大酺》《兰陵王》诸曲最奇崛。或谓深劲乏韵。”（《碧鸡漫志》二）据上述《六州歌头》一阕，知此皆从声调上言之。予尝疑周、贺皆善以健笔写柔情，颇受乐曲影响。据毛幵《樵隐笔录》：

绍兴初，都下盛行周清真咏柳《兰陵王慢》，西楼南瓦皆歌之，谓之《渭城三叠》。以周词凡三换头，至末段声尤激越，惟教坊老笛师能倚之以节歌者。

王灼云："《北齐史》及《隋唐嘉话》称：齐文襄之子长恭，封兰陵王。与周师战，尝著假面对敌，击周师金墉城下，勇冠三军。武士共歌谣之，《兰陵王入阵曲》。今越调《兰陵王》，凡三段二十四拍，或曰遗声也。"(《碧鸡漫志》四）考《清真集》中之《兰陵王》，正注"越调"，证以毛幵之说，殆可信其为《兰陵王入阵曲》之遗声。录周词如下：

柳阴直，烟里丝丝弄碧。隋堤上、曾见几番，拂水飘绵送行色。登临望故国，谁识、京华倦客？长亭路，年去岁来，应折柔条过千尺。闲寻旧踪迹，又酒趁哀弦，灯照离席。梨花榆火催寒食。愁一箭风快，半篙波暖，回头迢递便数驿，望人在天北。　　凄恻，恨堆积！渐别浦萦回，津堠岑寂，斜阳冉冉春无极。念月榭携手，露桥闻笛。沉思前事，似梦里，泪暗滴。

全阕皆用入声韵，后段韵尤促，而又多用短句，所谓"后段声尤激越"者，知必于此有关。凡入声字皆短促之音。歌词中激越慷慨之情，或清峭深劲之作，多用入声韵。《满江红》之宜写壮烈怀抱，此稍习倚声者，类皆知之。岳飞一词：

怒发冲冠，凭栏处、潇潇雨歇。抬望眼，仰天长啸，壮怀激烈。三十功名尘与土，八千里路云和月。莫等闲，白了少年头，空悲切。　　靖康耻，犹未雪。臣子憾，何时灭！驾长车，踏破贺兰山缺。壮志饥餐胡虏肉，笑谈渴饮匈奴血。待从头、收拾旧山河，朝天阙。

其尤脍炙人口者也。而一推求其所以能充分表现壮烈抱负之故，则以所用仄韵，故为短促之音，而上下阕两七字句，其句尾之字，又不用平声字以资调协，故宜写激越慷慨之情耳。白石自度曲，如《淡黄柳》《暗香》《疏影》《惜红衣》《凄凉犯》之属，自属清峭深劲，而用韵皆为入声。此歌词表情与叶韵关系之彰彰可考者也。又如周之《大酺》：

> 对宿烟收，春禽静，飞雨时鸣高屋。墙头青玉旆，洗铅霜都尽，嫩梢相触。润逼琴丝，寒侵枕障，虫网吹黏帘竹。邮亭无人处，听檐声不断，困眠初熟。奈愁极频惊，梦轻难记，自怜幽独。　　行人归意速。最先念、流潦妨车毂。怎奈向、兰成憔悴，卫玠清羸，等闲时、易伤心目。未怪平阳客，双泪落、笛中哀曲。况萧索、青芜国。红糁铺地，门外荆桃如菽。夜游共谁秉烛。

其用入声韵，与《兰陵王》同，而三字短句，又略近于《满江红》之下半阕，其所以为“奇崛”者如此。其曲调所表之声情，亦不难于此推见。至贺之《吴音子》《望湘人》，则用上、去韵，而亦足称“奇崛”者，则句度之组织，为有绝大关系。录《吴音子》如下：

> 别酒初销。怃然弭棹蒹葭浦。回首不见高城，青楼更何许。大艑轲峨，越商巴贾。万恨龙钟，篷下对语。　　指征路。山缺处，孤烟起，历历闻津鼓。江豚吹浪，晚来风转夜深雨。拥鼻微吟，断肠新句。粉碧罗笺，封泪寄与。

细案词中前后阕，并叠用四言四句，与寻常曲调之句度参差，奇偶相变者不同。此又句度方面，有关于曲调之表情者也。

由歌词以推测各曲调所表之情，既略如上述。吾人更由此广列众制，以探索各曲调之异宜，虽未必能举而重被管弦，而已足窥见各曲调之性质，用为研究词学之助。兹更取令词之叶韵变化，有关于表情之缓急者，举例说明之。

例一：

> 平林漠漠烟如织，寒山一带伤心碧。暝色入高楼，有人楼上愁。玉阶空伫立，宿鸟归飞急。何处是归程？长亭连短亭。

右李白《菩萨蛮》词，八句，句句叶韵，而前后阕上二句，并用入声短促之韵，下二句则一为“尤”“侯”韵之幽音，一为“庚”“青”韵之清音。于繁弦促柱间，有凄清怨慕之致。

例二：

风乍起，吹皱一池春水。闲引鸳鸯芳径里，手挼红杏蕊。　斗鸭阑干独倚，碧玉搔头斜坠。终日望君君不至，举头闻鹊喜。

右冯延巳《谒金门》词，八句，句句叶韵，兼叶上、去。每句换一意境，情随声转。由是可以推知此曲，宜写迫切而又缠绵往复之情。

例三：

春去也，多谢洛城人。弱柳从风疑举袂，丛兰裛露似沾巾。独坐亦含颦。

右刘禹锡《忆江南》词，五句，三叶韵，又皆为平声“真”韵。其不叶之句，末一字必用仄声，又以三、五、七字为句，音节最为和婉。

例四：

雨晴烟晚。绿水新池满。双燕飞来垂柳院。小阁画帘高卷。黄昏独倚朱阑。西南新月眉弯。砌下落花风起，罗衣特地春寒。

右冯延巳《清平乐》词，八句，上半阕四用仄韵，声情促迫，下半阕四句三叶平韵，音节乃较舒徐。似宜“怨而不怒”之情，始与曲情相应。

略举四例，以资“隅反”。使有好学深思之士，触类而旁通之，于复杂关系中，寻出其共通之点，以自成为一家之学，其裨益于倚声界，岂浅鲜哉？此吾所谓不妨于诸家“图谱之学”外，别为“声调之学”也。

二、批评之学

词家“批评之学”，在宋代诸贤，如杨湜之《古今词话》、胡仔之《苕溪渔隐丛话》，已引其端绪。逮明代杨慎之《词品》、王世贞之《艺苑卮言》，乃至清代诸家词话之作，几如“云蒸霞蔚”，不可指数。然或述词人逸事，或率加品藻，未尝专以批评为职志。及周济之《介存斋论词杂著》《宋四家词选·序论》，刘熙载之《艺概》出，始各标宗旨，自立准绳，以成一家之学。周氏矫浙西词派之积弊，退姜（夔）、张（炎）而进辛（弃疾）、王（沂孙）。不知四家词格之不同，各有其身世关系。治批评之学，而但凭主观之见解，又或别有用意，强人就我，往往厚诬古人。刘书持论甚精，而言多未尽，可以语治词有得之士，未足以使一般读者了然于某一作家利病得失之由也。近人况周颐著《蕙风词话》，王国维著《人间词话》，庶几专门批评之学矣。而王书早出，未为精审，晚年亦颇自悔少作（张孟劬先生说）。况氏历数自唐以来，下迄清代诸家之词，抉摘幽隐，言多允当。自有词话以来，殆无出其右者。而前辈治学，每多忽略时代环境关系，所下评论，率为抽象之辞，无具体之剖析，往往令人迷离惝恍，莫知所归。此中国批评学者之通病，补苴罅漏，是后起者之责也。

今欲于诸家词话之外，别立"批评之学"，必须抱定客观态度，详考作家之身世关系，与一时风尚之所趋，以推求其作风转变之由，与其利病得失之所在。不容偏执"我见"，以掩前人之真面目，而迷误来者。例如东坡《水调歌头》"明月几时有"一阕，题为"丙辰中秋，欢饮达旦，大醉作此篇，兼怀子由"（《彊村丛书》编年本《东坡乐府》），据王宗稷《苏文忠公年谱》，此词实作于在密州任时。词中情事，全为忧生之感。乃后人率依《坡仙集外纪》之说，谓神宗读至"琼楼玉宇"二句，乃叹曰："苏轼终是爱君。"遂以此词所表，全为忠君爱国之思：于是逸笔仙心，几疑为贪恋禄位之作矣。东坡由钱塘移知密州，去山水之邦，而行桑麻之野，其郁郁不乐，屡见各词。此为大醉以后之言，于"爱君"乎何有？此言"批评之学"者，所以首宜注意于作家之身世关系也。

一家之作，亦往往因环境转移，而异其格调。欧阳修《六一词》，世共称其与晏殊《珠玉词》，同学冯延巳《阳春集》者也。其《蝶恋花》诸阕，并互见《阳春集》中，其词格果属于温婉一派矣。而其晚年之作，气骨开张，如平山堂作《朝中措》：

平山阑槛倚晴空。山色有无中。手种堂前垂柳，别来几度春风。文章太守，挥毫万字，一饮千钟。行乐直须年少，尊前看取衰翁。

逸怀浩气，大近东坡，此又年龄之关系词格者也。秦观《淮海居士长短句》，号为婉约一派之正宗。而东坡尝讥其"不意别后，公却学柳七作词"（《高斋诗话》）。其《促拍满路花》：

露颗添花色。月彩投窗隙。春思如中酒，恨无力。洞房咫尺，曾寄青鸾翼。云散无踪迹。罗帐熏残，梦回无处寻觅。　轻红腻白。步步熏兰泽。约腕金环重，宜装饰。未知安否，一向无消息。不似寻常忆。忆后教人，片时存济不得。

风格确与柳氏《乐章》相近。又不独《满庭芳》中之"销魂当此际"，为柳七语（东坡说）也。叶梦得称："秦少游亦善为乐府，语工而入律，知乐者谓之作家。元丰间，盛行于淮、楚。"（《避暑录话》）其所以盛行之故，殆不仅为"语工而入律"，东坡讥秦之语，正复消息可参。迨乎迁谪以还，词格一变而入于凄厉。例如前节所举之《千秋岁》，与下列之梦中作《好事近》：

春路雨添花，花动一山春色。行到小溪深处，有黄骊千百。飞云当面化龙蛇，天矫转空碧。醉卧古藤阴下，了不知南北。

其出笔之险峭，声情之凄厉，较之集中其他诸作，判若两人。此环境之转移，有关于词格之变化者也。

复次，吾人从事批评之学，最忌固执"我见"，偏重"主观"，而忽略"客观"之事质。例如温庭筠士行尘杂，不修边幅，已屡见于《唐书·文艺传》及诸家笔记。其所长惟在"能逐弦吹之音，为侧艳之词"。温词之风格，偏于"香而软"（《北梦琐言》）。其在词坛"开山作祖"，吾人自不容有所忽视。而张惠言《词选》，必曰“温庭筠最高，其言深美闳约”，又以其《菩萨蛮》为“感士不遇之作”，且以上拟《离骚》。张氏欲尊词体，托之“诗之比兴”，乃于温词加以穿凿附会之说，其谁信之？此又别有思存，不仅忽略“客观”之事实而已，批评家之态度，岂宜如此哉？

近人胡适辑《词选》，独标白话，而以唐、宋诸贤制作，画为三期：一曰“歌者之词”，二曰“诗人之词”，三曰“词匠之词”。其在现代文学界中，影响颇大。胡氏尝自称有“历史癖”，而自信力太强，往往偏重“主观”，而忽略“客观”条件。其所谓“歌者之词”及“诗人之词”，且不具论。其所诋为“词匠”之作，举姜夔、史达祖、吴文英、张炎诸家，谓其“重音律而不重内容”（《词选·序》）。殊不知南渡以来，歌词本分二派：姜、吴一派，趋于醇雅，其失固有过于艰深晦涩者。而自靖康之乱，歌谱散亡，倚声填词，失其凭借。于是一、二知音之士，乃思所以振兴坠绪，重被声歌，而音律之考求，渐成专门之学。益以歌词之人，悉为王公贵人所蓄之家妓，如张镃、范成大等，各有家妓肄习声歌，又有专门乐家为之订谱。南宋姜、张一派之注重音律，而又力求醇雅，实由其环境所造成。所制之词，一以供士大夫之欣赏，“重音律”则有之，而“不重内容”，则胡氏殆未深究诸家词集耳。即如梦窗之作，尽有悲壮苍凉、哀感缠绵而不能自已者。例如“灵岩陪庾幕诸公游”之《八声甘州》：

> 渺空烟四远，是何年、青天坠长星。幻苍崖云树，名娃金屋，残霸宫城。箭径酸风射眼，腻水染花腥。时靸双鸳响，廊叶秋声。　宫里吴王沉醉，倩五湖倦客，独钓醒醒。问苍波无语，华发奈山青。水涵空、阑干高处，送乱鸦斜日落渔汀。连呼酒、上琴台去，秋与云平。

其“匠心独运”处，直是超迈绝伦。以读白话词之目光论梦窗，其无当于理必矣。且既称之为“词匠”，则当于其“运斤成风”之手段，加以精微之体会，而后下笔批评，方不失为历史家态度。乃胡氏《词选》仅录其《玉楼春》《醉桃源》二阕，则“词匠”之真实本领，亦被湮没无余。总之，姜、吴诸家之词，各有其风尚，各有其环境，亦自各有其历史上之价值。后人从事批评者，正不容以一人之私见，而率意加以褒贬也。

观于上述诸家对于品评之态度，与其利病得失之由，将欲补弊救偏，抉出诸作者之真面目，以重新估定其在词学史上之地位，期不迷误来者，而厚诬前人，则舍吾所拈出诸标准外，殆未见其有合。汇集诸家词话，别出手眼，以自成一家之言，是在吾党之有志者矣。

三、目录之学

“目录之学”，所以示学者以从入之途，于事为至要。宋陈振孙《直斋书录解题》，后附“歌词”一类，于是歌词始有“目录之学”。其书对于各家词集，间附评语，而或详或略，未足以窥见源流。清康熙钦定《四库全书总目》，于集部附“词曲类”，对各家利病得失及版本流传，时有纠正阐明，视陈书为博大矣。而在当日咸视词为小道，除毛氏《宋六十家词》外，甄录不多，未足以餍学词者之望。近代词学昌明，珍籍日出。自临桂王氏（鹏运）、归安朱氏（孝臧）、仁和吴氏（昌绶）、武进陶氏（湘）从事于词籍之校刊及影刻，其搜罗之广博，雠校之精审，并驾毛本而上之。即宋、元人词之有别集者，已在二三百家。友人武进赵叔雍（尊岳）方汇刻明词，亦在百家以上。至番禺叶遐庵先生（恭绰）选集《清词钞》，其有专集者，又数千家。如此惊人之数量，不有目录提要之作，以抉择幽隐，示学者以从入之途，则兴叹“望洋”，亦同其他载籍。赵氏既自为《明词提要》，其他宋、元以来，乃至清代诸家之作，其重要十倍于明贤，其亟待有目录专书之刊行，盖无疑义。然兹事体大，非一人之力所能胜，合作分工，庶其有济。略陈三义，以质同好诸君。

一、作家史迹之宜重考也。历代词人，除少数位望较高，生平行谊见于正史者外，大抵皆湮没无闻，有时里居仕履及生于何年何代，亦不易探求。其或见诸野乘笔录，亦复艰于类聚。“知人论世”，为治学者之所宜先。允宜仿王国维氏《清真先生遗事》之成规，于各词人之遗闻逸事，钩稽考校，别为年谱或小传之属。然后抉择要点，以入目录，借为读词者考论之资。

二、版本善恶之宜详辨也。词既被视为小道，校刊之学，至近代而始昌明。版本流传，讹舛互见。亦有同为一家词集，而各种版本题号不同，内容亦大有出入者，如欧阳修词，有毛刻《宋六十家词》本之《六一词》，有吴刻《双照楼景宋元明本词》之景宋吉州本《欧阳文忠公近体乐府》，及景宋本《醉翁琴趣外篇》，三本内容，各有出入。辛弃疾词，有毛刻之《稼轩词》，有万载辛氏祠堂本之《稼轩词补遗》，有王刻《四印斋所刻词》之景元信州书院本《稼轩长短句》，有陶刻《涉园景宋金元明本词》之景宋本《稼轩词甲乙丙集》（案：此为毛钞本，原本藏涵芬楼），有天津图书馆藏明吴讷《唐宋百家词》本之《稼轩词甲乙丙丁集》（其甲、乙、丙集同涉园刊本，丁集见赵万里校辑《唐宋辽金元人词》）。其万载本《补遗》，出自《永乐大典》；四印斋本与涉园本，编次大异。若此之类，指不胜屈。又王、朱二家校刻之本，虽同一家之集而后出转精。此亦编纂词学目录提要者，所应详为分剖者也。

三、词家品藻之宜特慎也。各家之风格，往往视其人之身世关系，与一时风尚为转移，已详于前节论“批评之学”中，兹不更赘。目录提要，所以指导学者以从入之途，则于某一作家之风格转变，与其利病得失，举例说明，实为至要。惟所举之例，必确能代表某一作家或某一时期之真面目与真精神，乃不致诬古人而误来学耳。

依上三义，以从事于《词籍目录提要》之编纂，庶几继往开来，成就不朽之业。私意以为不妨先从《四库提要》之词曲类，加以补苴；更取《彊村丛书》，分别选述。宋、元词籍既竟，进而考校清词，由大家以迄小家，集众力以成伟著，是所望于海内治词学者之合作矣。

四、余　论

居今日而言词，自以从事于绝学之研究，为第一要义。至于词本声学，在前贤可以“倚声填词”，借为娱宾遣兴之资。自乐谱散亡，今日已无声可倚，吾人自不妨别作长短句，倩知音者为之协律，以付歌喉。前于《词律质疑》一文中，已略申微旨矣。虽然，词至今日，早经不复能被管弦，而唐、宋作者之遗篇，固为最富于音乐性之文字。吾人悦其声情之美，亦何妨择腔选调，以自填其“长短不葺之诗”？惟是前人淫媟之词，原为应歌而作。若生今日而欲迎合社会心理，尽有流行之淫靡曲调，何不倚其声而为之填词，而必托之唐、宋以来之曲调哉？清代作者，标比兴之义，而词体益尊。其声虽亡，而作者之精神所寄，固当不死。假声情壮美之词调，以写吾身世之感，与忧国忧民之抱负，举热烈纯洁之情绪，以入于“长短不葺之诗”，浩气逸怀，将以“廉顽立懦”。此又区区之意，所望于海内之填词家矣。

论词谱*

——词学通论之一节

词为倚声之学，前人按律以制调，后人依谱以填词，调名既多，各有定谱，词谱之学，关系于词学者深矣。

惟是唐、宋时之词谱，悉就音律言之，一调之侧，缀以音符，有六、凡、工、尺、上、一、四、勾、合、五、尖一、尖上、尖凡、大住、小住、掣、折、大凡、打等管色应指字谱（详见张炎《词源》），张炎所谓“先人晓畅音律，有《寄闲集》，旁缀音谱，刊行于世”者是也。《寄闲集》今已失传，所传宋词旧谱，惟姜夔《白石道人歌曲》中之自制曲十七调，犹可推寻耳。

《四库全书总目·钦定词谱提要》云：“词萌于唐而大盛于宋，然唐、宋两代，皆无词谱。盖当日之词，猷今日里巷之歌，人人解其音律，能自制腔，无须于谱。其或新声独造，为世所传，如《霓裳羽衣》之类，亦不过一曲一调之谱，无裒合众体，勒为一编者。元以来南北曲行，歌词之法遂绝。姜夔《白石词》中，间有旁记节拍，如西城焚书状者，亦无人能通其说。今之词谱，皆取唐、宋旧词，以调名相同者互校，以求其句法、字数；取句法、字数相同者互校，以求其平仄；其句法、字数有异同者，则据而注为又一体；其平仄有异同者，则据而注为可平可仄。自《啸余谱》以下，皆以此法推究，得其崖略，定为科律而已。”观其所论今之所谓词谱，皆由比较得之。盖自歌词之法不传，不得已而归纳众制，以求一共同之规律，亦知非唐、宋音谱之旧式，聊示典型而已。至谓“唐、宋两代，皆无词谱”，则失考已甚。特当时制谱，并缀音符，若后来之《九宫大成谱》，旁注工尺

* 本文原刊于《语言文学专刊》第一卷第一期（1936 年 3 月）。

者然，不似今之词谱，仅标平仄句逗韵叶耳。

方成培《香砚居词麈》："《齐东野语》云：'《混成集》修内司所刊本，巨帙百余，古今歌词之谱，靡不备具。只大曲一类，凡数百解，他可知矣。'白朴《天籁集》又有所谓榷场谱者。惜此二书不传。"据此是唐、宋间词，固自有谱也。明人王骥德亦称："予在都门日，一友人携文渊阁所藏刻本《乐府大全》，又名《乐府混成》一本见示，盖宋、元时词谱。"（《曲律》四）其所录存之小品谱，一似《白石道人歌曲》所缀音符，则宋人词谱之旧式，盖可推想得之矣。

谱之由来，出于腔调，方氏《宫调发挥》云："宋时知音者，或先制腔而后实之以词，如杨元素先自制腔，张子野、苏东坡填词实之，名《劝金船》，范石湖制腔而姜尧章填词实之，《玉楼令》之类是也。或先率意为长短句，然后协之以律，定其宫调，命之以名，如姜尧章《长亭怨慢·自叙》所云是也。又有所谓犯调者，或采本宫诸曲，合成新调，而声不相犯，则不名曰犯，如曹勋《八音谐》之类是也。或采各宫之曲，合成一调，而宫商相犯，则名之曰犯，如姜夔《凄凉犯》、仇远《八犯玉交枝》之类是也。"（《香砚居词麈》五）词必有腔，各腔之音拍不同，以某种符号纪其音拍，斯之谓谱。杨守斋《作词五要》云："作词之要有五：第一要择腔。腔不韵则勿作，如《塞翁吟》之衰飒、《帝台春》之不顺、《隔浦莲》之寄煞、《斗百花》之无味是也。"又云："第三要填词按谱。自古作词，能依句者已少，依谱用字者百无一二。词若歌韵不协，奚取焉？或谓善歌者融化其字则无疵，殊不知详制转折，用或不当则失律，正、旁、偏、侧，凌犯他宫，非复本调矣。"（《词源》附录）所谓"择腔"，所谓"按谱"，皆属于音律方面之事，非后来词谱之平仄、句逗所克赅也。一词有一词之腔，即一调有一调之谱，而所谓谱者，又必详纪其音拍，乃能表示某腔某调之声容，所谓腔之韵不韵，亦必由此，乃可得知。善乎江顺诒之言曰："后之撰词谱者，当列五音而不应列四声，当分宫商之正变，而不当列字句之平仄，当列散声增字之多寡，而不当列一调数体之参差。自宋以后，音律失传，未始非词谱误之也。盖五音四声，皆属天籁。近体平仄押韵有一定，故四声人人皆知。词曲虽有宫商，必待歌而始协律，故五音人人皆不知矣。其始则亦人人知之。今之填词者，舍五音而讲四声，毋亦昧其源乎？”（《词学集成》卷一）虽然，江氏知词之协律，宜注意音谱，而不思自宋以后，音谱早已失传，即有知音之士，亦苦无由悬解，则舍平仄四声，旨夫句逗韵叶之比较，以言词谱，亦戛戛乎其难矣。

自宋、元而后，词之音谱莫传，学者但见前人同用一调之词，其用字之平仄，与夫句度长短之数，亦各有其一定之规则，于是网罗众制，比勘异同，而今之所谓词谱者作焉。据《四库全书》之所著录，有明张綖之《诗余图谱》、程明善之《啸余谱》，清初赖以邠之《填词图谱》、万树之《词律》，以及康熙朝之《钦定词谱》，递相推演，后出转精。计《词律》所收，为调六百六十，为体千一百八十有奇。其篇则取之唐、宋，兼及金、元；于字则论其平仄，兼分上、去，而每详以入作平，以上作平之说（万树自序）。至《钦定词谱》，共八百二十六调，分二千三百二十六体。有一调数名，亦有一名数调者。自十四字起，至二百四十字止。其体有单调、双调、三叠、四段之不同。其句读自一字至九字，各有一定格法，如四字句，有上一下一、中两字相连者，五字句有上一下四者，六字句有上三下三者，七字句有上三下四者，八字句有上一下七，或上五下三、上三下五者，九字句有上四下五，或上六下三、上三下六者，难以悉数。大约以整句为句，半句为读，直截者为句，蝉联不断者为读。（谢元淮《填词浅说》）二书既出，学者多遵用之。其后谢元淮复欲以歌南北曲之法，施之于词，乃谓：“词有声调，歌有腔调，必填词之声调，字字精切，然后歌词之腔调，声声轻圆。调其清浊，叶其高下，首当责之握管者。其用字法，宜平不得用仄，宜仄不得用平，宜上不得用去，宜去不得用上，一调中有数句连用仄声住脚者，宜一上一去间用，韵脚不得用入声代平、上、去字。”又谓：“古词既可叶律，今词何独不然。吾尝欲广征曲师，将历代名词尽被弦管。其原有宫调者，即照原注，补填工尺。其无宫调可考者，则聆音按拍，先就词字以谱工尺，再因工尺以合宫调，工尺既协，斯宫调无讹。必使古人之词，皆可入歌，歌皆合律。其偶有一二字隔碍不叶者，酌量改易，其全不入律者删之。汇成一代雅音，作为后学程式。”（《填词浅说》）其所著《碎金词谱》，即实行此种主张，虽可尽付歌喉，而不免贻讥于“向壁虚造”，言词之士无所取焉。

今言词谱，要仍不得不采用同调比较之一法，而其所应注意之点，不外平仄、句读、领字、韵脚诸端。杨守斋所谓“作词能依句者已少”，近人论词严律者，殆亦所谓“依句”而已。同调比较，其法有二。一为罗列诸家之作，互为比较；一为就本调之上下阕，除起结外，自相比较。兹为举例说明如下：

《念奴娇》一调，《词律》收辛弃疾词为标准，而以苏轼所作为别格。轼词世共议为多不协律者也，辛亦未必洞晓音律，孰为正格？孰为别格？正未可知。惟南宋姜夔，则知音能自度曲，其所作能协音谱，当较可信。今以姜词为主，并举苏、辛此调，及叶梦得和苏韵之作，以资比勘。

姜夔作：

闹红一舸（句），记来时尝与（逗）、鸳鸯为侣（叶）。三十六陂人未到（句），水佩风裳无数（叶）。翠叶吹凉（句），玉容消酒（句），更洒菰蒲雨（叶）。嫣然摇动（句），冷香飞上诗句（叶）。　日暮青盖亭亭（句），情人不见（句），争忍凌波去（叶）。只恐舞衣寒易落（句），愁入西风南浦（叶）。高柳垂阴（句），老鱼吹浪（句），留我花间住（叶）。田田多少（句），几回沙际归路（叶）。

苏轼作：

大江东去，浪淘尽，千古风流人物。故垒西边，人道是，三国周郎赤壁。乱石穿空，惊涛拍岸，卷起千堆雪。江山如画，一时多少豪杰。　　遥想公瑾当年，小乔初嫁了，雄姿英发。羽扇纶巾，谈笑间，樯橹灰飞烟灭。故国神游，多情应笑我，早生华发。人间如梦，一尊还酹江月。

叶梦得作：

云峰横起，障吴关三面，真成尤物。倒卷回潮目尽处，秋水黏天无壁。绿鬓人归，如今虽在，空有千茎雪。追寻如梦，漫余诗句犹杰。闻道尊酒登临，孙郎终古恨，长歌时发。万里云屯瓜步晚，落日旌旗明灭。鼓吹风高，画船遥想，一笑吞穷发。当时曾照，更谁重问山月。

辛弃疾作：

倘来轩冕，问还是、今古人间何物。旧日重城愁万里，风月而今坚壁。药笼功名，酒垆身世，可惜蒙头雪。浩歌一曲，座中人物三杰。休叹黄菊凋零，孤标应也有，梅花争发。醉里重揩西望眼，惟有孤鸿明灭。万事从教，浮云来去，枉了冲冠发。故人何在，长庚应伴残月。

又：

野棠花落，又匆匆过了，清明时节。刬地东风欺客梦，一枕银屏寒怯。曲岸持觞，垂杨系马，此地曾轻别。楼空人去，旧游飞燕能说。　　闻道绮陌东头，行人长见，帘底纤纤月。旧恨春江流不尽，新恨云山千叠。料得明朝，尊前重见，镜里花难折。也应惊问，近来多少华发？

细按此调，上下阕除起三句为有参差外，其余平仄、句读，并无不同，所有可平可仄之字，一加比勘，便可全得，万氏所注，时有未尽。

如辛词“划地东风欺客梦”句，万注“划”字可平，而以姜词“三十六陂人未到”句勘之，则“东”字应注可仄。辛词“旧恨春江流不画”句，万注“旧”字可平，而以姜词“只恐舞衣寒易落”句勘之，则“春”字应注可仄。又如辛词“野棠花落”句，万注“野”字可平，而以姜词“闹红一舸”句勘之，则“花”字亦不妨以入作平。辛词“闻道绮陌东头”句，万氏不注可平可仄，而以姜词“日暮青盖亭亭”句及其他诸家之作证之，则“绮”字正多用平。此万氏对平仄比勘之疏略者也。假定此调以姜作为协音谱，更以诸家之作比勘之，则苏词之平仄不合处，有“浪淘尽”之“尽”字，句读不合处，如“浪淘尽千古风流人物”九字，诸家皆作上五、下四二句：“小乔初嫁了，雄姿英发”二句，诸家皆作上四、下五，叶、辛和作，或然，或否，此犹可谓为别有一格也。至如“故垒西边”以下，上下阕句法本同，万氏以“人道是”三字属上为七字句，以求合下半阕，已觉于语气不顺。若“故国神游，多情应笑我，早生华发”三句，万氏以上下阕相比较，乃并不问语气之通顺与否，遽以“我”字属下为句，是欲掩苏氏失律之病，而转使其文理不通也。以平仄句读，比勘众制，借求所谓词律而为之制谱，其危险殆不可胜言。然舍此之外，亦无他法，要应以当时号称知音者之作为准，庶几可无大过，其有不合如苏、辛诸人者，以“长短不葺之诗”视之可也。

复次，比勘音节，于各种特殊句法，尤应注意。四字句有上一下一、中两字相连者，如柳永《雨霖铃》之“对长亭晚”、《八声甘州》之“倚阑干处”、《迷神引》之“引胡笳怨”，辛弃疾《水龙吟》之“揾英雄泪”等句皆是。五字句有上一下四者，如柳永《竹马子》之“登孤垒荒凉”、周邦彦《拜星月慢》之“隔溪山不断”等句皆是。有一字领七字句者，如姜夔《淡黄柳》之“怕梨花落尽成秋色”、吴文英《唐多令》之“纵芭蕉不雨也飕飕”等句皆是。有一字领三字偶句者，如柳永《迷神引》之“觉客程劳，年光晚”、周邦彦《大酺》之“对宿烟收，春禽静”等句是。有一字领四字偶句者，如周邦彦《意难忘》之“爱停歌驻拍，劝酒持觞”、姜夔《翠楼吟》之“仗酒祓清愁，花销英气”等句是。有一字领五字偶句者，如柳永《黄莺儿》之“观露湿缕金衣，叶映如簧语”等句是。有一字领六字偶句者，如秦观《八六子》之“念柳外青骢别后，水边红袂分时”、周邦彦《西平乐》之“叹事逐孤鸿尽去，心与蒲塘共晚”等句是。有一字领八字偶句者，如周邦彦《风流子》之“羡金屋去来，旧时巢燕，土花缭绕，前度莓墙”、《一寸金》之“念渚蒲汀柳，空归闲梦，风轮雨檝，终孤前约”，刘克庄《沁园春》之“唤厨人斫就，东溟鲸脍，圉人呈罢，西极龙媒”等句是。有两字领六字偶句者，如秦观《八六子》之“那堪片片飞花弄晚，濛濛残雨笼晴”、周邦彦《拜星月慢》之“似觉琼枝玉树相倚，暖日明霞光烂”等句是。凡此之类，殆不胜枚举。此等关系于节拍者至大，又诸家词谱之所未留意及之者也。

总之，居今日而言词谱之学，以归纳比较为能事，而所取以为标准之作，又必以号通音律者为归。举凡平仄、句读、领字、韵脚，有可稍稍出入者，亦有必不可通融者，要视其为寻常之调，抑特殊之调而定。即三仄、上、去之辨，亦以周、吴诸家特殊句法为严，后当于《慢词之声韵变化》内详之，兹为发凡于此云。

令词之声韵组织*

诗人尝试填词，始于小令。小令命名之由来不可考，以意测之，殆等于酒令之令。故恒于酒边花下，即席成篇，随付管弦，借以娱宾遣兴。本有其调，而令作者率尔倚声制词，便试捷才，比诸行令。其体初不甚为文人重视，故作者恒自掩其迹曰："谑浪游戏而已。"（胡寅《酒边词·序》）《乐府诗集·近代曲辞·回波乐》条下云：

> 《本事诗》曰："中宗之世，尝因内宴，群臣皆歌《回波乐》，撰辞起舞。时沈佺期以罪流岭表，恩还旧官而未复朱绂。佺期乃歌《回波乐》辞以见意，中宗即以绯鱼赐之，自是多求迁擢。"《唐书》曰："景龙中，中宗宴侍臣，酒酣，令各为《回波乐》。众皆为谄佞之辞，及自要荣位。次至谏议大夫李景伯，乃歌此辞。"

凡此所称"撰辞起舞""令各为《回波乐》"与"次至"之"次"字，咸足证知令词制作之由，盖与酒令相近。惟此种小调，易于成文，故其发达亦较其他长调为早。其形式组织，亦多由五、七言近体诗变化而来。盖歌词递嬗之际，其迹犹可考知也。

《苕溪渔隐丛话》云："唐初歌词，多是五言诗，或七言诗，初无长短句。自中叶以后至五代，渐变成长短句，及本朝则尽为此体。今所存，止《瑞鹧鸪》《小秦王》二阕，是七言八句诗，并七言绝句而已。《瑞鹧鸪》犹依字易歌，若《小秦王》必须杂以虚声，乃可歌耳。"五、七言诗之变为令词，原为凑合虚声而设，然当时曲调变化至多，依声填词，形式遂异。其间有全用五、七言律诗句法，错综变化以出之者；亦有二字、三字、四字、六

---

* 本文原刊于《制言》半月刊第三十七、三十八期合刊，《章氏国学讲习会学报》第一号（1937年4月）。

字句，音节紧促，与五、七言律，绝迥不相侔者。要其平仄调声之法，与唐人近体诗仍无绝大差异。唐人令词之流传至今，最无疑义者，莫过于《乐府诗集》所录《忆江南》《潇湘神》《调笑》诸曲。如白居易之《忆江南》：

> 江南忆，最忆是杭州。山寺月中寻桂子，郡亭枕上看潮头。何日更重游？

刘禹锡之《潇湘神》：

> 湘水流，湘水流，九疑云物至今愁。君问二妃何处所，零陵香草露中秋。

前一调除起为三字句外，实割五、七言绝句之半为之。后一调则直七绝句之变体，但化首句七字为三字二句叠韵耳。此令词之从五、七言近体诗蜕化而来，最易参透消息者也。至如韦应物、王建诸人之《宫中调笑》，则以二字句与六字句构成，而其叶韵之宛转相生，乃与诗句大异其趣。此令词之渐与近体诗脱离关系，而独创一格者也。录王建词一阕如下：

> 团扇，团扇，美人病来遮面。玉颜憔悴三年，谁复商量管弦。弦管，弦管，春草昭阳路断。

复次，令词之创调，莫备于赵崇祚所编之《花间集》，而温庭筠之作为最早。兹试取温词所用各调，就其句法组织，略为分类帮助，以见令词组织之梗概。计《花间》所收温词，有《菩萨蛮》《更漏子》《归国遥》《酒泉子》《定西藩》《杨柳枝》《南歌子》《河渎神》《女冠子》《玉蝴蝶》《清平乐》《遐方怨》《诉衷情》《思帝乡》《梦江南》《河传》《蕃女怨》《荷叶杯》等十八调。其间除《杨柳枝》为纯粹七言绝句、《梦江南》即《忆江南》外，其增减五、七言诗，而错综变化出之者，有如《菩萨蛮》：

> 小山重叠金明灭，鬓云欲度香腮雪。懒起画蛾眉，弄妆梳洗迟。照花前后镜，花面交相映。新帖绣罗襦，双双金鹧鸪。

《南歌子》：

转眄如波眼，娉婷似柳腰。花里暗相招。忆君肠欲断，恨春宵。

《玉蝴蝶》：

秋风凄切伤离，行客未归时。塞外草先衰，江南雁到迟。　芙蓉凋嫩脸，杨柳堕新眉。摇落使人悲，断肠谁得知？

右三调，除叶韵变化外，原与近体诗句无甚差别。其他诸调，则长短其句，奇偶相生，促节繁音，渐与诗异。其以三言、六言、五言诸种句法构成者，有如《更漏子》：

玉炉香，红蜡泪，偏照画堂秋思。眉翠薄，鬓云残，夜长衾枕寒。梧桐树，三更雨，不道离情正苦。一叶叶，一声声，空阶滴到明。

《定西番》：

海燕欲飞调羽，萱草绿，杏花红，隔帘栊。　双鬓翠霞金缕，一枝春艳浓。楼上月明三五，锁窗中。

右二调特异之点，仍在叶韵变化，迥异乎诗。而《定西蕃》前阕起句之“羽”字，与后起句之“缕”字互叶，乍视之几疑为此处并不叶韵者，此足见依声填词之日趋精密。至句中平仄配合，则仍近体诗之矩矱耳。其以二言、七言、六言、五言诸种句法构成者，有如《归国遥》：

香玉，翠凤宝钗垂篦簌。钿筐交胜金粟，越罗春水绿。　画堂照帘残烛，梦余更漏促。谢娘无限心曲，晓屏山断续。

其以四言、六言、三言、七言、五言诸种句法构成者，有如《酒泉子》：

花映柳条，吹向绿萍池上。凭阑干，窥细浪，雨萧萧。　近来音信两疏索，洞房空寂寞。掩银屏，垂翠箔，度春宵。

其以五言、六言、七言诸种句法构成者，有如《河渎神》：

河上望丛祠，庙前春雨来时。楚山无限鸟飞迟，兰棹空伤别离。何处杜啼不歇，艳红开尽如血。蝉鬓美人愁绝，百花芳草佳节。

其以四言、六言、三言、五言诸种句法构成者，有如《女冠子》：

含娇含笑，宿翠残红窈窕，鬓如蝉。寒玉簪秋水，轻纱卷碧烟。雪胸鸾镜里，琪树凤楼前。寄语青娥伴，早求仙。

其以四言、五言、七言、六言诸种句法构成者，有如《清平乐》：

洛阳愁绝，杨柳花飘雪。终日行人争攀折，桥下水流呜咽。上马争劝离觞，南浦莺声断肠。愁杀平原年少，回首挥泪千行。

其以三言、四言、七言、五言诸种句法构成者，有如《遐方怨》：

凭绣槛，解罗帏。未得君书，断肠潇湘春雁飞。不知征马几时归。海棠花谢也，雨霏霏。

其以二言、三言、五言诸种句法构成者，有如《诉衷情》：

莺语，花舞，春昼午，雨霏微。金带枕，宫锦，凤凰帷。柳弱燕交飞，依依。辽阳音信稀，梦中归。

其以二言、五言、九言、六言诸种句法构成者，有如《思帝乡》：

花花，满枝红似霞。罗袖画帘肠断，卓香车。回面共人闲语，战篦金凤斜。唯有阮郎春尽，不归家。

其以二言、三言、六言、七言、五言诸种句法构成者，有如《河传》：

同伴，相唤。杏花稀，梦里每愁依违。仙客一去燕已飞。不归，泪痕空满衣。　　天际云鸟引情远。春已晚，烟霭渡南苑。雪梅香，柳带长，小娘，转令人意伤。

其以七言、四言、三言诸种句法构成者，有如《蕃女怨》：

万枝香雪开已遍，细雨双燕。钿蝉筝，金雀扇，画梁相见。雁门消息不归来，又飞回。

其以六言、二言、三言、七言诸种句法构成者，有如《荷叶杯》：

一点露珠凝冷，波影，满池塘。绿茎红艳雨相乱，肠断，水风凉。

右列诸调，除句度参差，用韵亦愈趋复杂外，其平仄配置，有异乎近体诗式者。如《归国遥》之“钿筐交胜金粟”“画堂照帘残烛”“谢娘无限心曲”，《酒泉子》之“近来音信两疏索”（别一首作“一双娇燕语雕梁”，平仄又异），《河渎神》之“兰棹空伤别离”“百花芳草佳节”，《清平乐》之“终日行人争攀折”“上马争劝离觞，南浦莺声断肠”“回首挥泪千行”，《遐方怨》之“断肠潇湘春雁飞”（别一首作“梦残惆怅闻晓莺”，平仄又异），《诉衷情》之“莺语，花舞，春昼午”，《河传》之“梦里每愁依违”（别一首作“烟浦花桥路遥”，与此同。又一首作“仙景个女采莲”，平仄句法又异）、“天际云鸟引情远”（别一首作“红袖摇曳逐风暖”，与此同。又一首作“荡子天涯归棹远”，与此异），《蕃女怨》之“万枝香雪开已遍，细雨双燕”。凡此，世并称之为拗句，虽在《花间》诸作者，有时同用一调，亦往往自由出入。万氏《词律》无法以说明其所以出入之故，则称之为又一体。以私意测之，则此等拗句，与其用韵之复杂，正足窥见当时作者倚声填词之法式与其声词相配之精严，《唐书·文艺传》所称“庭筠能逐弦吹之音，为侧艳之词”者是也。因曲调中之轻重抑扬，与其节奏缓急之处，而为之审定字音之平仄，与叶韵之多寡，此惟文人兼通乐律者能之。然此种配合，相差甚微，当时填词家所倚之声，得之口耳之际，而以弦管为准，其所以用同一调，而往往互有出入者，正见词乐盛行之际，作者真正依声而填，不似后来之但取前贤遗制，一依其平仄定式，不能率意变更也。

温氏为填词家开山作祖，令词之组织，至是始日臻完备，而渐与五、七言近体诗脱离。然组织过于精严，又往往为文人所不耐，而轻重配合之际，歌唱与吟诵亦稍不同，歌之其音极美者，吟诵有时翻嫌其拗。《花间》作者，依曲调以填词，故拗句特多，后人依平仄图谱以从事，又觉近体律、绝之最利唇吻，故于唐人拗调，往往摈而不录。即如《诉衷情》一调，温氏起句“莺语，花舞，春昼午”，原为二、二、三句法，而每句皆叶仄韵。至韦庄则云“烛烬香残帘半卷”，直化三句为七言律句，改复杂为单简，而其下云：“梦初惊。花欲谢，深夜。月胧明。何处按歌声，轻轻。舞衣尘暗生，负春情。”其平仄韵互叶，而有错综变化之美，固犹与温词相彷佛也。至如《清平乐》一调，温词有四拗句，孙光宪作则云：

愁肠欲断，正是青春半。连理分枝鸾失伴，又是一场离散。掩镜无语眉低，思随芳草凄凄。凭仗东风吹梦，与郎终日东西。

除下半首句同温词外，余皆化为近体诗式矣。宋人之作，则并此句亦化拗为谐，例如晏殊作：

红笺小字，说尽平生意。鸿雁在云鱼在水，惆怅此情难寄。斜阳独倚西楼，遥山恰对帘钩。人面不知何处，绿波依旧东流。

吾人随口吟哦，便觉较之温作，为尤谐婉。故后来之为此调者，几悉依之。此令词组织之近于律、绝诗者所以流传为广也。

复次，《花间集》所收令词，有不为后人所乐用，而其句法组织，大异律诗，而渐开慢词之轨辙者，有如毛文锡之《接贤宾》：

香鞯镂襜五花骢。值春景初融，流珠喷沫躞蹀，汗血流红。少年公子能乘驭，金镳玉辔珑璁。为惜珊瑚鞭不下，骄生百步千踪。信穿花，从拂柳，向九陌追风。

又《恋情深》：

滴滴铜壶寒漏咽，醉红楼月。宴余香殿会鸳衾，荡春心。真珠帘下晓光侵，莺语隔琼林。宝帐欲开慵起，恋情深。

右二调，如《接贤宾》之“值春景初融”及“向九陌追风”，是上一下四句法；《恋情深》之“醉红月”，是上一下三句法；并为句法组织上之特异者，其有关于曲调之节拍，亦可推知矣。

令词创调之多，莫过于《花间》诸作者。句法叶韵之变化，未易殚述。而后来习用之调，则仍以组织近乎近体诗式者为最盛行。故知平仄调谐，利于唇吻，既便于入乐，亦适于吟诵，又为词乐既亡之后，学者所最宜肄习者也。《花间》词调，后人用之最多者，如《浣溪沙》（韦庄作）云：

惆怅梦余山月斜，孤灯照壁背红纱，小楼高阁谢娘家。　　暗想玉容何所似，一枝春雪冻梅花，满身香雾簇朝霞。

是七言绝句之化身也。如《木兰花》（韦庄作）云：

独上小楼春欲暮，愁望玉关芳草路。消息断，不逢人，欲敛细眉归绣户。　　坐看落花空叹息，罗袂湿斑红泪滴。千山万水不曾行，魂梦欲教何处觅。

是七言仄韵律诗之变化，惟改第三句七字为三字二句，上下阕所用韵又不同部耳。而宋人所作，则悉改从仄韵律诗体式，例如晏殊作云：

燕鸿过后莺归去，细算浮生千万绪。长于春梦几多时，去似秋云无觅处。　　闻琴解佩神仙侣，挽断罗衣留不住。劝君莫作独醒人，烂醉花间应有数。

又如《小重山》（韦庄作）云：

一闭昭阳春又春。夜寒宫漏永，梦君恩。卧思陈事暗消魂。罗衣湿，红袂有啼痕。　　歌吹隔重阍。绕庭芳草绿，倚长门。万般惆怅向谁论？凝情立，宫殿欲黄昏。

《江城子》（牛峤作）云：

鵁鶄飞起郡城东。碧江空，半滩风。越王宫殿，苹叶藕花中。帘卷水楼鱼浪起，千片雪，雨蒙蒙。

《临江仙》（张泌作）云：

烟收湘渚秋江静，蕉花露泣愁红。五云双鹤去无踪。几回魂断，凝望向长空。　　翠竹暗留珠泪怨，闲调宝瑟波中。花鬟月鬓绿云重。

古祠深殿，香冷雨和风。

《虞美人》（毛文锡作）云：

鸳鸯对浴银塘暖，水面蒲梢短。垂杨低拂曲尘波，蛛丝结网露珠多，滴圆荷。　　遥思桃叶吴江碧，便是天河隔。锦鳞红鬣影沉沉，相思空有梦相寻，意难任。（上下阕结句与后来流传之作微异。）

《巫山一段云》（毛文锡作）云：

雨霁巫山上，云轻映碧天。远峰吹散又相连，十二晚峰前。暗湿啼猿树，高笼过客船。朝朝暮暮楚江边，几度降神仙。

《生查子》（牛希济作）云：

春山烟欲收，天淡稀星小。残月脸边明，别泪临清晓。　　语已多，情未了，回首犹重道。记得绿罗裙，处处怜芳草。（下半阕三字二句后来多作五字一句。）

《采桑子》（和凝作）云：

蝤蛴领上诃梨子，绣带双垂。椒户闲时，竞学樗蒲赌荔枝。丛头鞋子红编细，裙窣金丝。无事颦眉，春思翻教阿母疑。

《渔父》（和凝作）云：

白芷汀寒立鹭鸶，苹风轻剪浪花时。烟幂幂，日迟迟，香引芙蓉惹钓丝。

《醉公子》（顾敻作）云：

岸柳垂金线，雨晴莺百啭。家住绿杨边，往来多少年。马嘶芳草远，高楼帘半卷。敛袖翠蛾攒，相逢尔许难。

并用五、七言律、绝句法，错综变化而成。至于宋人传唱最盛之令词，如《蝶恋花》（晏殊作）云：

六曲阑干偎碧树。杨柳风轻，展尽黄金缕。谁把钿筝移玉柱，穿帘海燕双飞去。　　满眼游丝兼落絮。红杏开时，一霎清明雨。浓睡觉来莺乱语，惊残好梦无寻处。

亦为七言仄韵律诗之变化，特于次句增二字，化为两句，又句句叶韵，声情较为紧促耳。又《鹧鸪天》(晏几道作)云：

彩袖殷勤捧玉锺，当年拚却醉颜红。舞低杨柳楼心月，歌尽桃花扇底风。　从别后，忆相逢，几回魂梦与君同。今宵剩把银釭照，犹恐相逢是梦中。

直是全章七律，仅第五句化七言为三言两偶句耳。诸如此类，以五、七言律、绝体势，解散而成令词者，殆不胜枚举。以此知词所依声，虽出于胡夷里巷之曲，而所谓诗客曲子词，鲜不脱胎于近体律、绝者。于以见轻重配合之理，与夫四声平仄之妙用，举凡入乐歌词之和谐美听者，未有不由之以为准则，又非特令词为然也。

令词体势，由律、绝诗解散错综变化而成，既如上述，其递嬗之际，所以能合乎当时流行之曲调，而耳目一新者，一方固由长短其句，有参差繁复之美，一方则以叶韵变化，能随情绪之缓急轻重，而为之调节，较之律、绝，为进步多多耳。歌词叶韵之作用有二：一为应用同声相应之理，俾易和协美听；一为调节情感，表示某种境界或心理之转变。而在唐宋间所用曲调，有既叶平韵，又叶仄韵者，显有主副之别，其副韵为使音节繁变，增益声情之美，于调节情感，较少关系。所谓副韵，又与转韵不同。如《调笑令》《菩萨蛮》《更漏子》《河渎神》《清平乐》《虞美人》《醉公子》之属，其平仄韵二句一转，或上、下阕换韵者，谓之转韵。至于《女冠子》，通首皆用平韵，而温作首句之“笑”，与次句之“窕”相叶。《诉衷情》亦通首平韵，而温作之“语、舞、午”三字相叶，“枕、锦”二字又相叶。《荷叶杯》亦叶平韵，而温作之“冷、影”二字相叶，“乱、断”二字又相叶。如此之类，固当以平韵为主，而以仄韵为副。此亦研究令词者所不可不知也。

所谓叶韵为调节情感者，凡情绪之缓急，恒与叶韵之疏密，互相适应。

大抵句句叶韵者，其情绪之转变，为较急促；隔句叶韵者，乃较缓和。例如冯延巳之《谒金门》：

> 风乍起，吹皱一池春水。闲引鸳鸯香径里，手挼红杏蕊。　斗鸭阑干独倚，碧玉搔头斜坠。终日望君君不至，举头闻鹊喜。

此句句叶韵体也。试味其情境，一句一转，个中人之迫切心绪，可见一斑。触类旁通，足资隅反。吾尝持“情、声、词”相应之说，以衡一切韵文。而于唐、宋歌词，观其曲调之组织，举凡句度长短，平仄配置，与夫叶韵疏密，皆有其所以然之故。而惜乎自来言“词谱”或“词律”者，未曾有所发明也。他时天许小休，辄拟细为分析，以宣厥奥。兹先略引其端云。

谈谈词的艺术特征 *

词是依附唐、宋以来新兴曲调的新体抒情诗，是音乐语言和文学语言紧密结合的特种艺术形式。它的发生和发展，由诗的“附庸”而“蔚为大国”，是和乐曲结着“不解之缘”的。它的长短参差的句法和错综变化的韵律，是经过音乐的陶冶，而和作者起伏变化的感情相适应的。一调有一调的声情，在句法和韵位上构成一个统一体。它是顺着人类发音器官的自然规律，从而创造各种不同的格式，通过这些格式来表达各种不同的情感。把它咏唱起来，是会使人感到“渐近自然”的。它之所以不同于一般五、七言古、近体诗，乃至夹有长短句的乐府诗，也就只在它的句法和韵律是要受曲调的约束，而这种约束是循着人类语言的自然法则来制定的。我们要了解词的艺术特征，仍得向它的声律上去体会，得向各个不同曲调的结构上去体会。作者能够掌握这些规律，选择某一适合表达自己所要表达的感情的曲调，把词情和声情紧密结合起来，也就会产生各种不同的风格和面貌，引起读者的共鸣。在词的领域中，也一样是百花齐放，丰富多彩的。

一个批评家的眼光，常是会被时代和环境所局限，从而以偏概全，看不见事物的整体。就是这个诗（这里所说的诗，指的是五、七言古、近体诗）和词在语言、技法、风格、意境上的差别问题，在北宋作家如晁补之、李清照等早就提出来了。所谓“少游（秦观）诗似小词，先生（苏轼）小词似诗”（《苕溪渔隐丛话》前集卷四十二引《王直方诗话》中晁补之、张耒说），所谓“王介甫（安石）、曾子固（巩）文章似西汉，若作一小歌词，则人必绝倒，不可读也。乃知别是一家，知之者少”（《丛话》后集卷三十三

---

* 本文原刊于《语文教学》第六期（1957 年 6 月）。

引李清照说）。究竟这诗和小词的差别在哪里呢？

我们且看秦观的诗怎样会“似小词”。元好问曾经说过：“有情芍药含春泪，无力蔷薇卧晓枝。拈出退之山石句，始知渠是女郎诗。”（《遗山文集》卷十一《论诗绝句》）这前两句是引的秦观《春日》绝句的后半首，《山石》是韩愈作的七言古体诗。这可见宋、金诗人心目中的诗和词是有怎样的不同性质。这一对比，恰好说明当日所称当行出色的“小词”该是属于软性的。这和俞文豹《吹剑录》所载：“东坡在玉堂日，有幕士善歌。因问：‘我词何如柳七？’对曰：‘柳郎中词，只合十七八女郎，执红牙板，歌杨柳岸晓风残月（柳作《雨霖铃》）。学士词，须关西大汉，铜琵琶，铁绰板，唱大江东去（苏作《念奴娇》）。’”同样说明了彼时彼地所谓诗、词在风格上的差别问题，也就是后来词家分成婉约、豪放两大流派的根本原因。

为什么彼时彼地一般人的心目中会存在着这样一个差别见解呢？据我个人的看法，还得注意它的音乐关系。因为词所依的“声”多是出于歌台舞榭的，依着它的曲调填的词多是交给“十七八女郎执红牙板”去唱的，所以它的风格也就自然要倾向软性的一面。所谓“绮罗香泽之态，绸缪宛转之度”（胡寅《酒边词·序》），也正是为了适应教坊歌曲的一种抒情手法。但从有了“横放杰出，自是曲子中缚不住”（《能改斋漫录》卷十六晁补之评东坡词语）的东坡词以后，简直就是“以词为诗”（陈师道《后山诗话》）。所谓“逸怀浩气，超然乎尘垢之外”（胡寅语），开辟了阳刚的一派，一直就在词坛上和软性的阴柔一派并驱争流。这只能说是在词的领域内有了两种不同的风格；而这两种风格是自《诗经》《楚辞》以来，直到所有五、七言古、近体诗以及南北曲，都是同时存在着的。

我总觉得词所以“上不似诗，下不类曲”，它的主要关键，仍只在曲调的组成方面。由于作者的性格和所处的环境不同，而又善于掌握各个不同曲调的自然规律，因而产生各种不同的技法和风格；而这种种不同的技法和风格，却都是存在于词的领域以内的。清代词人不了解从发展去看问题，不了解从整体去看问题，只凭个人的主观，抓着一些个别现象夸张起来，要想显示自己独具只眼，实际是一手掩不尽天下人耳目的。例如刘体仁把“夜阑更秉烛，相对如梦寐”（杜甫《羌村》三首）和“今宵剩把银釭照，犹恐相逢是梦中”（晏几道《鹧鸪天》）作为对比，认为这就是“诗与词之分疆”（《七颂堂词绎》）。他不从这两位作家在当时的物质环境和心理状态上去分析这两种作品的不同意格，却只管在每个句子的音响上，就一时的感觉，似乎有些刚柔异样，便把它咬定是什么“诗与词之分疆”，这是毫无是处的。如果照刘体仁的说法，那么我也可以举出范仲淹的“都来此事，眉间心上，无计相回避”《御街行》）来和李清照的“此情无计可消除，才下眉头，又上心头”（《一剪梅》）作个对比。这两者所抒写的情感和所使用的语言，乍看好像没有什么两样；但是它的风格显然是有着阳刚和阴柔的绝大差别，难道也可以说这是“诗与词之分疆”吗？同时王士祯也有近似的说法：

或问诗词、词曲分界，予曰“无可奈何花落去，似曾相识燕归来”，定非香奁诗；“良辰美景奈何天，赏心乐事谁家院”，定非《草堂》词也。（《花草蒙拾》）

我们且看晏殊把这两个平生得意的句子是怎样和其他的句子组成一个整体的：

上巳清明假未开，小园幽径独徘徊。春寒不定斑斑雨，宿醉难禁滟滟杯。无可奈何花落去，似曾相识燕归来。游梁赋客多风味，莫惜青钱万选才。（《示张寺丞王校勘七律》）

一曲新词酒一杯，去年天气旧亭台。夕阳西下几时回？ 无可奈何花落去，似曾相识燕归来。小园香径独徘徊。（《浣溪沙》）

这一诗一词，有三个句子是完全一样的。虽然也有人说，“细玩‘无可奈何’一联，情致缠绵，音调谐婉，的是倚声家语，若作七律，未免软弱”（张宗橚《词林纪事》卷三），其实这只是一些错觉。因了七律形式过于呆板，把这两个名句放在类似绝句的小令中，确是比较更觉得“情致缠绵”，但也绝对不能说这是什么诗、词的分界。作者就是同时把它放在七言律诗里面，难道可以否认它，说它不成其为诗么？至于“良辰美景奈何天，赏心乐事谁家院”，自然是汤显祖《牡丹亭还魂记》里面的名句，但也得和上文“原来姹紫嫣红开遍，似这般都付与断井颓垣”，下文“朝飞暮卷，云霞翠轩，雨丝风片，烟波画船，锦屏人忒看的这韶光贱”（《牡丹亭》第十出《惊梦》）联合起来看，才显得它的特殊风调。它所用的曲牌《皂罗袍》是句句押韵，平仄通协的。这和宋词的面目，自然要现出两样；但却不是什么单纯地在风格上和《草堂》词（《草堂诗余》所收的五代、宋词）有截然的界限。因为词和曲的不同领域中，又各有其丰富多彩的园地，很难拘以一格，而且各自构成整体，不容许分割开来看的。如果割下一些名句，肯定它是诗、是词、是曲，那末，宋词中也有很多是用的唐人诗句，元、明戏曲中也有很多是用的唐诗、宋词，把它融化得恰到好处，有什么截然不同的界线呢？且看王实甫《西厢记·长亭送别》中那一段：

> 碧云天，黄花地。西风紧，北雁南飞。晓来谁染霜林醉？总是离人泪。（正宫《端正好》）

这前面两个三字句，不就是范仲淹《苏幕遮》词上面的话么？还有“听琴”第一折：

> 落红成阵，风飘万点正愁人。池塘梦晓，阑槛辞春。蝶粉轻沾飞絮雪，燕泥香惹落花尘。系春心、情短柳丝长，隔花阴、人远天涯近。香消了六朝金粉，清减了三楚精神。（《混江龙》）

这“风飘万点正愁人”是从杜甫《曲江》七律诗中取来的，“人远天涯近”是从朱淑真《生查子》词中取来的。作者借用这些唐诗、宋词中的名句，巧妙地和其他色彩相称的许多词汇，通过特种曲调的音节，结合成为一个整体。它的特殊情调，仍是由曲调的组织形式来决定的。

我们如果不从各个作品上去推究它的错综复杂关系，不从它的整体上去分析它的继承性和创造性，不从它的音乐性和艺术性的结合上去体会它的不同风格，而盲从一般词话家的片面之言，那对古典文学的欣赏和学习，是会走进黑漆一团的牛角尖里，没有光明前途的。

现在，再掉过头来，进一步谈谈我个人对词的艺术特征的看法。为什么说词是音乐语言和文学语言紧密结合的特种艺术形式呢？这得追溯一下词的发生和发展的简单历史。王灼曾经说过："隋以来，今之所谓曲子者渐兴，至唐稍盛，今则繁声淫奏，殆不可数。古歌变为古乐府，古乐府变为今曲子，其本一也。"（《碧鸡漫志》卷一）这里所说的"今曲子"，就是唐、宋以来词家所依的"声"。依附这"今曲子"的"声"来作成长短句的歌词，原来叫作"曲子词"（欧阳炯《花间集·序》），后来把它简称作"词"，实质上还是音乐语言和文学语言的结合体。刘昫《旧唐书·音乐志》卷十也曾提到"自开元以来，歌者杂用胡夷里巷之曲"。这"胡夷里巷之曲"，也就是王灼所说的"今曲子"。这"今曲子"从隋以来，直到唐、五代、宋好几百年中正在不断地发展着。依附这些不断发展的新兴曲调来制作的新体歌词，也是经过无数的音乐家和文学家的不断合作，不断改进，才得逐渐组成这个音乐语言和文学语言紧密结合的特种艺术形式。我们只要把郭茂倩《乐府诗集》中《近代曲辞》这一类杂采唐诗人的五、七言古、近体诗配入许多当世流行的新兴曲调，进一步解散五、七言律、绝诗来配合各式各样的令曲，更进一步错综变化组成宋代盛行的慢曲长调，这漫长一段时期的演进历史，可以看出词的艺术特征，主要的关键，绝对是从每个曲调的整体上表现出来的。

所谓音乐语言和文学语言的结合，这个自然规律，在齐、梁时代沈约就早经发明了。他曾说过："夫五色相宣，八音协畅，由乎玄黄律吕，各适物宜。欲使宫羽相变，低昂互节，若前有浮声，则后须切响。"(《宋书》卷六十七《谢灵运传论》) 由于这个"玄黄律吕，各适物宜"，和"宫羽相变，低昂互节"的自然法则的发明，经过无数作家的长期实践，最初是组成了"奇偶相生"，音节和谐的五、七言律、绝形式。但这种形式虽然富有高低抑扬的音饰，可使读者和听者发生快感，却因过于整齐的格局，很难和人类起伏变化的感情恰相适应，因之也就不容易和参差繁复的新兴曲调紧密结合，这对"各适物宜"的原则还是有很大距离的。人类语言生来就有其高低抑扬的自然节奏，但在汉民族的孤立语中，要把它连缀起来，在每个字的意义和声调上配合得非常适当，非得经过长期的音乐陶冶，就很难恰如其分地表达作者的起伏变化的感情，引起听者共鸣的作用。唐、宋以来长短句歌词的艺术特征，我觉得是应该在这些方面去深入了解的。

我们要了解词的特殊艺术形式，简略地说来，是该从每个调子的声韵组织上去加以分析，是该从每个句子的平仄四声和整体的平仄四声的配合上去加以分析，是该从长短参差的句法和轻重疏密的韵位上去加以分析。由各个独体字的安排适当，组成一个完整的统一体；把这个统一体加以深入体会，掌握某一个调子的不同节奏，巧妙地结合着作者所要表达的各种喜怒哀乐的不同情感，这样，就能够填出感染力异常强烈的好词。古人填词，特别重视选调、选韵，它的这些关键是要善于掌握的。我们如果彻底了解了这些自然法则，也就不妨解脱过去所有曲调（也叫作词牌或曲牌）的束缚，而自己创造一种崭新的长短句歌词。这在宋代音乐家兼诗人的姜夔，早就这样做过了。他曾说起："予颇喜自制曲，初率意为长短句，然后协以律，故前后阕多不同。"(《白石道人歌曲》卷四《长亭怨慢·小序》) 他是深切了解音乐语言和文学语言紧密结合的基本法则的。所以他作的自制曲《暗香》《疏影》，经过"工妓隶习"之后，自见"音节谐婉"（同上《暗香·小序》）的妙处。

一般地说来，人类的情感，虽然因了物质环境的刺激从而触起千态万状的心理变化，但总不出乎喜、怒、哀、乐、爱、恶、欲的范围，也可以概括为喜、怒两大类。人类借以表达种种不同情感的语言音节，虽然也有轻、重、缓、急的种种差别，也可以概括为和谐与拗怒两大部分。唐、宋人所组成的“今曲子词”，尤其是慢曲长调，在这上面是十分讲究的。它能在和谐与拗怒的音节方面，加以适当的安排，构成矛盾的统一体，借以表达作者所要表达的某种微妙感情而恰如其量。这在柳永、周邦彦、姜夔诸家的词集中，更是值得我们深入探究的。

为了帮助读者对词的特种艺术形式的一般了解，姑且就一般常用的几个曲调，也就是现行文学课本中所能见到的几个曲调，随手拈来，作一些粗浅的分析。

首先来谈谈苏轼《赤壁怀古》的《念奴娇》。这个调子为什么适宜于表达豪放激壮一类的感情呢？我们先来探讨一下这个曲调的由来。据元稹《连昌宫词》自注：“念奴，天宝中名倡，善歌。每岁楼下酺宴，累日之后，万众喧隘。严安之、韦黄裳辈辟易不能禁，众乐为之罢奏。玄宗遣高力士大呼于楼上曰：‘欲遣念奴唱歌，邠二十五郎吹小管逐，看人能听否？’未尝不悄然奉诏。”（《元氏长庆集》卷二十四）又王灼引《开元天宝遗事》：“念奴有色，善歌，宫伎中第一。”“每执板当席，声出朝霞之上。今大石调《念奴娇》，世以为天宝间所制曲。”（《碧鸡漫志》卷五）根据这些记载，这《念奴娇》的曲调，虽然很难确定是出于天宝间；但看这个曲调的命名，它的音节高亢，是可以断言的。现在就把苏词的文学语言来加以探索，这调子之所以适合于表达激越豪壮一类的情感，是和它的句法和韵位上的适当安排分割不开的。一般五、七言近体诗的调声法式，在每个句子中是两平两仄相互调换，而把逢双的字作为标准，所谓“一三五不论，二四六分明”；

在每首诗的整体中是隔句押韵，每一联（两个对句叫作一联）的末一字是平仄互换的。例如杜甫《登高》七律“无边落木萧萧下，不尽长江滚滚来”，上句末一字是仄声，下句末一字是平声。像这样的安排，是只有“和谐”而不会发生“拗怒”，这对表达激越豪壮一类的情感是很难做到“各适物宜”的。再掉过头来，检查《念奴娇》这个曲调在文字上的句法和韵位的安排，是怎样来和高亢的声情相结合的。根据这个曲调的其他作品，除掉上阕的“乱石穿空”一句，下阕的“遥想公瑾当年”和“故国神游”二句，句末是用的平声字，在全词的整体上发生一些“和谐”作用外，其余如“故垒西边，人道是三国周郎赤壁”二句，依律应读作“故垒西边人道是，三国周郎赤壁”；“羽扇纶巾谈笑间，狂虏灰飞烟灭”二句，依别本应改作“羽扇纶巾谈笑处，樯橹灰飞烟灭”。像这许多句子组成的整体，句末一字用仄声的占了大多数，这在整个的音节上，是“拗怒”的成分远远超过了“和谐”的成分的。在每个句子中间的平仄安排，虽然像律诗的形式占大多数；而上、下阕的结句，如“一时多少豪杰”“一尊还酹江月”，末了四个字都是用的“平仄平仄”，“遥想公瑾当年”句用的“平仄平仄平平”，却又违反了律诗两平两仄相间的惯例，同样表现出“拗怒”的声情。加上全部的韵脚，如“物”“壁”“雪”“杰”“发”“灭”“发”“月”等字，都是短促的入声，这样，在句法和韵位的安排上，显然构成了一个矛盾的统一体，而“拗怒”多于“和谐”。因了硬碰硬的地方特别多，迫使它的音响向上激射，再和许多短促的韵脚组成一个统一的整体，这样，恰好和本曲的高亢声情紧密结合，最适宜于表达激越豪壮一类的情感。苏轼这一首《赤壁怀古》词，很纯熟地掌握了这一曲调的基本法则，再把眼前的壮阔风景和过去的炽烈战斗情况紧密结合起来，把“小乔初嫁”的“儿女柔情”和“羽扇纶巾谈笑处，樯橹灰飞烟灭”的英雄气概紧密结合起来，把“江山如画，一时多少豪杰”的追怀往事和“人生如梦，一尊还酹江月”的悼惜自身紧密结合起来，这许多矛盾现象都得了统一。所以把它当作“声情并茂”的激昂慷慨的杰作，是由多种因素构成，而主要的关键则仍在善于掌握这个曲调的基本法则。因了高亢的音响，而使读者产生“天风海雨逼人”（陆游评苏词语）的感觉，这是值得深入体会的。

这《念奴娇》曲调所以宜于表达激越豪壮一类的感情，是和它的句法上与韵位上的组成整体分割不开的。如果破坏或改变了它一部分的法则，它的整个声情也就会跟着转化。例如姜夔作：

闹红一舸，记来时、尝与鸳鸯为侣。三十六陂人未到，水佩风裳无数。翠叶吹凉，玉容销酒，更洒菰蒲雨。嫣然摇动，冷香飞上诗句。日暮，青盖亭亭，情人不见，争忍凌波去？只恐舞衣寒易落，愁入西风南浦。高柳垂阴，老鱼吹浪，留我花间住。田田多少，几回沙际归路？（《白石道人歌曲》卷三《念奴娇》）

你看他只改用了上、去声韵，便把整个的高亢音节都变了。像这样性质相近的曲调，如《满江红》《贺新郎》等，把来表达激越豪壮一类的感情，也必得选用入声韵，否则就要变质。四声韵部各有它的特点，把它选来作为韵脚，对于整个的感情变化影响是异常重大的。

接着来谈辛弃疾所曾用过的《摸鱼儿》。为什么这个曲调适宜于表达悲郁沉咽一类的情感呢？这一曲调的来源，现在是无法查考了。我们只得用最早的一首晁补之的作品，从它的声容态度上去体会它的整体法则，看它对句法和韵位的安排有一些什么特点。再把晁词抄在下面：

买陂塘，旋栽杨柳，依稀淮岸江浦。东皋嘉雨新痕涨，沙嘴鹭来鸥聚。堪爱处，最好是、一川夜月光流渚。无人独舞。任翠幄张天，柔茵藉地，酒尽未能去。　青绫被，莫忆金闺故步。儒冠曾把身误。弓刀千骑成何事？荒了邵平瓜圃。君试觑，满青镜、星星鬓影今如许！功名浪语。便似得班超，封侯万里，归计恐迟暮。（《晁氏琴趣外篇·摸

鱼儿·东皋寓居》)

我们先来看它的句子中的平仄安排：在开首的七个字就改用“逆入”的上三、下四句法，把重点放在第一个字上面。这一个字必得选用仄声，才显得有力。晁词这个“买”字的上声，比起辛弃疾“更能消几番风雨”的去声“更”字，就特别显出它的力量薄弱，比不上辛词的沉咽苍凉，有千回百折之感了。以下每个句子中间的平仄，除了“依稀淮岸江浦”“儒冠曾把身误”二句的第四字和“酒尽未能去”“归计恐迟暮”二句的第三字用的仄声略显一些“拗怒”外，其余的却都循着律诗的形式作安排，一般是显得“和谐”的。但看它的整体的平仄安排，尤其是每个句子的末一字，除却“任翠幄张天”和“便似得班超”句是用平收外，其余全是用的仄声字，就又可以体会到它的音节是“拗怒”比“和谐”的成分为多。再看它在换头的三字句后，接着连押两韵，又在上下阕的中腰插上三句句句押韵而又长短相差很远的句子，在音节上显出一种低徊掩抑的情态；接着用一个去声字顶上，领起下面两个四字句，一个五字拗句；加上全部押的上、去声韵，组成它那掩抑低徊、欲吐还吞的一个整体。这对表达作者“抑塞磊落”的不平抱负是很适宜的。明代声乐理论家王骥德曾经说过“平声声尚含蓄，上声促而未舒，去声往而不返，入声则逼侧而调不得自转”。(《曲律》卷二《论平仄》) 这虽是站在歌唱方面说的话，可是把这性质不同的字声安排在韵位上，对整个作品的表情手法也是关系非轻的。我们掉回头来仔细玩味一下辛弃疾那篇回肠荡气的杰构，除掉“休去倚危栏”的“休”字该用去声而改用了平声，使人感到不够有力外，它的词情和声情的结合是比晁词要更完美得多。它那沉咽悲凉、欲吐还吞的无穷感慨，都恰如其量地表露出来了。关于这一作品的内容分析，我在《试谈辛弃疾词》(《语文教学》一九五七年三月号）一文内已有详细说明，这里就不再讲了。

以下再来谈谈柳永的《八声甘州》。为什么这个曲调适宜于表达作者的苍凉凄壮一类的情感呢？据王灼说："天宝乐曲，皆以边地为名，若《凉州》《伊州》《甘州》之类。"又说："《甘州》，世不见，今仙吕调有曲破，有八声慢，有令；而中吕调有《象甘州八声》，他宫调不见也。凡大曲就本宫调制引、序、慢、近、令，盖度曲者常态。若《象甘州八声》，即是用其法于中吕调，此例甚广。伪蜀毛文锡有《甘州遍》，顾瓊、李珣有《倒排甘州》，顾夐又有《甘州子》，皆不著宫调。"（《碧鸡漫志》卷三）现在流传的柳永《乐章集》，就把《八声甘州》列在仙吕调内，那当然就是王灼所说的八声慢了。《甘州》本来是唐朝的大曲。大曲是有很多段，连歌带舞的。既然说"凡大曲就本宫调制引、序、慢、近、令，盖度曲者常态"，那么这《八声甘州》也就是就《甘州》大曲中的一段慢曲用来制作的新声了。《甘州》既是一套边塞曲，在《乐府诗集》卷八《近代曲辞》中留下了四句歌词："欲使传消息，空书意不任。寄君明月镜，偏照故人心。"揣摩这四句歌词的情调，这整个曲调的声情该是属于苍凉激楚一类的。毛文锡的两首《甘州遍》，前一首是写"裘马轻狂"的公子闲游情调，后一首则纯为边塞曲的本色："秋风紧，平碛雁行低。阵云齐。萧萧飒飒，边声四起，愁闻戍角与征鼙。青冢北，黑山西。沙飞聚散无定，往往路人迷。铁衣冷，战马血沾蹄。破蕃奚。凤凰诏下，步步蹑丹梯。"（《花间集》卷五）汤显祖给它的评语是："一种霸气，已开宋、元间九宫、三调门户。"（明刊汤评《花间集》）这可见就《甘州》大曲制成的引、序、慢、近、令等杂曲，它的声情还是离不了激壮苍凉的边塞曲的本色的。

柳永这个《八声甘州》的慢曲，大概是因为它用了八个韵脚，所以在《甘州》曲调上加上"八声"两个字。它的音节一样是激壮苍凉的。我们再就它的句法和韵位上的安排作些分析，就可以进一步了解苏轼为什么会特别欣赏这"霜风凄紧，关河冷落，残照当楼"三个句子，认为"此语于诗句不减唐人高处"（赵令畤《侯鲭录》卷七）；刘体仁也把它比作"敕勒之歌"（《七颂堂词绎》)，这和作者善于掌握这个曲调的声情是有着绝大关系的。且看它一开首就用一个强有力的去声“对”字，领起“潇潇暮雨洒江天，一番洗清秋”两个七、五言句子，接着又用一个去声“渐”字，顶住上面两句，领起下面三个波澜壮阔的四言句子。后面“是处红衰翠减，苒苒物华休”两句一韵一个转折，“惟有长江水，无语东流”又是两句一韵一个转折。这前半阕的长短句法，只是参差错落的妥处安排，而在开头放上一个去声“对”字，就近领下两句，接着又放上一个去声“渐”字，作为上面两个参差句子，下面三个整齐句子的关纽，把它换一换气，使“对”字一直贯到“无语东流”为止，这声情是十分凄壮的。换头“不忍登高临远”，用一个不押韵的句子拓开局势，紧接一个去声“望”字顶住上句，领起下面“故乡渺邈，归思难收”两个四言句。这“望”字作为又一关纽，又和开头的“对”字取得呼应。下面又用一个去声“叹”字顶住上文，转出“年来踪迹，何事苦淹留”一个四言、一个五言句子，又是一个错综变化，显得非常有力。接着又是一个上声“想”字，顶上两句，转出“佳人妆楼颙望，误几回天际识归舟”两个参差变化、摇曳生姿的句子来，而在两句中间又加上一个去声“误”字，作为换气的环节。再折进一层，用“争知我”三个字一面承上，一面领下“倚阑干处，正恁凝愁”两个四言句，关合情景，作成总结。这“倚阑干处”四字句必须“仄平平仄”的一、二、一的句法，即中间两字要连成一气，如“阑干”两字是不可分割开来读的。这样，才和上面“争知我”三字，下面“正恁凝愁”四字联系得十分紧凑，显出一种激楚苍凉的音节，构成一个错综变化的统一体。这个曲调的艺术特征，主要在它的句法变化，而且在重要环节放上许多有力的去声字，使在换气时显得格外有力。再在押韵方面，它选用了“尤侯”一类适于表达幽郁情感的平声韵，因之它能做到激楚苍凉，使读者发生强烈的同感。后来吴文英把这个曲调作为登临怀古的歌词，也是一首掌握声情颇为恰当的佳构。顺手把它抄在下面，以资比较。

渺空烟四远，是何年、青天坠长星？幻苍崖云树，名娃金屋，残霸宫城。箭径酸风射眼，腻水染花腥。时靸双鸳响，廊叶秋声。　　宫里吴王沉醉，倩五湖倦客，独钓醒醒。问苍天无语，华发奈山青。水涵空、阑干高处，送乱鸦斜日落渔汀。连呼酒，上琴台去，秋与云平。（《梦窗词集·八声甘州·灵岩陪庾幕诸公游》）

这吴词除起句句读有了变化，“水涵空”三字在转接处比不上柳词有力外，整个技法都是掌握得很好的。

我觉得要谈整个长短句歌词的艺术特征，除掉在每个曲调的音节态度上去探求，除掉在句法和韵位的整体结合上去探求，是很难把“上不似诗，下不类曲”的界线划分清楚的。读者对词的欣赏和学习，除掉应该注意每个作品的内容实质即所含蕴的思想感情外，如果不了解各个曲调的组成规律，那也就会是隔靴搔痒，是很难进一步体会到它的弦外之音、味外之味的。随手写出我的一些粗浅意见，提供一般爱好读词者的参考。如果要深入探究，那么，还得从多种曲调上去作综合的研讨，找出它的一般规律来，作为我们创作新体歌词的借鉴。我这里只是略引端绪而已。

最后，我要介绍夏承焘先生两篇异常精密的论文，一篇是《词韵约例》，一篇是《唐宋词字声之演变》，都收在他的《唐宋词论丛》（上海古典文学出版社出版）里。这对研究词的艺术特征是有很大帮助的。

| 第二编 |

唐宋词个案研究

苏辛词派之渊源流变*

引　论

曲子词（《花间集·序》称词为诗客曲子词，宋初称今曲子，或简称曲子，后乃简称词。正名辨体，仍当以“曲子词”三字为具足名称）发轫于唐，滋衍于五代，而造极于两宋，本为依声而作，乃最富音乐性之文艺。惟乐曲之流播，又以有普遍性为归；故依声而制之歌词，亦必依多数之共同情感，务谐曲调，期引起听者之美感与同情；此唐五代人词，所以多离愁别恨，流连光景之作；而其内容乃偏于儿女方面，亦歌词之体制宜然也。然一种新兴文体，既经普遍流行，学士文人，运用日趋纯熟；或以天才之横逸，进而为内容上之扩充；或以抱负之不凡，不复顾及大众之情感；能入能出，自抒所怀，个性之充分发扬，而艺术日趋于高尚。骎假脱离本来色彩，超然自树一帜；此苏辛词派所以托体于隋、唐以来之曲调，而不为所束缚；在音乐方面言之则为叛徒，在文艺方面言之，不得不矜为独创也。

居今日而谈词，乐谱散亡，坠绪不可复振，则吾人之所研索探讨，亦惟有从文艺立场，以求其所表现之热情与作者之真生命，且吾民族性，多偏于柔婉，缺乏沉雄刚毅、发扬蹈厉之精神；日言儿女柔情，亦足以销磨英气。所谓“关西大汉，铜琵琶，铁绰板，唱大江东去”（《吹剑录》）之风度，正今日谈词者所亟应提倡也。不揣谫陋，率草此文，亦冀阅者了然于苏辛词派之特殊精神，以发扬其志趣；不仅空言标榜，为文学史上作一有系统之叙述而已。

---

*　本文原刊于《文史丛刊》第一集（1933 年 6 月）。

一、苏辛以前之歌词风尚

今日流传最古之词，无过于敦煌石室所发现之《云谣集杂曲子》(《彊村丛书》及《敦煌掇琐》本)。三十首中，大抵皆写男女思慕，或一般娇艳之情；其抒征妇愁怀，尤与盛唐诗人之闺情闺怨等作，足相映发(详见拙编《唐宋词通论》)。可知初期作品，固以抒写普遍情感，而不容作者抱负渗入其间也。继《云谣》而起者为《花间集》，而《花间集》之代表为温庭筠。孙光宪称："(温)词有《金荃集》，盖取其香而软也。"(《北梦琐言》)近人沈曾植亦曰："弇州云：'温飞卿词曰《金荃》，唐人词有集曰《兰畹》，盖取其香而弱也。然则雄壮者固次之矣。'此弇州妙语。自明季国初诸公，瓣香《花间》者，人人意中拟似一境，而莫可名言者，公以'香弱'二字摄之，可谓善于侔色揣称者矣。"(《菌阁琐谈》上)"香弱"二字，即孙光宪所称之"香软"，足以概括唐、五代所谓当行作家之风格，而与苏、辛派之豪壮，乃处于敌对地位。宋初作者，并沿五代遗习。欧阳、二晏，步趋《阳春》，虽风力日高，而内容之扩展，固犹有待。张先、柳永，长调日出；胡寅云："词曲者，古乐府之末造也。……然文章豪放之士，鲜不寄意于此者；随亦自扫其迹，曰谑浪游戏而已也。唐人为之最工者。柳耆卿后出，掩众制而尽其妙，好之者以为不可复加。"(《酒边词·序》)据上诸说，则苏、辛以前之歌词风尚，不但以"香软"为归，而作者皆视为游戏玩好之词，苟以资一时之笑乐，未有出以严肃态度，如苏轼诸人之所为者。而当世品骘歌词者，亦特注意于温婉协律。大诗人如陈师道，犹谓苏氏"小词似诗"(《坡仙集外纪》)。晁补之词效东坡，与黄庭坚本为同派，且曰："黄鲁直小词固高妙，然不是当行家语，是著腔子诗。"(《历代诗余》卷一百十五)然则苏派词人，虽在当时能不为风气所囿，自由发展，而仍自认为"教外别传"也。

二、苏辛词之特征

在东坡以前，词之当行作家，既如上节所述。东坡出而开径独行，虽以天分之高、学问之富，我行我法，壁垒一新；而其心目中，亦以柳永一派居传统地位，视为劲敌，不能无所顾忌。故在玉堂日，有幕士善歌，因问："我词何如柳七？"（《吹剑录》）又问陈无己："我词何如少游？"（《坡仙集外纪》）又少游自会稽入都，见东坡。东坡曰："不意别后，公却学柳七作词。"少游曰："某虽无学，亦不如是。"东坡曰："'销魂当此际'，非柳七语乎？"（《高斋诗话》）其斤斤计较如此，可知一种新兴势力，欲与旧势力对抗，亦正不易。天才如苏轼，且有所畏怯；而卒能打开局面，自创一新派者，虽由苏氏自身之才力雄富，足以陷阵摧坚；亦缘"香软"词风，至此已发达至最高点；势必有豪杰之士，出而与之竞争。且此时既早"由伶工之词，变为士大夫之词"（借用《人间词话》评李后主词语）。"开拓万古之心胸，推倒一世之豪杰"（借用陈亮语）。园地新辟，自亦群士之所乐趋也；浸淫至于南宋，辛弃疾以名将帅，怀救国热忱，慷慨南来。而为主和派所抑沮，不能展其抱负；于是一腔抑塞磊落不平之气，无所发泄，而一托诸歌词，悲壮淋漓，不可一世。得此旷代英雄，继东坡之奇才而起，由是此一派词，疆土日辟，骎欲取得传统派之地位而代之矣。

自苏、辛以迄晚清之王鹏运、文廷式，绵延法乳，代有嗣音。此一派词之特征，约有下列各点，当先分别述之：

（甲）关于情境方面者。所谓正宗派词，其内容多为儿女相思、流连光景之作；虽技术有巧拙，而情景无特殊；展转相仍，久乃令人生厌。苏、辛派出，乃举宇宙间所有万事万物，凡接于耳目而能触拨吾人情绪者，无不举而纳诸词中，所有作者之性情抱负，才识器量，与一时喜怒哀乐之发，并可于其作品充分表现之。词体于是日尊，而离普遍性日远。胡寅称东坡词云："眉山苏氏，一洗绮罗香泽之态，摆脱绸缪宛转之度，使人登高望远，举首高歌，而逸怀浩气超然乎尘垢之外。于是《花间》为皂隶，而柳氏为舆台矣。"（《酒边词·序》）刘辰翁序《辛稼轩词》云："词至东坡，倾荡磊落，如诗如文，如天地奇观，岂与群儿雌声学语较工拙？然犹未至用经用史，牵雅颂入郑卫也。自辛稼轩前，用一语如此者，必且掩口。及稼轩横竖烂熳，乃用禅宗棒喝，头头皆是。又如悲笳万鼓，平生不平事并卮酒，但觉宾主酣畅，谈不暇顾，词至此亦足矣！……嗟夫！以稼轩为东坡少子，岂不痛快灵杰可爱哉？……斯人北来，喑呜鸷悍，欲何为者？而谗摈销沮，白发横生，亦如刘越石陷绝失望，花时中酒，托之陶写，淋漓慷慨，此意何可复道！而或者以流连光景，志业之终恨之，岂可向痴人说梦哉？为我楚舞，吾为若楚歌，英雄感怆，有在常情之外，其难言者，未必区区妇人孺子间也。"（《须溪集》卷六）胡、刘二氏之评论苏、辛词，一则曰"逸怀浩气，超然乎尘垢之外"；一则曰"英雄感怆，有在常情之外"；故知以歌词抒写热烈怀抱，慷慨淋漓者，即此一派词之特征之一也。

（乙）关于修辞方面者。花间派词，及周秦诸家之作，其选词造句，率以雅丽为宗；风月留连，金碧炫眼。张炎论作词法，且有论字面一条，其说云："句法中有字面，盖词中一个生硬字用不得。须是深加锻炼，字字敲打得响，歌诵妥溜，方为本色语。如贺方回、吴梦窗，皆善于炼字面，多于温庭筠、李长吉诗中来。"（《词源》卷下）吾辈若将正宗派词，一一取其所用字面，归纳而统计之，定当不出千字以上。在彼一方面言之，则此诸字面，皆曾经锻炼而来，自是最妥溜精雅，适宜于歌诵；而在另一方面观之，适足以表示其贫乏。至苏、辛出，则所有经史百家之言，乃至梵典俚谚，皆不在被摈之列；而稼轩词，尤无所不有。楼敬思云："稼轩驱使《庄》、《骚》、经、史，无一点斧凿痕，笔力甚峭。"（《词林纪事》卷十一）彭孙遹亦云："稼轩之词，胸有万卷，笔无点尘，激昂排宕，不可一世。"

（《金粟词话》）故知在修辞方面，但求气骨之高骞，不斤斤于雕琢字面，且不为一般所谓精艳字面所囿者，亦此一派词之一特征也。

（丙）关于声律方面者。词号倚声，故所用字音之轻重清浊，必得考究。张炎云："先人晓畅音律……每作一词，必使歌者按之，稍有不协，随即改正。"（《词源》卷下）南宋词家之知音乐者，犹斤斤于此。由北宋以上溯唐、五代，为歌曲流行最盛时期；评品歌词，必先及声律。声律严而才气受其桎梏，乃非怀杰之士所能堪：纵笔所之，不惜拗折天下人嗓子。东坡在当时，即以此大受非议，如晁补之云："东坡居士词，人谓多不谐音律。然横放杰出，自是曲子中缚不住者。"（《历代诗余》卷一百十五）陆游亦云："公非不能歌，但豪放不喜翦裁以就声律耳。试取东坡诸词歌之，曲终，觉天风海雨逼人。"（同上）二氏所言，一似为东坡解嘲者。虽征之蔡绦《铁围山丛谈》："歌者袁绹，曾与东坡同游金山，登山顶之妙高台，命绹歌其《水调歌头》曰：'明月几时有？把酒问青天。'歌罢，坡为起舞而顾问曰：'此便是神仙矣！'"足见苏词非不可歌。而皇甫牧《玉匣记》："子瞻常自言，平生有三不如人，谓着棋、吃酒、唱曲也。然三者亦何用如人。子瞻之词虽工，而多不入腔，盖以不能唱曲耳。"王灼又谓："东坡先生非心醉于音律者，偶尔作歌，指出向上一路，新天下耳目，弄笔者始知自振。"（《碧鸡漫志》卷二）据此诸说，则东坡词之不尽协音律，正不必否认，亦不足引以为诟病也。大抵歌词之不协律，即在字句之未深加锻炼，致不能轻圆妥溜，适合歌喉。晚出稼轩，益复磊落，其不合律处，当较苏氏为尤多。而所以不为当世所讥者，则此种横放杰出之词，在南宋已成一种风气。且乐谱已渐散亡，词不必可歌，即歌亦必用特蓄之家妓。岳珂言："稼轩以词名，每宴集，必命侍姬歌其所作。特好歌《贺新郎》一词，自诵其警句云云。"（《桯史》）即其他野史所传，鲜及辛词播于各方歌妓之口者。苏、辛词"是曲子律缚不住"，亦即渐与音乐脱离，此苏辛派词之又一特征也。

有此三种特征，乃得建立宗派。准此以求其渊源流变，始有途径可寻。至此派之特色，惟王灼“指出向上一路，新天下耳目”二语，为最能道出其创造精神耳。

三、苏辛词之先导

根于上述特征，以寻求苏、辛词之先导，则第一点尤须注意；盖歌词字句声律上之解放，并以自抒怀抱为出发点也。初期曲子词，以应歌为主，已详引论。其以此体自抒身世之感，饶有悲壮之音者，莫早于后唐昭宗之《菩萨蛮》：

登楼遥望秦宫殿，茫茫只见双飞燕。渭水一条流，千山与万丘。　野烟笼碧树，陌上行人去。何处是英雄？迎侬归故宫。（《中朝故事》）

至南唐二主之作，一出以悲悯之怀，悱恻缠绵，后主尤多亡国之痛。而其风格，乃属于阴柔哀婉，与“横放杰出”者殊途。迨及宋初，潘阆有出尘之语。《古今词话》称其“自制《忆余杭》三首”（今四印斋所刻《逍遥词》共十首），一时盛传。东坡爱之，书于玉堂屏风。观其语带烟霞，不作儿女子态，已渐提高词境，为扫除绮艳词派之前驱。至范仲淹以一代名臣，偶尔寄情曲调，挟其苍莽之气，大开壮阔之风。如《渔家傲》：

塞下秋来风景异，衡阳雁去无留意。四面边声连角起。千嶂里，长烟落日孤城闭。　浊酒一杯家万里，燕然未勒归无计！羌管悠悠霜满地。人不寐，将军白发征夫泪。

彭孙遹以为：“苍凉悲壮，慷慨生哀。”（《金粟词话》）虽欧阳修常呼为穷塞主之词（《东轩笔录》），言外似含讥笑，而豪放派词之创立，不得不谓此作导其先河也。

四、苏辛词派之造成

语云："时势造英雄，英雄亦造时势。"词至北宋，已极绚烂之观；儿女柔情，发泄渐臻极境。譬如日食刍豢者，久乃颇慕菜根；物穷则变，变则通，即在文体，何莫不然。东坡才气纵横，本不乐于绳检；即如所为《赤壁》诸赋，亦解散旧体为之，具见创造精神。而又多经谗谮，屡遭迁谪，心怀郁结，每借词体以发舒。王灼云："东坡先生以文章余事作诗，溢而作词曲，高处出神入天，平处尚临镜笑春，不顾侪辈。"(《碧鸡漫志》卷二）陈师道所谓东坡"以诗为词，如雷大使之舞，虽极天下之工，要非本色。"(《后山谈丛》）所谓"学士小词似诗，少游诗似小词"(《坡仙集外纪》)，正足见苏词之独特风格。东坡词既以开拓心胸为务，摆脱声律束缚，遂于一代词坛上，广开方便法门；而仍不失其为富有音乐性之新体诗，以视五、七言诗之格式平板者，为易动人美感。又其学识名望，足以镇服反对派而有为；故虽侪辈颇有微辞，曾不足动摇其毫末。而瑰伟雄杰之士，乃群而和之。政敌如王安石，曾诋晏殊为宰相，不应作小词(《东轩笔录》)。而所为《桂枝香》：

> 登临送目。正故国晚秋，天气初肃。千里澄江似练，翠峰如簇。归帆去棹残阳里，背西风、酒旗斜矗。彩舟云淡，星河鹭起，画图难足。　　念往昔、繁华竞逐。叹门外楼头，悲恨相续。千古凭高对此，谩荣辱。六朝旧事随流水，但寒烟衰草凝绿。至今商女，时时犹唱，《后庭》遗曲。(《临川先生歌曲》)

雄肆苍凉，转与东坡《念奴娇·赤壁怀古》相仿，东坡见而叹为野狐精(《古今词话》)，正足见两贤之默契。安石又有《南乡子》：

> 嗟见世间人，但有纤毫即是尘。不住旧时无相貌，沈沦。衹为从来认识神。　　作么有疏亲？我自降魔转法轮。不是摄心除妄想，求

真，幻化空身即法身。(《临川先生歌曲》)

以歌曲说禅理，又与东坡《南歌子》之“师唱谁家曲”一阕，息息相通。即后来辛稼轩檃括《庄子》入词，何莫非受此词影响，此造成苏、辛词派之始基也。

东坡门下士，除秦观以个性不同，词格偏于温婉外，余如晁无咎、黄庭坚，皆东坡信徒。王灼云：“晁无咎、黄鲁直皆学东坡，韵制得七八。”(《碧鸡漫志》)无咎有“鲁直小词是著腔子诗”之语，换言之，即以诗为词，一承诗法。庭坚词如《水调歌头》：

瑶草一何碧？春入武陵溪。溪上桃花无数，花上有黄鹂。我欲穿花寻路，直入白云深处，浩气展虹霓。祇恐花深里，红露湿人衣。　　坐玉石，欹玉枕，拂金徽。谪仙何处？无人伴我白螺杯。我为灵芝仙草，不为朱唇丹脸，长啸亦何为。醉舞下山去，明月逐人归。(《山谷琴趣外篇》卷一)

较之东坡之“明月几时有”，自不及其游行自在；而逸怀浩气，自见清超。其《拨棹子》闲居之作：

归去来！归去来！携手旧山归去来。有人共月对尊罍。横一琴，甚处不逍遥自在？　　闲世界无利害，何必向世间甘幻爱？与君钓晚烟寒濑。蒸白鱼稻饭，溪童供笋菜。(《山谷琴趣外篇》卷三)

纯以白话写暮年怀抱，与稼轩晚年退居之作，风格相同。至其檃括《醉翁亭记》为《瑞鹤仙》，全阕悉用“也”字为韵脚(《词林纪事》卷六引《风雅遗音》，本集中失载)，并开稼轩通用“些”字一体。从(乙)(丙)两特征上言之，词至苏、黄，已渐有独建宗派之势。无咎讥鲁直而爱东坡之横放，其《琴趣外篇》，自是东坡嫡嗣。无咎籍钜野，自称济北词人(《直斋书录解题》)。北人多刚健，与苏词风趣正复相宜。后来苏学盛行于金，应与地方民性不无干涉。晁氏代表作，如《水龙吟》：

问春何苦匆匆？带风伴雨如驰骤。幽花细萼，小园低槛，壅培未就。吹尽繁红，占春长久，不如垂柳。算春常不老，人愁春老，愁只是，人间有。　　春恨十常八九。忍轻辜、芳醪经口。那知自是，桃花结子，不因春瘦。世上功名，老来风味，春归时候。纵樽前痛饮，狂歌似旧，情难依旧。（《晁氏琴趣外篇》卷二）

亦属伤春，而自有兀傲不平之气，充分表现作者之性格。东坡本无意于别立宗派，得二子以为之羽翼，而势益扩张，此又造成苏辛词派之二大柱石也。

王灼云："后来学东坡者，叶少蕴、蒲大受亦得六七，其才力比晁、黄差劣。"（《碧鸡漫志》卷二）蒲词今不传，即姓氏亦就湮没。叶梦得字少蕴，吴县人（《词林纪事》卷七）。生当南、北宋之交。关注序其《石林词》云："……公为丹徒尉，……是时妙龄气豪，未能忘怀也。味其词，婉丽绰有温、李之风。晚岁落其华而实之，能于简淡时出雄杰，合处不减靖节、东坡之妙，岂近世乐府之流哉？"毛晋跋亦云："《石林词》一卷，……不作柔语殢人，真词家逸品。"近代朱彊村先生乃推《石林词》独为得东坡之神髓，为其他苏派词家所不及。集中如"九月望日，与客习射西园，余病不能射"，因作《水调歌头》：

霜降碧天静，秋事促西风。寒声隐地初听，中夜入梧桐。起瞰高城回望，寥落关河千里，一醉与君同。叠鼓闹清晓，飞骑引雕弓。　　岁将晚，客争笑，问衰翁。平生豪气安在，走马为谁雄。何似当筵虎士，挥手弦声响处，双雁落遥空。老矣真堪愧，回首望云中。（《宋六十家词》本《石林词》）

寿阳楼八公山作《八声甘州》：

故都迷岸草，望长淮依然绕孤城。想乌衣年少，芝兰秀发，戈戟云横。坐看骄兵南渡，沸浪骇奔鲸。转盼东流水，一顾功

> 成。　　千载八公山下，尚断崖草木，遥拥峥嵘。漫云涛吞吐，无处问豪英。信劳生空成今古，笑我来何事怆遗情？东山老，可堪岁晚，独听桓筝！（同上）

二阕并气韵沉雄，声情激壮。东坡词派，至南渡乃益恢张。时当外侮纷乘，热血男儿，正好借横放之体制，以各抒其悲壮激烈之情怀。《石林》一编，已多江山残破之感，由苏入辛，叶氏实过渡时期之健将已。

自东坡而晁、黄，而叶石林同绵遗绪。至稼轩出，复变才士之词，而为英雄之词。其身世境遇，非北宋诸贤之所及经，其盘郁于中而待发扬于外者，尤见其独特之抱负。苏词之待稼轩而宗派确立，盖由横放杰出之体，必有激昂蹈厉之情，忠愤无补于艰危，而往往足以促成文学内容之充实。罗大经称稼轩《摸鱼儿》“斜阳烟柳”之句，词意殊怨；又称《永遇乐》“千古江山”一阕，尤隽壮可喜（并见《鹤林玉露》）。吴衡照云：“辛稼轩别开天地，横绝古今。《论》《孟》《诗·小序》《左氏春秋》《南华》《离骚》《史》《汉》《世说》《选》学、李杜诗，拉杂运用，弥见其笔力之峭。”（《莲子居词话》）周济又谓：“稼轩不平之鸣，随处辄发，有英雄语，无学问语，故往往锋颖太露。然其才情富艳，思力果锐，南北两朝，实无其匹，无怪其流传之广且久。”（《介存斋论词杂著》）盖横放一派，发自东坡，至稼轩乃极其致，苏、辛各派，非偶然也。

五、苏辛词派在南宋之发展

自金兵南侵，二帝北狩；江山仅余半壁，繁华尽付流水；一时慷慨悲歌之士，莫不攘臂激昂，各抱恢复失地之雄心，借展“直捣黄龙”之素愿。而高宗误信谗佞，不惜腼颜事仇，逼处临安，以度其小朝廷生活。坐令士气消阻，一蹶而不可复兴；不平则鸣，于是横放杰出之歌词，宛若天假之以泄一代英雄抑塞磊落不平之气；而辛弃疾以少年将帅，实为之魁。《词苑丛谈》引梨庄之言曰："辛稼轩当弱宋末造，负管、乐之才，不能尽展具用，一腔忠愤，无处发泄。观其与陈同甫抵掌谈论，是何等人物！故其悲歌慷慨、抑郁无聊之气，一寄之于词。"稼轩所交游，如朱熹、陈亮、刘过之属，皆一时权奇磊砢，眷顾宗社之士，其寄陈亮《破阵子》词：

醉里挑灯看剑，梦回吹角连营。八百里分麾下炙，五十弦翻塞外声，沙场秋点兵。　马作的卢飞快，弓如霹雳弦惊。了却君王天下事，赢得生前身后名，可怜白发生！（《稼轩长短句》卷八）

何等郁勃苍凉！显示英雄本色。当世表同情于辛氏者，除朱、陈外，正不乏人。抱负略同，不觉作风与之相似。兹且先述并世作家，以见声应气求，不待宣传而同归一致。

苏、辛同为横放，而以身世关系，所表情感，亦自殊途。南宋作家，近稼轩者尤众，英雄失志，悲愤情多。其或耿介清超，饶有逸怀浩气者，则仍步趋苏氏。其与稼轩同轨者，则有岳飞、张孝祥、陈亮、刘过、韩元吉诸人；近东坡者，则有向子諲、朱熹、陆游、陈与义之属。前者为英雄名宦或弛斥不羁之士，后者为理学名儒或诗人，亦各以其性之所近，不求而合。放翁悲壮之处，时近稼轩；张孝祥亦出入东坡者，又未易严定疆宇也。

岳飞字鹏举，相州汤阴人，以《满江红》"怒发冲冠"一阕，最为世所传诵。然其郁勃苍凉之致，实远不及所为《小重山》词：

昨夜寒蛩不住鸣，惊回千里梦，已三更。起来独自绕阶行。人悄悄，帘外月胧明。　白首为功名。旧山松竹老，阻归程。欲将心事付瑶琴。知音少，弦断有谁听？（《词林纪事》卷九）

陈郁谓此词末三句"盖指和议之非"（《藏一话腴》）。即就其风格言之，亦与稼轩《破阵子》相近；并英雄失志者之不平鸣也。

张孝祥字安国，历阳乌江人，在孝宗朝，曾领建康留守，隔江即为敌境。曾于席上赋《六州歌头》：

长淮望断，关塞莽然平。征尘暗，朔风劲，悄边声。黯销凝。追想当年事，殆天数，非人力，洙泗上，弦歌地，亦膻腥。隔水毡乡，落日牛羊下，区脱纵横。看名王宵猎，骑火一川明。笳鼓悲鸣，遣人惊。　念腰间箭，匣中剑，空埃蠹，竟何成！时易失，心徒壮，岁将零。渺神京。干羽方怀远，静烽燧，且休兵。冠盖使，纷驰骛，若为情。闻道中原遗老，常南望、翠葆霓旌。使行人到此，忠愤气填膺。有泪如倾。（《于湖词》卷一）

其反对和议，欲以武力收复失地之精神，跃然纸上。在今日读之，犹凛然有生气。此其风格极近稼轩者也。至其过洞庭，作《念奴娇》：

洞庭青草，近中秋、更无一点风色。玉界琼田三万顷，着我扁舟一叶。素月分辉，银河共影，表里俱澄澈。怡然心会，妙处难与君说。应念岭海经年，孤光自照，肝肺皆冰雪。短发萧骚襟袖冷，稳泛沧浪空阔。尽挹西江，细斟北斗，万象为宾客。扣舷一笑，不知今夕何夕？（《于湖词》卷一）

其人格之高尚，气度之宏阔，并在词中充分表现。魏了翁跋云："于湖有英姿奇气，……洞庭所赋，在集中最为杰特。"（《鹤山大全集》）陈郡汤衡序《于湖词》云："元祐诸公，嬉弄乐府，寓以诗人句法，无一毫浮靡之气，实自东坡发之也。于湖紫微张公之词，同一关键。……如《歌头》、《凯歌》、《登无尽藏》、《岳阳楼》诸曲，所谓骏发踔厉，寓以诗人句法者也。"（《宋六十家词》本）据此，可知《于湖词》渊源之所自矣。

陈亮字同甫，婺州永康人。好谈天下大略，以气节自居（《词林纪事》卷十一引周草窗语）。尝自称"堂堂之阵，正正之旗，开拓万古之心胸，推倒一世之豪杰"。与稼轩交，尤称莫逆。尝自东阳访稼轩于上饶，留连旬月。既别，稼轩意中殊恋恋，欲追为雪阻，颇恨挽留之不遂（《稼轩长短句》

卷一《贺新郎·序》)。其性情之契合，可见一斑。故其所作词，极似辛氏。叶水心称其每一章成，辄自叹曰："平山经济之怀，略已具矣。"(《词林纪事》引)其最悲壮之作，如登多景楼《念奴娇》：

危楼还望，叹此意、今古几人曾会？鬼设神施，浑认作、天限南疆北界。一水横陈，连岗三面，做出争雄势。六朝何事？只成门户私计。　因念王谢诸人，登高怀远，也学英雄涕。凭却江山管不到，河洛腥膻无际。正好长驱，不须反顾，寻取中流誓。小儿破贼，势成宁问强对？(《龙川词》)

又寄辛幼安和见怀韵《贺新郎》：

老去凭谁说？看几番，神奇臭腐，夏裘冬葛。父老长安今余几？后死无仇可雪。犹未燥，当时生发。二十五弦多少恨，算世间，那有平分月？胡妇弄，汉宫瑟。　树犹如此堪重别？只使君，从来与我，话头多合。行矣置之无足问，谁换妍皮痴骨。但莫使，伯牙弦绝。九转丹砂牢拾取，管精金，只是寻常铁。龙共虎，应声裂。(《龙川词》)

情怀热烈，不复以含蓄为工。毛晋跋《龙川词》，谓："读至卷终，不作一妖语媚语。"亮真一"人中之龙，文中之虎"(自赞语)哉！

刘过字改之，吉州太和人。性疏豪，好施。辛稼轩客之(《江湖纪闻》)。词多壮语，盖学稼轩者也(黄花庵《中兴以来绝妙词选》)。所谓《六州歌头》：

镇长淮，一都会，古扬州。升平日，珠帘十里，春风小红楼。谁知艰难去，边尘暗，胡马扰，笙歌散，衣冠渡，使人愁。屈指细思，血战成何事？万户封侯。但琼花无恙，开落几经秋？故垒荒丘，似含羞。　怅望金陵宅，丹阳郡，山不断绸缪。兴亡梦，荣枯泪，水东流。甚时休？野灶炊烟里，依然是，宿貔貅。叹灯火，今萧索，尚淹留。莫上醉翁亭，看蒙蒙雨，杨柳丝柔。笑书生无用，富贵拙身谋，骑鹤来游。(《龙川词》上)

感愤淋漓，几与于湖此调相颉颃。世乃徒玩其咏美人足、美人指甲之《沁园春》诸阕，未免小视龙川矣。

韩元吉字无咎，号南涧，许昌人。稼轩有《寿南涧尚书·水龙吟》二调（《稼轩长短句》卷五），所以推崇勖勉之者甚至。韩又与张孝祥、陆游厚善，其词亦磊落英多。如“雨花台”《水调歌头》：“中原何在？极目千里暮云重。今古长干桥下，遗恨都随流水，西去几时东？”（《南涧诗余》）感慨中原，恢复无望，并见胸怀之壮烈。其最为人传诵者，为汴京赐宴闻教坊乐有感作《好事近》：

凝碧旧池头，一听管弦凄切。多少梨园声在，总不堪华发。杏花无处避春愁，也傍野烟发。惟有御沟声断，似知人呜咽。（《南涧诗余》）

时元吉方奉命至金，贺万春节（《金史·交聘表》），腼颜事仇之辱，宁所克堪？悲愤发于歌词，故不觉其言之哀断也。

上述各家，与稼轩辈行，大致相仿；而韩、陈、刘三氏，与稼轩尤多往还，故其词格自然趋于一致。其辈行较早，其词格亦近东坡者，莫如向子諲。

向子諲字伯恭，临江人。号芗林居士。胡寅序其《酒边词》云：“芗林居上，步趋苏堂而哜其胾者也。观其退江北所作于后，而进江南所作于前；以枯木之心，幻出葩华；酌无酒之尊，弃置醇味。非染而不色，安能及此！”（《宋六十家词》本）其绍兴戊辰再闰，感时抚事，作《水调歌头》：

闰余有何好？一年两中秋。补天修月人去，千古想风流。少日南昌幕下，更得洪（驹父）徐（师川）苏（伯固）李（商老兄弟），快意作清游。送目眺西岭，得月上东楼。　四十载，两人在（谓己与汪彦章），总白头。谁知沧海成陆，萍迹落南州。忍问神京何在？幸有芗林秋露，芳气袭衣裘。断送余生事，唯酒可忘忧。（《江南新词》）

虽不似于湖、龙川之激昂，亦饶悲郁气度。其全集所有，大抵风格近叶石林。子諲以忤秦桧辞官，其抱负亦自磊落；而英气内敛，正见其涵养功深也。

朱熹字元晦，一字晦庵，徽州婺源人。以理学名儒，与向子諲同为稼轩所推服。所作词不多，而清空潇洒，的是东坡嗣响。其檃括杜牧之《九日齐州》诗，作《水调歌头》：

> 江水浸云影，鸿雁欲南飞。携壶结客何处？空翠渺烟霏。尘世难逢一笑，况有紫萸黄菊，堪插满头归。风景今朝是，身世昔人非。酬佳节，须酩酊，莫相违。人生如寄，何事辛苦怨斜晖？不尽今来古往，多少春花秋月，那更有危机？与问牛山客，何必泪沾衣？（《词林纪事》卷十）

《读书续录》评此词："气骨豪迈则俯视辛、刘，音韵谐和则仆命秦、柳。"（《词林纪事》引）以上二家之作，非复稼轩所能笼罩矣。

南宋诗词，并推辛、陆，为最富爱国思想。陆诗之关怀宗国，悲壮沉雄，世尽知之。余力填词，风格亦复如此。刘克庄云："放翁、稼轩，一扫纤艳，不事斧凿，但时时掉书袋，亦是一癖。"（《后村诗话》）是两家词之利病，亦正相同也。

陆游字务观，晚号放翁，越州山阴人。其记梦寄师伯浑《夜游宫》：

> 雪晓清笳乱起，梦游处，不知何地？铁骑无声望似水。想关河，雁门西，青海际。　睡觉寒灯里。漏声断，月斜窗纸。自许封侯在万里。有谁知，鬓虽残，心未死。（《放翁词》）

杨用修（慎）谓放翁词："纤丽处似淮海，雄慨处似东坡。"（毛晋《放翁词·跋》引）而此词之雄快淋漓，则与稼轩同一鼻孔出气者也。

陈与义字去非，汝州叶县人。曾参绍兴大政，以诗名世（毛晋《无住词·跋》）。黄花庵云："去非词虽不多，语意超绝，识者谓可摩坡仙之垒。"

（《中兴以来绝妙词选》）其夜登小阁忆洛中旧游作《临江仙》：

忆昔午桥桥上饮，坐中多是豪英。长沟流月去无声。杏花疏影里，吹笛到天明。　　二十余年如一梦，此身虽在堪惊。闲登小阁看新晴。古今多少事，渔唱起三更。（《无住词》）

自然而然，真得东坡所谓“行云流水”之妙。综观上述诸作者，当国难方殷之际，抱热烈悲壮之情，崛起稼轩，俨为当世词坛中心人物。东坡余韵，虽绍武有人；而所有大家，大抵益务雄伟，其下焉者，乃不免流于粗犷。然亦足以觇当时士气，未即消沉也。

迨偏安局定，朝野上下，依然沉醉湖山；歌酒流连，已不复念及河山之残破。稼轩死后（1207），士大夫又竞为温婉之词；侵寻迄于宋亡，欲求横放激昂之作者渐不易得。名家如王沂孙、吴文英、张炎辈，不无故国之思，而凄厉音多，亦祇如草虫幽咽，如怨，如慕，如泣，如诉，亦何补于艰危？弱者之呼声，虽自有其价值、究不若壮夫猛士，悲歌慷慨，足以唤起民族精神也。

南宋末年，苏辛词派既渐消歇。求诸传作，惟有刘克庄、刘辰翁二家，勉绵坠绪。因更附论及之。

克庄字潜夫，号后村，蒲田人。张炎云：“潜夫《后村别调》一卷（《彊村丛书》本作五卷），大抵直致近俗，乃效稼轩而不及者。”（《历代诗余》卷一百十八）然集中如九日《贺新郎》：

湛湛长空黑。更那堪，斜风细雨，乱愁如织。老眼平生空四海，赖有高楼百尺。看浩荡，千崖秋色。白发书生神州泪，尽凄凉，不向牛山滴。追往事，去无迹。　　少年自负凌云笔。到而今，春华落尽，满怀萧瑟。常恨世人新意少，爱说南朝狂客。把破帽，年年拈出。若对黄花孤负酒，怕黄花，也笑人岑寂。鸿北去，日西匿。（《后村别调》卷四）

戏林推《玉楼春》：

年年跃马长安市，客舍似家家似寄。青钱换酒日无何，红烛呼卢宵不寐。　　易挑锦妇机中字，难得玉人心下事。男儿西北有神州，莫滴水西桥畔泪。（《后村别调》卷五）

前阕推陈出新，极见雄肆。后阕于豪迈中寓规讽，尤足与青年之醉心恋爱者以极大教训。一以严肃态度出之，正苏、辛词派之特殊风格也。

刘辰翁字会孟，庐陵人。辰翁固醉心于苏、辛一派者，读其《稼轩词·序》，其抱负可知（见前）。况周颐云："《须溪词》多真率语，满心而发，不假追琢，有掉臂游行之乐。其词笔多用中锋，风格遒上，略与稼轩旗鼓相当。"（《餐樱庑词话》）集中如《兰陵王》《宝鼎现》《永遇乐》《摸鱼儿》诸调，并沉郁苍凉，表现亡国之哀，绝无萎靡不振之气，苏、辛词派，至此又别放异彩，而河山终沦异族，其遇重可悲已！兹录《摸鱼儿·酒边留同年徐云屋》一阕如下：

怎知他，春归何处？相逢且尽尊酒。少年袅袅天涯恨，长结西湖烟柳。休回首！但细雨断桥，憔悴人归后。东风似旧。问前度桃花，刘郎能记，花复认郎否？　　君且住！草草留君剪韭。前宵正恁时候。深杯欲共歌声滑，翻湿春衫半袖。空眉皱，看白发尊前，已似人人有。临分把手。叹一笑论文，清狂顾曲，此会几时又？（《须溪词》卷三）

开篇即声随泪下，湖山易主，花亦不复认郎；视稼轩之"烟柳斜阳"，未必逊其哀怨。二刘晚出，一振颓风，宗社虽亡，民族精神不死矣。

文天祥于宋室垂亡之际，慷慨勤王，虽兵败被囚，就义柴市，而精忠浩气，长留宇宙间。偶作歌词，非有意于学苏、辛，而风格与之相似。文字宋瑞，吉安人。其《大江东去·驿中言别友人》云：

水空天阔，恨东风，不借世间英物。蜀鸟吴花残照里，忍见荒城颓壁。铜雀春情，金人秋泪，此恨凭谁雪？堂堂剑气，斗牛空认奇杰。

那信江海余生，南行万里，送扁舟齐发。正为鸥盟留醉眼，细看涛生云灭。睨柱吞嬴，回旗走懿，千古冲冠发。伴人无寐，秦淮应是孤月。（《词林纪事》卷十四）

以此殿天水一朝，与岳飞之“怒发冲冠”遥遥相望，为吾民族生色不少。

总之，苏、辛词派，在南宋以时代关系，自然充分发展。由东坡“指出向上一路”，稼轩益务恢弘。一代民族精神，于焉寄托，诚非始创“曲子词”者之所及料。虽屡变而离乐曲益远，要其热烈情绪，盖与日月而长新矣。

苏门四学士词 *

苏轼既于“曲子词”中别开疆宇，“指出向上一路，新天下耳目”；于是以入曲为主之歌词，乃渐变为“句读不葺之诗”（《苕溪渔隐丛话》引李清照《论词》），而其特征，乃有下列三种：

（一）关于内容方面者：举宇宙间所有万事万物，凡接于耳目而能触拨吾人情绪者，无不可取而纳诸词中；所有作者之性情抱负、才识器量，与一时喜怒哀乐之发，并可于其作品充分表现之。词体于是日尊，而离普遍性日远。

（二）关于修词方面者：所有经史百家之言，乃至梵书、俚谚，举凡生硬字面，为花间派所不取用者，皆不妨纳入词中；不必“字字敲打得响，歌诵妥溜”（《词源》卷下），而特崇风骨，时或有篇而无句，非如正宗派词之专以敷采擅场。（以上参考拙撰《苏辛词派之渊源流变》）

（三）关于应用方面者：周济谓：“北宋有无谓之词以应歌，南宋有无谓之词以应社。”（《介存斋论词杂著》）应社之作，出于勉强应酬，斯固末流之大弊。而应歌，则自东坡以前，上溯晚唐、五季，鲜有出乎“娱宾遣兴”之范围者；特以听者程度之不同，稍存雅俗之辨；而对于应用方面，要不过适应歌者之需要，聊以悦耳娱心而已。至东坡出而“词可以咏史，可以吊古，可以说理，可以谈禅，可以用象征寄幽妙之思，可以借音节述悲壮或怨抑之怀”（胡适《词选》）。而其特征，则调外有题，词中所表之情，未必与曲中所表之情相应。

综上述各点，与前此作家，显然殊其旨趣。刘辰翁谓：“词至东坡，倾

---

* 本文原刊于《文学》第二卷第六号（1934 年 6 月）。

荡磊落，如诗，如文，如天地奇观，岂与群儿雌声学语较工拙？”（《须溪集·辛稼轩词序》）东坡词之所以能转移风尚，当由于此；而其开宗立派，则犹有赖于后贤之绍述与时代之要求。苏门词人于东坡推崇备至，而于其词，则或赞或否。《宋史》称：“一时文人，如黄庭坚、晁补之、秦观、张耒、陈师道，举世未之识，轼待之亦如朋俦，未尝以师资自予。”（卷三百三十八《苏轼传》）又言：“黄庭坚与张耒、晁补之、秦观俱游苏轼门，天下称为四学士。”（卷四百四十四《文苑传》）四人者并兼擅词名，而黄、晁与东坡为近；秦、张虽异趣，而与黄、晁各能左右一时之风气；陈师道称：“今代词手，惟秦七、黄九耳，余人不逮。”（《后山诗话》）然则苏门诸子，虽不尽效其师之所为，而在词坛风气转变之交，亦各占重要地位，未容忽略。且执苏词之三特征，以衡量其门下之所为，可以推见词风转变之由，与个人情性、时代环境，咸有莫大关系。四学士词之不全为苏派，盖亦时代为之耳，下将分别论之。

秦　观

秦观字少游，一字太虚，扬州高邮人。少豪隽慷慨，溢于文词。强志盛气，好大而见奇，读兵家书，与己意合。见苏轼于徐，为赋黄楼，轼以为有屈、宋才。举进士。元祐初，轼以贤良方正荐于朝，除秘书省正字，兼国史院编修官。绍圣初，坐党籍，出通判杭州，贬监处州酒税，削秩徙郴州，继编管横州，又徙雷州。徽宗立，放还，至藤州卒，年五十三。（参考《宋史·文苑传》及《词林纪事》卷六）。所为《淮海词》，有《宋六十家词》本、《彊村丛书》本、《四部丛刊》景明刻《淮海集》本、番禺叶氏（恭绰）景宋刊本。叶本最善。

少游词，最为东坡及当时朋辈所推重。东坡曾取其《满庭芳》词之首句，呼之为“山抹微云君”（《苕溪渔隐丛话》）。晁无咎谓：“比来作者，皆不及秦少游。如‘斜阳外寒鸦数点，流水绕孤村’，虽不识字人，亦知是天生好言语。”（《侯鲭录》）黄庭坚倾倒于少游《千秋岁》词“落红万点愁如海”之句，至不敢和（详《能改斋漫录》）。而一究其特擅胜场处，则蔡伯世所称“辞情相称”（《词林纪事》卷六引），楼敬思所称“如红梅作花，能以韵胜”（同上）者，庶几近之。至《四库提要》谓：“观诗格不及苏、黄，而词则情韵兼胜，在苏、黄之上。”以正宗派眼光论词，固应如此。而在当日，少游词之负胜名，尤以协律为主要原因。叶梦得云：“秦少游亦善为乐府，语工而入律，知乐者谓之作家歌。元丰间，盛行于淮楚。”（《避暑录话》）时值声歌盛行之际，柳三变之流风，未遽衰歇；虽东坡崛起，犹不免“非本色”之讥；故必音律谐和，乃为出色当行之作。李清照论词，亦以协律为主，谓：“别是一家，知之者少。后晏叔原、贺方回、秦少游、黄鲁直出，始能知之。”（《苕溪渔隐丛话》）此四家除晏、贺别有专篇论述外，秦、黄集内亦多应歌之词。词以应歌，艳科居首。“婉约”一路，即宜抒男女思慕，或流连光景之情。故论《淮海词》之风格，要为“得《花间》《尊前》遗韵，却能自出清新”（《艺概》）。而其内容，仍不免牵于俗尚，未能别开疆土。衍《乐章》之坠绪，而以和婉醇正出之；此其所以能于耆卿、东坡二派之外，别树一帜也。

《淮海词》中，大率调外多不标题，约与《乐章》为近，惟其以协律入歌为主，故于修辞必求婉丽，运意多为含蓄。然即以此，未能风骨高骞。东坡于四学士中，最善少游，故他文未尝不及口称善，岂特乐府？然犹以气格为病，故尝戏云：“山抹微云秦学士，露华倒影柳屯田。”（《避暑录话》）以秦、柳相提并论，其寓规讽之意可知。又少游自会稽入都，见东坡。东坡曰：“不意别后，公却学柳七作词！”少游曰：“某虽无学，亦不如是。”东坡曰：“销魂当此际，非柳七语乎？”（《高斋诗话》）“山抹微云”与“销魂当此际”皆少游《满庭芳》词中语。少游此词，在当时最为人所传唱，致贻“山抹微云女婿”之笑柄（详《铁围山丛谈》）。东坡非不爱其造语之工，特乃抒写为儿女柔情，与己作风迥别，故不免微言规讽。《宋史》称少游“豪隽慷慨，强志盛气，好大而见奇”；而所为诗词，乃绰约如好女子，斯为可怪。张（耒）、晁（补之）并言：“少游诗似词，先生（东坡）词似诗。”苏、秦之异趣如此。而元好问《论诗绝句》云：“有情芍药含春泪，无力蔷薇卧晓枝。省识退之《山石》句，始知渠是女郎诗。”（《元遗山诗集》）少游诗既婀娜似女性，则其词之风格不出清丽和婉，所谓“如花初胎，故少重笔”（周济《宋四家词选·序论》）之评，正与东坡词“铜琶铁板”格不相入。后人以苏不及秦，而东坡于少游亦不甚满意者，一创一因，一刚健，一婀娜，气分自殊也。

就全部《淮海词》言之，所有言“儿女柔情”之作，自占多数。然细绎之，亦颇因年龄关系，有各种不同之风格。兹分别举例言之如下：

少游家高邮，距扬州不远。意其少日，必常往返其间。词中如《风流子》之“浑似梦里扬州”、《梦扬州》之“离情正乱，频梦扬州”、《长相思》之“依然灯火扬州”，凡言扬州者，不一而足。又如《满庭芳》“山抹微云”阕之“谩赢得青楼薄幸名存”、“晓色云开”阕之“豆蔻梢头旧恨，十年梦屈指堪惊”，并追念旧欢之作；而同用杜牧诗意，未必尽为虚拟之辞。扬州自昔豪华，如少游《望海潮》所称“花发路香，莺啼人起，珠帘十里春风”，安得不使人沉醉？叶梦得称少游词“盛行于淮、楚”，则扬州殆为《淮海词》流播管弦之发祥地。今集中专为应歌之作，杂以俚语，一似柳永之所为者，如《望海潮》：

> 奴如飞絮，郎如流水，相沾便肯相随。微月户庭，残灯帘幕，匆匆共惜佳期。才话暂分携。早抱人娇咽，双泪红垂。画舸难停，翠帏轻别两依依。　　别来怎表相思？有分香帕子，合数松儿。红粉脆痕，青笺嫩约，丁宁莫遣人知。成病也因谁？更自言秋杪，亲去无疑。但

恐生时注著，合有分于飞。

《鼓笛慢》：

乱花丛里曾携手，穷艳景，迷欢赏。到如今，谁把雕鞍锁定，阻游人来往？好梦随春远，从前事不堪思想。念香闺正杳，佳欢未偶，难留恋，空惆怅。　　永夜婵娟未满，叹玉楼几时重上？那堪万里，却寻归路，指《阳关》孤唱。苦恨东流水，桃源路欲回双桨。仗何人细与丁宁，问呵，我如今怎向？

《满园花》：

一向沉吟久，泪珠盈襟袖。我当初不合、苦撋就。惯纵得软顽，见底心先有。行待痴心守。甚捻着脉子，倒把人来僝僽。　　近日来、非常罗皂丑。佛也须眉皱。怎掩得众人口？待收了孛罗，罢了从来斗。从今后，休道共我，梦见也、不能得勾。

《品令》：

掉又惧，天然个品格，于中坠一。帘儿下时把鞋儿踢。语低低，笑咭咭。　　每每秦楼相见，见了无限怜惜。人前强不欲相沾识。把不定，脸儿赤。

前二阕写离怀，语意较少游其他作品为朴拙，如“成病也因谁”“问呵，我如今怎向”，皆情深语浅，曲曲传出儿女柔情。《满园花》悔不当初，恨极乃结以咒诅；《品令》出以调笑口吻，表现一副娇憨情形；而又多用俚语方言，与山谷艳词相类；其必为少年应歌之作，可无疑也。

据秦瀛《淮海先生年谱》：“苏公自杭倅知密州，道经扬州。先生预作公笔语，题于一寺中，公见之，大惊。及晤孙莘老，出先生诗、词数百篇读之，乃叹曰：‘向书壁者，必此郎也！’遂结神交。”少游是时年二十六，已有诗、词数百篇，且亦以此知扬州为少游惯经行地；则所有应歌之作，或在此时。《年谱》至元丰二年，少游年三十一，随东坡过无锡，会松江，至吴兴，旋别东坡，过德清、杭州，入越，始有《望海潮·会稽怀古》诸词可考。而《满庭芳》“山抹微云”篇，即作客于会稽时。兹录全词如下：

山抹微云，天连（张纵本作黏）衰草，画角声断谯门。暂停征棹，聊共引离尊。多少蓬莱旧事，空回首、烟霭纷纷。斜阳外，寒鸦万点，流水绕孤村。　　销魂！当此际，香囊暗解，罗带轻分。漫赢得、青楼薄幸名存。此去何时见也？襟袖上、空惹啼痕。伤情处，高城望断，灯火已黄昏。

其伤离念远之作，类此者甚多；而其技术之精进，则在“情景交炼，得言外意”（《词源》卷下）。如此阕之斜阳三句，与《八六子》：

倚危亭，恨如芳草，萋萋（宋本作，“凄凄”，从张本）刬尽还生。念柳外青骢别后，水边红袂分时，怆然暗惊。　　无端天与娉婷，夜月一帘幽梦，春风十里柔情。怎奈向、欢娱渐随流水，素弦声断，翠绡香减，那堪片片飞花弄晚，蒙蒙残雨笼晴。正销凝，黄鹂又啼数声。

其尤著者也。此类最为少游出色当行之作。具小令得《花间》《尊前》遗韵者，如《江城子》：

西城杨柳弄春柔。动离忧，泪难收。犹记多情曾为系归舟。碧野朱桥当日事，人不见，水空流。　　韶华不为少年留。恨悠悠，几时休？飞絮落花时候一登楼。便做春江都是泪，流不尽，许多愁。

《浣溪沙》：

漠漠轻寒上小楼，晓阴无赖似穷秋，淡烟流水画屏幽。　　自在飞花轻似梦，无边丝雨细如愁，宝帘闲挂小银钩。

并有深婉不迫之趣，而后阕尤饶弦外之音，读之令人黯然难以为怀，所谓“融情景于一家，会句意于两得”者。北宋诸贤，除晏小山、贺方回，未易仿佛其境界。

东坡于少游词，以气格为病，其意似嫌少游未能充分表现个人抱负，而颇溺于儿女之情。然少游自遭迁谪，词境遂由和婉而入于凄厉。四十九岁在郴州，作《阮郎归》：

湘天风雨破寒初，深沉庭院虚。丽谯谁吹罢小单于，迢迢清夜徂。乡梦断，旅魂孤，峥嵘岁又除。衡阳犹有雁传书，郴阳和雁无。

及《踏莎行》：

雾失楼台，月迷津渡，桃源望断无寻处。可堪孤馆闭春寒，杜鹃声里斜阳暮。　　驿寄梅花，鱼传尺素，砌成此恨无重数。郴江幸自绕郴山，为谁流下潇湘去？

作者千回百折之词心，始充分表现于行间字里，不辨是血是泪。后阕尤为时贤称诵。东坡尝书此于扇云：“少游已矣，虽万人何赎？”（《词林记事》引《倚声集》）山谷亦赞为“高绝”（《苕溪渔隐丛话》）。盖少游至此，已扫尽绮罗芗泽之结习，一变而为怆恻悲苦之音矣。其后编管横州，过衡阳，孔毅甫留饮于郡斋，少游作《千秋岁》：

水边沙外，城郭春寒退。花影乱，莺声碎。飘零疏酒盏，离别宽衣带。人不见，碧云暮合空相对。　　忆昔西池会，鹓鹭同飞盖。携手处，今谁在？日边清梦断，镜里朱颜改。春去也，飞红万点愁如海。

毅甫览至“镜里朱颜改”之句，遽惊曰：“少游盛年，何为言语悲怆如此？”（见《独醒杂志》。《能改斋漫录》亦称此词为少游在衡阳时作；《年谱》谓在处州府治南园作，不知何据。）毅甫、东坡、山谷皆先后和之。少游又有梦中作《好事近》：

春路雨添花，花动一山春色。行到小溪深处，有黄鹂千百。飞云当面化龙蛇，夭矫转空碧。醉卧古藤阴下，了不知南北。

东坡读之至流涕（宋本东坡跋尾）。凡此诸阕，并转变作风；风骨之高，乃渐与东坡相近。总之，少游词初期多应歌之作，不期然而受《乐章》影响。中经游宦，追念旧欢，虽自出清新，而终归婉约。晚遭忧患，感喟人生，以环境之压迫，发为凄调。论《淮海词》者，正应分别玩味，不当以偏概全也。

黄庭坚

黄庭坚（1045—1105）字鲁直，洪州分宁人（彊村本《山谷琴趣外篇》作南昌人）。治平四年（1067）举进士，调叶县尉。熙宁初，举四京学官，第文为优，教授北京国子监。苏轼尝见其诗文，以为“超轶绝尘，独立万物之表，世久无此作”。哲宗立，召为校书郎、《神宗实录》检讨官。历迁集贤校理、秘书丞、国史编修官。绍圣初，出知宣州，改鄂州。章惇、蔡卞与其党论《实录》多诬，庭坚书“用铁龙爪治河，有同儿戏”，坐贬涪州别驾，黔州安置。旋移戎州。庭坚泊然不以迁谪介意，蜀士慕从之游，讲学不倦。徽宗即位（1100），起监鄂州税。以吏部员外郎召，皆辞不行。丐郡，得知太平州。崇宁二年（1103），转运判官陈举上其所作《荆南承天院记》，指为幸灾，复除名，羁管宜州。三年，徙永州，未闻命而卒，年六十一。庭坚尤长于诗，陈师道谓其诗得法杜甫，学甫而不为者。蜀、江西君子以庭坚配轼，故称“苏、黄”。初游灊皖山谷寺石牛洞，乐其林泉之胜，因自号山谷道人云。（参《宋史·文苑传》及《年谱》）所著《山谷词》，有毛氏《宋六十家词》本，别题《山谷琴趣外篇》，有《彊村丛书》本、陶氏《涉园景刊宋金元明词》本、商务印书馆《续古逸丛书》本。后三本皆从宋本出，而毛本所收最富。

“秦、黄”并称，而二氏作风不同，后人亦多优劣之论。彭孙遹云：“词家每以秦七、黄九并称，其实黄不及秦远甚。”（《金粟词话》）冯煦云：“后山以秦七、黄九并称，其实黄非秦匹也。若以比柳，差为得之。盖其得也，则柳词明媚，黄词疏宕，而亵诨之作，所失亦均。”（《宋六十一家词选·例言》）然宋贤之论，则王灼谓鲁直学东坡，韵制得七八；李清照论词别是一家，乃以秦、黄并属当行，有所理会。（并见前）据此四家之说，各见一偏；苟执一以概其全，无有是处。

山谷诗以锻炼勤苦而成，虽只字半句不轻出（吴之振《宋诗钞》）；而词则出之以游戏，又往往因年龄遭际，而异其作风。其序晏几道《小山词》，曾述其少年填词之经历云：

> 余少时间作乐府，以使酒玩世。道人法秀独罪余“以笔墨劝淫，于我法中，当下犁舌之狱”。（《豫章文集》卷十六）

《扪虱新语》亦有鲁直初好作艳歌小词，为法秀所诃之说。而毛晋记山谷答法秀之言曰：“空中语耳。”又称：“鲁直晚年来亦间作小词，往往借题棒喝，拈示后人。”（汲古阁本《山谷词·跋》）据此，则所有“纤淫之句”与柳永“所失亦均”者，必为山谷少年应歌之作无疑；而王灼谓“黄晚年间放于狭邪，故有少疏荡处”，“晚”字殆为“少”字之误矣。集中此类作品，有极纤秾者，有极俚俗者。如《减字木兰花·私情》：

> 终宵忘寐，好事如何犹尚未？子细沉吟，泪珠盈盈湿袖襟。与君别也，愿在郎心莫暂舍。记取盟言，闻早回程却再圆。

《归田乐引》：

> 暮雨濛阶砌。漏渐移、转添寂寞，点点心如碎。怨你又恋你，恨你惜你，毕竟教人怎生是？　　前欢算未已，奈向如今愁无计。为伊聪俊，销得人憔悴。这里诮睡里，梦里心里，一向无言但垂泪。

《千秋岁》：

> 世间好事，恰恁厮当对。乍夜永，凉天气。雨稀帘外滴，香篆盘中字。长入梦，如今见也分明是。　　欢极娇无力，玉软花欹坠。钗罥袖，云堆臂。灯斜明媚眼，汗浃瞢腾醉。奴奴睡，奴奴睡也奴奴睡。

《少年心》：

> 对景惹起愁闷，染相思、病成方寸。是阿谁先有意？阿谁薄幸？

斗顿恁、少喜多嗔。　　合下休传音问，你有我、我无你分。似合欢桃核，真堪人恨，心儿里、有两个人人。

四阕除《减字木兰花》曾见《琴趣外篇》外，余仅毛本有之。意编《琴趣》者，以此类艳词，有乖大雅，遂予芟薙；而以此反足证明凡不收于《琴趣》者，必为当世流行小曲；且此类作品，不另标题，又有两阕同调，而字有增减者。如《少年心》有添字云：

心里人人，暂不见、霎时难过。天生你、要憔悴我。把心头从前鬼，着手摩挲。抖擞了、百病销磨。　　见说那厮脾鳖热，大不成我便与拆破。待来时、鬲上与厮嗽则个。温存着、且教推磨。

全用俗语，写市井间儿女情，殆应教曲伎师之要求而为之者。又如《两同心》之“你共人女边着子，争知我门里挑心”，离合“好”“闷”二字，亦系民间歌曲体裁。其他纯用方言，令人不能句读之作，尤不胜举。则法秀所诃“以笔墨劝淫”者，必为此类；而山谷少年曾放于“狭邪”，故不免与柳永同以“亵诨之作”见讥也。

山谷既从东坡游，不免潜移默化。又以文字遭迁谪，心意不能无所郁拂，作风因之转变，所谓“其佳者则妙脱蹊径，迥出慧心”（《四库提要》）者，盖皆后期作品；而其特征，则类皆调外有题，而又充分表现作者个性。如《水调歌头·游览》：

瑶草一何碧，春入武陵溪。溪上桃花无数，花上有黄鹂。我欲穿花寻路，直入白云深处，浩气展虹霓。只恐花深里，红露湿人衣。　　坐玉石，欹玉枕，拂金徽。谪仙何处？无人伴我白螺杯。我为灵芝仙草，不为朱唇丹脸，长啸亦何为？醉舞下山去，明月逐人归。（《碧鸡漫志》谓：“世传为鲁直，于建炎初见石耆翁，言此莫少处作也。”未知孰是。）

《定风波·次高左藏使君韵》：

万里黔中一漏天，屋居终日似乘船。及至重阳天也霁，催醉，鬼门关外蜀江前。　　莫笑老翁犹气岸，君看，几人黄菊上华巅。戏马台南追两谢，驰射，风流犹拍古人肩。

《鹧鸪天·答史应之》：

黄菊枝头生晓寒，人生莫放酒杯干。风前横笛斜吹雨，醉里簪花倒着冠。　　身健在，且加餐，舞裙歌板尽清欢。黄花白发相牵挽，付与时人冷眼看。

摆脱宛转绸缪之度，一以空灵疏宕之笔出之，谓非东坡法乳而为稼轩前驱，得乎？又如续张志和《渔歌子》为《鹧鸪天》，有句云："人间底是无波处？一日风波十二时。"感愤淋漓，何等沉痛！晁补之云："鲁直间作小词固高妙，然不是当行家语，自是着腔子唱好诗。"（陈振孙《书录解题》引）盖指后期作品之近东坡者言也。

复次，山谷接迹东坡，而下启稼轩，于词体中别开生面者，尚有两种：一种为叶韵处全用相同之语助词，或檃括他人诗文以入律，如檃括《醉翁亭记》为《瑞鹤仙》：

环滁皆山也。望蔚然深秀，琅琊山也。山行六七里，有翼然泉上，醉翁亭也。翁之乐也，得之心，寓之酒也。更野芳佳木，风高日出，景无穷也。　　游也。山肴野蔌，酒洌泉香，沸筹觥也。太守醉也，喧哗众宾欢也，况宴酣之乐，非丝非竹，太守乐其乐也。问当时、太守为谁？醉翁是也。（见《风雅遗音》，不载本集）

与稼轩《水龙吟》题瓢泉作之句末多用"些"字者相类，惟稼轩以"些"字为助词，上一字仍各叶韵，音节上较美听耳。一种为借词体以说哲理。此风开自东坡，而山谷绍述之。集中有江宁江口阻风戏效宝宁勇禅师作古《渔家傲》四首，以禅宗语为之，录一首为例：

忆昔药山生一虎，华亭船上寻人渡。散却夹山拈坐具。呈见处，系驴橛上合头语。　　千户垂丝君看取，离钩三寸无生路。蓦口一桡亲子父。犹回顾，瞎驴丧我儿孙去。

读之不知果作何语？而影响后来者甚大。稼轩之以《庄子·秋水篇》入词，与《道藏》中各家词集之言修炼导引术者，大抵皆由苏、黄之解放词体，导其先河也。

晁补之

晁补之字无咎，济州钜野人。苏轼称其文博辩隽伟，绝人远甚，由是知名。举进士，调（澧）〔澶〕州司户参军、北京国子监教授。元祐初，为太学正。召试，除秘书省正字，迁校书郎，以秘阁校理通判扬州。召还为著作佐郎，出知齐州。坐修《神宗实录》失实，降通判应天府亳州，又贬监处、信二州酒税。徽宗立，复以著作召，拜礼部郎中，出知河中府，徙湖、密、果三州，主管鸿庆宫。还家，葺归来园，自号归来子。大观末，出党籍，起知达州，改泗州，卒年五十八。(《宋史·文苑传》) 补之词曰《晁氏琴趣外篇》，有毛氏《宋六十家词》本、吴氏《双照楼》影宋本。

刘熙载称："东坡词在当时鲜与同调，不独秦七、黄九，别成两派也。晁无咎坦易之怀，磊落之气，差堪骖靳。然悬崖撒手处，无咎莫能追蹑。"(《艺概》) 又称："无咎词堂庑颇大。"而近人冯煦则谓："无咎无子瞻之高华，而沉咽则过之。"(《宋六十一家词选·序例》) 集中几无篇无题，类皆有为而作，不为曲子，而为"长短不葺之诗"，最与东坡为近。一时作者，如张文潜、陈履常、王晋卿、王定国等，并有唱酬，而与其叔晁次膺（端礼）往还尤密。次膺官至大晟府协律，词极清婉，有《闲斋琴趣外篇》（双照楼本）。无咎受其熏染，故作风虽属东坡嫡派，而论词无所偏袒。《复斋漫录》纪其说云：

世言柳耆卿是曲调，非也。如《八声甘州》云："渐霜风凄紧，关河冷落，残照当楼。"此语不减唐人高处矣。

欧阳永叔《浣溪沙》云："堤上游人逐画船，拍堤春水四垂天，绿杨楼外出秋千。"此等语绝妙，只一"出"字，自是后人道不到处。

晏元献不蹈袭人语，而风调闲雅，如"舞低杨柳楼心月，歌尽桃花扇底风"（案：此二句乃小山词），知此人不住三家村也。

此外评东坡、山谷、子野、少游者，并极平正，兹不具述。其作品最为世称诵者，莫过于《摸鱼儿·东皋寓居》一阕：

买陂塘、旋栽杨柳，依稀淮岸江浦。东皋嘉雨新痕涨，沙嘴鹭来鸥聚。堪爱处，最好是、一川夜月光流渚。无人独舞。任翠幄张天，柔茵藉地，酒尽未能去。　青绫被，莫忆金闺故步，儒冠曾把身误。弓刀千骑成何事？荒了邵平瓜圃。君试觑，满青镜、星星鬓影今如许！功名浪语。便似得班超，封侯万里，归计恐迟暮。

黄花庵称："真西山绝爱此词。"（《唐宋诸贤绝妙词选》）胡元任亦言："每一歌之，未尝不击节。"（《苕溪渔隐丛话》）而刘熙载则谓："辛稼轩《摸鱼儿》'更能消几番风雨'一阕，即无咎《摸鱼儿》'买陂塘旋栽杨柳'之波澜。"（《艺概》）其用意殊潇洒，而笔势特壮阔，故可喜也。其充分表现个人性格抱负者，如《水龙吟·次韵林圣予惜春》：

问春何苦匆匆？带风伴雨如驰骤。幽葩细萼，小园低槛，壅培未就。吹尽繁红，占春长久，不如垂柳。算春常不老，人愁春老，愁只是，人间有。　春恨十常八九，忍轻辜、芳醪经口。那知自是，桃花结子，不因春瘦。世上功名，老来风味，春归时候。纵樽前痛饮，狂歌似旧，情难依旧。

《盐角儿·亳社观梅》：

开时似雪，谢时似雪，花中奇绝。香非在蕊，香非在萼，骨中香彻。　占溪风，留溪月，堪羞损、山桃如血。直饶更疏疏淡淡，终有一般情别。

无穷新意，而以吞咽之笔出之，冯氏所谓沉咽过东坡者，此类近是。北人性格，本宜于东坡一派之作风，所谓“坦易之怀，磊落之气”，苟不流于粗率，便见真实本领。北宋有无咎，南宋有稼轩，皆山东人，而东坡得此两贤，为之翊赞；于是豪放一宗，骎夺正统派之席而代之矣。

复次，无咎词格调既高，乃益变化，有时竟以散文之法施之填词。如《万年欢·次韵和季良》：

忆昔论心，尽青云少年，燕赵豪俊。二十南游，曾上会稽千仞。捐袂江中往岁，有骚人兰荪遗韵，嗟管鲍当日贫交，半成翻手难信。君如未遇元礼，肯抽身盛时，寻我幽隐？此事谈何容易？骥才方骋，彩舫红妆围定。笑西风黄花斑鬓。君欲问，投老生涯，醉乡歧路偏近。

直抒胸臆，一似书札体裁。清代顾贞观寄吴汉槎宁古塔《金缕曲》词，形式略相仿佛。此种作品，从词之本体言之，自不足道；所谓“着腔于唱好诗”者，实不啻无咎自道其词格。若撇却声律，专言气象，则东坡、无咎实有别辟天地之功。无咎虽偶作儿女相思之词，却无淫滥卑靡之习。例如《蓦山溪》：

自来相识，比你情都可。咫尺千里算，惟孤枕、单衾知我。终朝尽日，无语亦无言，我心里，忡忡也，一点全无那。　香笺小字，写了千千个。我恨无羽翼，空寂寞、青苔院锁。昨朝冤我，却道不如休，天天天，不曾么，因甚须冤我？

似俚俗而极朴拙真挚，元人散曲，时一遇之。词、曲原无显然之疆界，不得以此全用本色语，遂谓下开曲体，从而忽视之也。

张　耒

张耒字文潜，楚州淮阴人。苏轼称其文汪洋冲澹，有“一唱三叹之声”。弱冠第进士，元祐初，仕至起居舍人。绍圣中，谪监黄州酒税。徽宗立，召为太常少卿。崇宁初，坐元祐党，复贬房州别驾，黄州安置。寻得自便，归陈州，主管崇福宫，卒年六十一（《词林纪事》卷六，参《宋史·文苑传》）。近人刘毓盘集其词十首为《柯山词》，赵万里删其无确证者四首，存六首为《柯山诗余》（《校辑宋金元人词》）。胡元任云："元祐诸公皆有乐府，惟文潜仅见《少年游》、《风流子》数词。"（《苕溪渔隐丛话》）则文潜殆不以词著矣。

文潜论词宗旨，略见所为《贺方回乐府·序》中。大抵恶雕琢而主性灵，所谓："文章之于人，有满心而发，肆口而成，不待思虑而工，不待雕琢而丽者，皆天理之自然，而性情之至道。"（《张右史文集》卷五十一）又引刘季、项籍为例，曰："岂其费心而得之哉？直寄其意耳。"是其主张固在内容之充实，与东坡之借词体以表现性情抱负者，仿佛相近。然传世诸阕，乃婉约近少游，意或本工"一唱三叹之声"，故不宜于"横放杰出"欤？特录《风流子》一阕为例：

> 木叶亭皋下，重阳近，又是捣衣秋。奈愁入庾肠，老侵潘鬓，谩簪黄菊，花也应羞。楚天晚，白苹烟尽处，红蓼水边头。芳草有情，夕阳无语，雁横南浦，人倚西楼。　　玉容知安否？香笺共锦字，两处悠悠。空恨碧云离合，青鸟沉浮。向风前懊恼，芳心一点，寸眉两叶，禁甚闲愁？情到不堪言处，分付东流。

清丽芊绵，能以韵胜，风格略在秦、柳之间，非东坡所能范围矣。

东坡乐府综论 *

自《乐章》盛行，创调既多，慢词遂盛。耆卿诸作，既多为应歌之词，杂以淫哇，不免为当世士大夫所诟病；而体势拓展，可借以发抒抑塞磊落纵横豪放之襟怀。有能者出，乃出以堂堂之阵，正正之旗，一扫妖淫艳冶之风，充分表现作者之人格个性。此亦势所必至，而眉山苏轼即乘此风会而起，于词体拓展至极端博大时，进而为内容上之革新与充实；至不惜牺牲曲律，恣其心意之所欲言；词体至此益尊，而距民间歌曲日远。陆游所谓“试取东坡诸词歌之，曲终，觉天风海雨逼人”者，此其特具之精神也。

苏轼（1036—1101）字子瞻，眉州眉山人。博通经史，殿试中乙科。历通判杭州，知密州、徐州。神宗时，责授黄州团练副使，本州安置。轼与田夫野老，相从溪山间，筑室于东坡，自号东坡居士。旋移汝州。哲宗立，复朝奉郎，知登州。寻除翰林学士，知杭州、颍州。后贬琼州别驾，居昌化。更三大赦，还，提举玉局观。建中靖国元年，卒于常州，年六十六（《宋史》卷一三八）。轼所为《东坡词》，有毛氏汲古阁《宋六十家词》本，又名《东坡乐府》，有王氏四印斋景元延祐本，朱氏《彊村丛书》本，又有宋傅干《注坡词》传钞残本，及本人所编《东坡乐府笺》。朱本编年，笺即依之而作，兼采傅注，颇足为参订之资。

胡寅序向子諲《酒边词》谓：“词曲者，古乐府之末造也。……然文章豪放之士，鲜不寄意于此者，随亦自扫其迹，曰谑浪游戏而已也。唐人为之最工者。柳耆卿后出，掩众制而尽其妙，好之者以为不可复加。及眉山苏氏一洗绮罗香泽之态，摆脱绸缪宛转之度，使人登高望远，举首高歌，

* 本文原刊于《词学季刊》第二卷第三号（1935 年 4 月）。

而逸怀浩气超然乎尘垢之外。于是《花间》为皂隶，而柳氏为舆台矣。”由胡氏之言，知在东坡以前之作者，虽心好词曲，而必自托于“谑浪游戏”此其故由于词所依声，原出胡夷里巷之曲，士大夫之所作，既仍须迎合娼妓心理，不得不偏重于男女恋悦，或伤离念远之情，为保持身份尊严，遂不能无所规避。然于此足征东坡词派未开之前，除“士行尘杂”之温庭筠，“骫骳从俗”之柳三变外，对于词之制作，总多就实避名，鲜有以严肃态度，着意提高词格者。胡氏又以柳氏为能“掩众制而尽其妙”，其意亦谓应歌之词，至柳始发达至最高点。东坡出而以灵气仙才开径独往，其能别有天地者，正以其确认词体不仅为抒写儿女私情之工具，虽其声出于教坊里巷，亦不妨假以自写胸怀，大丈夫磊磊落落，更何难以人尊体东坡词之摆脱浮艳，正欲提高词之地位。其所以能压倒柳氏者在此，其所以能独建一宗者亦在此。王灼云：“东坡先生非心醉于音律者，偶尔作歌，指出向上一路，新天下耳目，弄笔者始知自振。今少年妄谓东坡移诗律作长短句，十有八九不学柳耆卿则学曹元宠。”（《碧鸡漫志》卷二）此真能揭出苏词之真谛矣。

当柳词盛行之际，有井水处，人皆能歌，其深入人心，盖可想见。何以东坡一出，竟能转移风会，一反其所为？且苏词既充分表现作者个性，则其思想环境，必与其词有极密切之关系，且为分别述之：

东坡少承庭训，其父洵为文效《孟子》。《孟子》故以儒家杂纵横气。东坡自谓：“作文如行云流水，初无定质，但常行于所当行，止于所不可止，虽嬉笑怒骂之辞，皆可书而诵之。”（《宋史·本传》）然其浑涵光芒，饶有“横放杰出”之概，终以受《孟子》影响为多。又尝读《庄子》，叹曰：“吾尝有见，口未能言，今见是书，得吾心矣。”（《本传》）庄子著书，所谓“其言汪洋自肆以适己”（《天下篇》）者，东坡盖窃取其意而用之于各体文字。其思想趋向庄生及禅宗，故不凝滞于习俗，而游行自在。胡元任所称“东坡词皆绝去笔墨畦径间，直造古人不到处"，正以其思想抱负，故自超轶出尘也。东坡在当时最负盛名，至谪居儋耳，儋人且运甓畚土，以助其建宅。又喜提奖士类，一时文人，如黄庭坚、晁补之、秦观、张耒、陈师道举待之如朋俦（《本传》）。其为众望所归，亦复有以。然其振笔为豪放之词，苏门诸词人仍不免抱怀疑态度。

（一）陈无己（师道）云："子瞻以诗为词，如教坊雷大使之舞，虽极天下之工，要非本色。"（《后山诗话》）

（二）东坡尝以所作小词示无咎（晁补之）、文潜（张耒），曰："何如少游？"二人皆对曰："少游诗似小词，先生小词似诗。"（《王直方诗话》）

（三）晁无咎云："居士词人谓多不谐音律，然横放杰出，自是曲子内缚不住者。"（《鸡肋编》）

三说并以东坡词为非本色，所谓"曲子内缚不住"者，亦复寓贬于褒。故知柳词入人既深，虽東坡亲近诸贤，亦颇为俗尚所蔽。非东坡自信力极坚强，又乌能不被震撼，而独往独来，指出向上之路哉？

东坡在当世词坛，对柳永最为敌视，出言诋毁，非止一次。秦观为东坡所最爱重，然犹以气格为病。故常戏云："山抹微云秦学士，露华倒影柳屯田。"《避暑录话》）又《高斋诗话》载："少游自会稽入都，见东坡。东坡曰：'不意别后，公却学柳七！'少游曰：'某虽无学，亦不如是。'东坡曰：'销魂当此际，非柳七语乎？'"少游于东坡，最深知遇之感，且于无意中为柳词所笼罩，则柳词在当时实有无上权威，东坡欲别开疆宇，自不能不对此劲敌，时思摧陷而廓清之。然东坡之横放，非于柳永拓展词体之后，恐亦不易发展其天才也。

至论苏词之风格，有一事可资谈助。《吹剑录》载："东坡在玉堂日，有幕士善歌，因问：'我词何如柳七？'对曰：'柳郎中词，只合十七、八女郎，执红牙板，歌'杨柳岸晓风残月'。学士词，须关西大汉。铜琵琶，铁绰板，唱‘大江东去’。东坡为之绝倒。”此虽一时戏谑之词，然足觇当时两大词宗之特色。东坡不举他人，但欲与柳七一较短长，自亦极有用意。而王士禛云：“山谷云：‘东坡书挟海上风涛之气。’读坡词，当作如是观。琐琐与柳七较锱铢，无乃为髯公所笑。”（《花草蒙拾》）藐视柳七未免以成败论人。至张炎称：“东坡词清丽舒徐处，高出人表……周、秦诸人所不能到。”（《词林纪事》卷五引）贺裳沿其说，称：“子瞻《浣溪沙·春闺》曰：‘彩索身轻常趁燕。红窗睡重不闻莺。’如此风调，令十七八女郎歌之，岂在‘晓风残月’之下？”（《皱水轩词筌》）士禛又云：“‘枝上柳绵’，恐屯田缘情绮靡，未必能过，孰谓彼但解作‘大江东去’耶？髯直是轶伦绝群！”三氏之言，仍不免以东坡与柳七较锱铢。坡词虽有时清丽舒徐，有时横放杰出，而其全部风格，当以近代词家王鹏运拈出“清雄”二字，最为恰当（说详拙编《唐宋名家词选》）。世恒以“豪放”目东坡，固犹未足以概其全也。

前人对东坡词，颇以不谐音律相诟病。然其词决非不可歌者，集中即席成篇，遽付歌喉者，盖指不胜屈。陆游亦言：“世言东坡不能歌，故所作乐府辞，多不协。晁以道谓：‘绍圣初，与东坡别于汴上。东坡酒酣，自歌《古阳关》。’则公非不能歌，但豪放不喜裁翦以就声律耳。”蔡絛又有纪事一则：“歌者袁绹，乃天宝之李龟年也。宣和间，供奉九重，尝为吾言：东坡公昔与客游金山，适中秋夕，天宇四垂，一碧无际，加江流澒涌，俄月色如昼，遂共登金山山顶之妙高台，命绹歌其《水调歌头》曰：‘明月几时有？把酒问青天。’歌罢，坡为起舞而顾问曰：‘此便是神仙矣！’”（《铁围山丛谈》）据此，则坡词之价值，虽不仅在音律方面，而被诸弦管，自有其清雄激壮之音，非与歌喉捍格不相入者。至胡适谓“东坡作词，并不希望拿给十五六岁的女郎，在红氍毹上袅袅婷婷地去歌唱”（《词选·序》），一若东坡词专以不谐音节为高。吾人试一检集中诸词，则为歌妓作者正多，又以何法证明彼不希望“在红氍毹上袅袅婷婷地去歌唱”耶？东坡词充分表现个性，固如胡氏所言。其所以不及柳、秦之作，盛播樱唇贝齿之间者，正以其偏于表现个性，非一般民众所同具之普遍情感耳。

东坡词格，亦随年龄与环境而有转移。大抵自杭州至密州为第一期，自徐州贬黄州为第二期，去黄以后为第三期。在第一期中，初则往来常、润，少年气度，潇洒风流，故其词亦清丽飘逸，不作愁苦之语。如《少年游·润州作代人寄远》：

> 去年相送，余杭门外，飞雪似杨花。今年春尽，杨花似雪，犹不见还家。　对酒卷帘邀明月，风露透窗纱。恰似姮娥怜双燕，分明照，画梁斜。

《江城子·湖上与张先同赋》：

> 凤凰山下雨初晴。水风清，晚霞明。一朵芙蓉，开过尚盈盈。何处飞来双白鹭、如有意，慕娉婷。　忽闻江上弄哀筝。苦含情，遣谁听？烟敛云收，依约是湘灵。欲待曲终寻问取，人不见，数峰青。

江南风土，为东坡所乐，而吴兴余杭，又多诗人墨客文酒谈谯之欢，故虽奔走舟车，略无羁旅之感。迨去杭赴密，生活乃稍干燥，观所为《超然台记》，景象可知。风雨对床之吟，离群索居之苦，郁伊谁语，爰寄歌词。例如《永遇乐·至海州与太守会于景疏楼上寄孙巨源》：

> 长忆别时，景疏楼上，明月如水。美酒清歌，留连不住，月随人千里。别来三度，孤光又满，冷落共谁同醉？卷珠帘，凄然顾影，共伊到明无寐。　今朝有客，来从濉上，能道使君深意。凭仗清淮，分明到海，中有相思泪。而今何在？西垣清禁，夜永露华侵被。此时看，回廊晓月，也应暗记。

《蝶恋花·密州上元》：

> 灯火钱塘三五夜，明月如霜，照见人如画。帐底吹笙香吐麝，更无一点尘随马。　寂寞山城人老也，击鼓吹箫，却入农桑社。火冷

灯稀霜露下，昏昏雪意云垂野。

《江城子·乙卯正月二十日夜记梦》：

十年生死两茫茫。不思量，自难忘。千里孤坟，无处话凄凉。纵使相逢应不识，尘满面，鬓如霜。　　夜来幽梦忽还乡。小轩窗，正梳妆。相顾无言，惟有泪千行。料得年年肠断处，明月夜，短松冈。

东坡以熙宁七年（1074），离杭赴密，逾年到任，在任三年。据其弟辙《超然台记·叙》云："子瞻通守余杭，三年不得代。以辙之在济南也，求为东州守。既得请高密，五月乃有移知密州之命。"东坡之去南而北，原为兄弟之情，乃束于官守，仍不得常相晤对；而友朋欢叙之乐，湖山秀丽之观，乃复时萦梦想。观上举三词，饶有凄婉之音。其丙辰（熙宁九年，东坡年四十一）中秋大醉作《水调歌头》兼怀子由，所谓"人有悲欢离合，月有阴晴圆缺，此事古难全，但愿人长久，千里共婵娟"者，尤充分表现其忧生之感。生活既经变化，而词格由此益高。自是由密移徐，由徐谪居黄州，得意失意，循环起伏，所受激刺愈深，而表现于文字者因以愈至。吾恒谓东坡诗词，至黄州后，乃登峰造极，皆生活环境促之使然也。

东坡在徐州，筑黄楼以防河水之患，最为当地人士所称美，坡亦颇以此自负；故在徐所作词，益开拓排宕，所忧者惟"无常"之感。例如彭城夜宿燕子楼，梦盼盼，作《永遇乐》：

明月如霜，好风如水，清景无限。曲港跳鱼，圆荷泻露，寂寞无人见。紞如三鼓，铿然一叶，黯黯梦云惊断。夜茫茫，重寻无处，觉来小园行遍。　　天涯倦客，山中归路，望断故园心眼。燕子楼空，佳人何在，空锁楼中燕。古今如梦，何曾梦觉，但有旧欢新怨。异时对，黄楼夜景，为余浩叹。

即充分表现其"一切无常住"之悲怀。旋徙湖州，即以文字得罪，责授黄州团练副使。留黄五载，辄复覃思于《易》《论语》（《上文潞公书》），又恒与参寥子游（《年谱》），少年豪纵之气，稍自敛抑，而忧谗畏罪，别具苦衷。故其词骤视之虽极潇洒自然，而无穷伤感，光芒内敛。所谓“逸怀浩气，超乎尘垢之外”（胡致堂语）者，正此时之作也。例如《定风波·沙湖道中作》：

莫听穿林打叶声，何妨吟啸且徐行。竹杖芒鞋轻胜马。谁怕？一蓑烟雨任平生。　料峭春风吹酒醒，微冷，山头斜照却相迎。回首向来萧瑟处，归去，也无风雨也无晴。

《临江仙》：

夜饮东坡醒复醉，归来仿佛三更。家童鼻息已雷鸣。敲门都不应，倚杖听江声。　长恨此身非我有，何时忘却营营？夜阑风静谷纹平。小舟从此逝，江海寄余生。

《鹧鸪天》：

林断山明竹隐墙，乱蝉衰草小池塘。翻空白鸟时时见，照水红蕖细细香。　村舍外，古城旁，杖藜徐步转斜阳。殷勤昨夜三更雨，又得浮生一日凉。

皆真气流行，空灵自在，而一种悲郁怀抱，乃隐现于字里行间。其他最为世人传诵之作，如《洞仙歌》“冰肌玉骨”云云，《念奴娇》“大江东去”云云，皆居黄时所制也。

东坡既饱经忧患，又怵于文字之易取愆尤，五十而还，益趋恬淡，诗词文艺，率以游戏出之，不复多所措意。故去黄以后，风格又变。除在京师官翰林学士时，和章质夫《水龙吟·杨花词》，最为回肠荡气之作外，大抵皆即事遣兴，间参哲理，拟之黄州诸作，稍嫌枯淡。例如《如梦令·元丰七年浴泗州雍熙塔下戏作》：

水垢何曾相受，细看两俱无有。寄语揩背人，尽日劳君挥肘。轻手，轻手。居士本来无垢。

自净方能净彼，我自汗流呀气。寄语澡浴人，且共肉身游戏。但洗，但洗，俯为人间一切。

《减字木兰花·己卯儋耳春词》：

春牛春杖，无限春风来海上。便丐春工，染得桃红似肉红。春幡春胜，一阵春风吹酒醒。不似天涯，卷起杨花似雪花。

率尔而成，毫不着意，其意态消极，可见一斑。读东坡词，自当以四十至五十间诸作品为轨则已。

自东坡别出手眼，开径独行，虽一时有“要非本色”之讥，而风声所树，影响甚大。同辈如王安石，后进如晁补之、黄庭坚、叶梦得、向子諲诸人，皆苏派作家之健者。王灼云：“王荆公长短句不多，合绳墨处自雍容奇特。……东坡先生以文章余事作诗，溢而作词曲，高处出神入天，平处尚临镜笑春，不顾侪辈。……晁无咎、黄鲁直皆学东坡。韵制得七八。黄晚年间放于狭邪，故有少疏荡处。后来学东坡者，叶少蕴、蒲大受亦得六七，其才力比晁、黄差劣。苏在庭、石耆翁入东坡之门矣，短气跼步，不能进也。”（《碧鸡漫志》卷二）蒲大受、苏在庭、石耆翁词集皆不传，晁、黄二家直接东坡系统。关注序叶氏《石林词》，谓：“能于简淡时出雄杰，合处不减靖节、东坡之妙。”至向氏《酒边词》，则胡寅所称“步趋苏堂而哜其胾者也”（《酒边词·序》）。东坡词格既高，故为当世学人所宗尚。迨金源之际，苏学行于北，而《东坡乐府》乃盛行于中州。大家如蔡松年、吴激，以及元好问《中州集》之所搜采，几无不以苏氏为依归。即辛稼轩于南宋别开宗派，植基树本。要当年少在中州日间接受东坡影响为深，而以环境不同，面目遂异。辛以豪壮、苏以清雄，同源异流，亦未容相提并论。朱彊村先生谓：“学东坡得真髓者，惟叶梦得一人。”治苏词者，不可不于《石林》一编。加以深切注意。

世以苏、辛并称，二氏作风不同之点，既如上述。而后人评论，颇存轩轾于其间。右东坡者，如吴衡照云："辛之于苏，亦犹诗中山谷之视东坡也。东坡之大，与白石之高，殆不可以学而至。"（《莲子居词话》）刘熙载则谓："东坡词颇似老杜诗，以其无意不可入，无事不可言也。若其豪放之致，则时与太白为近。"（《艺概》）盖自宋以来，未有言苏不及辛者。至周济自作聪明（胡适评语），标举宋词四家，屈东坡于稼轩之下，从而为之说曰："东坡天趣独到处，殆成绝诣，而苦不经意，完璧甚少。稼轩则沉着痛快，有辙可循。"（《宋四家词选目录·序论》）又云："苏之自在处，辛偶能到。辛之当行处，苏必不能到。"（《介存斋论词杂著》）殊不知东坡词之高处，正在无辙可循，当于气格境象上求，不当以字句词藻论。周氏知稼轩之沉着痛快，而不理会东坡之蕴藉空灵，此常州词派之所以终不能臻于极诣也。临桂王鹏运亦受常州影响，乃特崇苏氏，其言曰："苏文忠之清雄，敻乎轶尘绝迹，令人无从步趋。盖霄壤相悬，宁止才华而已。其性情，其学问，其襟抱，举非恒流所能梦见。词家苏、辛并称，其实辛犹人境也，苏其殆仙乎！"（半塘老人手稿）并世词流，如郑文焯及朱彊村先生，并从王说，于苏词特为推重，此又近四十年词学，所以不为常州派所囿之原因也。因论东坡，附识其宗派升沉如此。

清真词叙论*

王国维曰："词家之有清真，犹诗家之有杜少陵。"（《清真先生遗事》）周济曰："清真，集大成者也。"济又教人以学词之次第云："问涂碧山，历梦窗、稼轩以还清真之浑化。"（《宋四家词选目录·序论》）近人论词之最高标准，为一"浑"字，周济以"浑化"目清真，是以清真为词家之极则。宋陈郁亦称："清真，二百年来以乐府独步，贵人学士、市嬛妓女知美成词为可爱。"（《藏一话腴》）然则清真信不愧古今来之词学宗师，而为万流所崇仰也！

周邦彦（1056—1121）字美成，自号清真居士，钱塘人。疏隽少检，不为州里推重，而博涉百家之书。元丰初，游京师，献《汴都赋》万余言。神宗异之，命侍臣读于迩英阁，召赴政事堂，自太学诸生一命为正。居五岁不迁，益尽力于辞章。出教授庐州，知溧水县，还为国子主簿。哲宗召对，使诵前赋，除秘书省正字，历校书郎、考功员外郎、卫尉宗正少卿，兼议礼局检讨，以直龙图阁知河中府。徽宗欲使毕《礼书》，复留之。逾年，乃知龙德府（王国维云：当作隆德），徙明州。入拜秘书监，进徽猷阁待制，提举大晟府。未几，知顺昌府，徙处州。旋罢官，居睦州。适方腊反，还杭州，又绝江之扬州，过天长，至南京，卒于鸿庆宫斋厅，年六十六。（《宋史·文苑传》六，参《清真先生遗事》）今所见邦彦词集，有毛氏汲古阁《宋六十家词》本、王氏《四印斋所刻词》本、许氏《西泠词萃》本、郑氏文焯精校本、陶氏《涉园续刊宋金元明本词》景宋陈元龙注本、朱氏《彊村

* 本文原刊于《词学季刊》第二卷第四号（1935年7月）。

丛书》陈注本，除王、郑二刻题《清真集》外，余并称《片玉集》。

考清真之生平，以一赋而得三朝之眷（楼钥、陈郁说并同）。赋多古文奇字。方李左丞（清臣）读于迩英阁，多以边旁言之。(《咸淳临安志·人物传》)楼钥考之群书，略为音释，犹有“阙其未知者以俟博雅之君子”之言，而于《清真先生文集·序》中，复有如下之称述：

其学道退然，委顺知命，人望之如木鸡。自以为喜，此尤世所未知者。乐府播传，风流自命。又性好音律，如古之妙解，顾曲名堂，不能自已。人必以为豪放飘逸，高视古人，非攻苦力学以寸进者。及详味其辞，经史百家之言，盘屈于笔下，若自己出。一何用功之深，而致力之精耶？（《攻媿集》卷五十三）

据此，知清真之学，虽专注于辞章，而博览群书，储材至富，一如杜甫所谓“读书破万卷，下笔如有神”者，此清真词成就之始基也。词体之进展。本与音乐为缘。《宋史》称：“邦彦好音乐，能自度曲。”张炎亦云：“崇宁立大晟府，命周美成诸人讨论古音，审定古调，沦落之后，少得存者。由是八十四调之声稍传，而美成诸人又复增演慢曲、引、近，或移宫换羽为三犯、四犯之曲，按月律为之，其曲遂繁。”（《词源》卷下）清真在当时音乐界中，既居要职，又得万俟咏、田为等与之商榷律吕。据《碧鸡漫志》二云：

崇宁间，建大晟乐府，周美成作提举官，而制撰官又有七。万俟咏雅言，元祐诗赋科老手也。三舍法行，不复进取，放意歌酒，自称大梁词隐，每出一章，信宿喧传都下。政和初，召试补官，置大晟乐府制撰之职。新广八十四调，患谱弗传，雅言请以盛德大业及祥瑞事迹制词实谱。有旨依月用律，月进一曲，自此新谱稍传。时田为不伐亦供职大乐，众谓乐府得人云。

大晟乐府为当日政府所设之最高音乐机关，网罗专门人才，既如《漫志》所称之美备。以是创制新谱，其曲遂繁。清真实总其成，自制当不为少。雅言词既绝出，美成目之曰《大声》，不伐才思与雅言抗行（并详《漫志》二），又善琵琶，无行（《宋史·乐志》四）。雅言《大声集》，美成、不伐皆为作序（《直斋书录解题》二十一），虽与不伐词集俱不传，而三人之交谊，与当日共同研讨乐律，极意歌词之关系，可以推知。《漫志》又称：

江南某氏者，解音律，时时度曲。周美成与有瓜葛，每得一解，即为制词，故周集中多新声。

与《避暑录话》所载“教坊乐工每得新腔，必求（柳）永为词，始行于世”者，仿佛相类。其沉浸于音乐环境中者如此，此为清真词成就之又一主因也。

邦彦叔父有名邠者，“熙宁间，苏氏倅杭，多与酬唱，所谓周长官者是也”（《咸淳临安志》）。考熙宁五年至七年（1072—1074），轼在杭州通判任，邦彦时已十八九岁。轼为邠题《雁荡图》诗，有“西湖三载与君同”之句，则二人踪迹之密，盖可推知。轼喜宏奖风流，对此“通家子”，宜其乐于奖掖，乃两家集中，皆不一见姓名，岂邦彦少时，果如《宋史》所言“疏隽少检，不为乡里所重”耶？时当柳词盛行之后，东坡出而思所以摧陷廓清之，对通家子弟之学为词者，定以柳七为戒。邦彦乃绝不受其影响，意或由于性格志趣之不同。邦彦以元丰二年（1079）入京师，游太学。（王国维《清真先生年表》）是年八月，东坡即由湖州逮赴台狱，旋责授黄州团练副使（王宗稷编《苏文忠公年谱》），自是彼此即无相值之期。邦彦在汴梁，先后历十余载，为太学正后，既益尽力于辞章，则与“元祐诗赋科老手”之大梁词隐，必多交往。其词学渊源，不期然而接受柳永风气。王灼列举当时诸作者云：

沈公述、李景元、孔方平、处度叔侄、晁次膺、万俟雅言，皆有佳句，就中雅言又绝出。然六人者，源流从柳氏来，病于无韵。雅言初自编集，分两体，曰“雅词”，曰“侧艳”，目之曰“胜萱丽藻”。后召试入官，以“侧艳体”无赖太甚，削去之。再编成集，分五体：曰“应制”，曰“风月脂粉”，曰“雪月风花”，曰“脂粉才情”，曰“杂类”，周美成目之曰《大声》。次膺亦间作“侧艳”（《漫志》二）。

所谓“侧艳小词”，即为柳永一派之专业。反观《大声集》五类所标诸目，一望而知皆属应歌之词。邦彦年少风流，又居汴梁声歌繁盛之地，闲游坊曲，自在意中。集中侧艳之词，时有存者。如《青玉案》云：

良夜灯光簇如豆，占好事，今宵有。酒罢歌阑人散后，琵琶轻放，语声低颤，灭烛来相就。　玉体偎人情何厚，轻惜轻怜转唧嘈。雨散云收眉儿皱，只愁彰露，那人知后，把我来僝僽。

试与《乐章集》中“淫冶讴歌”之作相较，亦“伯仲之间”。此类作品，或亦有如雅言之悔其“无赖太甚”，稍自芟除。今所传清真词，要多淳雅之作耳。《耆旧续闻》：

美成至汴，主角妓李师师家，为赋《洛阳春》云：“眉共春山争秀，可怜长皱。莫将清泪湿花枝，恐花也如人瘦。清润玉箫闲久，知音稀有。欲知日日倚阑愁，但问取亭前柳。”师师欲委身而未能也。

此外，张端义《贵耳集》及周密《浩然斋雅谈》，对邦彦与李师师事，并有纪述，以为《少年游》“并刀如水”阕，及《兰陵王》“柳阴直”阕，皆作于在汴时，而覈其岁月，时复乖舛，郑文焯、王国维二氏，已力辟其非（详郑著《清真词校后录要》及王著《清真先生遗事》）。然观集中追念旧欢之词，如《瑞龙吟》诸作，其居汴京日，必有所恋，殆可无疑。吾尝论曲子词之发展情形，往往与倡楼妓馆，发生密切关系，即清真亦何莫不然。私意以为论清真词之作风，言其师友渊源，则不免于万俟咏诸人，以上迄柳永之影响。言其音乐环境，则前期流连坊曲，获助于教曲伎师；后期提举大晟，集思于同官诸友。即其所以与东坡异趣，大约亦以此种因缘，非偶然而已也。

至言清真词之风格，则王灼尝以“奇崛”二字当之。王氏不喜柳永，而颇崇清真。其说云：

柳耆卿《乐章集》，世多爱赏该洽（案：此处疑有脱字）[1]，序事闲暇，有首有尾，亦间出佳语，又能择声律谐美者用之。惟是浅近卑俗，自成一体，不知书者尤好之。予尝以比都下富儿，虽脱村野，而声态可憎。前辈云：“《离骚》寂寞千年后，《戚氏》凄凉一曲终。”《戚氏》，柳所作也。柳何敢知世间有《离骚》？惟贺方回、周美成，时时得之。贺《六州歌头》《望湘人》《吴音子》诸曲，周《大酺》《兰陵王》诸曲。最奇崛。或谓深劲乏韵，此遭柳氏野狐涎吐不出者也。（《漫志》二）

吾人于此，可见柳词当日之所以盛行，盖由于“声律谐美”与“浅近卑俗”，而清真词之高处，乃反以“深劲乏韵”见讥，殊不知“深劲”二字，正其所以能于《乐章》《淮海》之外，别树一帜，而尤以用笔之拗怒奇恣，最为难能。此虽由于天才学力之高，然于倚曲方面，实有绝大关系。据毛幵《樵隐笔录》：

绍兴初，都下盛行周清真咏柳《兰陵王慢》，西楼南瓦皆歌之，谓之《渭城三叠》。以周词凡三换头，至末段声尤激越，惟教坊老笛师能倚之以节歌者。其谱传自赵忠简家。忠简于建炎丁未九日南渡，泊舟仪真江口，遇宣和大晟乐府协律郎某，叩获九重故谱，因令家伎习之，遂流传于外。

今《清真集》中之《兰陵王》，下注“越调”。北齐时，有《兰陵王入阵曲》。王灼曰：“今越调《兰陵王》，凡三段二十四拍，或曰遗声也。”（《漫志》四）证以毛说，则此越调《兰陵王》，疑为当时大晟府因旧曲创新声之一，而又谓为“九重故谱”，则非坊曲流行之曲可知。其词虽叙离情，而以声之激越，

① 编者案：据岳珍《碧鸡漫志校正》，“爱赏”下脱“其实”两字，属下。

读之使人慷慨。清真词之高者，如《瑞龙吟》《大酺》《西河》《过秦楼》《氐州第一》《尉迟杯》《绕佛阁》《浪淘沙慢》《拜星月慢》之属，几全以健笔写柔情，则王灼以“奇崛”评周词，盖为独具只眼矣。《乐章集》中，虽羁旅行役之词，时亦有大开大阖之笔，未尽如王灼所云“浅近卑俗”者，然欲求如清真《大酺》诸作之声情激越、削尽浮靡之音者，实不多见。王国维云：

> 故先生之词，于文字之外，须兼味其音律。……今其声虽亡，读其词者，犹觉拗怒之中，自饶和婉，曼声促节，繁会相宣，清浊抑扬，辘轳交往，两宋之间，一人而已。(《清真先生遗事》)

承认周词风格之高，半属音乐关系，实为知言。惟谓词中所注宫调，不出教坊十八调之外，即断定“其音非大晟乐府之新声，而为隋、唐以来之燕乐”，一似清真词皆依旧曲而制者，其说未免含混。使果皆为隋、唐旧曲，则《兰陵王》不必传自“九重”，又何必教坊老笛师始能倚之以节歌者乎？

自宋以来，论清真词者，除王灼外，真知盖寡。张炎对周词之评语，以“浑厚和雅”(《词源》卷下)当之，尚有见地。至清代贺裳谓：“清真虽未高出，大致匀净，有柳欹花亸之致。”(《皱水轩词筌》)彭孙遹谓：“美成词如十三女子，玉艳珠鲜，政未可以其软媚而少之也。”(《金粟词话》)二说恰与王说相反。彼盖徒见周词多言儿女之情，而不深味其声情激越之处，讥以“软媚”，非特为皮相之谈，抑亦掩却清真真面目矣。刘熙载沿贺、彭之说，更从而诋毁清真，谓：“论词莫先于品。美成词信富艳精工，只是当不得一个‘贞’字，是以士大夫不肯学之，学之则不知终日意萦何处。”(《艺概》)词以抒情为主，苟其言皆出于性情之正，即偏“软媚”，何不贞之有？又况周词本不以“软媚”为工乎？自常州派出，而清真词始大显于清代。周济能知其“浑化”，而不能见其“奇崛”。近人冯煦乃引毛先舒之说曰：“北宋词之盛也，其妙处不在豪快而在高健，不在艳冶而在幽咽。豪快可以气取，艳冶可以言工，高健幽咽，则关乎神理骨性，难可强也。”又曰“言欲层深，语欲浑成”，意以属之清真（《宋六十一家词选·序例》），庶几允当。然则欲见周词之风格，毕竟当于高健幽咽，层深浑成处，参取消息矣。

清真词格，既约略如上所言，更检集中诸词，其有时地可考者，犹能借以推知其环境改移，与作风转变之迹。清真软媚之作，大抵成于少日居汴京时。例如《少年游》：

> 并刀如水，吴盐胜雪，纤指破新橙。锦幄初温，兽香不断，相对坐调笙。　　低声问：向谁行宿，城上已三更。马滑霜浓，不如休去，直是少人行！

《贵耳集》称：“道君（徽宗）幸李师师家，偶周邦彦先在焉，知道君至，遂匿于床下。道君自携新橙一颗，云‘江南初进来’，遂与师师谑语。邦彦悉闻之，檃括成《少年游》云云。”王国维谓：“徽宗微行，始于政和而极于宣和，政和元年，先生已五十六岁，官至列卿，应无冶游之事。”（《清真先生遗事》）似《少年游》一类温柔狎昵之作，自不似五六十岁人所为，假定此为邦彦少年居汴赠妓之词，殆无疑义。邦彦留汴京逾十载，三十后始出京，教授庐州，旋复流辖荆州，侘傺无聊，稍捐绮思，词境亦渐由软媚而入于凄惋。例如《少年游·荆州作》：

> 南都石黛扫晴山，衣薄耐朝寒。一夕东风，海棠花谢，楼上卷帘看。　　而今丽日明如洗，南陌暖雕鞍。旧赏园林，喜无风雨，春鸟报平安。

看似清丽，而弦外多凄抑之音。迨元祐八年（1093），邦彦迁知溧水县。溧水为负山邑，官赋浩穰，民讼纷沓，似不可以弦歌为政，而邦彦于拨烦治剧之中，不妨舒啸，一觞一咏，句中有眼。其所治后圃，有亭曰姑射，有堂曰萧闲，皆取神仙中事，揭而名之，可以想象其襟抱之不凡（节强焕《题周美成词》）。证以楼钥所称“学道退然，委顺知命，人望之如木鸡，自以为喜”者，知其人自遭时变，漂零不遇（《重进汴都赋表》），即性情亦因之而变化，无复少年“疏隽少检”之风矣。斯时作品，如《鹤冲天》《隔浦莲近拍》之清疏，《满庭芳》之幽咽，皆有时地可考，足见作风之转移。且举《满庭芳·夏日溧水无想山作》一阕为例：

风老莺雏，雨肥梅子，午阴嘉树清圆。地卑山近，衣润费炉烟。人静乌鸢自乐，小桥外新绿溅溅。凭阑久，黄芦苦竹，拟泛九江船。年年，如社燕，飘流瀚海，来寄修椽。且莫思身外，长近尊前。憔悴江南倦客，不堪听急管繁弦。歌筵畔，先安簟枕，容我醉时眠。

当邦彦自荆州东下，道出金陵，有《齐天乐·秋思》《西河·咏金陵》之作，沉郁顿挫，已渐开官溧水后之作风。录《齐天乐》如下：

绿芜雕尽台城路，殊乡又逢秋晚。暮雨生寒，鸣蛩劝织，深阁时闻裁剪。云窗静掩。叹重拂罗裀，顿疏花簟。尚有绵囊，露萤清夜照书卷。　　荆江留滞最久，故人相望处，离思何限。渭水西风，长安乱叶，空忆诗情宛转。凭高眺远。正玉液新篘，蟹螯初荐。醉倒山翁，但愁斜照敛。

邦彦居溧水约四年，复入京为国子主簿。十年之内，超擢清班。虽霜鬓催人，应捐绮思，《礼书》待草，稍阻清欢。然而旧曲桃根，问渡头之艇子，重来崔护，寄幽怨于东风，结习未空，情难自制。斯时词格，乃一出之以沉郁顿挫。例如《瑞龙吟》：

章台路。还见褪粉梅梢，试花桃树。愔愔坊陌人家，定巢燕子，归来旧处。　　黯凝伫。因念个人痴小，乍窥门户。侵晨浅约宫黄，障风映袖，盈盈笑语。　　前度刘郎重到，访邻寻里，同时歌舞。唯有旧家秋娘，声价如故。吟笺赋笔，犹记燕台句。知谁伴、名园露饮，东城闲步。事与孤鸿去。探春尽是，伤离意绪。官柳低金缕。归骑晚，纤纤池塘飞雨。断肠院落，一帘风絮。

近人吴梅对于此阕，有极详尽之说明，足验清真词技术上之精进。兹为转录如下：

《瑞龙吟》一首，宗旨所在，在“伤离意绪”一语耳，而入手先指明地点，曰“章台路”。却不从目前景物写出，而云“还见”，此即沉郁处也（须知梅梢桃树，原来旧物，惟用“还见”云云，则令人感慨无端，低徊欲绝矣）。首叠末句云“定巢燕子，归来旧处”，言燕子可归旧处，所谓“前度刘郎”者，即欲归旧处而不得，徒彳亍于“愔愔坊陌”，章台故路而已，是又沉郁处也。第二叠“黯凝伫”一语为正文，而下文又曲折不言其人不在，反追想当日相见时状态，用“因念”二字，则通体空灵矣，此顿挫处也。第三叠“前度刘郎”至“声价如故”，言个人不见，但见同里秋娘，未改声价，是用侧笔以衬正文，又顿挫处也。“燕台”句用义山柳枝故事，情景恰合。“名园露饮，东城闲步”，当日己亦为之，今则不知伴着谁人，赓续雅举。此“知谁伴”三字，又沉郁之至矣。“事与孤鸿去”三语，方说正文，以下说到归院，层次井然，而字字凄切。末以“飞雨”“风絮”作结，寓情于景，倍觉黯然。通体仅“黯凝伫”“前度刘郎重到”“伤离意绪”三语，为作词主意，此外则顿挫而复缠绵，空灵而又沉郁，骤视之几莫测其用笔之意，此所谓神化也。（《词学通论》）

邦彦词学之最大成就，当在重入京师时。盖异地漂零，饱经忧患，旧游重忆，刺激恒多。益以年龄关系、技术日趋精巧。集中名作，如《大酺》《六丑》《兰陵王》之类，料出此时。《浩然斋雅谈》：

朝廷赐酺，师师又歌《大酺》《六丑》二解，上（徽宗）顾教坊使袁祹问，祹曰：“此起居舍人新知潞州周邦彦作也。”问《六魄》之义，莫能对。急召邦彦问之，对曰：“此犯六调，皆声之美者，然绝难歌。昔高阳氏有子六人，才而丑，故以比之。”

是《大酺》《六丑》二调，皆作于在京日，故得遽播于师师之口。惟《雅谈》误记其时为宣和中，郑文焯氏已加驳斥，谓“《六丑》犯六调之曲。当在提举大晟时所制”（《清真词校后录要》）。史称崇宁四年（1106），置大晟府（《宋史·徽宗纪》及《乐志》），时邦彦已五十岁，入京亦近十年。以《六丑》为此一时期作品，郑说近是。惟邦彦提举大晟，据《碧鸡漫志》及《词源》，在崇宁间，而王国维则以为在政和六年（1116）出知明州之后，尚待详考耳。

邦彦既素好音乐，自崇宁至政和之末（1105—1117），十余年间，多在汴梁。与万俟咏、田为讨论古音，制作新曲，亦此一时期事。《清真集》中之创调，殆以此一时期作品为多矣。邦彦六十后，历官顺昌（今安徽阜阳县）、处州（今浙江丽水县），既而流转于睦（今浙江建德县）、杭之间，又遭方腊之乱，暮年萧瑟，终客死于南京。其《西平乐》自序谓：“元丰初，予以布衣西上，过天长（安徽泗州）道中。……辛丑（1121）正月二十六日，避贼复游故地，感叹岁月，偶成此词。”邦彦词之有时地可考者，盖止于此。特录如下：

> 稚柳苏晴，故溪歇雨，川迥未觉春赊。驼褐寒侵，正怜初日，轻阴抵死须遮。叹事逐孤鸿尽去，身与塘蒲共晚，争知向此征途迢递，伫立尘沙。追念朱颜翠发，曾到处、故地使人嗟。　　道连三楚，天低四野，乔木依前，临路敧斜。重慕想、东陵晦迹，彭泽归来，左右琴书自乐，松菊相依，何况风流鬓未华。多谢故人，亲驰郑驿，时倒融尊，劝此淹留，共过芳时，翻令倦客思家。

细玩此阕，一种萧飒凄凉景象，想见作者内心之悲哀，结构亦不及前述诸作之谨严，所谓，“深劲”之风格，骎不复有。年龄环境与作风之消长，从可知矣。

清真词以年龄环境关系，而作风随之变移，既如上述。若其流传之广，影响之大，一则由于声律之美，二则由于文字之工。明毛晋称：“美成当徽庙时，提举大晟乐府，每制一调，名流辄依律赓唱。独东楚方千里、乐安杨泽民，有和清真全词各一卷，或合为《三英集》行世。”（《宋六十家词》本《和清真词·跋》）后又有陈允平《西麓继周集》（《彊村丛书》本），全和周词，此其文字方面，影响于当世词坛最深者也。至其流播歌者之口，亦较其他作家为最久长。楼钥既称：“公之殁，距今八十余载，世之能诵公赋者盖寡，而乐府之词盛行于世。”（《清真先生文集·序》）强焕为邦彦搜辑遗词，刊于溧水，亦言“不谓于八十余载之后，踵公旧踪，暇日从容式燕嘉宾，歌者在上，果以公之词为首唱”（《题周美成词》）。则知清真词至南宋中叶，犹盛播于管弦也。后此大晟余韵，嗣音阒然，而歌唱周词，时有纪录。一见于吴文英《惜黄花慢》词序：

> 吴江夜泊，惜别邦人，赵簿携妓侑尊，连歌数阕，皆清真词。（《梦窗词集》）

再见于张炎《国香》词序：

> 沈梅娇，杭妓也。忽于京都见之，把酒相劳苦，犹能歌周清真《意难忘》《台城路》二曲。因嘱余记其事，词成，以罗帕书之。（《山中白云词》一）

三见于张炎《意难忘》词序：

> 中吴车氏号秀卿，乐部中之翘楚者，歌美成曲，得其音旨。余每听辄爱叹不能已，因赋此以赠。余谓有善歌而无善听，虽抑扬高下，声字相宣，倾耳者指不多屈，曾不若春蚓秋蛩，争声响于月篱烟砌间，绝无仅有。余深感于斯，为之赏音，岂亦善听者耶？（《山中白云词》四）

张氏二词，殆皆作于宋亡之后。据近人冯沅君《玉田先生年谱》，炎以元世祖至元二十七年（1290）北游，逾年，始自燕归杭（北京大学研究所《国学门月刊》第一卷第三号），《国香》词中有“不道留仙不住，便无梦吹到南枝，相看两流落，掩面凝羞，怕说当时”之句，即充分表现亡国哀音，必为至元二十七年之作。时距清真之没，已一百七十年。张氏所称“犹能歌”者，足见其为仅存之硕果已。至《意难忘》词序所云“抑扬高下，声字相宣”，犹能想象清真词声情之妙，而“倾耳者指不多屈”一语，则反映当日北曲之盛行，宋人歌词之法，已不绝如缕。总之。清真在歌坛上之势力，发迹于汴梁，盛行于大江南北，以北迄于燕、蓟，历二百载之久，信极乐歌史上之伟观矣。

复次，自元人沈伯时着《乐府指迷》谓“凡作词，当以清真为主。盖清真最为知音，且无一点市井气，下字运意，皆有法度，往往自唐、宋诸贤诗句中来，而不用经史中生硬字面”，此其所以当行出色，而为学者宗法，一如诗家之有杜少陵者，盖不仅在其文字之富艳精工，而尤在其法度之可资循守。即于技术方面，有特殊之造诣。兹将其可以言传者，约略举例言之：

（一）字句方面。陈振孙云：“（美成词）多用唐人语，檃括入律，混然天成。”（《直斋书录解题》）张炎亦称：“（美成）善于融化词句。”（《词源》卷下）其最显著之例，如《西河·金陵》：

> 佳丽地，南朝盛事谁记？山围故国绕清江，髻鬟对起。怒涛寂寞打孤城，风樯遥度天际。　　断崖树，犹倒倚，莫愁艇子曾系。空遗旧迹郁苍苍，雾沉半垒。夜深月过女墙来，伤心东望淮水。　　酒旗戏鼓甚处市？想依稀、王谢邻里。燕子不知何世，入寻常、巷陌人家，相对如说兴亡，斜阳里。

纯用刘禹锡《金陵诗》：“山围故国周遭在，潮打空城寂寞回。淮水东边旧时月，夜深还过女墙来。”又“朱雀桥边野草花，乌衣巷口夕阳斜。旧时王谢堂前燕，飞入寻常百姓家。”穿插融化，气象一新。凄凉感慨之音，出以拗怒健爽之笔，不似后来之专讲字面者，奄奄无生气也。

（二）结构方面。长调之难，难于结构严密，而有开阖变化之妙，开篇煞尾，亦不容轻易放过。沈伯时云：

结句须要放开，含有余不尽之意，以景结尾最好。如清真之“断肠院落，一帘风絮”（《瑞龙吟》），又“掩重关，遍城钟鼓”（《扫花游》）之类是也。或以情结尾亦好，往往轻而露，如清真之“天便教人，霎时厮见何妨”（《风流子》），又云“梦魂凝想鸳侣”（《尉迟杯》）之类，便无意思，亦是词家病，却不可学也（《乐府指迷》）。

此论清真词结句之利病，不为无见，而近人况周颐对于“天便教人”等句之批评，则以为“此等语愈朴愈厚，愈厚愈雅，至真之情，由性灵肺腑中流出，不妨说尽而愈无尽”（《蕙风词话》二）。要在视何等情绪，以定表现之方法，斯得之耳。至论清真词之全部章法，及拍搭衬副之妙，则可以《六丑·蔷薇谢后作》一阕为例：

正单衣试酒，怅客里光阴虚掷。愿春暂留，春归如过翼，一去无迹。为问家何在？夜来风雨，葬楚宫倾国。钗钿堕处遗香泽。乱点桃蹊，轻翻柳陌。多情更谁追惜？但蜂媒蝶使，时叩窗隔。　东园岑寂。渐蒙笼暗碧。静绕珍丛底，成叹息。长条故惹行客。　似牵衣待话，别情无极。残英小、强簪巾帻。终不似一朵，钗头颤袅，向人欹侧。漂流处、莫趁潮汐。恐断红、尚有相思字，何由见得？

近人任二北曾于所撰《研究词集之方法》一文中详说此词云：

此词大意，乃作者借谢后蔷薇自表身世，时而单说人，时而单说花，时而花与人融会一处，时而表人与花之所同，时而表人不如花之处。曰“客里”，曰，“家何在”，曰“行客”，曰“漂流”，是其意旨所在也。前后阕固一贯。

前阕首二句说羁人，次三句说花谢，“春归”实花谢之替代语也。以上皆衬副，“为问”三句精粹。既谓因风雨之葬送，致倾国于无家，更谓因属无家之物，故虽擅倾国之姿，风雨亦不见怜，含思哀惋之至——乃说花与说人融会之处也。“钗钿”三句衬副。“多情”三句精粹。“但”字非“仅有”之意，乃转语“犹有”之意也。零落之余，祇遗香泽，应无复追惜之人物，但蜂蝶痴憨，犹来叩窗寻问，堪许知己。言外谓客里飘零，终不能得慰藉，人固不如谢后之蔷薇耳。何以知其然？曰：两处精粹，皆特用问语领起，重在表示无家与无人追惜之意，甚分明也。

后阕“东园”三句，因物及人，衬副而已，引起下文牵衣话别，强簪残英，及断红难见三事。“成叹息”一语，直贯到底，所叹息者上三事皆在内也。落花向行客话别，自多同病之怜，残英强簪，乃令人回想芳时姿韵，映带谢后景况，有无限珍惜。推此珍惜之意，觉芳时固当郑重，即谢时亦何容草草，断红之内，固仍寓相思无限也。前一事花与人自为联络，后二事似全说花，而由花与人之处，消息只可以神会，而难于说实。末句复用一问语以示有物无可表见之意。若于“东园”三句之词意中，即先安排流水，则歇拍之“潮汐”“断红”便属有根。组织乃益为致密矣。

章法乃因人及物，因物及人，纠纽拍搭而成；修辞则专择情景幽通之处，融会入细，并重用问语，以提明意旨。（以上见《东方杂志》第二十五卷第九号）

由任说以研读清真词，于其结构、技术与表情之方式，殆可以思过半矣。故不惮烦冗而全录之。

（三）笔力方面。王灼既以“奇崛”评清真，前经论及。即如吴梅所称之“沉郁顿挫”，亦关于用笔方面，其说盖本于清季陈廷焯。廷焯对清真之用笔变化处，颇有深切之见解。其言曰：

美成词，操纵处有出人意表者，如《浪淘沙慢》一阕。上二叠写

> 别离之苦，如“掩红泪、玉手亲折”等句，故作琐碎之笔。至末段云：“罗带光销纹衾叠叠。连环解、旧香顿歇。怨歌永、琼壶敲尽缺。恨春去不与人期，弄夜色，空余满地梨花雪。”蓄势在后，骤雨飘风，不可遏抑。歌至曲终，觉万汇哀鸣，天地变色，老杜所谓“意惬关飞动，篇终接混茫”也。(《白雨斋词话》一)

又云：

> 美成《解语花·元宵》后半阕云：“因念帝城放夜，望千门如昼，嬉笑游冶。钿车罗帕，相逢处、自有暗尘随马。年光是也，惟只见、旧情衰谢。清漏移、飞盖归来，从舞休歌罢。”纵笔挥洒，有水逝云卷、风驰电掣之感。(同上)

清真词，虽写儿女柔情及羁旅行役之感，而能大笔振迅，幽咽而不流于纤靡，富艳而不失之狂荡，其关键皆在于此。近人梁启超以清真表情法为“吞咽式”而推为“促节”圣手(说详《中国韵文里头所表现的情感》)。且举《兰陵王》为例：

> 柳阴直，烟里丝丝弄碧。隋陡上、曾见几番，拂水飘绵送行色？登临望故国。谁识。京华倦客？长亭路，年去岁来，应折柔条过千尺。闲寻旧踪迹。又酒趁哀弦，灯照离席。梨花榆火催寒食。愁一箭风快，半篙波暖，回头迢递便数驿，望人在天北。　凄恻，恨堆积。渐别浦萦回，津堠岑寂。斜阳冉冉春无极。念月榭携手，露桥闻笛。沉思前事，似梦里，泪暗滴。

梁氏解释所谓“吞咽式”，谓：“他们在饮恨的状态底下，情感才发泄到喉咙，又咽回肚子里去了。所以音节很短促，若断若续。”殊不知在“词”一方面，音节之短促与靡曼，半由于曲调之关系，半由于笔力之伸缩，如清真此阕，一以“奇崛”之笔出之，故无一语不吞吐，而繁音促节，读之使人神往。凡此，皆清真笔力之雄强，有以致之也。

清真词既有浓挚之感情与精巧之技术，故能绝出当时，垂范后世。清代号为词学中兴，自周济《宋四家词选》以清真为极则，因以建立“常州词派”。近代王（鹏运）、朱（孝臧）、郑（文焯）、况（周颐）诸大师。无不扇扬余烈。迄于今日而未有已，则《清真》一集，衣被于乐坛与词坛者，盖近千年，呜呼盛矣！

漱玉词叙论*

词林中之有漱玉，为女子在文学史上放一异彩，果为难能可贵。沈东江（谦）曰：“男中李后主，女中李易安，极是当行本色。”（《词苑丛谈》）李调元亦云：“易安在宋诸媛中，自卓然一家，不在秦七、黄九之下。词无一首不工。其炼处可夺梦窗之席，其丽处直参片玉之班，盖不徒俯视巾帼，直欲压倒须眉。”（《雨村词话》）是《漱玉词》地位之高，盖久为世人所公认矣。

李清照（1084—？）号易安居士，济南人，格非之女，赵明诚妻（《词林纪事》卷十九）。格非以文章受知于苏轼。妻王氏，拱辰孙女，亦善文。清照诗文尤有称于时（《宋史·文苑传·李格非传》）。尝有句云：“诗情如夜鹊，三绕未能安。”晁无咎多对士大夫称之，颇脍炙人口（《风月堂诗话》）。年十八，归明诚（李文裿《易安居士年谱》）。结缡未久，明诚即出游，清照书词锦帕送之。尝以所作词函致明诚，明诚叹息愧弗逮，谢客忘寝食者三日夜，得五十阕，杂清照词示友人陆德夫，德夫称绝佳者，正清照作也。其舅挺之相徽宗。清照献诗，有云：“炙手可热心可寒。”挺之排元祐党人甚力，格非以党籍罢。清照上诗救格非云：“何况人间父子情。”识者哀之。明诚好储经籍，及三代鼎彝、书画、金石刻。连知莱、淄二州，竭俸入以事铅椠。清照与共校勘。明诚作《金石录》，考据精确，多足正史书之失，清照实助成之。靖康二年（1127）春，明诚奔母丧于建康。其年十二月，金人陷青州，火其藏书十余屋。明诚，诸城人而家于青也。建炎二年（1128），起复知建康府。三年，召知湖州，至行在，病卒。清照自为文祭之。既葬，清照赴台州，依其弟迒，辗转避难于越、衢诸州。绍兴二年（1132），又赴

* 本文原刊于《词学季刊》第三卷第一号（1936 年 3 月）。

杭州。所携古器物，以次失去。乃为《金石录·后序》，自述流离状况（以上节录道光《济南府志·列女传》）。四年（1134）十月，闻淮上警报，自临安溯流涉严滩之险，抵金华，卜居陈氏第。(《打马图经·序》)十三年(1143)在行都，有亲联为内命妇者，因端午进帖子词。(《浩然斋雅谈》) 是时清照年六十岁矣。后遂不知所终。

《直斋书录解题》著录《漱玉集》一卷云："易安居士李氏清照撰，元祐名士格非文叔之女，嫁东武赵明诚德甫，晚岁颇失节。别本作五卷。"黄升《花庵词选》则称《漱玉集》三卷，今皆不传。《四库全书》据毛氏汲古阁所刻《唐宋妇人集》，仅词十七阕，附以《金石录·序》一篇，盖后人裒辑为之，已非其旧。(《漱玉词提要》) 今行世有王氏《四印斋所刻词》本，据王鹏运跋："此刻以宋曾端伯《乐府雅词》所录二十三首为主，复旁搜宋人选本说部，又得二十七首，都为一集，而以俞理初孝廉《易安居士事辑》附焉。"又云："即此五十首中，假托污蔑之作，亦已屡见。"近人大兴李文裿复从各书采获二十八首，合王辑得七十八首，遂并其他杂文诗赋，兼及后人纪载评论之作，续刊为《漱玉集》五卷。虽搜罗甚富，而各阕中之真赝问题，殆不易解决矣。

明诚曾为清照题三十一岁画像云："清丽其词，端庄其品。"然则"清丽"二字，足以代表《漱玉词》之风格乎？近人沈乙庵先生（曾植）尝谓："易安倜傥有丈夫气，乃闺阁中之苏、辛，非秦、柳也。"又云："易安跌宕昭彰，气调极类少游，刻挚且兼山谷，篇章惜少，不过窥豹一斑，闺房之秀，固文士之豪也。才锋大露，被谤殆亦因此。自明以来，堕情者醉其芬馨，飞想者赏其神骏。易安有灵，后者当许为知己。"(《菌阁琐谈》下）以《漱玉词》为"神骏"，为"苏、辛"，乍视之似多不合。吾人欲知《漱玉词》之全部风格，果属何种，一面自当于其作品加以极精深之玩味。至其性格与环境，亦不容忽略。兹先从后者推论之，以证明诚与沈氏之批评是否确当。

易安风度潇洒，而富好胜心。其《金石录·后序》中，即充分表现此种情态。如云：

侯（明诚）年二十一，在太学作学生。赵、李族寒，素贫俭，每朔望谒告出，质衣取半千钱，步入相国寺，市碑文果实归，相对展玩咀嚼，自谓葛天氏之民也。

余性偶强记，每饭罢，坐归来堂，烹茶，指堆积书史，言某事在某书某卷第几页第几行，以中否决胜负，为饮茶先后，中即举杯大笑，至茶倾覆怀中，反不得饮而起，甘心老是乡矣。

一种风流潇洒之韵度，读之如闻其声。又其《打马图经·序》云：

予性喜博，凡所谓博者皆耽之，昼夜每忘寝食，且平生多寡未尝不进者何？精而已。

至其所以喜博之故，所谓"博者无他，争先术耳"。此虽一技之微，足以窥见其好胜之心理，与抽书斗茶，同一情致。又据《清波杂志》：

顷见易安族人，言明诚在建康日，易安每值天大雪，即顶笠披蓑，循城远览以寻诗，得句必邀其夫赓和，明诚每苦之也。

惟其不甘深闭闺帏，必骋怀纵目，得江山之助，故能纵笔挥洒，压倒须眉。吾国文学史中，女子不得相当地位，即由于思想环境之束缚，非果其才质之不如也。汉蔡琰以没落胡中，乃有《悲愤诗》之杰作。易安生性洒脱，不乐拘牵，与自然界接触既多，怀抱乃益开展。观所为《咏史诗》：

两汉本继绍，新室如赘疣。所以嵇中散，至死薄殷周。（《宋诗纪事》引朱子《游艺论评》）

又《打马赋》辞曰：

佛狸定见卯年死，贵贱纷纷尚流徙。满眼骅骝杂騄駬。时危安得

真致此？老矣谁能志千里！但愿相将过淮水。(《历代赋汇》)

感慨沉雄，何曾有闺阁习气。又据《老学庵笔记》：

张子韶对策，有“桂子飘香”之语，赵明诚妻李氏嘲之曰：“露华倒影柳三变，桂子飘香张九成。”（案：“露华倒影”，柳永《破阵乐》词中语。）

张九成为绍兴二年（1132）进士第一人（《越缦堂·乙集·书陆刚甫观察仪顾堂题跋后》)。是时易安年四十九岁，距明诚之殁恰三稔，方流播于杭、越之间，乃有此闲情逸致，将新科状元语腾为笑谑，其目空一世，与嘲弄人物之概，盖垂老而不渝。往日东坡曾戏少游云：“山抹微云秦学士，露华倒影柳屯田。”(《避暑录话》）盖以气格为病。今易安复以嘲张氏，其词格之不肯趋于软媚一派明矣。

易安自嫁明诚，感情既极融洽，唱随之乐，自十八至四十二,二十余年之间，几于朝夕相守，文字校勘，歌咏唱酬，所谓抽书斗茶，即在三十九岁居莱州日，风流韵度，不减妙龄。在此二十余年中，所有作品，却极旖旎缠绵，有摇魂荡魄之致。如《醉花阴·九日》：

薄雾浓云愁永昼，瑞脑销金兽。佳节又重阳，玉枕纱厨，半夜凉初透。　　东篱把酒黄昏后，有暗香盈袖。莫道不销魂，帘卷西风，人比黄花瘦。

刚健中含婀娜，结语具见标格，兼能撩拨感情。宜其为陆德夫所盛称也。他如《浣溪沙》之“眼波才动被人猜”，吴衡照赞为“矜持得妙，善于言情”(《莲子居词话》)，而王鹏运谓是他人伪托，以污易安（四印斋本《漱玉词》)。要之明诚在日，易安固一风流蕴藉之人物，言语文字之间，亦复何所避忌？二人伉俪綦笃，不惯离居，小别即惘惘于怀。《琅环记》引《外传》：

易安结缡未久，明诚即负笈远游，易安殊不忍别，觅锦帕书《一剪梅》词以送之。

本集及《乐府雅词》并载此阕：

红藕香残玉簟秋。轻解罗裳，独上兰舟。云中谁寄锦书来？雁字回时，月满西楼。　　花自飘零水自流。一种相思，两处闲愁。此情无计可消除，才下眉头，却上心头。

由此以推，易安伤离之作，大抵皆为明诚而发，所谓“女子善怀”，充分表其浓挚悲酸情感，非如其他词人之代写闺情，终有“隔靴搔痒”之叹。易安此类作品最著者，又有《浣溪沙》：

髻子伤春懒更梳。晚风庭院落梅初，淡云来往月疏疏。　　玉鸭熏垆闲瑞脑，朱樱斗帐掩流苏，通犀还解辟寒无。

《凤凰台上忆吹箫》：

香冷金猊，被翻红浪，起来慵自梳头。任宝奁尘满，日上帘钩。生怕离怀别苦。多少事、欲说还休。新来瘦，非干病酒，不是悲秋。休休，这回去也，千万遍阳关，也则难留。念武陵人远，烟锁秦楼。惟有楼前流水，应念我、终日凝眸。凝眸处，从今又添，一段新愁。

《念奴娇·春情》：

萧条庭院，又斜风细雨，重门须闭。宠柳娇花寒食近，种种恼人天气。险韵诗成，扶头酒醒，别是闲滋味。征鸿过尽，万千心事难寄。　　楼上几日春寒，帘垂四面，玉栏干慵倚。被冷香消新梦觉，不许愁人不起。清露晨流，新桐初引，多少游春意！日高烟敛，更看今日晴未？

前二阕有“岂无膏沐，谁适为容”之意，而语自幽婉缠绵。后阕情绪凄咽，而笔势开宕，直如行云舒卷（参用毛先舒说）。易安之善写离情如此，日常鹣鹣相依，一旦风波失所，遇此环境，酿造千回百折之词心，此《漱玉词》造诣之所以猛进也。

自明诚没后，易安遂陷于悲惨环境中。益以戎马仓皇，流离播越，向日夫妇所共以怡悦性灵之金石书画，以次散亡。所有残余，一则曰“病中把玩，搬在卧内”，再则曰“更不忍置他所，常在卧榻下，手自开阖”，三则曰“残零不成部帙书册三数种，平平书帖，犹复爱惜如护头目”（《金石录·后序》）。则知易安既寡，所借以消遣无聊岁月之资，仍惟此断楮零缣耳。迨卜居金华，年逾五十，又稍稍以博簺自遣。其《打马图经·序》云：

乍释舟楫而见轩窗，意颇适然，更长烛明，奈此良夜何！于是博弈之事讲矣。

离鸾别鹄，情实难堪，回首年前归来堂之清欢，与“帘卷西风”之人面，前尘如梦，生意几何！而或者有改嫁张汝舟旋复涉讼仳离之说（见《云麓漫钞》及《建炎以来系年要录》），清代俞正燮（《易安居士事辑》）、陆心源（《仪顾堂题跋》）、李慈铭（《越缦堂乙集》）、吴衡照（《莲子居词话》）之属，各有专篇为辩诬矣。《云麓漫钞》载易安上内翰綦公（崇礼）启，略云：

近因疾病，欲至膏肓，牛蚁不分，灰丁已具。尝药虽存弱弟，应门惟有老兵。既尔苍皇，因成造次。信彼如簧之舌，惑兹似锦之言。弟既可欺，持官文书来辄信，身几欲死，非玉镜架亦安知。僶俛难言，优柔莫决，呻吟未定，强以同归。视听才分，实难共处。忍以桑榆之晚景，配兹驵侩之下材。身既怀臭之可嫌，惟求脱去，彼素抱璧之将往，决欲杀之。遂肆侵凌，日加殴击。

使所言果实，则是汝舟蹈隙乘危，饵以甘言，欺人寡妇，震其才名之显赫，因遂强迫以同居，借令事实有之，吾辈当矜悯之不暇，宁忍责以失节乎？汝舟为崇宁五年进士，以建炎三四年间，迭知明州，绍兴二年九月，以妻李氏讼其妄增举数入官，有司当汝舟私罪徒，诏除名柳州编管（《仪顾堂题跋》）。据《金石录·后序》，此四年中，方转徙于台、剡、睦、温、越、衢、杭等地，不遑宁居，则改嫁之说，殆为“莫须有”矣。

易安晚岁生活之不安，与处境之愁惨，咸足以增上其词格。如《武陵春》：

风住尘香花已尽，日晚倦梳头。物是人非事事休，欲语泪先流。闻说双溪春尚好，也拟泛轻舟。只恐双溪舴艋舟，载不动许多愁。

吴衡照谓："《武陵春》其作于祭湖州（明诚）以后欤？悲深婉笃，犹令人感伉俪之重。"（《莲子居词话》）友人傅东华君则称此词为易安避乱金华时作（《万有文库》本《李清照》）。傅君金华人，其说必当有据。集中最为世人传诵之作，又有《声声慢》：

寻寻觅觅，冷冷清清，凄凄惨惨戚戚。乍暖还寒时候，最难将息。三杯两盏淡酒，怎敌他、晚来风急？雁过也，正伤心，却是旧时相识。满地黄花堆积，憔悴损，如今有谁堪摘？守着窗儿，独自怎生得黑！梧桐更兼细雨，到黄昏、点点滴滴。这次第。怎一个愁字了得！

《永遇乐》：

落日镕金，暮云合璧，人在何处？染柳烟浓，吹梅笛怨，春意知几许！元宵佳节，融和天气，次第岂无风雨？来相召、香车宝马，谢他酒朋诗侣。　　中州盛日，闺门多暇，记得偏重三五。铺翠冠儿，捻金雪柳，簇带争济楚。如今憔悴，风鬟雾鬓，怕见夜间出去。不如向、帘儿底下，听人笑语。

张端义谓："（易安）南渡以来，常怀京、洛旧事，晚年赋元宵《永遇乐》词云，皆以寻常语度入音律。炼句精巧则易，平淡入调者难。且秋词《声声慢》'寻寻觅觅，冷冷清清，凄凄惨惨戚戚'，此乃公孙大娘舞剑手，本朝非无能词之士，未曾有一下十四叠字者，用《文选》诸赋格。后叠又云：'梧桐更兼细雨，到黄昏点点滴滴。'又使叠字，俱无斧凿痕。更有一奇字云：'守着窗儿，独自怎生得黑！''黑'字不许第二人押。妇人中有此文笔，殆间气也。"（《贵耳集》）端义南宋人，所言如此，足见易安晚年词境之超绝矣。

复次，欲知《漱玉词》之风格，除已明了其性格与环境外，即其对于词之见解，及诸作家之批评，亦应加以注意。宋胡仔曾着其论词之说云：

> 逮至本朝，礼乐文武大备，又涵养百余年，始有柳屯田永者，变旧声作新声，出《乐章集》，大得声称于世。虽协音律，而词语尘下。又有张子野、宋子京兄弟、沈唐、元绛、晁次膺辈继出，虽时时有妙语，而破碎何足名家。至晏元献、欧阳永叔、苏子瞻学际天人，作为小歌词，直如酌蠡水于大海，然皆句读不葺之诗尔，又往往不协音律者，何耶？盖诗文分平仄，而歌词分五音，又分五声，又分六律，又分清浊轻重。且如近世所谓《声声慢》、《雨中花》、《喜迁莺》，既押平声韵，又押入声韵。《玉楼春》本押平声韵，又押上、去声。又押入声。本押仄声韵，如押上声则协，如押入声则不可歌矣。王介甫、曾子固文章似西汉，若作一小歌词，则人必绝倒，不可读也。乃知别是一家，知之者少。后晏叔原、贺方回、秦少游、黄鲁直出，始能知之。又晏苦无铺叙，贺苦少典重，秦即专主情致而少故实，譬如贫家美女，虽极妍丽豊逸，而终乏富贵态。黄即尚故实而多疵病，譬如良玉有瑕，价自减半矣。（《苕溪渔隐丛话后集》卷第三十三）

依此所说，知易安所认为歌词之最高标准，应须具备下列各事：

（1）协律（2）铺叙（3）典重（4）情致（5）故实。

神明变化于五者之中，文辞与音律兼重，乃为当行出色。彼于柳永以“词语尘下”为病，而对东坡则嫌其“不协音律”。果以东坡之“逸怀浩气”，运入声调谐美之歌曲，庶几力争上游，而为易安所心悦诚服矣。

综上所述，易安性格则风流跌宕，环境则前期极唱随之乐，后期多流离之痛，咸足以酿成其词格，入于凄壮感怆一途。又其论《淮海词》“专主情致而少故实”，乃亦主气象。由此推知《漱玉词》之全部风格，实兼有婉约、豪放二派之所长而去其所短，沈氏所谓“堕情者醉其芬馨，飞想者赏其神骏”，其言盖不我欺。又其所谓“神骏”，当求之于其用笔方面。《历朝名媛诗词》称其“挥洒俊逸，亦能琢炼”。又论其《声声慢》云：“玩其笔本自矫拔，词家少有，庶几苏、辛之亚。”如前所录《念奴娇》《永遇乐》诸阕，亦皆以矫拔之笔出之。至其气象潇洒。尤近苏、辛一派者，则有《渔家傲·记梦》：

天接云涛连晓雾，星河欲转千帆舞。仿佛梦魂归帝所，闻天语：殷勤问我归何处？　　我报路长嗟日暮，学诗谩有惊人句。九万里风鹏正举，风休住，蓬舟吹取三山去。

《如梦令》：

常记溪亭日暮，沉醉不知归路。兴尽晚回舟，误入藕花深处。争渡，争渡，惊起一行鸥鹭。

矫拔空灵，极见襟度之开拓。辛弃疾有《丑奴儿近》，题云：“博山道中，效李易安体。”词云：

千峰云起，骤雨一霎儿（宋本作“时”）价。更远树斜阳，风景怎生图画？青旗卖酒，山那畔别有人家。只消山水光中，无事过这一夏。午醉醒时，松窗竹户，万千潇洒。野鸟飞来，又是一般闲暇。却怪白鸥，觑着人欲下未下。旧盟都在，新来莫是，别有说话。（《稼轩长短句》六）

试与上录《漱玉词》对看，消息可参矣。至前人论易安作品，仅赏其字句之清俊，如《念奴娇》之“宠柳娇花”（《花庵词选》），《如梦令》之“绿肥红瘦”（《苕溪渔隐丛话》），以此为易安之真实本领，则犹为皮相之谈也。

复次，朱熹称“本朝（宋）妇人能文，只有李易安与魏夫人”（《宋诗纪事》引朱子《游艺论评》），而易安论词，以魏夫人、欧、苏诸公同列，谓皆“句读不葺之诗”，是知魏夫人作品未为本色当行者，当在于音律之不协。花庵《唐宋诸贤绝妙词选》列魏于易安之前，录其词七阕，注云：“曾子宣

（布）丞相之内子。”曾慥《乐府雅词》亦录魏词十阕，除与花庵相同者外，仅多三阕。二人既并称于宋代，然一按魏词风格，清丽缠绵，且所传皆小令，良不及易安之刻挚挺拔。兹录《江神子·春恨》一阕，以见一斑：

别郎容易见郎难。几何般，懒临鸾。憔悴容仪，陡觉缕衣宽。门外红梅将谢也，谁信道，不曾看。　晓妆楼上望长安。怯轻寒，莫凭栏。嫌怕东风，吹恨上眉端？为报归期须及早，休误妾，一春闲。

南唐二主词叙论*

诗客曲子词，至《花间》诸贤，已臻极盛。南唐二主，乃一扫浮艳，以自抒身世之感与悲悯之怀；词体之尊，乃上跻于《风》《骚》之列。此由其知音识曲，而又遭罹多故，思想与行为发生极度矛盾，刺激过甚，不期然而进作怆恻哀怨之音。二主词境之高，盖亦环境迫之使然，不可与温、韦诸人同日而语也。

《直斋书录解题·歌词类》："《南唐二主词》一卷，中主李璟、后主李煜撰。卷首四阕，《应天长》《望远行》各一，《浣溪沙》二，中主所作。重光尝书之，墨迹在旴江晁氏，题云：'先皇御制歌词。'余尝见之，于麦光纸上作拨镫书，有晁景迂题字。今不知何往矣！余词皆重光作。"据此，则二主词，在宋代已无完本，为可惜也。

《江表志》称："元宗（即中主）割江之后，金陵对岸，即为敌境；因徙都豫章……每北顾忽忽不乐，澄心堂承旨秦裕藏多引屏风障之。尝自吟云：'灵槎恩浩渺，老鹤忆崆峒。'"陆游《南唐书》亦云："元宗慈仁恭俭，礼贤睦族，爱民字孤，裕然有人君之度。少喜栖隐，筑馆于庐山瀑布前，盖将终焉，迫于绍袭而止。……会周师大举，寄任多非其人，折北不支，至于蹙国降号，忧悔而殂。"其忍辱含垢，委曲求全，正足以养成其千回百折之词心。王国维称后主词："俨有释迦、基督担荷人类罪恶之意。"（《人间词话》）中主亦同此境。马令《南唐书·王感化传》："感化善讴歌，声韵悠扬，清振林木，系乐部为歌版色。元宗嗣位，宴乐击鞠不辍，尝乘醉命感化奏《水调》词。感化唯歌'南朝天子爱风流'一句，如是者数四。元宗辄悟，

---

* 本文原刊于《词学季刊》第三卷第二号（1936 年 6 月）。

覆杯叹曰：‘使孙、陈二主得此一句，不当有衔壁之辱也！’”感化由是有宠。元宗尝作《浣溪沙》二阕，手写赐感化云：

菡萏香销翠叶残，西风愁起绿波间。还与韶光共憔悴，不堪看。细雨梦回鸡塞远，小楼吹彻玉笙寒。多少泪珠何限恨，倚阑干。

手卷真珠上玉钩，依前春恨锁重楼。风里落花谁是主？思悠悠。青鸟不传云外信，丁香空结雨中愁。回首绿波三峡暮，接天流。”

据上述诸事实，以印证此两词，知中主实有无限感伤，非仅流连光景之作。王国维独赏其“菡萏香销翠叶残，西风愁起绿波间”二语，谓大有“众芳芜秽，美人迟暮之感”（《人间词话》），似犹未能了解中主心情。论世知人，读南唐二主词，应作如是观，惜中主传作过少耳。

王国维云：“词至李后主，而眼界始大，感慨遂深；遂变伶工之词，而为士大夫之词。”又谓：“词人者，不失其赤子之心者也。故生于深宫之中，长于妇人之手，是后主人君所短处，亦即为词人所长处。”（并见《人间词话》）欲了解后主词，必先知其性格与所处之环境。其前后两期绝端相反之生活，乃所以促成其词境之高超，其作品亦判若两人，此在研习后主词者所应深切注意。兹先就其性格及所处境地，分别述之：

（一）后主之嗜好。马令《南唐书》云：“后主少聪悟，喜读书，工书画，知音律。”《五国故事》云：“煜（后主名煜）善音律，造《念家山》及《振金铃曲破》。”《宣和画谱》亦载：艺祖尝曰：“煜虽有文，一翰林学士耳。”据此，知后主对于音乐文艺，修养极深，此为造成其词之基本条件。

（二）后主之性情。陆游《南唐书》云：“（后主）嗣位之初，属保大军兴后，国势削弱，帑庾空竭，专以爱民为急，蠲赋息役，以裕民力。尊事中原，不惮卑屈，境内赖以少安者十有五年。……殂问至江南，父老有巷哭者。”王陶《谈渊》云：“曹彬、潘美平江南，召后主饮茶。船前设一独木板道。后主登舟，徘徊不能进。彬命左右翼登，既一啜，谓‘李郎办装，诘旦会此同赴京’。来晓如期至。始美甚惑之。彬曰：‘舟边独木板尚不能进，畏死甚也，焉能取死？’”由是可知后主性仁爱而颇懦怯，思想与行为因之发生矛盾，此为造成其词之次要条件。

（三）后主之宗教信仰。陆书云：“酷好浮屠，崇塔庙，度僧尼不可胜算。罢朝，辄造佛屋，易服膜拜。……长围既合，内外隔绝，城中人惶怖欲死。后主方幸净居室，听沙门德明、云真、义伦、崇节讲《楞严》《圆觉经》。”《江表志》亦云：“后主奉竺乾之教，多不茹荤，尝买禽鱼，为放生。”佛以慈悲为主；后主信奉既笃，故多悲悯之怀，此为造成其词之附带条件。

（四）后主之家庭环境。后主娶大、小周后，并极欢洽。陆书称：“（昭惠后）通书史，善歌舞，尤工琵琶。……常雪夜酣宴，举杯请后主起舞。后主曰：‘汝能创属新声则可矣。’后即命笺缀谱，喉无滞音，笔无停思，俄顷谱成，所谓《邀醉舞破》也。……后主以后好音律，因亦耽嗜，废政事。”琵琶为燕乐杂曲之主要乐器。后主之深通音律，疑亦得于内助者多。夫妇唱随，足以增加其对文艺上之兴趣。其与小周后之风流韵事（见马令《南唐书》），更足证明其思想与行为之矛盾。此亦为造成其词之附带条件。

观于上述四事，（一）（四）所以养成其技术，（二）（三）所以培植其词心，后主词境之高，非偶然也。兹更就所传作品，分前后两期叙述之：

后主在位十五年，保境安民，颇有小康之象。因得寄情声乐，荡侈不羁。《诗话类编》云：“后主常微行娼家，乘醉大书石壁曰：‘浅斟低唱，偎红倚翠，太师鸳鸯寺主，传风流教法。’”此时宁复知世间有苦恼事？故在前期作品，类极风流蕴藉，堂皇富艳之观。其描写美人娇憨情态者，如《一斛珠》：

晓妆初过，沉檀轻注些儿个。向人微露丁香颗。一曲清歌，暂引樱桃破。　罗袖裛残殷色可，杯深旋被香醪涴。绣床斜凭娇无那。

烂嚼红茸，笑向檀郎唾。

描写宫中豪侈生活者，如《浣溪沙》：

红日已高三丈透，金炉次第添香兽，红锦地衣随步皱。佳人舞点金钗溜，酒恶时拈花蕊嗅，别殿遥闻箫鼓奏。

《玉楼春》：

晚妆初了明肌雪，春殿嫔娥鱼贯列。笙箫吹断水云间，重按霓裳歌遍彻。　　临春谁更飘香屑，醉拍阑干情味切。归时休放烛花红，待踏马蹄清夜月。

前一首温馨艳丽，荡人心魂；又好用代词，如“丁香”“樱桃”之类，颇受温庭筠影响。后二首则富丽中饶有清气，想见后主前期生活之舒适。其为小周后而作之《菩萨蛮》：

铜簧韵脆锵寒竹，新声慢奏移纤悉无纤纤玉。眼色暗相勾，娇波横欲流。　　雨云深绣户，来便诗衷素。宴罢又成空，梦迷春睡中。

花明月暗笼轻雾，今宵好向郎边去。划袜步香阶，手提金缕鞋。画堂南畔见，一晌偎人颤。奴为出来难，教郎恣意怜。

尤极风流狎昵之致，不愧“鸳鸯寺主”之名。后主一生，即在极端矛盾生活中度过。迨遇过度刺激，血泪迸流，以造成其后期哀感缠绵之作品。下文当再详述之。

后主既归宋，与金陵旧宫人书云：“此中日夕只以眼泪洗面。”（见王铚《默记》）赵癸《行营杂录》亦称：“后主归朝后，每怀故国，且念嫔妾散落，郁郁不自聊。”秋月春花，往事多少？“眼泪洗面”与“眼色相勾”之滋味，相去几何？后主仁爱足感遗民，而生活却成奴虏，笃信竺乾教义，而又不能澈悟“真空”，重重矛盾交战于中，而自然流露于音乐化的文字。读后主后期作品，但觉“可哀惟有人间世（朱彊村先生绝笔《鹧鸪天》词句），“听教坊离曲，挥泪对宫娥”（《东坡志林》曾讥后主《破阵子》“教坊犹奏别离歌，挥泪对宫娥”二语，谓此时故当痛哭于九庙之前），正极度伤心人语。爱恋如嫔妾，且不能相保；无涯之痛，自饶弦外之音。后主词不能以迹象求，而感人力量，非任何词家所能企及。兹录数首如下：

《虞美人》：

春花秋月何时了，往事知多少？小楼昨夜又东风，故国不堪回首月明中！　　雕楼玉砌应犹在，只是朱颜改。问君能有几多愁？恰似一江春水向东流。

《相见欢》：

林花谢了春红，太匆匆！无奈朝来寒雨晚来风。　　胭脂泪，相留醉，几时重？自是人生长恨水长东！

无言独上西楼，月如钩。寂寞梧桐深院锁清秋。　　剪不断，理还乱，是离愁。别是一般滋味在心头。

《浣溪沙》：

转烛飘蓬一梦归，欲寻陈迹怅人非，天教心愿与身违。待月池台空逝水，荫花楼阁漫斜晖，登临不惜更沾衣。

《浪淘沙》：

帘外雨潺潺，春意阑珊。罗衾不耐五更寒。梦里不知身是客，一晌贪欢。　　独自莫凭阑！无限江山，别时容易见时难。流水落花春去也，天上人间！

往事只堪哀！对景难排。秋风庭院侵阶。一桁珠帘闲不卷，终日谁来？　　金剑已沉埋，壮气蒿莱。晚凉天气月华开。想得玉楼瑶殿影，空照秦淮！

上述各词，所谓“春花秋月何时了”，所谓“无奈朝来寒雨晚来风”，所谓“天教心愿与身违”，所谓“流水落花春去也，天上人间”，并极怆恻缠绵，无可奈何之致。所谓“别时容易见时难”，所谓“别是一般滋味在心头”，何等怨抑，不但“亡国之音哀以思”而已。往日笙歌醉梦，光景留连（《阮郎归》词中语），至此时，对月已改朱颜，贪欢惟在梦里，凭兹血泪，渗入新词；不独与《花间》作风，殊其旨趣；曲子词之有真生命，盖自后主实始发扬。

总之，后主词之高不可攀，由多方面之涵濡与刺激，迫而自然出此，非专恃天才或学力者之所能为也。

论贺方回词质胡适之先生 *

解道江南断肠句，

世间惟有贺方回。

——黄庭坚诗

自胡适之先生《词选》出，而中等学校学生，始稍稍注意于词；学校中之教授词学者，亦几全奉此书为圭臬；其权威之大，殆驾任何词选而上之。胡氏自信力极强，亦自有其独特见解。其《自序》“以为词的历史有三个大时期”，而以此选代表第一个大时期。又谓：“这个时期，也可分作三个段落：

1. 歌者的词，

2. 诗人的词，

3. 词匠的词。

苏东坡以前，是教坊乐工与娼家妓女歌唱的词；东坡到稼轩、后村，是诗人的词；白石以后，直到宋末元初，是词匠的词。”而所谓“诗人的词”，胡氏认为：“他只是用一种新的诗体来作他的新体诗。词体到了他手里，可以咏古，可以悼亡，可以谈禅，可以说理，可以发议论。”而其特征，则是“词人的个性出来了”。

吾人试依胡氏所分三个段落，以考求五代、宋词，虽大致可得相当之证验；而在第一个段落里，胡氏亦自知“南唐李后主与冯延巳出来之后，悲哀的境遇与深刻的感情，自然抬高了词的意境，加浓了词的内容”，决非“歌者的词”所能范围，而强为之解说曰：“但他们的词仍是要给歌者去

---

* 本文原刊于《词学季刊》第三卷第三号（1936 年 9 月）。

唱的。”若以曾给歌者去唱，即不足以为“诗人的词”，则东坡、山谷、少游诸人之词，何尝不给歌者去唱？少游传唱尤广，不但“常常给妓人作小词，不失第一时代的风格”。至于东坡词，虽有“曲子律缚不住”（晁无咎语）之评，亦多数曾为妓女歌唱，此征之各家诗话笔记，斑斑可考者。以“要给歌者去唱的”，为即“歌者的词”，而非“诗人的词”，不但无以解于李后主，即苏门词人，恐亦不能确定属于第几段落。至谓“白石以后，直至宋末元初，是词匠的词”，尤多语病。须知南宋以后词，原分两系：一系承周美成之遗绪，讲究音律；自姜白石以至吴梦窗、张叔夏诸人，“转到音律的专门技术上去”，果有如胡氏所云者，但不如彼说“重音律而不重内容”。白石、梦窗诸作品，尽有内容极深刻、极悲壮、苍凉、哀艳，令人读之，哀感缠绵而不能自已者，胡氏特未之深究耳。一系扬苏、辛之余波，疏于音律；作者除与稼轩并世，如陆放翁、刘改之、陈同甫诸人外，如宋末之刘须溪，金之蔡伯坚、吴彦高、元遗山等，莫不激壮淋漓，为“诗人的词”之极诣；胡氏何不一为提及，而仅以刘后村一人，为“诗人的词”之后殿乎？且既以姜白石、史梅溪、吴梦窗、张叔夏诸人为“词匠的词”，而承认其为第三个段落中之代表作家，则选录诸人之词，必取其匠心独运，结构严密，音律和谐，足以代表某一作家之作品，乃不失为历史家态度。今观胡氏《词选》中所录姜、史、吴、张诸家之作，率取其习见之调，或较浅白近滑易者；集中得意诸阕，反被遗弃。“文学的选本，都应该表现选家个人的见解”，此为胡氏自占地步之辞；以“词匠的词”为不足取，则悉加摈斥可也，何必舍长取短，以迁就“个人的见解”，而厚诬古人哉？吾对于近世治中国文学史者，惟胡氏为素所服膺，而兹选关系于词学者尤大；辄就鄙见所及，妄肆批评，冀与读兹选者共为扬榷，且以质之适之先生，期得相当解答焉。

上所胪举聊就一时感想漫为着笔，与兹选以小小纠正；而其最大缺点，则所录第二段落诸作家中，竟遗贺方回是也。方回词原与美成并称，且与苏门词人张耒友善，间接受东坡影响，能充分表现作者个性；于胡氏所谓“诗人的词”之条件，备足无遗，乃摈不采录，令人百思莫得其解。故草为此文，以补胡氏《词选》之未逮云。

作者传略

贺方回（1052—1125）名铸，卫州人（原籍会稽山阴）。自言唐谏议大夫知章后，故号鉴湖遗老。长七尺，眉目耸拔，面铁色；喜剧谈天下事，可否不略少假借；虽贵要权倾一时，小不中意，极口诋无遗词，故人以为近侠。然博学强记，工语言，深婉丽密，如比组绣；尤长于度曲，掇拾人所遗弃，少加檃括，皆为新奇。尝言：“吾笔端驱使李商隐、温庭筠，当奔命不暇。”方回所为词章既多，往往传播在人口。建中靖国间，黄庭坚自黔中还，得其“江南梅子”之句，以为似谢玄晖。然以尚气使酒，终不得美官。食宫祠禄，退居吴下，浮沉俗间，稍务引远世故，亦无复轩轾如平日。家藏书万余卷，手自校雠，无一字脱误。尝自裒其生平所为歌词，名《东山乐府》（以上节录叶梦得《建康集》卷八《贺铸传》，《宋史·文苑传》记贺事即据叶集）。以宣和七年（1125）二月甲寅，卒于常州之僧舍，年七十四（程俱撰《贺公墓志铭》）。有集二十卷（《宋史》）。今所传惟《庆湖遗老诗集》九卷、《庆湖集补遗》一卷、《拾遗》一卷（宜秋馆本）。其词有《东山寓声乐府》三卷，见《直斋书录解题》；《东山乐府别集》，见《敬斋古今黈》，皆久佚（朱孝臧《东山词·跋》）。传世惟《东山词》上一卷，虞山瞿氏藏残宋本；《贺方回词》一卷，劳巽卿传录鲍渌饮钞本；《东山词补》一卷，吴伯宛辑本；《彊村丛书》据以合刻。虽前有锡山侯氏、钱塘王氏、临桂王氏诸刻，而贺氏词集，盖莫备于彊村本矣。

综观上述贺氏史实，及其词集之显晦，知方回在当日固极负盛名，不幸遗著消沉，直至晚近始稍复出，其歌词之价值，彪炳千秋，宁可因其晚出而加以忽视？《尧山堂外纪》又称："方回少为武弁，以定力寺一绝句，见奇于舒王（王安石），知名当世；诗文咸高古可法，不特工于长短句。"《中吴纪闻》亦有相类之纪载："初方回为武弁，李邦直为执政，力荐之，其略谓：'切见西头供奉官某某，老于文学，泛观古今词章，议论迥出流辈；欲望改换，合入文资，以示圣时育材进善之意。'上可其奏，因易文阶，积官至正郎，终于常倅。"（卷三）

方回既为武弁，又尚气使酒，其性格略近后来之辛稼轩。陆放翁言其"状貌奇丑，色青黑而有英气，俗谓之'贺鬼头'"（《老学庵笔记》）。若以貌取人，则其人必为一莽夫，不足与言文学；而如叶梦得所纪"工语言，尤长于度曲"，乃出于他人意想之外。其所作《六州歌头》，最足表现其英姿磊落、权奇倜傥之气概。移录如左：

> 少年侠气，交结五都雄。肝胆洞，毛髮耸。立谈中，死生同。一诺千金重。推翘勇，矜豪纵，轻盖拥，联飞鞚，斗城东。轰饮酒垆，春色浮寒瓮，吸海垂虹。闲呼鹰嗾犬，白羽摘雕弓，狡穴俄空，乐匆匆。　　似黄粱梦，辞丹凤，明月共，漾孤篷。官冗从，怀倥偬。落尘笼，簿书丛。鹖弁如云众，供粗用，忽奇功。笳鼓动，《渔阳弄》，《思悲翁》。不请长缨，系取天骄种，剑吼西风。恨登山临水，手寄七弦桐，目送归鸿！（《东山词补》）

全阕声情激壮，读之觉方回整个性格，跃然于楮墨间；即以稼轩拟之，似犹逊其豪爽。惟其有英气而又曾为武弁，故其壮烈情感，难自遏抑；惟其好书史，工语言，长于度曲，故能深婉丽密，如比组绣；非特无粗犷之病，亦无纤巧之失。此在东坡、美成间，特能自开户牖，有两派之长而无其短；有时为"诗人的词"，有时亦能为"歌者的词"。词坛有此美才，宜如何提倡赞美，而胡氏独摈而不录，此令人难解者一也。

贺方回之创作精神

贺氏《东山乐府》，题曰“寓声”，盖用旧调谱词，即摘取本词中语，易以新名（用朱说）。如《七娘子》之为《鸳鸳语》，《小重山》之为《璧月堂》，又为《群玉轩》，《迎春乐》之为《辨弦声》《攀鞍态》《辟寒金》《鹧鸪天》之为《半死桐》《翦朝霞》《避少年》《千叶莲》《第一花》，《捣练子》之为《夜捣衣》《杵声齐》《夜如年》《翦征袍》《望书归》《尉迟杯》之为《东吴乐》，《水调歌头》之为《台城游》，《满庭芳》之为《潇湘雨》，《沁园春》之为《念离群》，《六么令》之为《宛溪柳》，《满江红》之为《伤春曲》《念良游》，《青玉案》之为《横塘路》等，遽数不能悉终。推其用意，殆以为一种曲调，虽各有其一定之节拍，至为美听；而以一种相当之曲调，表现各种不同之情感，必不能吻合无间；故宁更立新名，或有歌者取而各各别制曲调。即或不能，亦不失其为长短句诗之价值，此正胡氏所谓“他只是用一种新的诗体来作他的新体诗”。如此富有创作精神之作家，胡氏竟摈而不录，此令人难解者二也。

《东山词》之风格

张耒序《东山词》云：“是所谓满心而发，肆口而成，虽欲已焉而不能者。若其粉泽之工，则其才之所至，亦不自知也。其盛丽如游金、张之堂，而妖冶如揽嫱、施之祛；幽洁如屈、宋，悲壮如苏、李，览者自知之，盖有不可胜言者矣。”（《彊村丛书》本）虽朋好之间，不免溢美之辞；要之贺词佳处，实有如耒所称美者。王灼亦谓：“……世间有《离骚》，惟贺方回、周美成时时得之。贺《六州歌头》、《望湘人》、《吴音子》诸曲，周《大酺》、《兰陵王》诸曲最奇崛。”（《碧鸡漫志》卷二）周、贺并称，在当时已为定论；而贺词之风格，乃兼奇崛、悲壮、幽洁、妖冶、盛丽而皆有之；其悲壮之概，乃非美成所有。胡氏选美成词，谓：“周邦彦是一个音乐家而兼是一个诗人，故他的词音调谐美，情旨浓厚，风趣细腻，为北宋一大家。”（《词选》一五二）我以为胡氏对美成所下十二字考语，方回并可当之而无愧色；胡氏独摈而不录，此令人难解者三也。

方回尝自言：“吾笔端驱使李商隐、温庭筠，当奔命不暇。”继以张叔夏《论字面》篇：“如贺方回、吴梦窗皆善于炼字面，多于李长吉、温庭筠诗中来。”（《词源》卷下）一似方回专以炼字见长者。其实方回词多用素描，而自然深婉丽密，虽间用成语或故实，亦使事而不为事所使，绝不能与胡氏所讥“音律与古典压死了天才与情感”之南宋作家相提并论。兹且随手摘录若干阕，以见《东山词》风格之一斑：

《辨弦声》（《迎春乐》）：

琼琼绝艺真无价！指尖纤，态闲暇。几多方寸关情话，都付与，弦声写。　　三月十三寒食夜，映花月絮风台榭。明月待欢来，久背面，秋千下。

《半死桐》（《思越人》亦名《鹧鸪天》）：

重过阊门万事非，同来何事不同归？梧桐半死清霜后，头白鸳鸯失伴飞。　　原上草，露初晞，旧栖新垅两依依。空床卧听南窗雨，谁复挑灯夜补衣？

《望书归》（《捣练子》）：

边堠远，置邮稀，附与征人衬铁衣。连夜不妨频梦见，过年惟望得书归。

《陌上郎》（《生查子》）：

西津海鹘舟，径度沧江雨。双橹本无情，鸦轧如人语。挥金陌上郎，化石山头妇。何物系君心？三岁扶床女！

《芳心苦》（《踏莎行》）：

杨柳回塘，鸳鸯别浦，绿萍涨断莲舟路。断无蜂蝶慕幽香，红衣脱尽芳心苦。　　反照迎潮，行云带雨，依依似与骚人语：当年不肯嫁东风，无端却被秋风误！

如上诸阕，莫不语浅情深，缠绵真挚。《陌上郎》一首，正是乐府诗本色；《芳心苦》亦别有兴寄，如此等作欲不谓为“诗人的词”可乎？

胡氏赞美稼轩，谓“词的应用的范围，越推越广大；词人的个性的风格，越发表现出来。无论什么题目，无论何种内容，都可以入词”。试据此言，以衡量东山词之风格，所谓充分表现词人个性之作品，已如前举《六州歌头》《芳心苦》等阕。至于“无论什么题目，无论何种内容，都可以入词”，方回正优为之。且为举例：

《将进酒》(《小梅花》)：

城下路，凄风露，今人犁田古人墓。岸头沙，带蒹葭，漫漫昔时流水今人家。黄埃赤日长安道，倦客无浆马无草。开函关，掩函关，千古如何不见一人闲？　　六国扰，三秦扫，初谓商山遗四老。驰单车，致缄书，裂荷焚芰接武曳长裾。高流端得酒中趣，深入醉乡安稳处。生忘形，死忘名，谁论二豪初不数刘伶！

《行路难》(《小梅花》)：

缚虎手，悬河口，车如鸡栖马如狗。白纶巾，扑黄尘，不知我辈可是蓬蒿人？衰兰送客咸阳道，天若有情天亦老。作雷颠，不论钱，谁问旗亭美酒斗十千？　　酌大斗，更为寿，青鬓常青古无有。笑嫣然，舞翩然，当垆秦女十五语如弦。遗音能记《秋风曲》，事去千年犹恨促。揽流光，系扶桑，争奈愁来一日却为长。

以豪放笔调，抒怀古幽情，体势开张，差与李、杜歌行相近；朱希真辈，正恐不能出此范围；虽欲不谓之“诗人的词”，又乌可得？

以上诸作，在《东山集》中犹未为绝诣，其风格之最高者，如《宛溪柳》(《六幺令》)：

梦云萧散，帘卷画堂晓。残熏尽烛隐映，绮席金壶倒。尘送行鞭袅袅，醉指长安道。波平天渺，兰舟欲上，回首离愁满芳草。　已恨归期不早，枉负狂年少。无奈风月多情，此去应相笑。心记新声缥缈，翻是相思调。明年春杪，宛溪杨柳，依旧青青为谁好？

《伴云来》（《天香》）：

烟络横林，山沉远照，逦迤黄昏钟鼓。烛映帘栊，蛩催机杼，共苦清秋风露。不眠思妇，齐应和几声砧杵。惊动天涯倦宦，骎骎岁华行暮。　当年酒狂自负，谓东君以春相付。流浪征骖北道，客樯南浦，幽恨无人晤语。赖明月曾知旧游处，好伴云来，还将梦去。

《石州引》：

薄雨收寒，斜照弄晴，春意空阔。长亭柳蓓才黄，倚马何人先折？烟横水漫，映带几点归鸿，平沙销尽龙荒雪。犹记出关来，恰如今时节。　将发，画楼芳酒，红泪清歌，便成轻别。回首经年，杳杳音尘都绝。欲知方寸，共有几许清愁？芭蕉不展丁香结。憔悴一天涯，两厌厌风月。

上列三词，笔力奇横，声调激越；韩退之所谓“横空盘硬语”者，庶几近之。胡氏能赏周美成之《瑞鹤仙》与《六丑》，乃于此摈而不录，此令人难解者四也。

《东山词》之技术

《东山词》之技术，于声调、文字两方面，皆有极深造诣。周止庵云：“方回镕景入情，故秾丽。”（《介存斋论词杂著》）又善用呼应法，如世共称赏之《青玉案》词，其歇拍云：“试问闲愁都几许？一川烟草，满城风絮，梅子黄时雨。”其末句好处，全在“试问”句呼起，及与上“一川”二句并用耳（用刘融斋《艺概》说）。近人况蕙风独赏其“归卧文园犹带酒，柳花飞度画堂阴，只凭双燕话春心”，谓：“柳花句融景入情，丰神独绝。”（《香海棠馆词话》）实则方回小词，并极蕴藉清婉之致，类此者甚多。妙在取境萧疏，恰恰映出幽婉情绪，大似唐人绝句，饶弦外音。且再录减字《浣溪沙》数阕于下：

鼓动城头啼暮鸦，过云时送雨些些，嫩凉如水透窗纱。　弄影西厢侵户月，分香东畔拂墙花，此时相望抵天涯。

烟柳春梢蘸晕黄，井阑风绰小桃香，觉时帘幕又斜阳。　望处定无千里眼，断来能有几回肠？少年禁取恁凄凉！

梦想西池辇路边，玉鞍骄马小辎軿，春风十里斗婵娟。　临水登山漂泊地，落花中酒寂寥天，个般情味已三年。

楼角初销一缕霞，淡黄杨柳暗栖鸦，玉人和月折梅花。　笑捻粉香归洞户，更垂帘幕护窗纱，东风寒似夜来些。

此等作品，炼字铸词，并臻极致，而又绝不雕琢，自然雅丽；令十七八女郎歌之，何等动人！谓之“歌者的词”可，谓之“诗人的词”亦无不可。至于方回长调，反复映射，而又出以奇横之笔，旋转而下，如前录《六州歌头》《宛溪柳》《伴云来》《石州引》诸阕，意态雄杰，辞情精壮，使人神往；而其技术之精巧，全在开阖映射间，固不仅以驱使温、李诗句见长也。胡氏称：“周词的风格高，远非柳词所能比。”又：“周邦彦读书甚博，词中常用唐人诗句，而融化浑成，竟同自己铸词一样。”（《词选》一五二）不知贺氏对于此种功力，尤胜于周，而胡氏竟摈而不录，此令人难解者五也。

胡氏又称周词“音调谐美”，不知贺词对于音节亦极注意。例如《六州歌头》，通叶“东”“董”“冻”三声，几于句句协韵；后来之依此调者，即无一能如贺氏之所为；而此调苍莽悲凉、沉郁豪壮之声情，遂亦不能如贺词之充分表现。又如《水调歌头》，普通作家，皆仅叶平韵，不叶仄韵。东坡之“明月几时有”一阕，“我欲乘风归去，又恐琼楼玉宇”，“去”与“宇”叶；“人有悲欢离合，月有阴晴圆缺”，“合”与“缺”叶，已视他作为美听矣。

而方回此调，不独平仄两叶，而又句句皆用同部之韵，声情越发，妙不可阶。并录如下：

南国本潇洒，六代浸豪奢。台城游冶，襞笺能赋属宫娃。云观登临清夏，璧月留连长夜，吟醉送年华。回首飞鸳瓦，却羡井中蛙。访乌衣，成白社，不容车。旧时王、谢，堂前双燕过谁家？楼外河横斗挂，淮上潮平霜下，樯影落寒沙。商女篷窗罅，犹唱《后庭花》！

全首皆用第十部韵，而又以“麻”“马”“祃”三声通叶。麻韵本为发扬豪壮之音，宜写悲歌慷慨，激昂蹈厉，吊古伤今之情，更以“马”“祃”之上、去声韵，相间互叶，轻重相权，何等嘹喨亢爽！声调组织之美，吾于贺氏此作与《六州歌头》，真有“观止”之叹。试取王介甫《桂枝香·金陵怀古》词，与此对读，能有此激越声情否？贺氏不但不为声律所缚，反能利用声律之精密组织，以显示其抑塞磊落，纵恣不可一世之气概；虽欲不推为“诗人的词”，或“豪杰的词”可乎？胡氏既以“音调谐美”，为词中之一种佳境，乃于方回此等声情激越而又美听之作品，竟不一加采录，此令人难解者六也。

结　论

综观上述诸例证，无论就豪放方面，婉约方面，感情方面，技术方面，内容方面，音律方面，乃至胡氏素所主张之白话方面，在方回词中盖无一不擅胜场；即推为兼有东坡、美成二派之长，似亦不为过誉。吾恐其书晚出，而又未为胡适之先生所收；学者竟不措意，或亦从而弃置之也，因为竭一日之力，漫成此篇；即以质之胡先生，且与海内之好词者共同商榷，庶几《东山》绝业得以重光，则幸甚矣。

二十二年三月十二日，脱稿于真如暨南村寓舍。

试谈辛弃疾*

一、辛弃疾在词学发展史上的地位

一般所谓长短句的词，原是为着配合当时流行曲调，因而创造出来的新形式的诗歌。这种新形式是要接受每个曲调的严格约束的。晚近在敦煌发现的唐写本《云谣集杂曲子》，要算是词的最早总集。它所收集的作品，很多是抒写征妇怨情的，和盛唐诗人王昌龄等所作《闺怨》《从军行》一类诗歌的题材相近。这类歌词反映了当时社会的普遍情感，为广大人民所共喜爱。诗人们抵不住这一股洪流的激荡，开始转移方向，把平日所最熟习的五、七言近体律、绝诗解散开来，依着各个流行曲调的节拍，写成参差不齐的长短句，作为紧密结合音乐的歌词。这种歌词，由于诗人们的加工，就以崭新的面貌出现于乐坛，而被认为是直接乐府诗的传统。但这新形式一为士大夫所掌握，一方面固然提高了它的艺术性，一方面却又限制了它的内容发展，乃至进一步作为统治阶级以及帮闲文人的消遣品，助长了他们的奢淫生活。明人王世贞说："温飞卿词曰《金荃集》，唐人词有集曰《兰畹》，盖取其香而弱也。"（《艺苑卮言》）把这个"香而弱"作为词的传统，那它的内容怎样能够丰富得起来呢？

自晚唐、五代以至北宋初期，这"香而弱"的词风分别向西蜀、南唐发展，最后汇合于汴京（开封），作为令词的极盛时代。宋仁宗朝（1023—1063），社会经济有了相当的发展，因而作为首都的汴京，歌舞声伎的娱乐，也就伴随着都市的繁荣而大大兴旺起来。恰巧有个落魄文人柳永，应

---

* 本文原刊于《语文教学》第三期（1957年3月）。

教坊乐工的请求，替他们所创的新腔填上词句，这样促成了长调的向前发展。可是他的作品，为了迎合一般小市民的趣味，很多是不够健康的。天才诗人苏轼，奋起和他展开剧烈的斗争。经过这一斗争，把词的内容几乎完全变了质。王灼说他“指出向上一路，新天下耳目，弄笔者始知自振”（《碧鸡漫志》卷二）。这表明词到了苏轼，已经渐渐脱离了音乐上的某些束缚，而自成其为内容充实、形式多样化的新体格律诗。这新体格律诗由于长期以来受着音乐的陶冶，每一个调子都有它的不同节奏，可以利用它来表现各种喜、怒、哀、乐的不同情感；它可以不必依附管弦而抗音高歌，自然收到能移人情的功效。如果没有苏轼展开这一场斗争，那就不会有人能把这“横放杰出”的艺术手段，大胆地运用到这长短句歌词领域中来；而这“大声镗鞳，小声铿鍧，横绝六合，扫空万古”（刘克庄《后村大全集》卷九十八《辛稼轩集序》）的豪杰之词，也就没有发荣滋长的余地。所以金诗人元好问把黄庭坚、晁补之、陈与义和辛弃疾都作为是接受苏轼的传统（《遗山文集》卷三十六《新轩乐府引》），这是完全有理由的。

一般所谓苏、辛词派，其实也就是自由作他的新体格律诗，因而把内容扩充得异常广泛，洋溢着作者的生命力，不但是“龙腾虎掷，任古书中理语、瘦语，一经运用，便得风流”（刘熙载《艺概》卷四），为稼轩词的特色而已。词发展到了稼轩，才真正在文学史上奠定了它的崇高地位；尽管渐渐脱离了它的娘家——音乐，还一直绵延着它的生命，以至影响到现在，所有杰出的人物都免不了要向它“染指”，从而放射出异样光芒来。辛弃疾在词学发展史上的创造精神，是多数学者所一致承认的。

二、稼轩词里所表现的作者本怀

辛弃疾是一个有肝胆、有魄力、有谋略、有远见卓识而一意以恢复中原自任的杰出人才。他出生在山东济南历城县四风闸，病死于江西铅山县期思市瓜山之下（1140—1207）。他在六十八年的生命过程中，虽然经历了许多艰难险阻，受尽了许多谗摈摧抑，却时时刻刻总在作着“甘心赴国仇”的准备。他那火一般的爱国精神，贯穿在他的一切言论行动中，也贯穿在他的所有文学作品中。

我们要了解辛弃疾那种“横竖烂漫”（刘辰翁《辛稼轩词序》）的词格是怎样构成的，就得结合他的生平史实，参以所谓“诗人比兴”之义，才能找出他那代表作品中的思想本质来，从而明白它的真价所在。

在辛弃疾出生的时候，他的老家所在，早于三十多年前就沦陷在女真族金人的统治下了。他家是一个“世膺阃寄”的济南大族，祖父辛赞常把“忍辱待时”的苦心寄希望于这个孙儿，而且教他借着应试的机会，两度进入燕京，刺探敌方的虚实，作为报仇雪耻的准备。恰巧在宋高宗绍兴辛巳（1161）那年，金主完颜亮大举南侵，辛弃疾就趁着金国内部动摇，毅然投笔，集合了二千人马，投奔在当时山东农民起义军领袖耿京的部下，当了“掌书记”，替他规划一切。他劝耿京“奉表归宋”，耿京派了他跟着另一起义军领袖贾瑞同去建康（南京），见到了高宗皇帝赵构。在他带着南宋朝廷的任命归报耿京的旅程中，耿京却被叛将张安国杀掉了。辛弃疾回到海州，激动了忠义人马，悄悄地夜劫金营，把张安国活捉了来，驰送建康，斩了首。这二十二岁的青年是何等的机智果决！

像这样一个青年斗士，冒万死从沦陷区回到自己的祖国来，论理该是要被朝廷重用的。可是在那样一个半壁偷安的小朝廷下，哪会有他发抒才智的份儿呢？难怪他晚年在退休生活中还发着这样的感叹：

> 壮岁旌旗拥万夫，锦襜突骑渡江初。燕兵夜娖银胡䩮。汉箭朝飞金仆姑。　　追往事，叹今吾，春风不染白髭须。却将万字平戎策，换得东家种树书。（《鹧鸪天·有客慨然谈功名因追念少年时事戏作》）

他所拥的“突骑”，大概被朝廷夺掉了，只给他一个江阴签判的小小职位。

不久，赵构把皇位传给了他的过继儿子赵昚（孝宗）。这孝宗即位之初，曾一度想有所作为，起用了主战派的张浚，不料很快遭到符离之败。这时（1163）辛弃疾虽然地位很低，却很关心淮河南北的局势，曾先后上过《论阻江为险须藉两淮》和《议练民兵守淮》的两道奏疏。到二十六岁那年，他又奏进了《美芹十论》，把敌我情况和怎样充实国防完成恢复大计分析得非常清楚，却不曾引起一些反应。直到三十一岁那年，才被孝宗召见。他立即向宰相虞允文献上《九议》，提出了三个进行恢复大计的要点：一是“无欲速”，二是“宜审前后”，三是“能任败”，都说得很中肯，但也没有什么下文。在这几年中，朝廷给他迁过通判建康府、司农主簿、知滁州、江东安抚司参议官、仓部郎官等内外官职，实际不曾对他加以重视。

当时的统治阶级，是怯于对外而勇于对内的。恰巧淳熙二年（1175），茶商军赖文政在湖北、湖南、江西等地闹得不可收拾，朝廷才把辛弃疾任命为江西提点刑狱，付给他以“节制诸军，讨捕茶寇”的重任。在辛弃疾的本怀，原是为的“思酬国耻”。而赵姓王朝却要他去镇压这一支武装暴动的茶商军，借以巩固他的统治。在这种情势下，为要取得朝廷的信任，以便进一步提出对外的要求，他接受了这个使命，是具有苦衷的。且看他在这一时期所作《书江西造口壁》的词：

> 郁孤台下清江水，中间多少行人泪。西北望长安，可怜无数山。　　青山遮不住，毕竟东流去。江晚正愁予，山深闻鹧鸪。（《菩萨蛮》）

他在江西提点刑狱任上，是驻节虔州（赣县）的。他偶然登上郡城名胜的郁孤台，俯瞰白浪滔滔的赣江水，不觉新愁旧恨蓦然兜上心来。他想起当年南渡君臣的怯弱无能，使得金兵长驱直下，逼着赵氏亲属包括隆祐太后在内，以及千千万万无辜受累的人民朝南奔窜，不知在这一带受过多少惊恐，掉下了多少眼泪。抬头北望，只见“胡尘暗天”，故都却隐没在重重叠叠的青山之外，一方联想着故都的长期沦陷，不就是为了那些当权的奸佞们蒙蔽了皇帝的耳目，以致忘却不共戴天之仇；而叠嶂重峦仅供小朝廷作为半壁偷安的保障，这是多么使人痛心疾首！再一转念，这重叠青山，除了遮住望眼，使在朝者暂时麻木，不作恢复的念头之外，却对那像江流东逝一般的南宋颓局，到底没有挽救的可能，这又是何等的可悲！作者奔迸的沉痛心情，也就伴随着这滔滔逝水而急剧涌现于腕底笔端，难自遏抑了。江上斜阳映射着冷清清的流水，泛出潋滟的金波，很快就要消逝，正象征着小朝廷的悲惨结局，这是多么辜负了本人"突骑渡江"的初志！然而想到恢复大计，正是阻碍重重，一声声"行不得也哥哥"的鹧鸪，却在耳边啼个不住。像这样情景凑拍，把作者的悲凉怀抱，用千回百折的笔调都表现出来了。这证明辛弃疾的本怀，是一贯以恢复中原自任；而镇压茶商军，却是不得已之事。

果然，因他消灭了赖文政，取得了朝廷的嘉奖，把他由江西提点刑狱而差知江陵府，兼湖北安抚，迁知隆兴府（南昌），兼江西安抚，召为大理少卿，出为湖北转运副使，改湖南转运副使。在这四五年间，好像朝廷给了他以相当的倚重；可是把他调来调去，违反了他早在《美芹十论》里提出过"久任"的初衷，也就使他没有从容发挥的余地。在这错综复杂的情况下，他唱出了他最杰出的代表作：

更能消、几番风雨，匆匆春又归去。惜春长怕花开早，何况落红无数。春且住！见说道、天涯芳草无归路。怨春不语。算只有殷勤，画檐蛛网。尽日惹飞絮。　　长门事，准拟佳期又误。蛾眉曾有人妒。千金纵买相如赋，脉脉此情谁诉？君莫舞！君不见、玉环飞燕皆尘土。闲愁最苦。休去倚危阑，斜阳正在，烟柳断肠处。（《摸鱼儿》）

这首词是淳熙己亥（1179），辛弃疾年正四十，将由湖北转运副使调任湖南转运副使时，同官王正之（正己）在小山亭替他饯行，因而触动了他的满腔心事，把它倾吐出来的。我们要了解它的内容，就得在他到湖南安抚使任时给孝宗《论盗贼札子》里所说“臣孤危一身久矣！荷陛下保全，事有可为，杀身不顾”那一段话，再和他在这前几年的经历结合起来看，才能够深入体会，究竟他说的是些什么。我们知道他替朝廷镇压了茶商军，不到两年，连续给了他以湖北安抚、江西安抚的职位。这个所谓“帅”职，是有兼掌军事、政治大权的。作者的意图，总以为孝宗对他渐渐有了信任的倾向；而且他在十多年前早就有过“恢复自有定谋，非符离小胜负之可惩”的话，而把“不以小挫而沮吾大计”（《进美芹十论疏》）寄希望于孝宗，到这时似乎有了旧事重提的机会。可是他也感觉到，孝宗是个容易动摇的人，禁不起多方面的摇惑，有如大好春光，一经风雨，便又匆匆地溜走了。作者对恢复大计早就提出遇“无欲速”和“能任败”的正确方针。所谓“惜春长怕花开早”，正表明他对军事准备没到充分有把握的时候是不肯轻率地向敌挑衅的。可是当日的朝廷，不但不去作好准备以防风雨的横来，而一般士大夫意志消沉，有如黄干所说“江左人物，素号怯懦，秦氏和议又从而销靡之，士大夫至是奄奄然不复有生气矣”（《勉斋集》卷一《与辛稼轩侍郎书》）。这好比林际落花，随风飘荡，哪还会有留住芳春的可能呢？触景伤怀，作者情不自禁地向着司春之神发出大声的呼喊：“你且留一歇儿仔细考虑一下吧！请你张开眼睛来看，像这漫天的芳草，你如果不自己拿定方向，哪会有你的前程呢？”可叹这“故作痴聋”的司春之神，一直不肯作出明朗的表示；而满朝奸佞，凭着他们那花言巧语，捏造一些情况来“粉饰太平”，借以迷乱朝廷的视听。这恰如屋檐间的蛛丝网，黏上一些飘零的柳絮，而漫然说是“好春长在”，这谎话是教人十分痛心的。这在作者另一首《晚春》词里也曾说道：“断肠点点飞红，都无人管，更谁劝流莺声住？”（《祝英台近》）这和上面一段的用意是消息相通的。想起孝宗对自己是有过相当认识和了解的，他就借着汉武帝时陈皇后的“长门”故事，说出皇帝原有再度亲近他的意思，而且作过一些暗示，可是不久又落空了。究竟原因何在呢？他明白了，原来像自己这样一个忠心耿耿的人，一旦取得了皇帝的信任，这对那一批“奴颜婢膝”的奸佞们是不利的，因而引起他们的妒忌。在这样一个恶劣环境中，就是想和陈皇后一样用了千金重币求取大作家司马相如代写一篇哀婉缠绵的《长门赋》，来表示自己的忠贞，然而这中间的许多曲折，又怎能分辨得清楚呢？想到那一群“谗谄蔽明”的在朝人物，忍不住怒火燃烧起来了，因而指责着说：“你们也不要太高兴了！难道你们不曾见过历史上的教训吗？那最被君王宠爱的杨玉环、赵飞燕，不都是同化尘土了吗？”从“长门事”以下，就是“借古喻今”。接着总结一句，也就只有有心人才会感觉到这种难以形容的苦痛；而这苦痛除了闭着眼睛，不去关心整个国家命运，是很难丢开的。他在“无可奈何”的沉思中。也就只好自己劝解自己：“还是不要靠在栏干上去看吧！”那沉沉欲坠的“斜阳”，正掩蔽在烟雾迷濛的杨柳背后，连微弱的光辉都放射不出来了！这样“即景抒情”，恰巧与上半阕互相激射，结出他对国事的痛心和失望，声情多么沉咽凄壮！

这里面所包涵的情事，当然皇帝是心中有数的。传说孝宗见了这词，很是不高兴（《鹤林玉露》卷一），却仍对他表示信任，把他从湖南转运副使改知潭州（长沙），兼湖南安抚使，还颁下手诏：“今已除卿帅湖南，宜体此意，行其所知，无惮豪强之吏。”（《中兴圣政记》卷五十七）弃疾就抓紧时间，招兵买马，创立“飞虎军”，想借这支劲旅作为北定中原的基本部队。不料这一壮举立刻引起了在朝奸佞的危害，要求皇帝降下御前金字牌，召他还京。他却把金字牌暗地藏起，等“飞虎军”迅速建成之后，才把这事原委呈报朝廷。这是何等坚强的意志和勇于任事的魄力！朝廷对他虽暂时容忍，可是不久就把他调开了，由知隆兴府兼江西安抚改两浙西路提点刑狱，不到一年，终至落职罢任，在上饶所筑的“稼轩”足足闲住了十年。

直到光宗（赵惇）绍熙三年（1192），才又起用他作福建提点刑狱，次年改知福州兼福建安抚使。不到两年，又被谏官论列，罢免家居，从上饶迁往铅山，度了整整八年的闲散生活。

后来韩侂胄凭借外戚关系，掌握朝廷大权，想以对外用兵来树立个人的威望，于是又把念头转到辛弃疾身上，于嘉泰三年（1203）起知绍兴府兼浙东安抚使。他曾被召入见宁宗（赵扩），说起“金国必乱必亡，愿付之元老大臣，务为仓卒可以应变之计”（《朝野新记》二集卷十八）。可是韩侂胄只想利用他装幌子，也不曾给他以重要职位。他到临死的那年，还说起：“侂胄岂能用稼轩以立功名者乎？稼轩岂肯依侂胄以求富贵者乎？”（谢枋得《叠山集·祭辛稼轩先生墓记》）弃疾对伐金以报国仇，是符合他的愿望的，可是他不主张轻举妄动。他对敌情调查得很清楚。当他嘉泰四年（1204）知镇江府任上时，曾把他所得的谍报指给他的朋友程珌说：“虏之士马尚如是，其可易乎？”（《洺水集》卷一《丙子轮对札子》）他这种“老成持重”的意见，同时表露在《京口北固亭怀古》的词中：

千古江山，英雄无觅，孙仲谋处。舞榭歌台，风流总被，雨打风吹去。斜阳草树，寻常巷陌，人道寄奴曾住。想当年、金戈铁马，气吞万里如虎。　　元嘉草草，封狼居胥，赢得仓皇北顾。四十三年，望中犹记，烽火扬州路。可堪回首，佛狸祠下，一片神鸦社鼓。凭谁问，廉颇老矣，尚能饭否？（《永遇乐》）

这京口（镇江）素来就是一座军事重镇：孙权据以称霸江东，刘裕据以扫荡河洛。当作者“突骑渡江”之初，何尝不想凭借这江山形胜直捣幽燕？怎奈南渡君臣都无远志，对这青年斗士摧挫压抑，不给他发展长才；直到“烈士暮年”，重游旧地，虽“壮心未已”，而事势已非，胜迹登临，怎能不慷慨伤怀，致叹于“时无英雄”，辜负了这“千古江山”呢？“舞榭歌台”是英雄缔造的繁荣景象。南朝脆弱，禁不起“雨打风吹”。但“事在人为”，又使人想起在“寻常巷陌”（《宋书》本纪第一：刘裕小名寄奴，生于丹徒县之京口里）出生的刘裕。刘裕出兵北伐，迅速地收复了沉沦百年的长安，所谓“金戈铁马，气吞万里如虎”的英雄气概，也是作者所留连追慕的。因了刘裕“正欲急成篡事，不暇复以中原为意”（《资治通鉴》卷一一八《晋纪》），长安得而复失；联想到韩侂胄的倡议伐金，也只是为了个人地位，后患何堪设想。接着他又把元嘉（宋文帝刘义隆年号）北伐遭受惨败的故事（参考《通鉴》一二五至一二六），暗示轻举妄动的危险。作者这时已是六十五岁的老将了！对当时的敌我形势是分析得异常清楚的。他估计到韩侂胄不能信任“元老大臣”，必然要遭到失败。果然，在辛弃疾离开镇江的次年，韩侂胄宣布伐金，很快就失败了，以致割下脑袋，再向金兵请和。这是作者所预见到的，也是他最后一次对国事的痛心和绝望。作者想到这里，更回忆那“四十三年”前，出生入死，南来效命的壮举，而今“白发横生”，不但由两淮以趋山东、由山东以取燕京的规划尽成幻梦；而金兵南下，势且饮马长江，瓜步丛祠（建康对岸的瓜步山上有佛狸祠，当年魏太武帝拓跋焘大败刘义隆兵，直追到这山上），神鸦飞舞，我们的国防前线一任敌人鸣鼓赛社，触目惊心，还有什么可说呢！再一转念赵将廉颇的故事，有谁能了解自己，而最后给以“一试”的机会？英雄老泪，写到这里，应该是“咽不成声”了！

这京口北固亭，是辛弃疾晚年“长歌当哭”的所在。他还写了一首《南乡子》：

> 何处望神州？满眼风光北固楼。千古兴亡多少事，悠悠，不尽长江滚滚流。　　年少万兜鍪，坐断东南战未休。天下英雄谁敌手？曹刘。生子当如孙仲谋。

他对这大好江山，恨不得凭借它来建立光复神州的伟业，徒然望风怀想，数不尽的兴亡旧恨，“长江滚滚”，激起奔腾澎湃的怒涛，也只有增加“英雄失路”之悲而已！想起孙权遇着曹操和刘备这样的对手，还能够率领斗士，奋战不休。创立“三分”功业；而当时的金国，却已有了“必乱必亡”的颓势，如果当权人物不是“豚犬”一类的畜生，何致“天下事”全没办法呢？像这样灵活运用故事，读者不可轻轻滑过。

三、辛弃疾和陈亮的赠答词

辛弃疾的一生，总把“恢复中原”作为唯一的责任。他不但是用来鞭策自己，而且广泛地把这一愿望寄托在每一个有爱国思想的朋友身上。陈亮是他心目中认为志同道合的第一知己。在隆兴元年（1163），陈亮上过《中兴论》，劝孝宗复仇雪耻。后来陈亮被人诬陷入狱，辛弃疾也曾营救过他。当辛弃疾“带湖新居”落成后的第三年（1183），陈亮写信给他，说起“每念临安相聚之适”，还提到“又闻往往寄词与钱仲耕（佃），岂不能以一纸见分乎”（《龙川文集》卷二十一《与辛幼安殿撰书》）。《稼轩集》中那一首“为陈同父赋壮词以寄之”的《破阵子》，大概就是在他接到这信之后写的。

> 醉里挑灯看剑，梦回吹角连营。八百里分麾下炙，五十弦翻塞外声，沙场秋点兵。　　马作的卢飞快，弓如霹雳弦惊。了却君王天下事，赢得生前身后名，可怜白发生！

这时正当作者遭谗罢职，闲散家居，满肚皮牢骚没处发泄，难得这样一位知心朋友，远道寄了信来，殷殷相问，触动了他的热情壮抱，不觉兴酣落笔，全部倾泻出来。在这之前几年，作者刚把“飞虎军”练成，满望借着这支劲旅，为君王了却天下事，却不料最后还是遭到斥逐，一切都落了空。在这样的苦闷中，除了挥起宝剑，砍掉那一批奸佞的头，是绝对不会有英雄用武之地的。然而“挑灯看剑”，也只能在“醉里”，作者一身的“孤危”情况，也就可想而知。“醉后狂言醒可怕”（苏轼诗），这除了陈亮，还有谁能了解他呢？枕上“梦回”，猛然引起了一些幻境：如何听到连营吹角的悲壮之声，激动了他的平生心事？如何飞奔戎幕，快刀割肉，吃个痛快？如何鼓瑟（五十弦）高歌，翻作“出塞”“入塞”之曲？如何趁着秋高气爽，检阅他自己训练出来的雄赳赳、气昂昂的武装部队？如何鞭着“的卢”一类的骏马，驰赴沙场？如何拉开“霹雳”般响的强弓，射杀敌将？像这样一幅“暗鸣鸷悍”（刘辰翁《辛稼轩词·序》）的画面，把辛、陈二人的强烈意志都很形象地表现出来了。然而这是为了谁呢？“了却君王天下事，赢得生前身后名”，这一气贯注的“奇情壮采”，写到这里，突然勒住，更用“可怜白发生”五个音节苍凉的字眼作为结束。一场幻境转眼成空，也就只有对着知己相与痛哭而已！

也有相传这词是在陈亮访问辛弃疾以后写的（《历代诗余》卷一一八引《古今词话》），却不曾说明时地。据近人邓广铭教授的考证，陈至上饶访辛，是在淳熙十五年（1188）秋间（详见邓著《辛稼轩先生年谱》）。他们两人相聚，有过十日的畅谈，而且一同去游鹅湖，原来还约了朱熹在紫溪相会，因朱失约，陈亮也就“飘然东归”了（详见稼轩《贺新郎》词题）。他们三人虽然意见不尽相同，但有同一目标，因而也就互相推重。辛、陈都是“以气节自负，以功业自许”（范开《稼轩词甲集·序》）而主张“王霸杂用”的奇才，朱熹却常把“克己复礼”四个大字规劝辛氏。后来辛对朱熹万分崇拜，也不是什么偶然的。在陈亮东归之后，辛弃疾还是恋恋不舍，因了“雪深泥滑”，追赶不上，只得怅然独归，立即写了一首《贺新郎》发抒他的悲感：“剩水残山无态度，被疏梅料理成风月。两三雁，也萧瑟。”这是何等凄凉的心境！陈亮给他的和作，也提到：“父老长安今余几？后死无仇可雪！”又说：“只使君从来与我，话头多合。行矣置之无足问，谁换妍皮痴骨？”（《龙川词》）这“妍皮痴骨”，骂尽了当时一批奴性的人们，然而“滔滔皆是”，“天下事”还谁有硬肩胛来担当呢？“我最怜君中宵舞，道男儿到死心如铁。看试手，补天裂。”（《稼轩词·贺新郎·同父见和再用韵答之》）像这样激越的情调，也就是辛、陈赠答词中所特有的。

四、退闲生活中的辛词别调

在将近二十年的退闲生活中，辛弃疾违反了“求田问舍，怕应羞见，刘郎才气”（《水龙吟·登建康赏心亭》）的初心，先后在上饶、铅山营造了相当宏丽的住宅。虽然他曾想到“人生在勤，当以力田为先”（本传）；也曾作过“躬耕”的打算，在带湖旁边建了一座“植杖亭”，好像真的要向《论语》里面的“荷篠丈人”学习一般（参考洪迈《文敏集》卷六《稼轩记》）；但由于他的阶级出身关系，终究和农民生活有着相当距离。他也爱读《庄子》和陶渊明诗，想把雄心收敛起来，化成“悠然自得”的恬淡风趣；但他的“自用之果”（陆九渊说），却是本性难移的。他在带湖也曾和鸥鸟结盟，说什么“凡我同盟鸥鸟，今日既盟之后，来往莫相猜”（《水调歌头·盟鸥》）。到期思又曾和青山对话，说什么“青山意气峥嵘，似为我归来妩媚生。解频教花鸟，前歌后舞；更催云水，暮送朝迎”（《沁园春·再到期思卜筑》），好像他对“天下事”确已渐渐“忘情”了。然而清宵梦醒，还免不了要哼出许多悲凉慷慨的调子来：“平生塞北江南，归来华发苍颜。布被秋宵梦觉，眼前万里江山”（《清平乐·独宿博山王氏庵》）。这火热的心情，终究是很难强自敛抑的。

由于他长期习惯于农村生活，在思想感情上，也就不期然而然地渐渐和农民接近，因而构成另一种朴素清新的词格，摆脱了他那“爱掉书袋”的习气。他这白描手法，多少受了他的济南女同乡李清照的影响。他曾有过“博山道中，效李易安体”的《丑奴儿》词，是可以找出线索来的。

他对农家生活也很关心。有如“一川明月疏星，浣纱人影娉婷。笑背行人归去，门前稚子啼声”（《清平乐·博山道中即事》），写浣纱妇人惦记孩儿的心理；“东家娶妇，西家归女，灯火门前笑语”（《鹊桥仙·山行书所见》)，这农村的婚嫁喜事，都是很亲切动人的。我们再看他那首“夜行黄沙道中”词：

明月别枝惊鹊，清风半夜鸣蝉。稻花香里说丰年，听取蛙声一片。　七八个星天外，两三点雨山前。旧时茅店社林边，路转溪桥忽见。(《西江月》)

又“代人赋”一首：

陌上柔桑破嫩芽，东邻蚕种已生些。平冈细草鸣黄犊，斜日寒林点暮鸦。　山远近，路横斜，青旗沽酒有人家。城中桃李愁风雨，春在溪头荠菜花。(《鹧鸪天》)

他把农民心理结合着诗人情调，描画成两幅真朴动人的农村风景画。这上面几乎全是一般农民都能领会到的情景和语言，他却把它提炼到异常纯熟，差不多每个字都“敲打得响”(张炎《词源·论字面》)。这是辛词的别调，也可以说是“本色”，是值得人们学习的。

试论朱敦儒的《樵歌》*

朱敦儒是南宋初期颇富创造性的词家，能于苏（轼）、辛（弃疾）间，别开生面，独树一帜。他的词集——《樵歌》，自从曾慥《乐府雅词》选录了十九首、黄升《中兴以来绝妙词选》选录了十首之后，只有钞本流传着。直到1893年，王鹏运校刻《宋元三十一家词》，才访得《樵歌拾遗》的传钞本，首先把它刊出。过了七年，他所梦寐以求的《樵歌》足本，才被发现，立即在《四印斋所刻词》之外，刻成单本流传。在这一时期，还有一个梅里许氏的刻本。之后，朱彊村先生（孝臧）又得另一钞本，取王、许两本互校，于1914年刊入《彊村丛书》。这沉埋七百多年的《樵歌》，才得重显于世。

我们要了解《樵歌》的整个风格，给它以重新评价，就得先将作者所处的时代环境和社会关系等，作一个简单叙述。

朱敦儒的生卒年月，已不易考。他的父亲朱勃，在宋哲宗绍圣间（1093—1097），做过谏官。那时正是新旧党争闹得异常剧烈的时候，政权被掌握在变了质的新派人物章惇、蔡卞等人的手里，把所谓旧派——元祐党人如苏轼、黄庭坚等，都窜逐到偏远地方去。朱勃究竟属于哪一派，《宋史》上虽然没有明文，我们只要看看敦儒的社会关系，就会知道他家是和苏、黄一派接近的。在《樵歌》卷中有“清明百七日，洛川小饮，和驹父”的《好事近》词。驹父即洪刍，是黄庭坚的外甥，为“南昌四洪”之一。到高宗建炎初年（1127—1130）。胡直孺（字少汲）帅洪州，曾派敦儒和李彤编集庭坚诗文为《豫章集》，而一切由洪炎（字玉父）主持（见庭坚后裔黄罃著《豫章先生年谱》引赵伯山《中外旧事》）。洪炎是洪刍的三弟。从

* 本文原刊于《词学》第十一辑（1993年11月）。

这条线索，就可以推测到敦儒和庭坚的关系，不是一般的了。苏、黄一派在北宋末期的遭遇和那时的腐朽政治，敦儒父子是看得清清楚楚的了。这对怀抱奇才而有志用世的壮年人，该是一个严重的打击。敦儒的主导思想，由“深达治体”而转入消极玩世，这该要算是其中的主要原因。他的少年时代的生活情况，可以从他许多追忆旧游的作品里看出。例如《鹧鸪天》：

草草园林作洛川。碧宫红塔借风烟。虽无金谷花能笑，也有铜驼柳解眠。　　曾为梅花醉不归，佳人挽袖乞新词。轻红遍写鸳鸯带，浓碧争斟翡翠卮。

从这两首词的上半阕，知道他家住在洛阳，也有小小园林，虽然比不上那些“洛阳名公卿园林，为天下第一”（邵博《闻见后录》卷二十四引李格非《洛阳名园记》），却也不失为一个适于“裘马清狂”的少年生活环境。

北宋中期的工商业，是相当发达的，尤其是丝织业，当时的赵氏王朝在开封、洛阳、润州（镇江）、梓州（四川三台）等地，都设有规模宏大的纺织工场，这样促进了都市的繁荣；而洛阳又是那时的西京，一般官僚退休之后，大多在这个地方置有庄园，作为养老怡情的所在。这个所在，同样也适合于风流子弟的豪侈生活。我们再看敦儒晚年追忆往事的《朝中措》云：

当年挟弹五陵间，行处万人看。雪猎星飞羽箭，春游花簇雕鞍。

又《临江仙》云：

生长西都逢化日，行歌不记流年。花间相遇酒家眠。乘风游二室，弄雪过三川。

以及在淮阴作的《水调歌头》：

当年五陵下，结客占春游。红缨翠带谈笑，跋马水西头。落日经过桃叶，不管插花归去，小袖挽人留。换酒春壶碧，脱帽醉青楼。

和他那“不堪回首洛阳春”的《鹧鸪天》词“穿绣陌，踏香尘，满城沉醉管弦声”，都反映了当时的都市生活和作者的少年情调。这和杜甫《壮游》诗中所描述“放荡齐赵间，裘马颇清狂。春歌丛台下，冬猎青丘旁。呼鹰皂枥林，逐兽云雪冈。射飞曾纵鞚，引臂落鹙鸧。苏侯据鞍喜，忽如携葛强。快意八九年，西归到咸阳”等等的话，以及后来爱国诗人陆游的《风入松》词：“十年裘马锦江滨，酒隐红尘。万金选胜莺花海，倚疏狂驱使青春。吹笛鱼龙尽出，题诗风月俱新。”这前尘旧梦，回荡在诗人们的脑海里。久经忧患穷厄的诗人们，想起过去的青春豪举，怎能禁得住不悲歌慷慨呢？

我们再看敦儒那首在西都所作而最为人们传诵的《鹧鸪天》：

> 我是清都山水郎，天教懒慢带疏狂。曾批给露支风券，累奏留云借月章。　　诗万首，醉千场，几曾着眼向侯王？玉楼金阙慵归去，且插梅花住洛阳。

像这般风流潇洒的情调，乍看似乎受了神仙家的影响。然而我们打开《宋史》来查考一遍，在北宋末期，那荒唐透顶的道君皇帝和蔡京等那一批奸佞之臣。正在求方士，受宝录，被王仔昔、林灵素一流怪物骗得颠颠倒倒。我疑心敦儒这一首词，恰恰是给那时的统治阶级以一个尖锐的讽刺。他自居于山林隐逸之士，是不肯同流合污的；究竟受了时代思想的局限，看到这样的上下一团糟，也就只有消极的抵抗而已！

由于北宋朝廷的贪污腐朽达到了顶点，因而招致了金人的南侵，促成了王朝的崩溃。那时一般有心之士，不甘心于异族的统治，相率南奔。在这丧乱流离的道途中，他们感到了切肤之痛，追悔着当年迷恋于个人的狂荡生活，幡然有了与祖国同休戚的悲壮怀抱，于是他的词格改变了。且看他的《苏幕遮》：

> 酒台空，歌扇去。独倚危楼，无限伤心处。芳草连天云薄暮。故国山河，一阵黄梅雨。　　有奇才，无用处。壮节飘零，受尽人间苦。

欲指虚无问征路。回首风云，未忍辞明主。

这不是“高尚其事”的词人，在饱经忧患、痛定思痛之后的自白吗？

我们进一步向《樵歌》里面去查考一下敦儒避难南奔的路线，大概是由洛阳流转到苏北淮阴、扬州等处，折过南京，再溯长江西上，经鄱阳湖、赣江以往虔州（赣县），而后度大庾岭，随到现在广东省境内各地的。他在现在江西省境内，似乎有一个短时期的逗留。前面所说胡直孺找他和李彤、洪炎替黄庭坚编集子，可能就在这个时候。可是金兵跟踪隆祐太后，于建炎三年（1129）进陷洪州（南昌），追赶到太和，江西境内的许多州县，都遭到了敌骑的蹂躏。当然敦儒是不能长久耽下去了，只得再往南逃。据《宋史》本传说：“高宗即位，诏举草泽才德之士，预选者命中书策试，授以官。于是淮西部使者言，敦儒有文武才，召之；敦儒又辞。”这可推知，敦儒在金兵入汴后，早已流亡到了淮河流域。本传接着就有“避乱客南雄州”的记载。由高宗建炎初到绍兴二年（1127—1132）。敦儒应召返浙之前，足足过了五六年的流亡生活。在这一段时期的流亡生活中，他饱看了兵荒马乱时广大人民所遭受到的悲惨景象，以及他自己所经历的种种苦痛，在他的思想意识上打上了许多烙印，促使他的作风发生剧烈的变化。且看他在这流亡途中的作品：

金陵城上西楼，倚清秋，万里夕阳垂地大江流。　　中原乱，簪缨散，几时收？试倩悲风吹泪过扬州。(《相见欢》)

登临何处自销忧？直北看扬州。朱雀桥边晚市，石头城下清秋。　　昔人何在？悲凉故国，寂寞潮头。个是一场春梦，长江不住东流！(《朝中措》)

这两首词，从时间推测，大概是作于建炎二年前后。这时高宗皇帝驻跸扬州，局势是飘摇不定的。这中间虽然充满了悲观失望的情绪，反映了南宋初期的危局；然而它的音节，是激壮苍凉的。还有标题“金陵”的《芰荷香》

下半阕：

> 无奈尊前万里客，叹人今何在？身老天涯，壮心零落，怕听叠鼓掺挝。江浮醉眼，望浩渺、空想灵槎。曲终泪湿琵琶。谁扶上马？不省还家。

这都是路过金陵时的作品，说不尽的慷慨悲凉！这和杜甫《哀江头》的"黄昏胡骑尘满城，欲往城南望城北"，几乎有同等的沉痛。至于《水龙吟》："放船千里凌波去，略为吴山留顾。云屯水府，涛随神女，九江东注。"大概是由南京溯江西上时所作；连这个"长江天堑"的江宁府（后来改称建康府），也是岌岌可危的。他这时的山林迷梦，很快就被侵略者的铁蹄惊醒了！爱国主义思想不觉油然而生。所以他接着说："北客翩然，壮心偏感，年华将暮。念伊嵩旧隐，巢由故友，南柯梦，遽如许！"他深深地感到，那"遗世特立"的态度是要不得的了。"回首妖氛未扫，问人间、英雄何处？奇谋报国，可怜无用，尘昏白羽。铁锁横江，锦帆冲浪，孙郎良苦。但愁敲桂棹，悲吟梁父，泪流如雨。"这关系整个民族的生死斗争，不是什么摇摇鹅毛扇所能办得了的，自己也正在追悔着为甚么不早些尽点心力来图补救呢？

再看他标题"彭浪矶"的《采桑子》词：

> 扁舟去作江南客，旅雁孤云，万里烟尘，回首中原泪满巾。　碧山相映汀洲冷，枫叶芦根，日落波平，愁损辞乡去国人。

这激壮之音，代表着南宋初期一般爱国主义者的思想。敦儒的词格，到这时变得刚劲遒上了。

敦儒逃到岭南之后，他的生活情况是更悲惨的了。且看他那咏雁的《卜算子》词：

> 旅雁向南飞，风雨群初失。饥渴辛勤两翅垂，独下寒汀立。　鸥鹭苦难亲，矰缴忧相逼。云海茫茫无处归。谁听哀鸣急？！

在国破家亡的飘流生活中，高洁不成了，脱离人民群众的知识分子，受到了这“当头棒喝”，不觉“哀鸣”起来了！然而有谁去理会他呢？再看他在这一时期的作品：

万里飘零南越，山引泪，酒添愁。不见凤楼龙阙又惊秋。　　九日江亭闲望，蛮树绕，瘴烟浮。肠断红蕉花晚水西流。(《沙塞子》)

圆月又中秋，南海西头，蛮云瘴雨晚难收。北客相逢弹泪坐。合恨分愁。　　无酒可销忧。但说皇州，天家宫阙酒家楼。今夜只应清汴水，呜咽东流！（《浪淘沙·中秋阴雨同显忠椿年谅之坐寺门作》）

像这般的悲凉情绪，虽然还是从士大夫阶级立场出发，然而“系心君国，不忘欲返”。在那个时代，还是可以激起广大人民的爱国热情来的。

这一悲壮沉郁的作风，直到敦儒回到江南以后，还是不断地在他的作品中流露着。下面两首《临江仙》，就是最好的例子：

直自凤凰城破后，擘钗破镜分飞。天涯海角信音稀。梦回辽海北，魂断玉关西。　　月解重圆星解聚，如何不见人归？今春还听杜鹃啼。年年看塞雁，二十四番回。

几日春愁无意绪，捻金剪彩慵拈。小楼终日怕凭阑。一双新泪眼，千里旧关山。　　苦恨碧云音信断，只教征雁空还。早知盟约是虚言。枉裁诗字锦，悔寄泪痕笺。

这该是为徽、钦二帝的被俘北去，对屈辱主和派的失策而发的感叹。还有关系汴都名妓李师师的一首《鹧鸪天》：

唱得梨园绝代声，前朝唯数李夫人。自从惊破《霓裳》后，楚奏吴歌扇里新。　　秦嶂雁，越溪砧，西风北客两飘零。尊前忽听当时曲。侧帽停杯泪满巾。

这也是借着李师师的流落情况，对荒淫腐化的道君皇帝的追忆和讽刺。与刘屏山（翚）诗“辇毂繁华事可伤，师师垂老过湖湘。缕衣檀板无颜色，一曲当年动帝王”（刘克庄《后村先生大全集》卷一百七十四《诗话前集》）

是一般的感慨。

敦儒在这一时期的作品，确有如王鹏运所说“忧时念乱，忠愤之致，触感而生”（四印斋刊本《樵歌·跋》），是值得读者们特别注意的。

南宋“半壁江山”的局势比较稳定之后，敦儒因了张浚、明橐的先后推荐和老友们的劝告，由岭南回到了江南鱼米之乡。从绍兴二年的被召，到十九年（1149）的辞官，在这十六七年中间，他由秘书省正字做过一任两浙东路提点刑狱。他的“深达治体”的“文武才”，似乎没有什么表现；而且遭到右谏议大夫汪勃的弹劾，说他“专立异论”。这可见到他在政治上虽然很想有点作为，而在屈辱求和的小朝廷之下，是不容许他放手去做的。这影响到他晚年的思想，转趋消极；结合着他在少年时代所传闻得来的洛阳耆旧如白居易、邵雍等的风流余韵，以建立理解他那一种乐天自适的人生观，这是应该予以理解的。我们且看他那一首《念奴娇》所表现的生活态度：

> 老来可喜，是历遍人间，谙知物外。看透虚空，将恨海愁山，一时挼碎。免被花迷，不为酒困，到处惺惺地。饱来觅睡，睡起逢场作戏。　　休说古往今来，乃翁心里，没许多般事。也不蕲仙，不佞佛，不学栖栖孔子。懒共贤争，从教他笑，如此只如此！杂剧打了，戏衫脱与呆底。

这种“看透虚空”和“逢场作戏”的消极思想，充分反映了作者在国破家亡之后，感到无力回天，而从生活上败退下来的空虚寂寞的情绪。

这种思想情绪，往往深入一般“骚人墨客”的心灵深处，养成一种“玩世”的不负责任的所谓“名士习气”，能起一定的销蚀作用。像这类的思想，充满在他晚年的作品中。其最为前人所称道而认为“辞浅意深，可以警世之役役于非望之福者”（《中兴以来绝妙词选》卷一），有如《西江月》二首：

> 世事短如春梦，人情薄似秋云。不须计较苦劳心，万事原来有

命。　幸遇三杯酒好，况逢一朵花新。片时欢笑且相亲，明日阴晴未定。

日日深杯酒满，朝朝小圃花开。自歌自舞自开怀，且喜无拘无碍。　青史几番春梦，红尘多少奇才？不须计较与安排，领取而今现在。

这种乐天知足的态度，在一定程度上迎合了统治阶级的需要。任他这个有过一官半职的“名流”过得“无拘无碍”，可以利用他来粉饰承平，装点偏安的小朝廷，有何不好？它所起的消极迷惑作用是应该予以指出的。[①]

敦儒晚年寄住在嘉禾（浙江嘉兴），生活虽不十分优裕，却也自得其乐。我们看到陆游去拜访他时的记载：他常是荡着小船，出没于鸳鸯湖的烟波芦苇间；他家客堂里悬挂着琴、筑一类的乐器；也爱养些小鸟，储备些干果腊肉来待客人。这对他晚年的闲适生活，总算有了相当的物质条件，比起陆游的“半饥半饱过残冬”，是值得羡慕的了。他自己描写晚年生活情况的词，有如：

先生馋病老难医，赤米厌晨炊。自种畦中白菜，腌成瓮里黄齑。　肥葱细点。香油慢炒，汤饼如丝。早晚一杯无害，神仙九转休痴。

先生筇杖是生涯，挑月更担花。把住都无憎爱，放行总是烟霞。　飘然携去，旗亭问酒，萧寺寻茶。恰似黄鹂无定，不知飞到谁家？（《朝中措》）

检尽历头冬又残，爱他风雪忍他寒。拖条竹杖家家酒，上个篮舆处处山。　添老大，转痴顽，谢天教我老来闲。道人还了鸳鸯债，纸帐梅花醉梦间。（《鹧鸪天》）

---

① 编者案：本段文字为《词学》刊本所缺，今据《龙榆生词学论文集》（上海古籍出版社 2009 年版）补入。

在这几首词里，我们可以看到这老头儿的性格是很随和的，生活也和一般人民很接近；所以反映在他的作品中，也使读者有着潇洒而又朴素的感觉。这里面除了一部分带有“宿命论”的消极思想，应该予以清洗外，也有许多地方是可取的。

从全部《樵歌》的风格看来，它是沿着苏轼这一个清刚豪放的道路向前发展的。由于他的阶级出身和青、壮年时的自由浪漫生活，养成了他的狂放习气；一方面也因了这一条件，才得着相当深厚的文学修养。在表现技法上既然有了好的基础，一旦遭遇着外族侵陵、国破家亡的意外变故，个人也受到了流离穷饿的切身苦痛；因了生活方面的剧烈变化，一转而为沉郁激壮之音。他在南渡初期所作的词，受到人们的重视，却不是偶然的。我们读到他“和师厚和司马文季虏中作”的《木兰花慢》：

> 指荣河峻岳，锁胡尘，几经秋。叹故苑花空，春游梦冷，万斛堆愁。

“南都病起”的《桂枝香》：

> 念壮节漂零未稳。负九江风笛，五湖烟艇。起舞悲歌，泪眼自看清影。

以及前面所引这一时期所作的几首小令，都是凄壮慷慨，可以激励人们意志的。

由于作者胸襟的开展，以及奔竞名利心比较淡泊，因而对自然界的感受，也就有了一种潇洒清新的气象，摄收到笔端来，洗尽尘埃，自然超妙。有如在垂虹亭作的《念奴娇》：

> 放船纵棹，趁吴江风露，平分秋色。帆卷垂虹波面冷，初落萧萧枫叶。万顷琉璃，一轮金鉴，与我成三客。碧空寥廓，瑞星银汉争白。　深夜悄悄鱼龙，灵旗收暮霭，天光相接。莹澈乾坤，全放出，叠玉层冰宫阙。洗尽凡心，相忘尘世，梦想都销歇。胸中云海，浩然

犹浸明月。

这和张孝祥过洞庭湖作的《念奴娇》词，风格不相上下。其他如《好事近·渔父词》一类描写自然美的作品，也都是值得欣赏的。

敦儒晚年的词，很爱采用口语，更显得清新朴素。这难免受过邵雍《击壤集》的影响；而最主要的原因，还在他晚年的生活，渐渐和农村群众接近，从而吸收了一部分富有生活气息的人民语言，丰富了自己的词汇，而使读者产生新鲜异样的感觉。本来采集民间口头语，加以提炼，使它接近音乐化和艺术化，这在北宋作家秦观、黄庭坚、李清照和南宋辛弃疾等，都曾作过一番努力；不过在《樵歌》中确是比较的多；而且他对乡村生活的描写，大都刻画得很自然而能曲尽情态，是有他的现实性和人民性的。例如《蓦山溪》的上半阕：

邻家相唤，酒熟闲相遇。竹径引篮舆，会乡老吾曹几个。沈家姊妹，也是可怜人，回巧笑，发清歌，相间花间坐。

这不但描写得很自然，而对歌女们寄以深厚的同情和平等的看待，也是值得赞扬的。

总之，《樵歌》在南宋初期诸作家的作品中，确有它的独特风格和面貌。朱敦儒在文学和艺术方面的修养是很高的，尤其是词和书法。所以，南宋的学者和诗人如朱熹、陆游、刘克庄等，都对他表示尊重。这沉埋已久的《樵歌》，读者果能吸取其精华，扬弃其糟粕，对个人的创作，还是很有帮助的。

一九五六年一月十五日初稿，一九五八年一月五日改定。

第三编

清代民国词研究

清季四大词人 *

小 引

自番禺叶遐庵（恭绰）、闽县黄公渚（孝纾）诸先生，有纂辑《清词钞》之议，约予分任采访，予乃稍稍涉猎清词。去年，彊村先生以日本人今关天彭君所著《清代及现代的诗余骈文界》一册见示。受读既竟，因念词至今日，渐就衰微；偶以现代词人，询诸学子，甚或不能举其姓氏。彼东邦学者，犹能注意吾国词坛，而吾乃茫无所知，言之不滋愧欤？且人恒贵远而贱近，晚近号称研究词学者流，又往往专注于两宋词人轶事之考索，苟叩以最近词人之性行，亦瞠目不知所对。及今不图，而令百千年后，竭诸才士之精力，穿凿附会，以厚诬古人，斯又非学者之大惑乎？以此因缘，吾乃有《清季四大词人》之作。特考今之难，不亚考古。即此四家之生卒，亦几经刺探而后定。复以时间促迫，草草完篇。非敢妄诩知音，聊欲借此以引起海内学者之注意而已。

清代二百余年中，词人辈出。论者以为赵宋而后，此为词学中兴之时。综厥源流，约有三派。清初诸老沿明季旧习，以《花间》《草堂》为宗，不失之纤巧，即失之粗犷，此一派也。竹垞（朱彝尊）宗南宋，尚清疏，嗣是浙西作者，家白石而户玉田，《词综》一编影响至大，此又一派也。樊榭（厉鹗）恢之，以窈曲幽深之笔，振末流枯槁之病。武进张氏（惠言）崛起于浙派就衰之际，手定《词选》，芟削雕琢靡曼之辞，于姜、张之外，标举张先、苏轼、秦观、周邦彦、辛弃疾、王沂孙六家，悬为正鹄，斥浮艳而

---

* 本文原刊于《国立暨南大学文学院集刊》第一集（1931 年 1 月）。

崇比兴，而词体遂尊，此又一派也。然其别择过苛，门庭稍隘，学者憾焉！周济推张氏之旨，而扩充之，以周邦彦、辛弃疾、吴文英、王沂孙为四家，领袖两宋作者，示人以学词之次第，将冶疏、密二派于一垆，学者受其牢笼，罕能自外。咸、同兵事，惟一蒋春霖，运以深沉之思、清折之语，长歌当哭，托体甚高；《水云楼词》，世谓足以冠冕一代。此清代词坛之大较也。五十年来，常派风流，未遽消歇。一时作者遍于东南，而造诣之深，断推王（鹏运）、文（廷式）、郑（文焯）、况（周颐）四子。此亦承张（惠言）、周（济）之遗绪，而益务恢宏；又其致力，或兼校勘，或主批评。意者天挺此才，为词坛作一最光荣之结局欤？辄次所闻，就正博雅。生存硕彦，不具于编。

王鹏运

王鹏运字幼霞，一字佑遐，中年自号半塘老人，又号鹜翁，晚号半塘僧鹜，广西临桂人，原籍山阴。父名必达，学者称遐轩先生，曾佐曾文正公（国藩）幕府，历任江西知府数年，升调甘肃道员以卒。刻有诗集。子三人。长维翰，字仲培，甲戌进士，官至河南中州粮盐道。次即鹏运。又次辛峰，官两淮盐务，能词，先鹏运卒。鹏运以道光二十八年戊申（1848）生，为同治九年庚午（1870）举人（以上据彊村先生口述）。十三年甲戌（1874）入北京，为内阁中书（据《薇省词钞》卷十）。光绪甲申乙酉间（1884—1885），转内阁侍读学士（据端木埰《碧瀣词》上《一萼红》词序）。以癸未冬，省兄于大梁，越岁，乃返都（据端木埰《词序》）。癸巳（1893）七月，改官御史（据《味梨集·后序》）。寻转礼科给事中（据《薇省词钞》卷十及《例言》）。鹏运在谏垣，以直声震天下。一时权要，自诸亲王以逮翁同稣、孙家鼐之属，弹劾殆遍。时西后及德宗常驻颐和园，鹏运争之尤力，以此几罹不测之祸（据朱说，参况周颐《兰云菱梦楼笔记》）。庚子（1900）联军入京，鹏运陷危城中，与归安朱古微（祖谋）学士、同县刘伯崇（福姚）修撰共集宣武门外教场头条胡同寓宅，所谓“四印斋”者（据朱说）；得丛残词牌二百许叶，乃约夕拈一二调，以为课程，成《庚子秋词》二卷（据《庚子秋词·序》）。又自是岁十二月，讫辛丑三月，与朱氏及汉军郑叔问（文焯）、江夏张瞻园（仲炘）、揭阳曾刚主（习经）、仪征刘麐楥（恩黻）、江都于穗平（齐庆）、江夏贾冷香（璜）、永定吴琴舫（鸿藻）、满洲似园（恩溥）、山阴杨霞生（福璋）、满洲南禅（成昌）、应山左笏卿（绍佐）更相倡和，成《春蛰吟》一卷（据《春蛰吟》叙目）。大抵皆感时抚事，幽忧危苦之辞也。二十八年，得请南归（据况周颐《王鹏运传》），经朱仙镇至金陵（据《定稿》卷二《水调歌头·序》），旋过上海（《霜叶飞·序》），游苏州（《鹧鸪天·小序》），与朱、郑相酬答。寻寓扬州，主办仪董学堂，况周颐以甲辰四月过江访之（据《兰云菱梦楼笔记》）。方拟返山阴上冢（《彊村词》卷二《木兰花慢》词序），值端方督两江，约于吴门相见。夜宴八旗会馆（苏州拙政园故地），单衣不胜风露，翌晨遂病。旋卒于两广会馆，寄榇沧浪亭侧结草庵中，时光绪三十年（1904）六月也。年五十六。鹏运无子，以兄之子为嗣。其先人曾买地江西，其嗣子因奉遗榇葬焉（据彊村先生口述，参用南陵徐积余、钱塘张孟劬两先生说）。鹏运官内阁时，恒与江宁端木埰（有《碧瀣词》）、吴县许玉瑑（有《独弦词》）、临桂况周颐（有《新莺词》）为文酒之会；因合刊所作词为《薇省同声集》。其专力填词，盖在此时（彊村先生说）。其词集：乙稿曰《袖墨》（薇省同声集本）、《虫秋》（家刻本）；丙稿曰《味梨》（家刻本）；丁稿曰《鹜翁》（家刻本）；戊稿曰《蜩知》（家刻本）；己稿曰《校梦龛》（未刻）；庚稿曰《庚子秋词》（家刻本）、《春蛰吟》（同上）；辛稿曰《南潜集》（未刊）。晚年删定为《半塘定稿》二卷、《剩稿》一卷（归安朱氏刻本）。

鹏运论词，夙尚体格。其所揭橥之宗旨，曰“重”“拙”“大”；曰“自然从追琢中来”（况周颐《餐樱词·自序》）。鹏运以此教人，不难于此窥知其得力之所在。其官内阁时，与端木埰往还尤密。埰固笃嗜碧山者（《碧瀣词·自序》），于周氏《宋四家词选》之说，浸润最深。鹏运声气之求，不觉与之俱化。彊村先生为《半塘定稿》作序，称：

> 君（鹏运）词导源碧山，复历稼轩、梦窗，以还清真之浑化，与周止庵氏说，契若针芥。

而沈曾植亦云："鹜翁取义于周氏，取谱于万氏。"（《彊村校词图·序》）然则鹏运平生所蕲向，固沿常派之余波，初未能别辟户庭，独树一帜也。惟其"天性和易而多忧戚"，"故郁伊不聊之概，一于词陶写之"（《定稿·朱序》），至情从肺腑中流露出来，所谓"文学为苦闷的象征"（厨川白村说）；苟"斯人胸中别有事在"（《定稿·钟德祥序》），谓之创而非因，亦何不可。鹏运尝为《半塘僧鹜自序》，以写悲苦之怀。兹全录之，以见其内心之郁勃。

> 半塘僧鹜者，半塘老人也。老人今老矣！其自称老人时，年实始壮。或问之。老人泫然以泣，作而曰："《礼》不云乎？'父母在，恒言不称老'。某不幸，幼而失怙，今且失恃矣！称老，所以志吾痛也。"然则半塘者何？曰："是吾父吾母体魄之所藏也。吾纵不能依以终老，其敢一日忘之哉？"由是朋辈无少长，皆以老人呼之而不名，悲其志也。老人仕于朝数十年，所如辄不合。尝娶矣，壮而丧其偶；生子，又不育。尝读书，应举子试矣；而世所尊贵如进士者，卒不可得。家人以老人之郁郁于前，冀其或取偿于后也；召瞽之工于术者，以老人生年干支使推之。瞽猝然曰："是半僧人命也！"老人闻之，则大慊，乃自号曰"半僧"。老人之为言官也，尝妄有所论列，其事为人所不易言。老人之友，有为老人危者；上疏之前夕，为老人占之，得"刻鹄类鹜"之繇。疏上，几得奇祸，乃复自号"鹜翁"，曰："吾以傲夫卜而自匿其草者。"于是三名者，尝随所适以自名焉。既而其友以疑罪死于法。老人伤之曰："吾哀吾友，吾忍忘吾鹜耶？"遂撮三者，自名为"半塘

> 僧鹜”云。嗟乎，半塘者，老人之墓田丙舍也。曩以仕于朝，不得归；今投劾去矣，又贫不能归。老人又以出世之志，牵于身世不得遂；求得西方贝叶之书，乃哆口瞠目不能读，读亦不能解。惟所谓鹜者，其鸣无声，其飞不能高以远，日浮沉于鸥鹭之间，而默以自容，或庶几焉？是老人之名副其实者，仅三之一耳！然则老人之遇，亦可知矣（《彊村词》卷二《哨遍》词注引）。

其心境如斯凋丧，其发而为词，沈郁凄壮；自非“嘲风弄月”者流，所可同日而语。其对于词之主张，虽与周济相近；而于豪壮一派，抑辛而扬苏，乃恰与周氏相反。其评北宋人词云：

> 北宋人词，如潘逍遥（阆）之超逸，宋子京（祁）之华贵，欧阳文忠（修）之骚雅，柳屯田（永）之广博，晏小山（殊）之疏俊，秦太虚（观）之婉约，张子野（先）之流丽，黄文节（庭坚）之隽上，贺方回（铸）之醇肆，皆可抚拟得其仿佛。惟苏文忠（轼）之清雄，敻乎轶尘绝迹，令人无从步趋。盖霄壤相悬，宁止才华而已？其性情、其学问、其襟抱，举非恒流所能梦见。词家苏、辛并称，其实辛犹人境也，苏其殆仙乎！（《词林考鉴》稿本“苏轼”条下引）

惟其不甚满于稼轩，而又惮东坡之“轶尘绝迹，无从步趋”；故不得不别寻途径，藉以锻炼其词笔，以发抒幽忧拂郁之情。综观鹏运所自为词，自壮至老，其体屡变。请更分别述之。

《袖墨》一集，强半作于官内阁时，所谓“薇省同声”者是也。所与切磋词学，为端木、许、况三人。端木埰以前辈居领导地位，同时作者自惟“马首是瞻”。鹏运《齐天乐·读金陵诗文征所录畴丈（埰字子畴）遗著感赋》云：

> 郭泰人师，灌夫弟畜，惭负针砭多少？（《鹜翁集》）

其影响之大，可以概见。此四年中（丙戌至己丑）作品，大抵浸淫于《花外集》（王沂孙）者为多。如《齐天乐·赋秋光》云：

新霜一夜秋魂醒，凉痕沁人如醉。叶染轻黄，林凋暗绿，野色犹堪描绘。危楼倦倚。对一抹残阳，冷翻鸦背。枨触愁心，暮烟明灭断霞尾。　　遥山青到甚处？淡云低蘸影，都化秋水。蟹断灯疏，雁汀月小，滴尽鲛人清泪。孤檠绽蕊。算夜读秋窗，尚饶滋味。梦落江湖，曙光摇万苇。

对碧山咏物诸作，直是心摹手追。然亦不外流连光景之词，未足表见其抱负也。碧山固“常派”词人所视为学词必由之径；而鹏运是时，又颇接受“浙派”风声，兼宗白石。卷中用白石自度腔者，不一而足。如《长亭怨慢》，非特宗其词笔，并小序亦效其体。兹并引如次：

“亭皋木叶下纷纷，七见秋光老蓟门。多少天涯沦落意，未应秋士独销魂。”此己卯口占句也。容易秋风，又逢摇落。古所谓“树犹如此”者，岂欺我耶？用石帚自制腔，以写怀抱。

乍吹起愁心千叠。寂寞亭皋，试寒时节。摇落何堪？庾郎愁绪黯凄切。客怀添否？还认取星星发。人老蓟门秋，枉盼断飞鸿木末。愁绝！对宫沟几曲，多恐怨红飘没。寻诗旧径，省前事暮鸦能说。是春风万绿成围，早陌上玉骢嘶热。但极目长空冷翠，淡烟明灭。

鹏运此时之倾倒白石，犹有一处可以证明。《长亭怨慢》又一阕《序》云：

《白石道人自制曲》一卷，高亢清空，声出金石。丁亥秋日，约同畴丈、鹤公（许玉瑑字鹤巢）、瑟老（彭銮字瑟轩）依调和之，他日词成，都为一集，命曰《城南拜石词》。

况周颐教人以练习填词方法，先之以和韵（《蕙风词话》）。则鹏运之宗碧山、白石，盖亦不过借此以锻炼其词笔而已。然此时亦不乏自写胸臆、激昂感愤之词。如《水龙吟·自题大梁秋感词后》云：

银笺偷谱秋声，怨娥留照凄凉字。清愁待祓，连环婀娜，了无端委。四顾踟躇，问天呵壁，抽刀断水。把天涯梦影，帕罗重认，空怅望，如何是？　　欲采丛兰纫佩，带围宽西风知未？关河冷落，风尘澒洞，吟商变征。万里扬舲，十年磨剑，壮心渐已。只长堤烟柳，兴亡阅遍，黯斜阳里。

《百字令·自题画像》云：

披图一笑，问轻衫短笠，几曾真个？四十无闻身懒慢，赢得缁尘频涴。远道怀人，虚堂听雨，琴调凭谁和？幼舆岩穴，甚时方许归卧？　　太息顾影无俦，鬓丝禅榻，风月都闲过！老去杜陵嗟瘦损，不是诗吟饭颗。与古为徒，似僧有发，憔悴成今我！百年鼎鼎，算来心事都左。

鹏运有志用世而未能忘怀于得失，常以不登甲科为终身之憾。于词集编次，独于“甲”缺而不书，意盖有所致慨。观上述二词，失意无聊之感，所谓“中年伤于哀乐”者也。

自庚寅以迄乙未（1890—1895），《虫秋》《味梨》二集之所汇刊，尤多感愤悲凉之作。盖鹏运以癸巳移官西台，而此数年间，国势陵夷，政治腐败，甲午之役受挫东邻，扼腕腐心，人有同慨。鹏运虽平居“接物和易，能为晋人清谈，间涉东方滑稽”（《王鹏运传》），而是时乃多与文廷式诸人往还，益关怀于国计。《味梨》一集，与廷式联句或和韵，竟至十三阕之多。廷式固磊落权奇之士，所作词皆“写其胸臆”（《云起轩词钞·自序》），而有激壮之音者也。以此因缘，而鹏运词亦不期然而自趋于稼轩一路。此时最为凄壮之作，如《念奴娇·登旸台山绝顶望明陵》云：

登临纵目，对川原绣错，如接襟袖。指点十三陵树影，天寿低迷如阜。一霎沧桑，四山风雨，王气消沉久。涛生金粟，老松疑作龙吼。　　惟有沙草微茫。白狼终古，滚滚边墙走。野老也知人世换，尚说山灵呵守。平楚苍凉，乱云合沓，欲酹无多酒。出山回望，夕阳

> 犹恋高岫。（《虫秋集》）

《祝英台近·次韵道希感春》云：

> 倦寻芳，慵对镜，人倚画阑暮。燕妒莺猜，相向甚情绪？落英依旧缤纷，轻阴难乞，枉多事愁风愁雨。　小园路。试问能几销凝？流光又轻误。联袂留春，春去竟如许！可怜有限芳菲，无边风月，恁都付等闲花絮。（《味梨集》）

《木兰花慢·送道希学士乞假南还》云：

> 茫茫尘海里，最神往，是归云。看风雨纵横，江湖澒洞，车骑纷纭。君门，回头万里，料不应长往恋鲈莼。凄绝江天云树，骊歌几度声吞？　轮囷，肝胆共谁论？此别更销魂。叹君去何之？天高难问，吾舌应扪。襟痕，斑斑凝泪。算牵裾何只惜离群。烦向北山传语，而今真愧《移文》。（《味梨集》）

《点绛唇·饯春》云：

> 抛尽榆钱，依然难买春光驻。饯春无语，肠断春归路。　春去能来，人去能来否？长亭暮，乱山无数，只有鹃声苦。（《味梨集》）

凡此哀怨之音视稼轩、须溪，亦何多让。鹏运自谓："当沉顿幽忧之际，不得已而托之倚声。"又云："梨之为味也，外甜而心酸。"（《味梨集·后序》）然则此期所作，固以自写胸臆为主，宜其悲感动人，过于《袖墨》一编矣。

丙申（1899）以后，渐由稼轩、梦窗，以上窥清真。《蜩知集》中，用清真体或和韵者计十四阕。鹏运作风之转变，殆与郑文焯及彊村先生颇有牵连。据彊村先生说：

> 岁丙申，重至京师。半塘翁时举词社，强邀同作。……贻予《四印斋所刻词》十许家，复约校《梦窗四稿》。（《彊村词》卷首《附记》）

鹏运之致力梦窗，必在此数年内。其倾倒梦窗，谓："空灵奇幻之笔，运沉博绝丽之才；几如韩文杜诗，无一字无来历。"（《梦窗词·跋》）盖由疏入密，亦缘文人好胜之心，不甘以一体自限。文焯生平服膺清真者至笃。会以戊戌（1898）入都，鹏运与之唱酬，词格为之一变。然《鹜翁》《蜩知》二集，问亦出入于《花间》《阳春》，而于稼轩风力终未全掩，所谓“伤心人同此怀抱”也。如《鹊踏枝·和冯正中》云：

几见花飞能上树？难系流光，枉费垂杨缕。筝雁斜飞排锦柱，只伊不解将春去。　　漫诩心情黏地絮，容易飘扬，那不惊风雨？倚遍阑干谁与语？思量有恨无人处。（《鹜翁集》）

《浣溪沙·题丁兵备画马》云：

苜蓿阑干满上林，西风残秣独沉吟，遗台何处是黄金？　　空阔已无千里志，驰驱枉费百年心，夕阳山影自萧森。（《鹜翁集》）

《摸鱼儿·以汇刻宋元人词赠次珊，承赋词报谢，即用原调酬之》云：

莽风尘，雅音寥落，孤怀郁郁谁语？十年铅椠殷勤抱，弦外独寻琴趣。堪叹处，恁拍到、红牙心事纷如许！低徊吊古；试一酹前修，有灵词客，知我断肠否？　　文章事，覆瓿代薪朝暮。新声那辨钟缶？怜渠抵死耽佳句，语便惊人何补？君念取，底断谱、零缣留得精神住。停辛伫苦。且醉上金台，酣歌击筑，杂沓任风雨。（《鹜翁集》）

其拂郁不平之气，何曾稍自敛抑！当怪两广人士，往往悲歌慷慨，有幽燕豪士之风；鹏运以词人见称，殆非其本志也。又如《水龙吟·戊戌小除立己亥春梦湘约同作》云：

岁寒禁惯冰霜，来年翻讶春何早？锦幡飐处，玉梅香里，酹春一笑。春遣侬愁，侬将春负，愁怀丁倒。算重城烟景，花明柳媚，原未觉，繁华少。　　大块文章谁假？占春光翠蛾儿闹。番风无赖，催完芳信，便催人老。金埒游情，玉壶吟思，莫教闲了。看忘情彩胜，盈盈弄影，向钗梁袅。（《蜩知集》）

直与稼轩“闲时又来镜里，转变朱颜”（《汉宫春》）等句同其哀怨。

自己亥以迄甲辰（1899—1904），此六年间大致不专一体。集中惟《齐天乐·咏马神庙海棠》(《校梦龛集》)、《水龙吟·惠山酌泉》(《南潜集》)二阕，带梦窗色彩颇为浓厚。此外，如《浪淘沙·自题〈庚子秋词〉后》云：

> 华发对山青。客梦零星。岁寒濡呴慰劳生。断尽愁肠谁会得？哀雁声声。　　心事共疏檠。歌断谁听？墨痕和泪渍清冰。留得悲秋残影在，分付旗亭。(《庚子秋词》)

《尉迟杯·次沤尹寄弟韵》云：

> 和愁凭，槛曲冷，迤逦斜阳影。凄迷一角残山，心事遥天催暝。飞鸿送响，惊独客空堂酒初醒。飐清霜几叶宫槐，乱鸦如墨栖定。　　谁念旧日神州？看青暗齐烟，九点寒凝。清渭东流无消息，衰泪与银瓶水迸。长歌断，悲风自发，正麈黯铜驼泣露梗。问柴桑甚日归来？就荒空忆三径。(《春蛰吟》)

《鹧鸪天·登玄墓还元阁用叔问重泊光福里韵》云：

> 云意阴晴覆寺桥，秋声瑟瑟径萧萧。五湖新约尊前订，十月轻寒画里销。　　凭翠槛，数烟梢。一楼人外万峰高。青山阅尽兴亡感，付与松风话市朝。(《南潜集》)

固已冶众制于一炉，运悲壮于沉郁。要之鹏运于词，欲由碧山、白石、稼轩、梦窗，蕲以上追东坡之清雄，还清真之浑化。虽模拟之迹未尽化除，而用力之精勤、情感之浓厚，推为清季词坛大师，自可当之无愧色也。

复次，鹏运之有功词坛，尤在校勘词集。其发愿校刻之始，盖在官内阁时，况周颐以同邑同官尝为襄助。自辛巳以迄甲辰（1881—1904），前后二十四载，计刻成《东坡乐府》二卷、《稼轩长短句》十二卷、《白石道人词集》三卷、《别集》一卷、《山中白云词》二卷、《补录》一卷、《续补》一卷、《词旨》一卷、《花外集》一卷、《漱玉词》一卷、附《事辑》一卷、《词林正韵》

一卷、《发凡》一卷、《阳春集》一卷、《东山寓声乐府》一卷、《梅溪词》一卷、《幽栖居士词》一卷、《乐府指迷》一卷、《东山寓声乐府补钞》一卷、《南宋四名臣词集》一卷、《天籁集》二卷、《蚁术词选》四卷、《花间集》十卷、《草堂诗余》二卷、《清真集》二卷、附《集外词》一卷、《明秀集》三卷（以上合称《四印斋所刻词》)、《草窗词》△△卷（见况周颐《蕙风二笔》，少传本)、《樵歌》三卷、《梦窗甲乙丙丁稿》四卷、《补遗》一卷、附《札记》一卷、《宋元三十一家词》四册，共二十五种。而同人唱和之作及所自为词，如《薇省同声集》四卷，《和珠玉词》一卷，《虫秋集》《味梨集》《鹜翁集》《蜩知集》各一卷，《庚子秋词》二卷，《春蛰吟》一卷，犹不与焉。其用力之勤可谓至矣。然其始刻《双白》(辛巳三月）亦率意锓板，借广流传，初未应用清代校勘家法以从事于此也。进而搜求善本，如《花间》《东坡》《清真》《稼轩》诸集，始用影刻。迨后与彊村先生约校《梦窗》，乃明定义例，取清儒治经治史之法，转而治词。《梦窗》一集，校勘亘五年之久（1899—1904)，凡三易板（况周颐《梦窗词·跋》)，至死而后定，其矜慎有如此者！其述例：

（1）正误（2）校异（3）补脱（4）删复。

其论毛（汲古阁《宋六十家词》本)、杜（文澜，《曼陀罗华阁》本）二本之失，以为“毛刻失在不校，舛误致不可胜乙；杜刻失在妄校，每并毛刻之不误者而亦改之”(《述例》)。前此传刻之词，并有此病，又非独毛、杜二家之于梦窗而已。自鹏运以大词人从事于此，而后词家有校勘之学，而后词集有可读之本。至彊村先生，益务恢宏，以成词学史上最伟大之《彊村丛书》。“鹜翁造其端，彊村竟其事”(沈曾植《彊村校词图·序》)。伟哉盛业！匪鹏运孰能开风气之先欤？

文廷式

文廷式字道希，号芸阁，江西萍乡人。祖晟守惠州，调嘉应，咸丰时殉难。父星瑞，奋起复仇，官至高廉道。廷式以咸丰六年丙辰（1856）十一月二十六日生（先生子永誉口述）。少居广东，师事番禺陈兰甫先生澧。光绪庚寅（1890）成进士，以一甲第二授编修。癸巳（1893）恩科，典江南乡试。旋擢侍读学士。感德宗知遇之恩，屡上书言事。太后憎之。丙申（1896）削职南归。戊戌（1898）政变，太后怒责珍妃。珍妃者，广州将军长善女，廷式尝授书者也，虑祸及，走日本（陈散原先生《文道希先生遗诗·序》："当是时，国军新挫于岛邻，输款割地几不国。君激世变，益究中外之务，凡时政得失，列位贤不肖，慷慨陈论，指斥权贵人尤力，为所侧目久矣。及肇宫闱之隙，狃新旧之争，务归罪于君；媒孽构陷，屡欲挤之死地；脱身走日本，乃免。"），与彼邦诗人游处。庚子（1900）返国，旋归萍乡。甲辰（1904）夏，薄游上海。秋八月，游湘中，以二十四日病卒，年四十九（以上事实据《文道希先生遗诗·序》）。身后遗稿多散佚，所著《纯常子》一书（《遗诗》陈序）亦不传。所传惟《补晋书艺文志》六卷（《遗诗》叶序）、《云起轩词钞》一卷（南陵徐乃昌刊《怀豳杂俎》本）、《文道希先生遗诗》一卷（番禺叶恭绰辑刊本）。

清词在浙、常二派势力范围之下，虽有聪明才智之士，往往为所束缚，未能尽量发挥其天才。文氏异军特起，其抑塞磊落不平之气，所谓"泛驾之马，不受羁縶者"。其所师法，在前代则崇北宋，而不满于南宋。其理由以为：

> 词家至南宋而极盛，亦至南宋而渐衰；其衰之故，可得而言也。其声多啴缓，其意多柔靡，其用字则风云月露、红紫芬芳之外，如有戒律，不敢稍有出入焉。迈往之士，无所用心。（《云起轩词钞·自序》）

惟其不满于南宋姜、张一派，故对于奉姜、张为圭臬之“浙派”，排击尤力。其言曰：

> 自朱竹垞以玉田为宗，所选《词综》，意旨枯寂。后人继之，尤为冗漫。以二窗为祖弥，视辛、刘若仇雠。家法若斯，庸非巨谬？二百年来，不为笼绊者，盖亦仅矣！（《自序》）

其所谓“以二窗为祖祢，视辛、刘若仇雠”，又不但抨击“浙派”而已，对于并世诸贤之专宗白石而崇梦窗者，当然亦在反对之列。即有清一代，作者云兴，彼心目中以为仅有四人为能有所成就。所谓：

> 曹珂雪（贞吉）有俊爽之致，蒋鹿潭（春霖）有深沉之思，成容若（纳兰性德）学《阳春》之作而笔意稍轻，张皋文（惠言）具子瞻之心而才思未逮。然皆斐然有作者之意，非志不离于方罫者也。（《自序》）

此四人者，类能于风云月露、红紫芬芳之外，有所发挥，有所寄托，而不为柔靡之意、啴缓之声，苟以取悦于当世。由此可知文氏所宗尚，盖在能借词体以发挥一己之热烈情感，而不欲拘拘于微茫不可知之律，以争一字之短长。其理想中之大词人，实为：

> 照天腾渊之才，溯古涵今之思，磅礴八极之志，甄综百代之怀，非窘若囚拘者所可语也。(《自序》)

其于词体，亦不承认“诗余”之谬说，以为“词者，远继《风》《骚》，近沿乐府，岂小道欤”？（《自序》）与张惠言所称：

> 其缘情造端，兴于微言，以相感动。极命风谣里巷男女哀乐，以道贤人君子幽约怨悱不能自言之情，低徊要眇以喻其致。盖诗之比兴，变风之义，骚人之歌则近之。(《词选·序》)

宗旨颇为相近。而其所自为词，一则曰“写其胸臆”(《自序》)，再则曰“兀傲差若颖”(《自序》引《陶诗》)；彼所蕲向，固在豪放一派，而注重于内容之充实，藉以充分发展其个性，信所谓“曲子律缚不住”者。文氏之词，在晚清可谓独树一帜，其天才之卓越可知矣。

复次，廷式既主直抒胸臆，又身丁末季，激扬蹈厉，有济世之心，故其发而为词，哀怨苍凉，往往与刘辰翁相近。集中如《迈陂塘·惜春》云：

> 任啼鹃、苦催春去，春城依旧如画。年年芳草横门路，换却王孙骢马。愁思乍。甚絮乱丝繁，又过寒食也。残阳欲下。好飞盖西园，玉觞满引，秉烛共游夜。　　琼楼迥，孤负缄词锦帕。铜仙铅泪休泻。落红可及庭阴绿？付与流莺清话。歌舞罢。便熨体春衫，今日从弃舍。雕鞍暂卸。纵行遍天涯，梦魂惯处，犹恋旧亭榭。

廷式在当时，以珍妃故，特为德宗所赏拔，锐意讲求新政。既遭贬斥，逾年而政变，德宗被禁瀛台；又逾年而联军入京，那拉后迁怒珍妃，逼之投井。廷式虽远适异国，自未能恝然忘怀。更参以“无分麻鞋迎道左，收京犹望李西平”（《遗诗·庚子七月至九月感作》）之语，则此词殆庚子作也。又集中豪壮之词，如《八声甘州·送志伯愚侍郎赴乌里雅苏台参赞大臣之任》云：

> 响惊飙、越甲动边声，烽火彻甘泉。有六韬奇策，七擒将略，欲画凌烟。一枕瞢腾短梦，梦醒却欣然。万里安西道，坐啸清边。　　策马冻云阴里，谱胡笳一阕，凄断哀弦。看居庸关外，依旧草连天。更回首、淡烟乔木，问神洲、今日是何年？还堪慰、男儿四十，不算华颠。

《水龙吟》云：

> 落花飞絮茫茫，古来多少愁人意。游丝窗隙，惊飙树底，暗移人世。一梦醒来，起看明镜，二毛生矣！有葡萄美酒，芙蓉宝剑，都未称，平生意。　　我是长安倦客，二十年、软红尘里。无言独对，青灯一点，神游天际。海水浮空，空中楼阁，万重苍翠。待骖鸾归去，

层霄回首，又西风起。

《贺新郎·赠黄公度观察》云：

辽东归来鹤，翔千仞、徘徊欲下，故乡城郭。旷览山川方圆势，不道人民非昨。便海水、尽成枯涸。留取荆轲心一片，化虫沙、不羡钧天乐。九洲铁，铸今错。　　平生尽有青松约。好布被、横担榔栗，万山行脚。阊阖无端长风起，吹老芳洲杜若。抚剑脊、苔花漠漠。吾与重华游玄圃，邅回车、日色崦嵫薄。歌慷慨，南飞鹊。

身世之感，家国之痛，一出以慷慨沉酣之笔，“是何意态雄且杰”！此等词拟之稼轩，又何多让？集中唱和，惟王鹏运、沈曾植、黄遵宪诸人。鹏运、曾植，皆曾学稼轩者；遵宪为人，亦正正堂堂，差与陈亮相近。其师友渊源所自，即此亦可推知。洎乎流浪江湖，憔悴自伤，豪壮之外，间为凄抑。集中如《翠楼吟·岁暮江湖百忧如捣感时抚己写之以声》云：

石马沉烟，银凫蔽海，击残哀筑谁和？旗亭沽酒处，看大艑、风樯峨舸。元龙高卧。便冷眼丹霄，难忘青琐。真无那！冷灰寒柝，笑谈江左。　　一笴，能下聊城，算不如呵手，试拈梅朵。苕鸠栖未稳，更休说山居清课。沉吟今我。只拂剑星寒，欹屏花妥。清辉堕。望穷烟浦，数星渔火。

《忆旧游·秋雁庚子八月作》云：

怅霜飞榆塞，月冷枫江，万里凄清。无限凭高意，便数声长笛，难写深情。望极云罗缥缈，孤影几回惊？见龙虎台荒，凤凰楼迥，还感飘零。　　梳翎，自来去，叹市朝易改，风雨多经。天远无消息，问谁裁尺帛，寄与青冥？遥想横汾箫鼓，兰菊尚芳馨。又日落天寒，平沙列幕边马鸣。

又所谓“危苦之辞，悲哀为主”者，孰谓清季词坛，奄然无有生气哉？

文词特点已略如上述。此外亦有趋向“白话化”，颇近稼轩晚年笔者。

如《南乡子》云：

> 一室病维摩，且喜闲庭掩雀罗。煮药翻书浑有味，呵呵！老子无愁世则那？　　莽莽旧山河，谁向新亭泪点多？惟有鹧鸪声解道：哥哥！行不得时可奈何？

又其天才横放，足以驱使陈篇，化为己有。如《沁园春·隐括楚词山鬼篇意以招隐士》云：

> 若有人兮，在彼山阿，澹然忘归。想云端独立，带萝披荔；松阴含睇，乘豹从狸。且挽灵修，长怀公子，薄暮飘风偃桂旗。难行路，向石茸扪葛，山秀搴芝。　　最怜雨晦风凄，更猿狖宵鸣声正悲。怅幽篁久处，天高难问；芳蘅空折，岁晏谁贻？子或慕予，君宁思我？欲问山人转自疑。归来好，有华堂广宴，慰尔离思。

剪裁之巧直如无缝天衣，才人能事之不可测如此！

总之，廷式词虽力崇北宋，而因性情环境关系，不期然而与稼轩一派相出入，固绝非以摹拟为工者。试加参证，当信吾言。

郑文焯

郑文焯字小坡，一字叔问，号大鹤山人，亦称鹤道人，又号冷红词客，奉天铁岭人，汉军。其自称高密郑氏者，文焯自诡托于康成之后也。父名瑛棨，字兰坡，官至陕西巡抚（彊村先生说）。文焯以咸丰六年丙辰（1856）生（据《补梅书屋诗集》，稿本）。一门鼎盛，兄弟十八，裘马丽都，惟文焯被服儒雅（张孟劬先生说）。十八九时，曾纵游燕、赵，客居太原颇久（据《补梅书屋诗稿》）。既中光绪元年乙亥（1875）科举人，官内阁中书，不乐仕进，旅食江苏，历佐诸巡抚幕，前后近四十年。善诙谐，工尺牍，故所历贤主人莫不善遇之。然其中落落，恒有不自得者（孟劬先生说）。戊戌（1898）春，应都堂试入京（据《比竹余音》卷二《还京乐》词序）。时王鹏运方举咫村词社，邀与同作（《比竹余音》卷二《木兰花》词序》），酬唱极多。既失意，返苏州，喜吴中湖山风月之胜，日与二三名俊，云唱雪和，陶冶性灵（《瘦碧词》俞樾序）。晚岁筑别墅于孝宜坊，其东坡陀绵亘，按《图经》知为吴小城，赋词以张之（孟劬先生说）。前后所与唱酬，有湘潭王闿运，龙阳易顺鼎、顺豫，武陵陈锐诸人，而以彊村先生为尤多。文焯生平雅慕姜夔之为人（今关天彭说），又精于词律，深明管弦声数之异同，上以考古燕乐之旧谱、姜白石《自制曲》，其字旁所记音拍，皆能以意通之（据俞序）。工书善画。辛亥后，益穷窘潦倒，樵风别墅所藏，一夕散尽（孟劬先生说）。既以鬻画为生，又病懒不多作，流传除小幅外，大抵皆赝笔也（彊村先生说）。民国七年戊午（1918）卒（夏吷庵先生说），享年六十三岁。其子承遗命，葬之邓尉山。所著书已刊行者，有《说文引群书故书》二十七卷、《扬雄说故》一卷、《高丽永乐好大王碑释文纂考》一卷、《医故》二卷、《词原斠律》二卷、《冷红词》四卷、《樵风乐府》九卷、《比竹余音》四卷、《苕雅余集》一卷、《绝妙好词校释》一卷、《瘦碧词》一卷（双照楼合刊为《大鹤山房全书》）。未刊者，有《律吕古义》《燕乐字谱考》《白石歌曲补调》《词韵订》《曲名考原》各若干卷（今关天彭说，大抵皆未成书，残稿亦无从踪迹矣）、《补梅书屋诗稿》五卷、《瘦碧庵诗草》二卷（彊村先生曾以稿本假读）。其手自批校词集为予所及见者，有《花间集》《东坡乐府》《清真集》杜刻《梦窗词》、沈刻《白石道人歌曲》五种。惟《清真集》已由新建夏氏刊行（板存吴兴刘氏嘉业堂）。大抵文焯酷好著述，时亦失之夸诞，即自称所作亦往往有目无书。卒后，南海康有为为作《墓志》，其婿蜀人戴君为撰《年谱》，皆以无刊本，访求不得。姑以所闻，论次如右云。

文焯在晚近词坛之贡献，莫要于考校宫调乐律一层。词号倚声，故亦谓之声学。自大晟遗谱绝而莫传，南宋诸公，惟姜夔、张炎精通音律。既而南北曲作，坠绪不可复寻。于是号称倚声家，大率皆据前贤遗制，但求平仄句度，不背成规，便自诩为吾能填词也、吾能守律也。凌夷至于明、清之际，而平仄亦有随意出入者矣。此自风势所趋，虽有智者，亦不能冥求暗索，以蕲返宋代声词合一之旧。然既号填词，而不研求乐律，则何不自由作长短句？而反效“春蚕自缚”，兢兢于一字一句之间，终不能以被管弦。劳而寡功，究亦奚补？自万氏《词律》出，而学者依调填词；其所谓律，亦不过论平仄、严上去；于声律之学，万氏固茫无所解也。既而好古之士，觉平仄之未能包举当时八十四调之声律，而其说之窒碍难通也；于是有提倡平仄之外，更论四声者矣；有提倡四声之外，更判清浊阴阳者矣；拘制益多，而词终无可歌之望，此非研求词学者之大憾乎？文焯有见及此，故于宫调一层，特为留意。《词原斠律》一书，虽强半取诸凌廷堪氏《燕乐考原》之成说，为人所讥；而其研求声乐之精神，知词律之不仅拘守阴阳平仄而已，实为具有卓识。此外，集中关于白石《自制曲》，凡涉及宫调问题，皆有详细讨论。如《玲珑四犯》词序云：

> ……宋谱，双调煞声，以中吕上字为夹钟商。按《词原》律吕四犯，夹钟商犯夷则羽为仙吕调，亦中吕上字住；商犯角为夹钟闰，角归本宫为夹钟宫，即中吕宫调也。（《冷红词》卷二）

《惜红衣》词序云：

> 白石道人制此曲，览凄清之风物，写故国之离忧。余尝考订故谱，证以管色，可略而言：其所谓以无射宫歌之者，当属入声商调曲，见之唐段安节《乐府杂录·别乐五音图》。词中凡入声字律綦严，匪尽关夹协例。其旁谱煞声，用下凡及五字，则依无射宫之本律，而寄煞于太簇角半律之清声。初唐《乐书要录》所称“凡管长声清浊不例者，以清声并之”是也。白石《自度曲》，多缘饰唐谱，此其义例尔。（《樵风乐府》卷七）

虽其所论之当否非吾所知，而能因姜词以上溯唐谱，推求词律之本原，为研求词学者别辟途径。前此方成培氏《香砚居词尘》略引端倪，文焯于举世专言四声清浊之时，兼欲上推遗谱，不可谓非豪杰之士也。文焯尝自谓“于音律有神悟”（孟劬先生说），又欲“由燕乐而进于雅，歌词而达于声诗”（《斠律·自序》），其不愿词之成为“不歌而诵”，可以概见。故于其所自为词，或前人遗作，亦曾引吭而歌，令侍儿吹箫和之。观集中《玲珑四犯·序》云：

> 壬辰中秋，玩月西园；中夕再起，引侍儿阿怜，露坐池阑，歌白石道人《玲珑》双调曲；度铁洞箫，绕廊长吟，鸣鹤相应。（《冷红词》卷二）

《疏影·序》云：

> 探梅西碛，夜泊虎山桥；烟月空寒，花香积水；续赓此曲，侍儿以铁洞箫和之。（《冷红词》卷三）

由此可知文焯于词，不但极意冥求声谱之旧，且曾实际演习。姑无论其“以意通之”，甚或“羌无故实”；而其敢于尝试，自远胜于全不知音者。“自制新词韵最娇，小红低唱我吹箫”（姜夔《雪夜过垂虹作》），文焯固自以为风度不减白石当年也。独惜文焯知声词之不可离而为二，而不能于音乐方面别创新腔，傅会牵强，时亦不能自圆其说。此则限于时会，非其聪明才智有所不及也。

文焯既留心于乐律，故其词亦偏尚周、姜。两宋词人，号知音，能自制曲者，惟柳永、周邦彦、姜夔，最为大家。而姜词旁谱，至今犹在。为其有迹可寻，因求其声律而兼及其格调。故文焯中年于白石致力尤深，其教人亦舍白石外，并在禁例（孟劬先生说）。晚乃兼涉梦窗，以上追清真，其所以推崇梦窗之故，乃在：

> 君特为词，用隽上之才，别构一格；拈韵习取古谐，举典务出奇丽，如唐贤诗家之李贺、文流之孙樵，锤幽凿险，开径自行。（手校《梦窗词》）

而所自为词，则炼字选声，处处稳洽，而语语缠绵宕动（吴梅《词学通论》），终与白石为近。文焯又盛推东坡，谓：

读东坡先生词，于气韵格律，并有悟到空灵妙境。匪可以词家目之，亦不得不目为词家。世每谓其以诗入词，岂知言哉？（手批《东坡乐府》卷二《水龙吟》词）

则知文焯晚年词境，盖受王、朱影响为深矣。

且更进而推论其性格与其环境，所以造成文焯之词者，果何在乎？文焯以承平故家，贵游年少，而澹于名利，牢落不偶（《俞序》），旅食吴门，尝往来于灵岩、光福、邓尉间。既被服儒雅，尊罍笔砚，事事精洁，有南宋江湖诗人风趣（孟劬先生说）。其性情环境，差与白石相同。而少困名场，终不能无所忿忿。观《还京乐·序》，有“今又将骑款段出国门，放歌于东南山水间，不复与伧儿争道旁苦李”（《樵风乐府》卷四）之语，其不平之气溢于词色。惟其于世途艰险涉历未深，而又沉酣于湖光山色、花香鬓影中者至久，往往天机触发，蕴藉风流。小令出入《花间》，令人把玩无斁。其备极温柔者，如《河传》之后半阕：

……冷香阶，红没鞋。蝶来，扑风花堕怀。（《瘦碧词》卷一）

其兼出奇峭者，如《侧犯·天平山题壁》之前半阕：

乱峰倒立，蹋空直与云呼吸。奇极！看列坐愁鬟许平揖。尘飞不到处，人影和天碧。幽觅，正木落千岩数声笛。（同上）

其长调虽取径白石，而多凄怨之音，如《摸鱼儿·金山留云亭饯沈仲复中丞》云：

渺吴天觅愁无地，江山如此谁醒？乱云空逐惊涛去，人共一亭幽迥。斜月耿。怕重见青尊，中有沧桑影。吟魂自警。对潮打孤城，烟生坏塔，笛语夜凄哽。　　招提境，还作东门帐饮。中流同是漂梗。当年击楫英雄老，输与过江鱼艇。愁暗省。换满目胡沙，蛮气连天併。

苔茵坐冷。任怪石能言，荒波变酒，莫更赋离景。(《瘦碧词》卷二)

此时外患交迫，清政日非，忧时之士往往长歌当哭。至甲午败于日本，国益衰微。文焯旗人，其伤感自视他人为甚。是岁有《莺啼序·登北固楼感事再和文英》云：

……登临罢酒，北顾仓皇，念枕戈不寐。霜月悄，几回起舞？到此惊见第一江山，费人清泪。神京杳杳，非烟非雾，鸡声残梦催哀角，搅回肠一夜成憔悴。冥鸿自远，重携倦客扁舟，泛愁镜波天里。……(《冷红词》卷二)

《扬州慢·九月游广陵平山堂曲宴即席和白石韵》云：

十里春风，二分明月，杜郎旧熟游程。甚江湖病眼，为路柳偏青？正哀吹连天警燧，故人重见，尊酒谭兵。怅烟堤鸦点。残阳空下台城。　后庭玉树，奈歌前重听堪惊。叹木落淮南，留人几处？丛桂多情。我亦过江词客，山堂在倦赋秋声。念天涯归梦，明年芳草还生。(《冷红词》卷三)

哀时词客，但主悲伤。降及庚子之秋，尤饶感事之作。集中如《贺新郎·秋恨》二首云：

暗雨凄邻笛。感秋魂，吟边憔悴，过江词客。非雾非烟神州渺，愁入一天冤碧。梦不到青芜旧国。休洒西风新亭泪，障狂澜，犹有东南壁。空掩袂，望云北。　雕阑玉砌都陈迹！黯重扃，夷歌野哭，晦冥朝夕。十万横磨今安在？赢得胡尘千尺。问天地榛荆谁辟？夜半有人持山去，蓦崩舟，坠壑蛟龙泣。还念此，断肠直。

日落羌笳咽。认一行，高鸿尽处，五云城阙。满眼惊尘还乡梦，重见昆池灰劫。更马上琵琶催发。露冷横门移盘去，甚金仙，也怨关山别。愁寄与，汉家月。　故人抗议多风烈。漫销魂，题诗陇树，谁旌奇节？易水空成填恨海，西北终忧天缺。但目尽平烟区脱。不信天心浑

如醉，好江山，换了啼鹃血。长剑倚，向谁说？（《比竹余音》卷四）

自联军入京，两宫西幸，粤督李鸿章、江督刘坤一、鄂督张之洞等，倡划保东南之策（参考罗惇曧《庚子国变记》）。东南半壁得以苟安。文焯此词足当“杜陵诗史”，《水云》一集未能专美于前也。又如《谒金门》三阕云：

行不得！黦地哀杨愁折。霜裂马声寒特特，雁飞关月黑。　目断浮云西北，不忍思君颜色。昨日主人今日客，青山非故国。

留不得！肠断故宫秋色。瑶殿琼楼波影直，夕阳人独立。　见说长安如奕，不忍问君踪迹。水驿山邮都未识，梦回何处觅？

归不得！一夜林乌头白。落月关山何处笛？马嘶还向北。　鱼雁沉沉江国，不忍闻君消息。恨不奋飞生六翼，乱云愁似幂。

音节凄黯，意绪苍凉，姑无论其思想如何，读之但觉有无限悲抑。自是年以迄辛亥，感时抚事之作尤多。文焯久住吴门，晚益颓丧。一日大雪，夜过张孟劬先生（尔田）家，约其尊人赴盘门，观女伶林黛玉演剧。或谓：“此残花败柳，宁堪把玩？”文焯曰：“我辈又何尝非残花败柳耶？”（张先生说）即此一事已足见其意兴之阑珊。更观晚岁所为词，如《西子妆慢·赋吴小城》云：

山送月来，水漂花出，一片吴墟焦土。披陀衰草下牛羊，镇苍凉，废谯沉鼓。青芜漫赋。叹残霸，都倾一顾。话遗尘，有故宫归燕，伤心高处。　登临阻。玉槛瑶梯，梦断香屧步。只余秋色过墙来，做愁颦，岫眉当户，霜笳暗度。恁吹彻，觚棱无主。剩荒丘夜夜，啼乌苦。（《樵风乐府》卷六）

《安公子》云：

急雨惊鸣瓦，转檐风叶纷如洒。闭户青山飞不去，对沧洲屏画。换眼底，衰红败翠供愁写。窥冷檠，半落吟边灺。正酒醒无寐，怊怅京书题罢。　到此沉沉夜，为谁清泪如铅泻。梦想铜驼歌哭地，送

> 西园车马。叹去后，阑杆一霎花开谢。空怨啼，望帝春魂化。算岁寒南鹤，解道尧年旧话。（《樵风乐府》卷七）

并极萧瑟烦冤；后阕作于戊申，尤为哀怨。又如《念奴娇·己酉除夕》云：

> 夜阑酒醒，纵天涯有梦，无家归得。三十年来怊怅地，最是销魂今夕。旧沥梅灰，新笼竹火，节物供愁色。寒窗灯在，隔年红泪犹滴。　　谁分有限生涯，伤心余事，作江南词客。只道东风能换世，肠断故园消息。蛮雪零笺，燕尘衰帽，触绪增凄寂。朝来看镜，对花空笑头白。（《樵风乐府》卷九）

《水龙吟·人日寻梅吴小城有怀关陇旧游》云：

> 故宫何处斜阳？只今一片销魂土。苍黄望断，虚岩灵气，乱云寒树。对此茫茫，何曾西子，能倾一顾？但水漂花出，无人见也，回阑绕，空怀古。　　别有伤心高处，折梅枝，怨春无主。陇头人在，定悲摇落，驿尘犹阻。报答东风，待催羌笛，关山飞度。甚西江旧月，夜深还过，为予清苦。（《樵风乐府》卷九）

郑氏词刻，断手于辛亥。上之所举，皆所谓“亡国之音哀以思”也。

总之，文焯之词，尝与其性情境地，相挟俱变。其踪迹由放浪江湖，而飘零落拓；其心境由风流潇洒，而怆恻悲凉；其词格由白石历梦窗，以窥清真、东坡，而终与南宋诸贤为近。吴瞿庵先生以为“晚近词人之福，词笔之清，未有如叔问者”（《词学通论》），吾未见其尽然也。

况周颐[①]

况周颐原名周仪，以避宣统废帝讳改，字夔笙，号玉梅词人，晚号蕙

① 编者案：作者于题下曰：“蕙风先生，生平不喜摄影，求之后嗣及门人，皆不可得。附志于此，以待后缘。”

风词隐，广西临桂人。先世由宝庆迁广西，父洵，道光二年（1822）进士，官至河南按察使（参用冯幵《况君墓志铭》）。周颐以咸丰九年己未（1859）九月初一日生（孟劬先生说），受天雅性，髫龀媚学，神解超朗。年十八，充优贡生。二十一，中式光绪五年（1879）乡试，遵例官内阁中书（《墓志》）。性嗜倚声，戊子（1888）入都后，获睹古今名作；又与同乡王鹏运共晨夕，于其词多所规诫；又以所刻《宋元人词》，属为校雠；自是得窥词学门径，寝馈其间者五年（参用《餐樱》《存悔》二词《自序》）。寻以会典馆纂修，叙劳用知府，分发浙江。南皮张之洞督两广，沈阳讬活络端方督两江，先后礼聘，署之宾职（《墓志》）。尝为端方审定金石，代作跋尾，端极爱重之。时蒯光典亦以名士官观察，与周颐学不同，每见端，必短周颐。一日，端宴客秦淮，光典又及周颐。端太息曰："亦知夔笙必将饿死；但我端方在，决不能坐视其饿死耳！"周颐闻之，至于涕下。兴化李详，光典客也。会端方入川被杀，详以诗吊之，有云："轻薄子云犹未死，可怜难返蜀川魂！"盖指周颐也。自是有宴会，周颐与详，必避不相见（孟劬先生说）。晚岁避地沪滨，鬻文为活（赵尊岳《蕙风词·跋》），暇辄与彊村先生以词相切磨（《餐樱词·自序》）。春秋六十有八，以民国十五年丙寅（1926）七月十八日，病殁上海寓次。子维琦、维璟奉遗命，葬湖州道场山（《墓志》）。所著书已刊行者，有《选巷丛谈》二卷、《西底丛谈》一卷、《兰云菱梦楼笔记》一卷、《蕙风簃随笔》二卷、《蕙风簃二笔》二卷（合称《阮庵笔记五种》）、《香东漫笔》二卷、《万县西南山石刻记》二卷、《薇省词钞》十卷、《粤西词见》二卷、《香海棠馆词话》一卷，《新莺词》《玉梅词》《锦钱词》《蕙风词》《菱景词》《二云词》《餐樱词》《菊梦词》《存悔词》各一卷（九种合称《第一生修梅花馆词》。以上由海宁陈乃乾校刻为《蕙风丛书》）、《证璧集》二卷、《蕙风词话》五卷，晚年删定《蕙风词》二卷（武进赵氏刻本）。又自定词与彊村先生合刊为《鹜音集》者，名《蕙风琴趣》。未刊稿有《文集》△△卷、《论词诗辑》一卷（稿藏武进赵氏）、《餐樱庑漫笔》△△卷（曾分载《申报·自由谈》中，闻尚可理董）。

况氏自称："壬申癸酉间（时年十三四），即学填词。"（《餐樱词·自序》）其生平所师友，在北则王鹏运，在南则彊村先生，近代词人，致力之专且久，而以词为终身事业，盖无有能出周颐右者。又其所造诣，乃偏于鉴赏，而不甚措意于校勘，颇与王、朱异趣。所为《蕙风词话》，彊村先生推为千年来之绝作。故知周颐实为近代词学一大批评家，发微阐幽，宣诸奥蕴。兹先就此一方面，分别叙述之。

（1）论词体：

沈约《宋书》曰，吴歌杂曲，"始皆徒歌，既而被之弦管。又有因弦管金石作歌以被之。"按前一法即虞廷"依永"之遗，后一法当起于周末。宋玉《对楚王问》首言"客有歌于郢中者"，下云"其为《阳阿》《薤露》"，"其为《阳春》《白雪》"，皆曲名。是先有曲而后有歌也。填词家自度曲，率意为长短句，而后协之以律，此前一法也。前人本有此调，后人按腔填词，此后一法也。沿流溯源，与休文之说相应。歌曲之作，若枝叶始敷；乃至于词，则芳华益茂。词之为道，智者之事。酌剂乎阴阳，陶写乎性情。自有元音，上通雅乐。别黑白而定一尊，亘古今而不敝矣。唐、宋已还，大雅鸿达，笃好而专精之，谓之词学。独造之诣，非有所附丽，若为骈枝也。曲士以"诗余"名词，岂通论哉？（《词话》卷一）

诗余之"余"，作"赢余"之"余"解。唐人朝成一诗，夕付管弦，往往声希节促，则加入和声。凡和声皆以实字填之，遂成为词。词之情文节奏，并皆有余于诗，故曰"诗余"。世俗之说，若以词为诗之剩义，则误解此"余"字矣。（《词话》卷一）

（2）论词境

人静帘垂。镫昏香直。窗外芙蓉残叶飒飒作秋声，与砌虫相和答。据梧冥坐，湛怀息机。每一念起，辄设理想排遣之。乃至万缘俱寂，吾心忽莹然开朗如满月，肌骨清凉，不知斯世何世也。斯时若有无端哀怨枨触于万不得已；即而察之，一切境象全失，惟有小窗虚幌、笔床砚匣，一一在吾目前。此词境也。（《词话》卷一）

（3）论词心

吾听风雨，吾览江山，常觉风雨江山外有万不得已者在。此万不得已者，即词心也。而能以吾言写吾心，即吾词也。此万不得已者，由吾心酝酿而出，即吾词之真也，非可强为，亦无庸强求，视吾心之酝酿何如耳。吾心为主，而书卷其辅也。书卷多，吾言尤易出耳。（《词话》卷一）

周颐认定词在文学史上，有独立之地位；而又恶"诗余"说之牢不可破也；旧说新诠，具有特识。后之二事，又皆从经验中得来。皆研习倚声者，所宜首先注意之问题也。其教人学词，又标举四大要义：一曰"真"，二曰"重"，三曰"拙"，四曰"大"（按：后三义发自半塘）。其说云：

真字是词骨。情真、景真，所作必佳，且易脱稿。（《词话》卷一）

又云：

轻者，重之反；巧者，拙之反；纤者，大之反：当知所戒。（《词话》赵尊岳《跋》）

其论词径云：

唐、五代至不易学。天分高，不妨先学南宋，不必以南宋自画也；学力专，不妨先学北宋，不必以北宋鸣高也。（赵《跋》）

其所以不主学唐、五代之故，以为：

五代词人丁运会，迁流至极，燕酣成风，藻丽相尚。其所为词，即能沉至，只在词中。艳而有骨，只是艳骨。学之能造其域，未为斯道增重。矧徒得其似乎？其铮铮佼佼者，如李重光之性灵，韦端已之风度，冯正中之堂庑，岂操觚之士能方其万一？自余风云月露之作，本自华而不实。吾复皮相求之，则嬴秦氏所云“甚无谓”矣。(《词话》卷一)

其教人读词之法，则曰：

读词之法，取前人名句意境绝佳者，将此意境缔构于吾想望中。然后澄思渺虑，以吾身入乎其中而涵泳玩索之。吾性灵与相浃而俱化，乃真实为吾有而外物不能夺。(《词话》卷一)

凡此所谈，皆真实不虚之论；使词而不废，必借此为从入之途。原书精义至多，未遑遍引。至其不乐为校勘之学，亦持之有故。其言曰：

余癖词垂五十年，唯校词绝少。窃尝谓昔人填词，大都陶写性情，流连光景之作。行间句里，一二字之不同，安在执是为得失？乃若词以人重，则意内为先，言外为后，尤毋庸以小疵累大醇。……开兹缥帙，铅椠随之。昔人有“校雠”之说，而词以和雅温文为主旨，心目中有雠之见存，虽甚佳胜，非吾意所专注。彼昔贤曷能诏余而牖之，则亦终于无所得而已。(《词话》卷一)

周颐本为鉴赏家，故有此一偏之见。为人为己，宗旨各殊。尤未能执此说以诋王、朱二家之盛业也。

复次，周颐对于词律，拘守益严，尝谓：“凡协宫律，先审清浊。阴平，清声；阳平，浊声，亦如上去不可通融。”(《二云词·绮寮怨》序）其所持理由，曾引周邦彦《意难忘》一阕为例云：

细审清真此调，“觞”，阳平；“香”，阴平；“凉”“浪”，阳平；“相”，阴平；“郎”，阳平；“妆”，阴平；“肠”“妨”，阳平；“光”，阴平，两声相间，抑扬相应，两段一律。至前段起句“黄”，阳平；后段起句“双”，阴平，所以为换头也。昔人于阴阳平，分析配合，谨严如此，吾辈可忽乎哉？黄九烟先生云“三仄应须分上去，两平还要辨阴阳”，诚知音之言矣。（《二云词·意难忘》注）

以此推寻词律，自较仅守平仄者为精进。其所自为词，亦“除寻常三数熟调外，悉根据宋、元旧谱，四声相依，一字不易”（《餐樱词·自序》）。然所称“旧谱”，亦不过根据清真、白石、梦窗诸人之成作，排比其阴阳平上去入声而已。其实宋词乐谱，早随宋祚俱亡；但以清浊四声求之，至多亦仅能维持“虽无老成人，尚有典型”之意。周颐既知“今日而言宫调，已与绝学无殊，无庸深求高论”（《词话》赵《跋》），乃独兢兢于四声清浊之追求，纵极谨严，亦岂能取而重被弦管？寻绎厥旨，用意乃别有所在。其论守律云：

畏守律之难，辄自放于律外，或托前人不专家、未尽善之作以自解，此词家大病也。守律诚至苦，然亦有至乐之一境。常有一词作成，自己亦既惬心，似乎不必再改。唯据律细勘，仅有某某数字，于四声未合，即姑置而过存之，亦孰为责备求全者。乃精益求精，不肯放松一字，循声以求，忽然得至隽之字。或因一字改一句，因此句改彼句，忽然得绝警之句。此时曼声微吟，拍案而起，其乐何如！虽剥珉出璞，选薏得珠，不逮也。（《词话》卷一）

以此锻炼词句，法非不佳，然非痴于词者，孰能耐此？所谓“束缚已甚，修辞未工”（《意难忘·序》）者，周颐已自觉其难矣，执此说以绳后进，宜学者之望而却步也。

复次，当论周颐所自为词。周颐自言：“少作多性灵语，而尖艳之讥，在所不免。己丑，薄游京师，与半塘共晨夕，多所规诫。所谓‘重’、‘拙’、‘大’，所谓‘自然从追琢中出’；积心领神会之，而体格为之一变。壬子以还，避地沪上，与沤尹（彊村别号）以词相切磨。沤尹守律綦严，余亦恍然向者之失，断断不敢自放。”（节录《餐樱词·自序》）是知况氏之词，体凡三变；所从得力，实为王、朱。惟其专作词人，时或风流放诞，虽力戒“尖艳”，而结习难空。综览全词，似多偏于凄艳一路，而少苍凉激壮之音。其十五岁以前作，如《减字浣溪沙》云：

如水清凉沁碧衫，一重秋树一重帘，一痕眉月影纤纤。　　树隔层烟烟隔月，幽情无奈一窗衔，玉钩银烛海棠酣。（《存悔词》）

尖新小巧，却极宛转玲珑。即入都以后，稍尚体格；而凄艳在骨，终不可掩，如《减字浣溪沙》又一首云：

重到长安景不殊，伤心料理旧琴书，自然伤感强欢娱。　　十二回阑凭欲遍，海棠浑似故人姝，海棠知我断肠无？（《锦钱词》）

又《前调·绿叶成阴苦忆阊门杨柳》云：

玦绝环连两不胜，几生修得到无情？最难消遣是今生！　　蝶梦恋花兼恋叶，燕泥黏絮不黏萍，十年前事忍伶俜。

翠袖单寒亦自伤，何曾花里并鸳鸯？只拌陌路属萧郎。　　黄绢竟成碑上字，红绵谁见被中装？可能将恨付斜阳。（《二云词》）

读之，真足“回肠荡气”。“最难消遣是今生”一语，拟之张孟晋“高楼明月清歌夜，知是人生第几回”，似尤惘惘，真才人笔也。甲午中日之战，为清廷最大耻辱。哀时涕泪，偶为一挥。如《水龙吟·二月十八日大雪中作》云：

雪中过了花朝，凭谁问讯春来未？斜阳敛尽，层阴惨结，暮笳声里。九十韶光，无端轻付，玉龙游戏。向危阑独立，绨袍冰透，休道是，伤春泪。　　闻说东皇瘦损，算春人也应憔悴。冻云休卷，晚来怕见，欃枪东指。嘶骑还骄，栖鸦难稳，白茫茫地。正酒香羔熟，玉关消息，说将军醉。（《蕙风词》）

结笔大有事在，当时边将之任用非人，可为太息。《二云》《餐樱》《菊梦》

诸集，作于壬子以后（1912—1916），身世断蓬之感，辄托于倡优草木，聊以抒哀。此时思想日就颓废，集中如《临江仙》云：

> 杨柳楼台花世界，嘶骢只在铜街。《金荃》《兰畹》惜荒莱。无多双鬓绿，禁得几低徊？　　暖不成晴寒又雨，昏昏过却黄梅。愁边万一损风怀。雁筝犹有字，蜡炬未成灰。（《二云词》）

《减字浣溪沙·听歌有感》云：

> 惜起残红泪满衣，它生莫作有情痴，人天无地著相思。　　花若再开非故树，云能暂驻亦哀丝，不成消遣只成悲。（《菊梦词》）

念乱忧生，极掩抑零乱之致。晚岁严于守律，又多选僻调，一以清真、梦窗为归。其论梦窗，以为："梦窗密处，能令无数丽字，一一生动飞舞，如万花为春；非若琱璚蹙绣，毫无生气也。如何能运动无数丽字？恃聪明，尤恃魄力。如何能有魄力？唯厚，乃有魄力。梦窗密处易学，厚处难学。"（《词话》卷二）又谓："性情少，勿学稼轩；非绝顶聪明，勿学梦窗。"（《词话》卷一）周颐固自命"绝顶聪明"，宜能得"梦窗厚处"。且举《西子妆慢·赋葬花剧》一阕，以资参证。

> 蛾蕊颦深，翠阴蹴浅，暗省韶光迟暮。断无情种不能痴，替销魂乱红多处。飘零信苦！只逐水沾泥太误。送春归，费粉蛾心眼，低徊香土。　　娇随步，著意怜花，又怕花欲妒。莫辞身化作微云，傍落英，已歌犹驻。哀筝似诉！最肠断红楼前度。恋寒枝，昨梦惊残宇。（《菊梦词》）

技术之精，庶几"无数丽字，一一生动飞舞"。然"千呼万唤"，不出"忧生之嗟"。又如《六州歌头·用韩无咎体赋镜中见鬓丝有白者》云：

> 飞蓬两鬓，容易雪霜欺。能似旧，青青否？一丝丝，不须悲。草木无情物，催换叶，清秋节，芳未歇，寒先彻，底禁持？似我工愁，倘不教憔悴，造物何私？况天涯，飘泊后，昨梦都非！老态垂垂，镜

先知。　　念欢事少，忧心悄，吾衰早，复奚辞？长似此，星星矣，欲胡为？莫频窥！一样伤心色，行滋蔓，到吟髭。金粉改，江山在，越凄其！商妇琵琶，咽到无声处，萦损蛾眉。便青春又也，忍忆少年时？醉插花枝。(《菊梦词》)

潦倒无聊之态，写来倍觉动人。东坡诗云："谁能将两耳，听此寒虫号？"读况氏词，有同感矣。

本编草创粗就，补录彊村先生《望江南·杂题清代诸名家词集后》四首，以作结束：

香一瓣，长为半塘翁。得象每兼《花外》永，起孱差较茗柯雄。岭表此宗风。(王佑遐)

招隐处，大鹤洞天开。避客过江成旅逸，哀时无地费仙才。天放一闲来。(郑叔问)

闲金粉，曹邻不成邦。拔戟异军成特起，非关词派有西江。兀傲故难双。(文道希)

雕虫手，千古亦才难。新拜海南为上将，试要临桂角中原。来者孰登坛？(陈述叔、况夔笙)

十九年(1930)十二月十五日，脱稿于暨南村寓庐。

最近二十五年之词坛概况 *

本年六月十四日，为本校成立二十五周年、大学完成四周年纪念。校内印行纪念专刊，属为论文，赞襄盛举。会为胃疾所苦，加以课事牵率，因循未就。程限已迫，遂勉竭两日力，草成此篇。念本校创人端午桥（方）先生，二十五年前，任两江总督；在族人中，最称练达时务；于提倡教育外，兼喜延揽文士，崇尚风雅。光绪甲寅之夏，曾约半塘老人（王鹏运）相见于吴门拙政园，倾谈竟夕。其后二年，而本校成立于南京。迨校址移沪，大学完成，文学院中国语文学系，又特注意于词集之整理与研究。本年夏，归安朱彊村先生，来游暨南张氏园；本系师生，合开欢迎大会。以此三种因缘，爰有本文之作。特为精力时间所限，难免"挂一漏万"之讥尔。

作者附记

绪　言

自科举废而学校兴，学制几经变易；山是向时所薄为小道之"词"，乃一跃而为国文系主要学程。风气所趋，斯学大盛。又自光绪末年，王（鹏运）况（周颐）诸老，相率为校订集之学；流风余则，今犹未衰。庚子乱时，半塘、彊村借倚声以写忧愤。一时俊彦，靡然从风。下逮民国初元，虽半塘、小坡（郑文焯），后先殂谢；而南村一老，巍然"鲁殿灵光"，管领骚坛，逾二十载。综览二十五年来词学昌明之故，大约不外

---

* 本文原刊于"创校二十五周年、大学成立四周年纪念刊物之一"《纪念论文集》，国立暨南大学秘书处印务组，1931 年 6 月 12 日；又载《词学》第三十三辑，华东师范大学出版社 2015 年版。

三端：

（一）词学地位之提高也。

（二）清代考订家之流风未沫，学者转移治经史之力以治词也。

（三）时局衰乱之影响，促成诸家之以填词为“长歌当哭”也。

一二两端，无劳备论。溯自本校成立之后，二十五年之间，祸变相寻，曾无宁日。中间奉直之战，齐庐之战，乃至南北东西之战，前仆后继，不能自休。人民颠沛流离，烦冤莫诉。就中尤以齐庐之役，本校划入战区，其未夷为瓦砾之场者，亦相差一间耳！读彊村老人《晚过黄渡》之作，犹觉毛发悚然。

过客能言隔岁兵。连村遮戍垒，断人行。飞轮冲瞑试春程。回风起，犹带战尘腥。　　日落野烟生。荒萤三四点，淡于星。叫群创雁不成声。无人管，收汝泪纵横！

（未刊稿《小重山》词）

或谓词非盛世之音，且置勿议。而二十五年来之词学，以多方面之影响，促成一大结集之势。其间历史，自亦不容忽略。兹就所闻，分为整理、制作、研究三部，作一简单之叙述；庶留心中国文学者，有所考焉。

整理部

二十年来，国内学者，对于文学史上最大之贡献，端推词集之结集与整理。兹约为校刻、景刊、辑佚、编纂四类，分别叙述之：

（甲）校刻

沈曾植云：“词起五代，越三百余年而有长沙汇刻，又越四百余年而有海虞毛氏之刻。”（《彊村校词图序》）词学之兴，亘千余载，而词籍之结集，如是寥寥。盖前人咸视词为小道，仅以附庸风雅；举凡研究整理之役，一以余力为之。亦有专精致志，以从事于此者。遂令后之学者，欲作一有系统之研究，辄苦求书之不易，徒兴“望洋”之嗟。所有千年来光华灿烂之词学，亦日即于销沉埋没，而不可理董，识者憾焉。武进陶湘，对于民元以前，校刻词籍之历史，有详明之叙述。兹为节录如下，以见一斑：

词集之汇刻者，南宋长沙《百家词》，见《直斋书录解题》；《六十家词》，见张玉田《词源》。余如《典雅词》仅传残本，《琴趣外篇》只见数家；明吴讷《四朝名贤词》、孙星远《唐宋以来百家词》，皆未刊行。前人称李中麓家“词山曲海”，亦侈言其多而未闻汇刻也。汲古毛氏，初刻《六十一家词》，其时犹未备诸精本，雠勘尤疏。后复辑宋词百家、元词二十家。今所见有斧季手校之本，有写样待刊之本，有依旧式摹存之本，佳墨良楮，靡不精好；于斯事致力最深。宋元人词，篇叶无多，大率附见集中；故毛氏已创裁篇别出之例。名家词有专集者，传世亦寥寥可数。明清以还，钞校则梅禹金、陆敕先、劳巽卿；刊本则侯氏亦园、秦氏石研斋、鲍氏知不足斋；著录则瞿氏铁琴铜剑楼、陆氏皕宋楼、丁氏善本书室，类称赅洽。尧圃雅好收词，多获旧本；后归汪氏艺芸精舍。今世所传，多有两家印记。道光间，休宁戴延祄竹友校定《汲古六十一家》，重刊只十之二，经乱毁失。彭文勤获旧钞宋元词三种，凡九十余家；惟汲古未刻词二十二家，长沙张氏刊行。近代王给练鹏运《四印斋所刻词》，海丰吴侍郎重熹刻《山左宋金元词》，蒐采特为精审。（《景宋金元明本词叙录》）

清代三百余年，填词之风极盛。而诸家诵习，除毛本外，惟侯刻《名家词集》、秦刻《词学丛书》及鲍刻《知不足斋丛书》内所收宋元词数家，足供参考。直至清末，乃有王吴两刻，及江建霞（标）《灵鹣阁宋元名家词》，次第流布；而校勘体例之谨严，王氏实始注意及之。丁未戊申之间（光绪末年），彊村老人，承王氏之业，益务恢张扩大，一以清儒校订经籍之法，转治词集；以成词学史上最伟大之《彊村丛书》。学者由此以治唐宋金元词，不至复感材料之缺乏。海内闻风而起，以研究整理词学为己任者，嗣是乃大有人。饮水思源，朱氏之功，为尤不可掩矣。

《彊村丛书》，所收唐五代宋金元词总集五种，唐词别集一家，宋词别集一百十二家，金词别集五家，元词别集五十家，共一百六十七家，一百七十二种。自丁未（光绪三十三年）以讫壬戌（民国十一年），历十六寒暑，费五六千金，乃克成此盛业。老人自言："辛亥以前，所刻不过五六种，其后递有增益，又为财力精神所限，平均约年费四五百金，成书十种。"盖老人自国步改移，即以此为毕生事业；举所有精力，悉注于此。即书成之后，偶见善本，辄复百计假阅，重加校雠，亘二十年如一日；故前后印行之书，年有改定。其冥心孤往，壹意求真，至老而不肯少懈，其精神为尤不可及也。嘉兴沈曾植为作《校词图序》云："校词之举，鹜翁（王鹏运）造其端，而彊村竟其事，志益博而意，心益勤而业广。……轶海虞而比数长沙，褎然于词苑为第三结集"，不为溢美之辞。吴县曹元忠论此书之特点，尤在校勘方面，有刘向家法。又谓："彊村所尤致意者，则在声律；故于宫调旁谱之属莫不悉心校定。……汉魏六朝乐府，以声辞杂糅之故，等诸若存若亡；知凡唐、五代、宋、金、元词之仅存者，欲延坠绪于一线，殆非精校传刻不可。我彊村惟有鉴于此，故梦窗锓版者三，而草窗亦至于再。其余诸家，亦复广搜珍秘，博访通雅，必使毫发无憾而后已。"（《彊村丛书序》）观此，可以知是书之价值矣。

（乙）影刊

自遵义黎庶昌影刻《古逸丛书》，为艺林所珍视。由是南陵徐氏（乃昌）、贵池刘氏（世珩）、武进董氏（康），相率以影刊古籍为务，期得保存宋元旧本面目，而省校订之烦；于流市珍籍外，兼寓美术思想。风声所播，遂用其法以影刊词集。仁和吴氏（昌绶）、武进陶氏（湘）先后成《景刊宋金元明本词》四十种，即世所称《双照楼词正续集》是也。计吴刻初集十七种，内宋词别集十二种，元词别集一种，唐宋金词总集四种；陶刻续集二十三种，内宋词别集十种，金元词别集十一种，宋元词总集二[1]；皆从旧家精椠，影写刊镌；既极美观，又存真相。陶氏自序其刊行缘起云："吾友吴子伯宛，……与吾邑董授经大理，同在京师，撢研尤富。乃创意专搜宋元旧本，景写刻之，使后来获见原书面目。所辑皆善本足本，籍证向时一切钞校之陋。旧有阙误者，亦存其真；不失乾嘉前辈景刻诸书家法。始成十七种，戊午岁，以刊板归湘。数载以来，湘复踵其义例，选工精刻，又得二十二种，海内藏书之家，名编珍帙，可据以传摹者，大致备于是矣。"（《景宋金元明本词叙录》）其成书之岁，亦在壬戌，恰与《彊村丛书》三次校补印行时同。世行词集雕刻之精，盖无出此书之右者。若论有功词苑，则犹未足以与朱刻相侔也。此外陶氏又续成《景汲古阁钞宋金词七种》，亦极精善。

他如仿宋精刻宋词专集，则有郑文焯校《清真集》，为新建夏氏刊行。旋以板归吴兴刘氏嘉业堂，印本流传绝少，为可惜耳！

又自西洋印刷术流行中土后，影印不假模刻，尤称利便。上海商务印书馆旋有《续古逸丛书》之辑，而嘉兴张元济复以所藏宋刻《山谷琴趣外篇》付印传流。北平图书馆亦举大内旧藏《淮海集》，裁取其《长短句》三卷，别行印布；将见善本秘籍，日出而未有已也。番禺叶遐庵先生（恭绰），近借吴县吴氏（湖帆）家藏宋本《淮海长短句》，与北海藏本参校印行。原文摄影上石，而又附以《淮海词版本系统表》《淮海词经见各本字句异同表》《现存淮海词宋本两种比较表》，宋本长短句有关系各序跋汇录；详核精美，兼具研究性质；是又欲兼取朱吴二本之长，骎骎后来居上矣。

---

① 编者案："二"下疑脱"种"字。

（丙）辑佚

唐宋人词，有专集者，本不甚多。又或其目虽存，而原书散佚，绝不复睹。好学之士，发思古之幽情，兼谋研究之便利，广搜群籍，辑出专家。二十年来，从事于此种工作而最著成效者，端推江山刘氏（毓盘）之《唐宋金元六十家词辑》（北京大学排印，浙江图书馆藏有全本）、海宁王氏（国维）之《唐五代二十一家词辑》（《观堂全书》本）。刘氏自言："四十年浪游南北，舟车所至，按览所及，辄手自抄纂，久乃得成此书。"其用心亦良勤苦矣。王辑盛行，而刘书乃日就湮没，可为悼叹！近赵万里又从《永乐大典》及北海图书馆所藏旧籍，辑出宋金元人佚词数十种；其中如袁易之《静春词》、杨宏道之《小炎词》、张之翰之《西岩词》，皆为世不经见之本（《燕京学报》第八期《国内学术界消息》）；闻将由中央研究院刊作《校辑宋金元人词》。如是，治词学者，于朱王吴诸家外，又得一善本丛刻矣。

明吴讷《四朝名贤词》，亦称《唐宋百家词》，近数年来，始发见明钞本于天津图书馆；旋移归北海图书馆保存。新会梁启超跋《稼轩词甲乙丙丁集》盛道此书之珍贵。（见清华研究院《国学论丛》第三号）甚冀彼中当局，及早印行，为学者添一绝好研究资料也。

（丁）编纂

民国以来，对于清代文学之整理，其工程浩大，而最有价值者，莫过于《清词钞》之纂辑。其议发自十八年冬。其年十月二十日，由发起人朱彊村（孝臧）、徐积余（乃昌）、金甸丞（蓉镜）、董授经（康）、潘兰史（飞声）、周梦坡（庆云）、夏剑丞（敬观）、易由甫（顺豫）、吴湖帆、陈秀通（方恪）、陈鹤柴（诗）、易大厂（韦斋）、况又韩（维琦）、刘翰怡（承干）、叶遐庵、黄公渚（孝纾）集议于觉林素菜馆。议决设立《清词钞》编纂处，并推定朱彊村为总编纂，程子大、徐积余、王书衡、陈石遗、卓芝南、易山甫、夏闰枝、赵尧生、夏剑丞、董授经、冒鹤亭、袁伯夔、金甸丞、周梦坡、张菊生、陈述叔、王又点、邵伯褧、邵次公、陈鹤柴、林铁尊、曹镶蘅、郭啸麓、周梅泉、汪憬吾、谭瑑卿、许守白、潘兰史、阚鹤初、何梅生、王西神、刘翰怡、赵叔雍、叶遐庵、黄公渚、易大厂、龙榆生等为编纂。当即由黄公渚起草，广征海内藏家所有清人词集。其启事略云：

> ……三百年间，才俊踵系，人歌柳七之词，家宝石帚之集。康乾之际，趋步南唐；咸同以来，竞称北宋。藏山待后，悉乐府之雄词；断代成书，尚缺家之总集。华亭《词雅》之，长水《名家》之辑，以及《粤西词见》、《金陵词钞》、浙西六家之书、常州三人之作；或意存乡献而仅及偏隅，或取备箧中而但征伦好。譬诸绝潢断港，未臻溟涬之观；片石单椒，难语嵯峨之状；风流澌灭，识者恫焉！……思集众制，勒为一书。……

定议之初，叶遐庵、黄公渚两先生，实总其事。既而海内藏家，除北平图书馆、南京国学图书馆外，如南陵徐氏小檀乐室、武进赵氏惜阴堂、吴县潘博山、永嘉梅冷僧等，亦先后以所藏词目至。分别选辑，迄于今，已得百数十巨册，所收词约三四千家，由遐庵先生汇送彊村老人鉴定。虽兹事体大，一时难竟全功；而薄海向风，咸知注意于清词，此一大结集，其结果之良好，当可预期也。

遐庵先生，除倾注全力于《清词钞》外，又兼采并述作家，仿谭复堂旧例，为《后箧中词》。闻“杀青”有日，亦词林盛事也。

复次，武进赵氏（尊岳）有汇刻明词之议；闻所收约有二百余种。吾友长乐郑振铎先生，又约予同辑《词诒[①]丛刊》一书；但为时间经济所限，一时恐不易实现耳。

---

① 编者案：“词诒”疑为“词话”之误。

制作部

晚近国人饱受战争之赐，流离转徙，忧生念乱，乃至一切抑郁不自聊之感，或借长短句以发抒之。以是作者蔚起，篇什纷披。此其人大抵与人无所争，但以此遣忧排日而已。兹约为词社、词刻两类，分别所述之：

（甲）词社

自清季王朱诸老，以宣南为觞咏之地，爰有咫村词社之组织。于遭庚子之乱，哀时词客，一寓悲愤于倚声；言在此而意在彼，词中大有事在。（读彊村词，最宜注意于当日情事，以相印证）清社既屋，曩时词友，早已散之四方，或就死亡，旧游不堪回首。迄今距半塘之殁（光绪三十年），廿有七年。民国初元，惟吴门为词人荟萃之区，郑朱诸老，酬唱频繁；然未闻词社复兴也。迨民四五间，上海有春音词社。嗣是平津等处，闻风而起者，大不乏人。兹就见闻所及，略述如下：

1. 春音词社。社在上海。为周梦坡、夏剑丞（敬观）、徐仲可（珂）、王西神（蕴章）、陈匪石、白也诗、叶楚伧、姚鹓雏诸人所组织。公推彊村老人为盟主。社课限调限题，不及二年而散。

2. 聊园词社。社在北平。为淳安邵次公（瑞彭）、杭县邵伯褧（章）、番禺许守白（之衡）诸人所组织。公推江阴夏闰枝（孙桐）为盟主。夏氏今年七十有五，彊村老人最初与切磋词学者也。

3. 天津词社。社在天津。为吴县章宾之（钰）、大兴查峻丞（尔崇）、遵化李子申（孺）、开县胡琴初（嗣瑗）、吴县徐芷升（沅）、闽县郭蛰云（则沄）、周熙民（登皞）、林子有（葆恒）、山东陈葆生（宝铭）、湖南郭侗伯（宗熙）、建德周立之（学渊）、浙江唐兰诸人所组织。成立于己巳（十八年）夏，每月三集，限调限题，所作属于咏物方面者为多。社课有钞本，闻已近百集，将付排印。

4. 沤社。社在上海。为归安朱彊村、番禺潘兰史、乌程周梦坡、宁乡程十发（颂万）、闽县林子有、新建夏吷庵（敬观）、湘潭袁伯夔（思亮）、番禺叶遐庵、无锡王西神、新城陈君任（祖壬）、义宁陈彦通、吴县吴湖帆、武进赵叔雍、闽县黄公渚、万载龙榆生（沐勋）诸人所发起。以次加入者，有长沙徐绍周（桢立）、许季纯（崇熙）、高安彭醇士、闽县郭啸麓（则沄）、湘潭袁帅南（荣法）、归安林铁尊（鹍翔）、广西杨铁夫等，共二十余人。每月一集，限调不限题，每集必有油印本传观。自去年冬成立，迄今已七集矣。在各词社中，以此为最盛，亦最自由。遇宴集时，纵谈文艺，宴毕而散，各不相谋；盖一纯粹文艺结合之团体，绝不含有其他任何意味者也。

5. 六一社。社在苏州。为邓孝先（邦述）、吴伯渊（曾源）、杨咏棠（俊）、潘省安（谋承）、张仲清（茂炯）、蔡云笙（晋镛）、顾巍成（建勋）、吴瞿安（梅）、王佩诤（謇）等九人所组织，除邓籍江宁外，皆吴县人也。社以己巳夏成立。其初议以填词消夏，时为六月一日，因名六一社。五日一集，限调限题，严守四声。有石印《六一消夏词》，大抵皆咏物之作也。

6. 潜社。社在南京。为前东南大学学生三十余人所组织。成立于丙寅春，公推吴瞿安为社长，以吴方任词曲学教授故也。有《潜社词刊》一册。

此外朋游乘兴，拈韵聊吟，如中央大学国文系，吴县江旭初（东）、吴瞿安、蕲春黄季刚（侃）、彭泽汪辟疆（国垣）、南吕王晓湘（易）诸教授，亦时时有作。如此之类，殆不胜枚举矣。

（乙）词刻

清季词人，身入民国，而已先后下世者，当推高密郑文焯、临桂况周颐为最著。二氏词学，已详见拙著《清季四大词人》（《暨大文学院集刊》第一集），兹不复赘。此外次第刊行词集者，有嘉兴沈寐叟（曾植，已卒）之《曼陀罗呓词》（商务印书馆排印本），归安朱先生之《彊村语业》（家刻本），荣县赵尧生（熙）之《香宋词》（家刻本），武陵陈伯弢（锐，已卒）之《抱碧斋词》(排印《抱碧斋集》),揭阳曾刚父(习经,已卒)之《蛰庵词》(彊村刻本),宁乡程子大(颂万)之《鹿川词》(排印《三程词钞》本),番禺汪兆镛之《雨屋深镫词》(家刻本),新会陈述叔(洵)之《海绡词》(卷一仿宋聚珍本,卷二彊村刻本),杭县[①]邵伯褧(章)之《云淙琴趣》(家刻本),新建夏剑丞先生之《吷庵词》(仿宋精刻本),双流向仲坚(迪琮)之《柳溪长短句》(家刻朱印本),广东易大厂(韦斋)之《双清池馆词》(手写石印本),蕲水陈仁先(曾寿)之《旧月簃词》(仿宋聚珍本),侯官郭蛰云(则沄)之《龙顾山房诗余》(仿宋精刻本),番禺许守白(之衡)之《守白词甲乙印稿》(石印本),归安林铁尊之《半樱词》(仿宋聚珍本),茶陵谭祖庚(恩闿,已卒)之《灵鹊蒲桃镜馆词》(仿宋聚珍本),开县李范之(大防)之《寒翠词》(排印本),旌德女士吕圣因(碧城)之《信芳词》(排印樊山评本)。就予行箧所收,民国以来词刻,已若是之富。其他为予所未及见者,更不知几许?就中诸作者,或寄兴深远,或守律谨严,于重重束缚之中,能自振拔,不可谓非豪杰之士。至其所宗尚,则除沈寐叟先生逼近稼轩,朱彊村先生独自成家外,余人大抵皆步趋周(邦彦)吴(文英)者也。碧城女士,以旧词体,写绝域风光(集中多漫游欧美凭吊胜迹之作),实开千年来未有之局,岂仅闺阁隽才而已?

研究部

十数年来,南北各大学,研究词曲之风极盛。加以善本日出,求书日易;宜于此一方面,卓著成绩。然一考其实际,殊鲜可观;初学之徒,欲求一指示门径之书,尚不可得;此其故何欤?盖老辈有基础而鲜解方法,后进知方法而缺乏基础,又多迫于生事,不克专精所业;研究之成效未著,

---

① “县”,原脱,据前文补。

时势为之也。兹就晚近所出书，约为词史、词话、词人年谱、词集笺证四类，分别一述之：

（甲）词史

欲知某种文学之源流演变，与其前因后果，“论世知人”，赖端专史之作。前代对于词人史迹，鲜知注意。自海盐张氏（宗橚），有《词林纪事》之辑，荟最诸家笔记，勒为专书，始具词史之雏形。民国以来，吴兴刘氏（承干），循张氏往例，益务博稽群籍，以为《词林考鉴》一书。自唐迄清，所搜材料，视张氏丰富奚止十倍？惜草创未半，中纂止修；未知何时，可与世人相见？此外出版新著，则有江山刘毓盘之《词史》（北京大学讲义，近由上海听涛社出版），见闻尚博，而颇伤于支离破碎。郑振铎之《中国文学史》中世卷（商务印书馆出版），大部皆言词之作。他如吴梅之《词学通论》（广州中山大学排印），胡云翼之《宋词研究》（中华书局出版），虽体例未纯，亦词学专史之属也。其掇拾旧闻，纠正谬误，为一家事辑者，当推海宁王国维之《清真先生遗事》（《观堂全书》本）最为精审。吾意欲成一完美之词学通史，其第一步工作，殆当效法王氏矣。

（乙）词话

前人词话，恒具纪事、批评、研究三种性质。晚近作者，惟王国维之《人间词话》（《观堂全书》二卷本最备）、况周颐之《蕙风词话》（惜阴堂本）最为世重。况书价值，详见拙著《清季四大词人》，兹不具论。王氏通西文，解近世科学方法，批评名家词集，常有独到之处，时流竞推服之；而王氏本人，颇悔少作，至欲“拉杂摧烧之”以为快。（此语闻之王氏老友某先生）岂自知之明，或恐此书流布，贻误来学哉？此外如陈锐之《抱碧斋词话》（《抱碧斋集》本）、陈洵之《海绡翁说词》（稿本），亦一时之佳构。海绡专说周（邦彦）、吴（文英），为学者指示读词方法，是词话中之生面别开者。江都任二北（讷），曾在《东方杂志》第二十五卷发表《研究词集之方法》

与《增订词律之商榷》两文，能以新时代眼光，为后生说法。任氏专研散曲，兼善说词；新兴人才，此其巨擘矣。

（丙）词人年谱

自整理国故之说，倾动一时，而编纂年谱之风，因之大盛。关于词人之作，有沈阳陈思之《稼轩先生年谱》(《东北丛刊》。案《稼轩年谱》，清嘉庆间，吾乡辛启泰实创为之。近梁任公与予并有增订别本)、冯沅君女士之《张玉田年谱》(朴社出版《张玉田》)。吾友永嘉夏臞禅（承焘），始壹意于此种纂述；自温庭筠以下，如张先、姜夔、吴文英之属，可写定付刊者，约二三十家。余如《南唐二主年谱》，作者尤伙。(往年《时事新报》附刊某君所作《词人李重光》，东南大学唐圭璋《南唐二主词评注》，近商务印书馆新出《南唐二主全集》并附年谱）本校国文系学生，亦喜于此一方面而致力。已脱稿者，有谌然模之《刘须溪先生年谱》，李湾[①] 之《饮水词人年谱》(二种将于本系期刊《南音》发表)。虽网罗未备，亦有可观。

（丁）词集证笺

词集之有笺证，所以省读者检阅之劳也。本校国文系学生，多从事于此。予既编纂《东坡乐府笺》三卷，学者便之。诸生亦续有所作。其已成书者，有李勖之《饮水词笺》，朱衣之《词话四种会笺》。此外吾友夏臞禅，著《白石道人歌曲证疏》，最为淹博。李冰若著《宋词三百首笺评》，亦便

---

① 编者案："李湾"，疑为"李勖"之误。据暨南大学国文系期刊《南音》第二期(1929 年 5 月）附《中国语文学系一年级同学录》及《二年级同学录》，查无李湾此人，而李勖则赫然在列，且与谌然模均为二年级学生；除此之外，李姓学生仅有一人名琼远，故作者此处所言国文系李姓学生只可能是李勖一人。李勖，字志遐，浙江乐清人，1909 年生，编著有《饮水词笺》(正中书局 1937 年版)，前列《饮水词人年谱》，可证李勖确曾撰此年谱，且龙榆生为李勖《饮水词笺》作序云："乐清李君志遐，曩岁游学沪上，从予治词特勤，先后为《花外》《饮水》二笺"，可证李勖亦从龙氏治词。又，后文亦云"有李勖之《饮水词笺》"，故此处之"李湾"当为"李勖"之误。

读者。（以上四种，写定待刊）倘词风不坠，此类工作，将见继长增高而未有已。识大识小，但各尽其力之所能，以贡献于学术界，甚望学者之共同努力也。

结　论

如上所述晚近词坛概况，其成绩自当以整理部分之校刊方面为最大，制作部分次之，研究部分又次之。然此过去二十五年中，有此多方面之发展，兼获相当之成就，已足惊人。更二十五年，必将有聪明才智之士，益努力于整理、研究两方面，以成此历朝词学之总结集与词学史上最有系统之巨著，可以无疑也。至于制作方面，自词与乐离，已寖失其普遍效能，故虽竭诸才士之精力以赴之，正恐未易挽此颓局。他日乘时代起者，殆为新体乐歌。本年春间，由予与萧友梅、叶遐庵、易大厂、廖青主、郑振铎、张天方、傅东华、顾仲彝、顾君谊、胡怀琛诸先生，发起组织歌社，以谋音乐文艺两界之结合，致力于新体乐歌之创造。同时以本校国文系与国立音乐专科学校为基础，以从事于宣传。其成立宣言，历举旧体诗词之缺点，如束缚过严，形式过板，思想偏于悲观消极，就不合时代潮流等等，因革损益，责在我辈。其所标宗旨，以为："过去不宜于现在，古歌无当于今日。……吾辈为适应时代需要而创作新歌，为适应社会民众需要而创作新歌；将一洗以前奄奄不振之气；融合古今中外之特长，籍收声词合一之效，以表现泱泱大国之风。……直接间接，贡献于社会民众。将使有井水处，皆能传唱本社之新词；风气转移，岂特本社同人之大幸？……"（《歌社成立宣言》）凡此皆歌社同人之所共信共勉；亦冀海内贤达，起而匡扶赞助者也。

予平日既以研究词学与创作乐歌勖诸同学；深望二者于本校前途，或且有更光荣之历史。《记》曰："乐以发和。"李太白诗云："兵气销为日月光。"剥极而复，否极泰来；吾固馨香祷祝，以蕲世界之和平，而尤盼本校声乐文艺方面，负心理改造之责，故本篇于此，三复致意焉。最后，敬祝：

词学研究上之进步，

新体乐歌之成功，

中国文学万岁！

国立暨南大学万岁！

中华民国二十年（1931）六月一日，脱稿于暨南村寓庐。

彊村本事词*

彊村先生四十始为词。时值朝政日非，外患日亟，左衽沈陆之惧，忧生念乱之嗟，一于倚声发之。故先生之词，托兴深微，篇中咸有事在。年来旅食沪上，获奉教于先生，三载之间，无旬日不相见，见必从论词学，或共校订。友人夏瞿禅有共笺先生词集之议，属予就近以词中本事叩诸先生，先生多不肯言。一日执卷请益，先生就其大者有所指示，予因从而笔记之。然欲叩其详，亦坚不肯吐。既而先生下世，予拟为撰年谱、而先生居汴梁及奉使岭南时行事，采访未周，加以人事牵率，因循未就。瞿禅来书督促，因先就所闻于先生涉及词中本事者，草成《彊村本事词》若干则，俾世之爱诵先生词者有所考焉。其得诸先生故旧如张孟劬诸先生者，当别为后编，藉资参证。他日旁搜清末野史，博访遗闻，再当别撰长笺，勒为定本。年谱之作，亦将以此为“息壤”焉。先生有圈定《彊村词》一册，病中举以授予。“得失寸心知”，亦足为研读者之一助。各词密圈之处，谨即依之。咸、同兵事，天挺蒋鹿潭（春霖），以发抒离乱之忧，世以拟之“杜陵诗史”。若先生所处时势之艰危，视鹿潭犹有过之。读先生之词，又岂仅黍离、麦秀之感而已？

癸酉重阳前一日，沐勋附记。

---

* 本文原刊于《词学季刊》第一卷第三号（1933 年 12 月）。

彊村词前集

《高阳台·残雪》云："飘树烟零，封阶粉退，余寒犹沍苔文。画意无多，寻常埋没芳尘。斜阳着意相怜惜，是愁心、不耐温存。且销他，一额凉蟾，来伴深尊。 东阑步玉人归否？剩篝香半炧，衾绣孤温。依约檐声，隔帘滴到黄昏。朝来便化春潮去，问何人、省识冰魂。谢东风、不当花看，为刬愁根。"先生是时与江阴夏闰枝（孙桐）丈同官京朝，夏公实始诱为倚声之学，此阕其开端也。先生方在会典馆，以考差事有所抑郁，故有"谢东风不当花看"之语。

《丹凤吟·和半塘四月二十七日雨霁之作，依清真韵》云："断送园林如绣，雨湿朱旛，尘飘芳阁。黄昏独立，依旧好春帘幙。分明俊侣，霎时乖阻，镜凤盟寒，衫鸾妆薄。漫托青禽寄语，细认银钩，珠泪潸透笺角。

此后别肠寸寸，去魂总怯波浪恶。夜暝天寒处，拼铅红都洗，眉翠潜铄。旧情未诉，已是一江潮落。红烛玉钗恩易断，悔圆纨重握。影娥梦里，知是时念著。"此为翁同龢罢相作。

《念奴娇·同理臣、半塘观荷苇湾，用白石韵》云："采香梦醒，涉江人不是，年时吟侣。姹队鸳鸯偷眼下，狼藉花无重数。锦溆风多，珠房凉重，那更连天雨。江南多恨，老仙休唱愁句。　　薄暮。隔岸争翻，田田新曲，断送箫声去。一镜闹红谁管得，凄入笛船烟浦。罗扇单寒，朱阑憔悴，莫办移家住。残蝉无赖，日斜嘶断归路。"先生于苇湾遇南海康有为，方与人大谈新政，面有得色。词盖有感于斯事而作。

《解连环·七月十四日坐雨有作》云："雨凉无极。傍西池暗换，画屏猩色。有倦旅偎枕镫初，数不断唳鸿，远天如墨。乱叶流红，蓦惊散、鸳鸯踪迹。问谁家瘦玉，唤起故情，冷咽胸臆。　　绿窗已拼怨抑，又天涯树树，哀响搀入。便有约、重梦香丛，怕前地漂花，总凝愁碧。打尽枯荷，几曾减、秋塘波力。但赢得、镜棱泪点，断云共滴。”时正厉行新政，裁汰官员。“打尽枯荷”二句，谓清寒微末，横被裁减，而于国库终无补益也。

《鹧鸪天·九日丰宜门外过故人别业》云：“野水斜桥又一时，愁心空诉故鸥知。凄迷南郭垂鞭过，清苦西峰侧帽窥。　新雪涕，旧弦诗，愔愔门馆蝶来稀。红萸白菊浑无恙，只是风前有所思。”为刘裴村（光第）被祸后作。刘为戊戌六君子之一。

寒灰集

《婆罗门引》云：“斜桥絮起，乱红牵恨点重茵。慵莺尚语残春。闻说凌波新步，遮断绣漪尘。恣蜡镫罗带，斗取闲身。　长安丽人。算醉醒，总迷津。狼藉东风不管，只避花瞋。波帘翠颦。梦不散、相思堤上云。钗钿约、总是愁根。”为义和拳乱事作。

《菩萨蛮》十三阕，全为庚子拳乱作。其第五阕云：“茱萸锦束胡衫窄，乘肩倦态偎花立。回扇唤风来，春窗朱鸟开。　压愁麟带重，多谢行云送。虬箭水声微，飘镫人不归。”此为义和团中所谓“红灯照”者作。第七阕云：“蜂衙蝶馆参差对，行轩四角流苏缀。一霎谢桥风，蛮花委地红。　玉珰缄翠札，曲折何缘达。商略解连环，人前出手难。”“蜂衙”二句谓各国使馆，“蛮花”句谓日本书记官被戕事，“玉珰”以下，先生自谓曾苦谏，不蒙采纳也。第八阕云：“弱杨睥睨秦蘅老，驮金走马长楸道。宝带鹔鹴裘，东方居上头。　背丸珠错落，脱手翻阿鹊。际海发红桑，箙心花箭香。”此谓董福祥兵肆行劫掠也。第十一阕云：“闹红满镜冲单舸，叠澜不定铢衣弹。新语约餐霞，恨无书报他。　留仙裙衵薄，倾盖鸳鸯觉。锦字太无凭，闲愁携手生。”此为许景澄、袁昶死难作。

《点绛唇·雁来红》云：“抬举西风，醉扶一捻鹃魂小。误花疑草，别样伤秋稿。　窥笑东邻，解妒宫妆好。秋娘觉，茜裙颠倒，收拾红情早。”

此为大阿哥作。“东邻”以下，谓未能结好于各国，致事不克谐也。

《前调·凤仙》云：“丹穴春姿，托根翻恋朱阑好。抱香多少，梦稳秦楼晓。奁史新翻，瘦损麻姑爪。秋妆了，守宫红小，来伴花房捣。”此为赫德作。赫德为当时办税务之西人，曾令其子入合肥籍，谋应庚子乡试，不成。

《声声慢·十一月十九日味聃以落叶词见示，感和》云：“鸣螿颓城，吹蝶空枝，飘蓬人意相怜。一片离魂，斜阳摇梦成烟。香沟旧题红处，拼禁花憔悴年年。寒信急，又神宫凄奏，分付哀蝉。终古巢鸾无分，正飞霜金井，抛断缠绵。起舞回风，才知恩怨无端。天阴洞庭波阔，夜沉沉流恨湘弦。摇落事，向空山休问杜鹃。”此为德宗还宫后恤珍妃作。“金井”二句，谓庚子西幸时，那拉后下令推置珍妃于宫井，致有生离死别之悲也。

《杨柳枝》四阕，为当时四军机作。其一云：“旧梦吹花着渭桥，新愁封泪问湘皋。永丰坊畔风流极，晚向人前斗舞腰。”为瞿鸿玑作。其二云：“无主楼台半夕阳，笛中人去更回肠。东风销尽宫黄点，背定愁鸾理旧妆。”为鹿传霖作。其三云：“似水鹃声一夕催，青丝骄马断章台。分明摇落江潭路，依旧傞傞软舞来。”为王文韶作。其四云：“通体当风弱不支，年光销尽断肠丝。不辞身作桓宣武，看到金城日坠时。”为荣禄作。

怀舟集

《杨柳枝》四阕，为后四军机作。其一云：“故苑腰肢掌上轻，花街蹋马旧知名。啼莺莫讶成阴早，栽近津桥眼便青。”为荣庆作。其二云：“人道枯稊不作丝，迷离烟雨又龙池。东风吹作流萍去，胜结菖蒲解笑谁。”为庆王作。其三云：“横笛吹花出汴州，长条抵死斗风柔。锦帆自解伤离别，无复春波断得愁。”为徐世昌作。其四云：“雪絮相和减却春，楼台白日断歌尘。金鞭分道长楸去，莫笑章台旧舞人。”为铁良作。

读词随笔 *

——清词之选本

诗词皆发于性情之所不能自已，所谓“感于物而动”，“情动于中而形于言”者是也。欲求诗词之工，必其人之性情特至，而又富有文学修养，一旦为环境所刺激，自然流露于楮墨间，以成其为诗或词，古人所称“神到之笔”，即由学养兼深，不期然而自然入妙，足以动人心坎，而使之移志荡魂。此虽出自天才，然非环境之刺激，即使学力深厚，亦不能有动人之作品。故杜甫非遭安史之乱，流离冻饿，不足以成其为可歌可泣之诗。李后主非经亡国之痛，以泪洗面，不足以成其为血泪凝结之词。盖技术之养成，在天才亦在学力，而诗词之佳恶，则恒由环境造成，非可力强而致也。唐人之诗，宋人之词，可谓美矣备矣，作者无虑万千，而至今传诵人口者，不过数十人，人不过数首，即卓然独出之大家，其可诵者多亦不过数十首，乃至百首。集中往往精粗杂糅，非得独具只眼之选家，抉择其精英，以示来学，则读者必将神迷目眩，莫识所归，甚或取粗遗精，转以自娱。即如近人胡适之《词选》，力主苏辛，而于稼轩之词，专取其浅鄙不经意之作，贻害词林，实非浅鲜。有清一代，号称词学中兴，作者之多，突过宋元两代。一时选本，亦不下数十百种之多，而选录最精，又最晚出者，当推仁和谭复堂先生（献）之《箧中词》，及归安朱彊村先生（孝臧）之《词莂》。谭选犹有以词存人之意，朱选择仅取能独立门户者十余家，特为精严，足资模楷。十余年前，予方教授上海暨南大学，恒以休浴之暇，问词学于朱先生，见先生手校《彊村丛书》及清代名家词，自加圈识，一笔不苟。既

---

* 本文原刊于《同声月刊》第一卷第二号（1941 年 1 月）。

选刻《宋词三百首》，其他铨衡所及，不遑录出付刊者，尚在百种以上，常思汇而存之，人事牵率，迄犹未果。是时番禺叶遐庵先生（恭绰），发愿征集有清一代词，所得五六千家，广约词坛名宿，分操选政，而请朱先生总其成，将汇刻为《清词钞》。予亦参预其事，见其积稿至七八十厚册，经朱先生勘定者，约二十余册。未几而朱先生下世，叶君物色继总其事者，而难其选，乃自任之，而延予门人朱衣为助。迨沪滨战起，叶君避居香港，稿存沪寓，曾函托予为总校理之役，予以迫于生事，不敢承也。偶过其居，时加翻检，见有名家经朱先生精选者，辙记其目，得陈维崧、朱彝尊、纳兰性德、张惠言、周之琦、庄棫、谭献七家，因命女弟子蔡楚缃汇钞为《清代七家词选》，藏诸行箧。比闻叶君以遭家变，幽忧感愤，殊不自聊，此七八十册之《清词钞》稿本，亦不知作何处置。世变方亟，成书无期，因念所录七家，为朱先生手定，而诸家之作，又足为学者之楷模，且如陈、朱、纳兰三家，全集过于繁富，不有抉择，何以昭示来兹？爰先就朱先生所选陈、朱、纳兰三家，略加评述，分纪于后，俾研读清词者，有辙可循焉。

《湖海楼词》

陈维崧，字其年，号迦陵，江苏宜兴人。康熙间，以县学生应博学鸿词试，授翰林院检讨，以骈文及词负盛名于当世。尝与秀水朱彝尊合刻所填词为《朱陈村词》，二人名亦相埒。后又自刻《湖海楼词》，自有词人以来，作品之富，未有过于迦陵者。其影响词坛之巨，虽不及彝尊之自开浙派，而二百年来号称学苏辛者，固莫不以迦陵为宗，其末流虽不免粗犷叫嚣之失，要其沉雄豪迈，固自一时之杰也。陈廷焯称：“迦陵词气魄绝大，骨力绝遒，填词之富，古今无两，只是一发无余，不及稼轩之浑厚沈郁。然在国初诸老中，不得不推为大手笔。”又称：“迦陵词沉雄俊爽，论其气魄，古今无敌手。若能加以浑厚沉郁，便可突过苏辛，独步古今，惜哉！”（并详见《白雨斋词话》）彊村先生所选迦陵词，予见其手写目，皆再三斟酌而后定。兹为转录如次：

点绛唇

夜宿临洺驿

晴髻离离，太行山势如蝌蚪。稗花盈亩，一寸霜皮厚。　　赵魏燕韩，历历堪回首。悲风吼，临洺驿口，黄叶中原走。

卜算子

阻闸瓜步

风急楚天秋，日落吴山暮。乌桕红梨树树霜，船在霜中住。　　极目落帆亭，侧听催船鼓。闻道长江日夜流，何不流侬去。

清平乐

夜饮友人别馆，听年少弹三弦，限韵三首（之一）

帘前雨罢，一阵凄凉话。城上老乌啼哑哑，街鼓已经三打。　　漫劳醉墨纱笼，且娱别馆歌钟。怪底烛花怒裂，小楼吼起霜风。

鹧鸪天

寓兴，用稼轩韵，同蘧庵先生作三首（之一）

曾倚瑶台喝月行，嗔他鸾鹤不相迎。当时酒态公然好，今日诗狂太瘦生。　　千百辈，尽容卿，问谁堪与耦而耕。灌夫已去袁丝死，沦落人间少弟兄。

南乡子

邢州道上作

秋色冷并刀，一派酸风卷怒涛。并马三河年少客，粗豪，皂栎林中醉射雕。　　残酒忆荆高，燕赵悲歌事未消。忆昨车声寒易水，今朝，慷慨还过豫让桥。

虞美人

无聊

无聊笑捻花枝说，处处鹃啼血。好花须映好楼台，休傍秦关蜀栈战场开。　　倚楼极目添愁绪，更对东风语。好风休簸战旗红，早送鲥鱼如雪过江东。

夜游宫

秋怀四首

耿耿秋情欲动。早喷入、霜桥笛孔。快倚西风作三弄。短狐悲，瘦猿愁，啼破冢。　　碧落银盘冻，照不了、秦关楚陇。无数蛩吟古砖缝。料今宵，靠屏风，无好梦。

秋气横排万马，尽屯在、长城墙下。每到三更素商泻。湿龙楼，晕鸳机，迷爵瓦。　　谁复怜卿者？酒醒后、槌床悲诧。使气筵前舞甘蔗。我思兮，古之人，桓子野。

箭与饥鸱竞快，侧秋脑、角鹰愁态。骏马妖姬秣燕代。笑吴儿，固雕虫，矜细欸。　　龌龊谁能耐？总一笑、浮云睚眥。独去为佣学无赖。圯桥边，有猿公，期我在。

一派明云荐爽，秋不住、碧空中响。如此江山徒莽苍。伯符耶？寄奴耶？嗟已往。　　十载羞厮养，孤负煞、长头大颡。思与骑奴游上党。趁秋晴，蹠莲花，西岳掌。

唐多令

春暮半塘小泊

水榭枕官河，朱栏倚粉娥。记早春、栏畔曾过。开着绿纱窗一扇，吹钿笛，是伊么？　　无语注横波，裙花信手搓。怅年光、一往蹉跎。卖了杏花挑了菜，春纵好，已无多。

师师令

汴京访李师师故宅

宣和天子，爱微行坊市。有人潜隐小屏红，低唱道、香橙纤指。夜半无人莺语脆，正绿窗风细。　　如今往事消沉矣！怅暮云千里。含情试问旧倡楼，奈门巷、条条相似。头白居人随意指，道斜阳边是。

过涧歇

显德寺前看枫叶

岚翠浓于草鞋夹。绕坡细流，潨潨暗通苕霅。谷声遝。下落乱泉声里，愀悄如相答。此间景，纯得关仝巨然法。　　寺松三百本，雨溜苍皮，霜雕黛甲。秃干争欹压。笑语同游：黄叶鸣檐，丹枫裹寺，如何不荷埋身锸?

鹊踏花翻

春夜听客弹琵琶，作隋唐评话

雨滴梅梢，雪消蕙叶，入春难得今宵暇。倩他银甲凄清，铁拨纵横，声声迸碎鸳鸯瓦。依稀长乐夜乌啼，分明湓浦邻船话。　　腕下，多少孤城战马，一时都作哀湍泻。今日黑闼营空，尉迟杯冷，落叶浮清灞。百年青史不胜愁，两行银烛空如画。

满庭芳

咏宣德窑青花脂粉箱，为莱阳姜学在赋

龙德殿边、月华门内，万枝凤蜡荧煌。六宫半夜，齐起试新妆。诏赐口脂面药，花枝袅、笑谢君王。烧瓷翠、调铅贮粉，描画两鸳鸯。　　当初温室树，宫中事秘，世上难详。但铜沟涨腻，流出宫墙。今日天家故物，门摊卖、冷市闲坊。摩娑怯，内人红袖，恸哭话昭阳。

水调歌头

咏美人秋千

昨夜湔裙罢，今日意钱回。粉墙正亚朱户，其外有铜街。百丈同心彩索，一寸双文画板，风飐绣旗开。低约腰间素，小摘鬓边牌。　翩然上，掠绿草，拂苍苔。粉裙欲起未起，弄影惜身材。忽趁临风回鹘，快作点波新燕，糁落一庭梅。向晚半轮玉，隐隐照遗钗。

夏初临

本意（癸丑三月十九日用明杨孟载韵）

中酒心情，拆棉时节，瞢腾刚送春归。一亩池塘，绿荫浓触帘衣。柳花搅乱晴晖，更画梁玉剪交飞。贩茶船重，挑笋人忙，山市成围。　蓦然却想，三十年前，铜驼恨积，金谷人稀。划残竹粉，旧愁写向阑西。惆怅移时，镇无聊、掐损蔷薇。许谁知？细柳新蒲，都付鹃啼。

念奴娇

读屈翁山诗有作

灵均苗裔，羡十年学道，匡庐山下。忽听帘泉飏冷瀑，豪气轶于生马。亟跳三边，横穿九塞，开口谈王霸。军中球猎，醉从诸将游射。　提罢匕首入秦，不禁忍俊，缥缈思登华。白帝祠边三尺雪，正值玉姜思嫁。笑把岳莲，乱抛博箭，调弄如花者。归而偕隐，白羊瑶岛同跨。

琵琶仙

阊门夜泊用白石韵

瞑色官桥，消尽了、带雨绿帆千叶。驿口夜火微红，璚箫正凄绝。记醉惹铜街唤马，更闲凭画楼听鸠。无数前情，许多往事，樯燕能说。　只细数花草吴宫，除梦里依稀旧时节。欲买韶光暂驻，待来春翠荚。纵尚有鸱夷一舸，怕难禁伍潮堆雪。悔杀麝帕鸳衾，那年轻别。

琵琶仙

泥莲庵夜宿，同子万弟与寺僧闲话（庵外白莲数亩）

倦客心情，况遇着、秋院捣衣时节。惆怅侧帽垂鞭，凝情伫寥泬。三间寺、水窗斜闭，一声磬、林香暗结。且啜茶瓜，休论尘世，此景清绝。　　询开士、杖锡何来，奈师亦江东旧狂客。惹起南朝零恨，与疏钟呜咽。有多少、西窗闲话，对禅床、剪烛低说。渐渐风弄莲衣，满湖吹雪。

水龙吟

秋感

夜来几阵西风，匆匆偷换人间世。凄凉不为，秦宫汉殿，被伊吹碎。只恨人生，些些往事，也成流水。想排花露井，桐荚永巷，青骢马，曾经系。　　光景如新宛记。记相逢瑶台、姝丽。微烟淡月，回廊复馆，许多情事。今日重游，野花乱蝶，迷濛而已。愿天公还我，那年一带，玉楼银砌。

齐天乐

辽后妆台

洗妆台下伤情路，西风又吹人到。一绺山鬟，半梳苔发，想象新兴闹扫。塔铃声悄。说不尽当年，月明花晓。人在天边，轴帘遥闪茜钗小。　　如今顿成往事，回心深院里，也长秋草。上苑云房，官家水殿，惯是萧娘易老。红颜懊恼，与建业萧家，一般残照。惹甚闲愁，且归斟翠醥。

永遇乐

京口渡江，用辛稼轩韵

如此江山，几人还记，旧争雄处。北府军兵，南徐壁垒，浪卷前朝去。惊帆蘸水，崩涛飐雪，不为愁人少住。叹永嘉流人无数，神伤只有卫虎。　　临风太息，髯奴狮子，年少功名指顾。北拒曹丕，南连刘备，霸业开东路。而今何在？一江灯火，隐隐扬州更鼓。吾老矣！不知京口，酒堪饮否？

尉迟杯

许月度新自金陵归，以《青溪集》示我，感赋

青溪路，记旧日年少嬉游处。覆舟山畔人家，麾扇渡头士女。水花风片，有十万珠帘夹烟浦。泊画船、柳下楼前，衣香暗落如雨。　　闻说近日台城，剩黄蝶濛濛，和梦飞舞。绿水青山浑似画，只添了几行秋戍。三更后、盈盈皓月，见无数精灵含泪语。想胭脂井底娇魂，至今怕说擒虎。

沁园春

赠别芝麓先生，即用其题《乌丝词》韵三首（之一）

归去来兮！竟别公归，轻帆早张。看秋方欲雨，诗争人瘦；天其未老，身与名藏。禅塌吹箫，妓堂说剑，也算男儿意气扬。真愁绝，却心忧似月，鬓秃成霜。　　新词填罢苍凉。更暂缓临歧入醉乡。况仆本恨人，能无刺骨？公真长者，未免沾裳。此去荆溪，旧名罨画，拟绕萧斋种白杨。从今后，莫逢人许我，宋艳班香。

贺新郎

秋夜呈芝麓先生二首（之一）

掷帽悲歌发。正倚幌、孤秋独眺，凤城双阙。一片玉河桥下水，宛转玲珑如雪。其上有、秦时明月。我在京华沦落久，恨吴盐只点离人发。家何在？在天末。　　凭高对景心俱折。关情处、燕昭乐毅，一时人物。白雁横天如箭叫，叫尽古今豪杰。都只被江山磨灭。明到无终山下去，拓弓弦渴饮黄獐血。长杨赋，竟何益？

贺新郎

送邵兰雪归吴门仍用前韵

易水严装发。休回首、故人别酒，帝城高阙。九曲黄河迎马首，森森龙宫堆雪。流不尽、天涯白月。君去故侯瓜可种，向西风、莫短冲冠发。人世事，总毫末。　　长州鹿走苏台折。叹年少、当歌不醉，此非俊物。试到吴东门下问，可有吹箫人杰？有亦被、怒潮磨灭。来夜天街无酒伴，怕离鸿、叫得枫成血。亦归耳，住何益。

贺新郎

赠苏昆生

苏，固始人，南曲为当今第一。曾与说书叟柳敬亭同客左宁南幕下，梅村先生为赋《楚两生行》。

吴苑春如绣。笑野老、花颠酒恼，百无不有。沦落半生知己少，除却吹箫屠狗。算此外、谁欤吾友？忽听一声河满子，也非关、雨湿青衫透。是鹃血，凝罗袖。　　武昌万叠戈船吼。记当日、征帆一片，乱遮樊口。隐隐柁楼歌吹响，月下六军搔首。正乌鹊、南飞时候。今日华清风景换，剩凄凉、鹤发开元叟。我亦是，中年后。

贺新郎

冬夜不寐写怀，用稼轩、同父倡和韵

已矣何须说！笑乐安、彦升儿子，寒天衣葛。百结千丝穿已破，磨尽炎风腊雪。看种种、是余之发。半世琵琶知者少，枉教人、斜抱胸前月。羞再挟，王门瑟。　　黄皮袴褶军装别。出萧关、边笳夜起，黄云四合。直向李陵台畔望，多少如霜战骨。陇头水、助人愁绝。此意尽豪那易遂？学龙吟、屈煞床头铁。风正吼，烛花裂。

贺新郎

伯成先生席上赋赠韩修龄

韩，关中人，圣秋舍人小阮，流浪东吴，善说平话。

月上梨花午。恰重逢、江潭旧识，喁喁尔汝。绛烛两行浑不夜，添上三通画鼓。说不尽、残唐西楚。话到英雄儿女恨，绿牙屏、惊醒红鹦鹉。雕笼内，泪如雨。　　一般怀抱君犹苦。家本在、扶风盩厔，五陵佳处。汉阙唐陵回首望，渭水无情东去。剩短蜡、声声诉与。绣岭宫前花似雪，正秦川、公子迷归路。重酌酒，尽君语。

贺新郎

赠何生铁

铁小字阿黑，镇江人，流寓泰州，精诗画篆刻。

铁汝前来者！曷不学、雀刀龙笛，腾空而化？底事六州都铸错，孤负阴阳炉冶？气上烛斗牛分野。小字又闻呼阿黑，讵王家、处仲卿其亚。休放诞，人笞骂。　　萧疏粉墨营丘画。更雕镵、渐台威斗，郿宫铜瓦。不值一钱畴惜汝，醉倚江楼独夜。月照到、寄奴山下。故国十年归不得，旧田园、总被寒潮打。思乡泪，浩盈把。

摸鱼儿

家善百自崇川来。小饮冒巢民先生堂中。闻白生璧双亦在河下，喜甚，数使趣之。须臾白生抱琵琶至，拨弦按拍，宛转作陈隋数弄，顿尔至致。余也悲从中来，并不知其何以故也。别后寒灯孤馆，雨声萧槭，漫赋此词。时已漏下四鼓矣。

是谁家、本师绝艺，檀槽掐得如许。半弯逻逤无情物，惹我伤今吊古。君何苦。君不见、青衫已是人迟暮。江东烟树。纵不听琵琶，也应难觅，珠泪曾干处。　　凄然也，恰似秋宵掩泣。灯前一队儿女。忽然凉瓦飒然飞，千岁老狐人语。浑无据，君不见、橙心结绮皆尘土。

两家后主。为一两三肇，也曾听得，撇却家山去。

二、《曝书亭词》

朱彝尊字锡鬯，号竹垞，晚号小长芦钓鱼师，又号金风亭长，浙江秀水人。康熙间，以布衣应博学鸿词试，授翰林院检讨，寻入直南书房，出典江南乡试。罢归后，殚心撰述，著有《经义考》《日下旧闻》《词综》《曝书亭集》等书。彝尊标举姜（夔）张（炎），力崇醇雅，选辑唐五代以迄宋元人词，以成《词综》一编，认为倚声家法乳，由此以建立浙西词派，所谓"家白石而户玉田"者，可见其风尚所趋矣。谭复堂（献）氏以朱陈并称，而评其利病云："锡鬯其年行，而本朝词派始成。顾朱伤于碎，陈厌其率，流弊亦百年而渐变。锡鬯情深，其年笔重，固后人所难到。嘉庆以前，为二家牢笼者，十居其八九。"（《箧中词》）陈亦峰（廷焯）亦称："竹垞词疏中有密，独出冠时，微少沉厚之意。"又云："竹垞《江湖载酒集》洒落有致；《茶烟阁体物集》组织甚工；《蕃锦集》运用成语，别具匠心，然皆无甚大过人处，惟《静志居琴趣》一卷，尽扫陈言，独出机杼。匪独晏、欧所不能，即李后主、牛松卿亦未尝梦见，真古今绝构也，惜托体未为大雅。"（《白雨斋词话》）《曝书亭词》，原分《江湖载酒集》《静志居琴趣》《茶烟阁体物集》《蕃锦集》，各自为卷。《琴趣》专为冯氏小姨而作，可与诗集中之《风怀二百韵》《闲情》八首，参互读之。其足代表朱氏作风者，仍当数《江湖载酒》一集耳。兹录彊村先生所选各词如下：

《江湖载酒集》

高阳台并序

吴江叶元礼，少日过流虹桥，有女子在楼上，见而慕之，竟至病死。气方绝，适元礼复过其门，女之母以女临终之言告叶，叶入哭，女目始瞑。友人为作传，余记以词。

桥影流虹，湖光映雪。翠帘不卷春深。一寸横波，断肠人在楼阴。游丝不系羊车住，倩何人、传语青禽。最难禁、倚遍雕阑，梦遍罗衾。　　重来已是朝云散，怅明珠佩冷，紫玉烟沉。前度桃花，依然开满江浔。钟情怕到相思路，盼长堤、草尽红心。动愁吟，碧落黄泉，两处难寻。

桂殿秋

思往事，渡江干。青蛾低映越山看。共眠一舸听秋雨，小簟轻衾各自寒。

满江红

吴大帝庙

玉座苔衣，拜遗像、紫髯如乍。想当日、周郎陆弟，一时声价。乞食肯从张子布，举杯但属甘兴霸。看寻常、谈笑敌曹刘，分区夏。　　南北限，长江跨。楼橹动，降旗诈。叹六朝割据，后来谁亚。原庙尚存龙虎地，春秋未辍鸡豚社。剩山围、衰草女墙空，寒潮打。

卖花声

雨花台

衰柳白门湾，潮打城还。小长干接大长干。歌板酒旗零落尽，剩有渔竿。　　秋草六朝寒。花雨空坛。更无人处一凭阑。燕子斜阳来又去，如此江山。

洞仙歌

吴江晓发

澄湖淡月，响渔榔无数。一霎通波拨柔橹。过垂虹亭畔，语鸭桥边，篱根绽、点点牵牛花吐。　　红楼思此际，谢女檀郎，几处残灯在窗户。随分且敧眠，枕上吴歌，声未了、梦轻重作去声。也尽胜、鞭丝乱山中，听风铎郎当，马头冲雾。

梅花引

苏小小墓

小溪澄，小桥横，小小坟前松柏声。碧云停，碧云停。凝想往时，香车油壁轻。　　溪流飞遍红襟鸟，桥头生遍红心草。雨初晴，雨初晴。寒食落花，青骢不忍行。

百字令

度居庸关

崇墉积翠。望关门一线、似悬檐溜。瘦马登登愁径滑，何况新霜时候。画鼓无声，朱旗卷尽，惟剩萧萧柳。薄寒渐甚，征袍明日添又。　　谁放十万黄巾，丸泥不闭，直入车箱口。十二园陵风雨暗，响遍哀鸿离兽。旧事惊心，长途望眼，寂寞闲亭堠。当年锁钥，董龙真是鸡狗。

消息

度雁门关

千里重关，凭谁踏遍，雁衔芦处。乱水滹沱，层霄冰雪，鸟道连勾注。画角吹愁，黄沙拂面，犹有行人来去。问长途、斜阳瘦马，又穿入离亭树。　　猿臂将军，鸦儿节度，说尽英雄难据。窃国真王，论功醉尉，世事都如许。有限春衣，无多山店，酹酒徒成虚语。垂杨老、东风不管，雨丝烟絮。

夏初临

天龙寺是高欢避暑宫旧址

贺六浑来，主三军队，壶关王气曾分。人说当年，离宫筑向云根。烧烟一片氤氲。想香姜、古瓦犹存。琵琶何处，听残敕勒，销尽英魂。　　霜鹰自去，青雀空飞，画楼十二，冰井无痕。春风袅娜，依然芳草罗裙。驱马斜阳。到鸣钟、佛火黄昏。伴残僧。千山万山，凉月松门。

蝶恋花

重游晋祠题壁

十里浮岚山近远。小雨初收，最喜春沙软。又是天涯芳草遍。年年汾水看归雁。　　系马青松犹在眼。胜地重来，暗记韶华变。依旧纷纷凉月满。照人独上溪桥畔。

金明池

燕台怀古和申随叔翰林

西苑妆楼，南城猎骑，几处笳吹芦叶。孤鸟外、生烟夕照，对千里万里积雪。更谁来、击筑高阳，但满眼、花豹明驼相接。剩野火楼桑，秋尘石鼓，陌上行人空说。　　战斗渔阳何曾歇。笑古往今来，浪传豪杰。绿头鸭、悲吟乍了，白翎雀、醉歌还阕。数燕云、十六神州，有多少园陵，颓垣断碣。正石马嘶残，金仙泪尽，古水荒沟寒月。

罥马索

送崔二再游黔中，兼讯李斯年

玉骢嘶，须把青丝罥他住。燕歌易酒，莫辞今夕离亭聚。浮云一望，绿波千里。满目销魂江淹赋。计落花时节黄陵，楚竹湘烟响柔橹。　　行旅。罗施天末，木瓜金筑。且伴参军作蛮语。乱水孤舟逢人少，惟有冷猿昏雨。南寻李白，问讯何如？为报频年相思苦。道故人别来诗卷，总是人间断肠句。

青玉案

临淄道上

清秋满目临淄水。一半是、牛山泪。此地从来多古意。王侯无数，残碑破冢，禾黍西风里。　　青州从事须沉醉。稷下雄谈且休矣。回首吴关二千里。分明记得，先生弹铗，也说归来是。

迈陂塘

题其年填词图

擅词场、飞扬跋扈，前身可是青兕。风烟一壑家阳羡。最好竹山乡里。携砚几。坐罨画溪阴，袅袅珠藤翠。人生快意。但紫笋烹泉，银筝侑酒，此外总闲事。　　空中语。想出空中姝丽，图来菱角双髻。乐章琴趣三千调，作者古今能几。团扇底。也直得、樽前记曲呼娘子。旗亭药市。听江北江南，歌尘到处，柳下井华水。

解佩令

自题词集

十年磨剑，五陵结客，把平生涕泪都飘尽。老去填词，一半是、空中传恨。几曾围、燕钗蝉鬓。　　不师秦七，不师黄九，倚新声、玉田差近。落拓江湖，且分付、歌筵红粉。料封侯、白头无分。

水龙吟

谒张子房祠

当年博浪金椎，惜乎不中秦皇帝！咸阳大索，下邳亡命，全身非易。纵汉当兴，使韩成在，肯臣刘季？算论功三杰，封留万户，都未是，平生意。　　遗庙彭城旧里，有苍苔断碑横地。千盘驿路，满山枫叶，一湾河水。沧海人归，圯桥石杳，古墙空闭。怅萧萧白发，经过揽涕，向斜阳里。

金缕曲

初夏

谁在纱窗语？是梁间双燕多愁，惜春归去。早有田田青荷叶，占断板桥西路。听半部新添蛙鼓。小白蔫红都不见，但愔愔门巷吹香絮。绿阴重，已如许。　　花源岂是重来误！尚依然倚杏雕阑，笑桃朱户。隔院秋千看尽折，过了几番疏雨。知永日簸钱何处？午梦初回人定倦，料无心肯到闲庭宇。空搔首，独延伫。

《静志居琴趣》

卜算子

残梦绕屏山，小篆消香雾。镇日帘栊一片垂，燕语人无语。　　庭草已含烟，门柳将飘絮。听遍梨花昨夜风，今夜黄昏雨。

渔家傲

淡墨轻衫染趁时。落花芳草步迟迟。行过石桥风渐起。香不已。众中早被游人记。　　桂火初温玉酒卮。柳阴残照柁楼移。一面船窗相并倚。看渌水。当时已露千金意。

瑶花

午梦

日长院宇，针锈慵拈，况倚阑无绪。翡帷翠幄看尽展，忘却东风帘户。芳魂摇漾，渐听不分明莺语。逗红蕉叶底微凉，几点绿天疏雨。　　画屏遮遍遥山，知一缕巫云，吹堕何处？愁春未醒，定化作凤子寻香留住。相思人并，料此际惊回最苦。亟丁宁池上杨花，莫便枕边飞去。

南楼令

疏雨过轻尘，圆莎结翠茵。惹红襟乳燕来频。乍暖乍寒花事了，留不住，塞垣春。　　归梦苦难真，别离情更亲。恨天涯芳信无因。欲话去年今日事，能几个，去年人？

一叶落

泪眼住，临当去，此时欲住已难住。下楼复上楼，楼头风吹雨。风吹雨，草草离人语。

《茶烟阁体物集》

春风袅娜

游丝

倩东君着力，系住韶华。穿小径，漾晴沙。正阴云笼日，难寻野马，轻飏染草，细绾秋蛇。燕蹴还低，莺衔忽溜，惹却黄须无数花。纵许悠扬度朱户，终愁人影隔窗纱。　　惆怅谢娘池阁，湘帘乍卷，凝斜盼近拂簷牙。疏篱罥，短墙遮。微风别院，好景谁家？红袖招时，偏随罗扇，玉鞭堕处，又逐香车。休憎轻薄，笑多情似我，春心不定，飞梦天涯。

笛家

题赵子固画水墨水仙

亡国春风，故宫铅水，空余芳草冷花，开遍江南岸。王孙老矣，文采风流，墨池笔塀，泪痕都染。帝子含颦，洛灵微步，宛在中洲半。怅骚人未经佩，徒艺楚英九畹。　　缭乱。一丛寒碧，生烟疏雨，随意攲斜，鹅绢蝉纱，寄情凄惋。尚想白石兰亭遗事，逸兴千秋如见。岂似吴兴，君家承旨，蕃马风尘满。纵自署水晶宫，怕有鸥波难浣。

暗香

红豆

凝珠吹黍。似早梅乍萼，新桐初乳。莫是珊瑚，零落敲残石家树？记得南中旧事，金齿屐、小鬟蛮女。向两岸树底盈盈，拾素手，摘新雨。　　延伫。碧云暮。休逗入茜裙，欲寻无处。唱歌归去，先向绿窗饲鹦鹉。惆怅檀郎路远，待寄与相思犹阻。烛影下、开玉合，背人暗数。

三、《饮水词》

纳兰性德，原名成德，以避东宫嫌名改，字容若，太傅明珠子。年二十九，成进士，选授三等侍卫，再迁至一等侍卫，寻卒，年仅三十有一。工诗词书法，兼善骑射。所交游如顾梁汾（贞观）、吴汉槎（骞）等，皆一时俊彦。著有《通志堂集》，附刻所填词。其别本单行之《饮水词》，传刻不一，而以仁和许迈孙氏（增）《榆园丛刻》中之《纳兰词》，网罗最备，容若专工小令，论者以为南唐二主之遗。谭复堂评清代“词人之词”，以容若与蒋鹿潭（春霖）、项莲生（鸿祚）二家并论，以为与朱（彝尊）、厉（鹗）同工异曲。彊村先生题《饮水词》云：“兰锜贵，肯作称家儿。解道红罗亭上语，人间宁独小山词？冷暖自家知。”（《望江南》）以容若拟小山（晏几道），最为确当。兹录朱选各词如下：

江城子

咏史

湿云全压数峰低。影凄迷，望中疑。非雾非烟，神女欲来时。若问生涯原是梦，除梦里，没人知。

台城路

塞外七夕

白狼河北秋偏早，星桥又迎河鼓。清漏频移，微云欲湿，正是金风玉露。两眉愁聚。待归踏榆花，那时才诉。只恐重逢，明明相视更无语。　　人间别离无数。向瓜果筵前，碧天凝伫。连理千花，相思一叶，毕竟随风何处？羁栖良苦。算未抵空房，冷香啼曙。今夜天孙，笑人愁似许。

浣溪沙

睡起惺忪强自支。绿倾蝉鬓下帘时。夜来愁损小腰肢。　　远信不归空伫望，幽期细数却参差。更兼何事耐寻思。

浣溪沙

记绾长条欲别难。盈盈自此隔银湾。便无风雪也摧残。　青雀几时裁锦字，玉虫连夜翦春旛。不禁辛苦况相关。

浣溪沙

谁念西风独自凉？萧萧黄叶闭疏窗。沉思往事立残阳。　被酒莫惊春睡重，赌书消得泼茶香。当时只道是寻常。

浣溪沙

肠断斑骓去未还。绣屏深锁凤箫寒。一春幽梦有无间。　逗雨疏花浓淡改，关心芳草浅深难。不成风月转摧残。

蝶恋花

辛苦最怜天上月。一昔如环，昔昔都成玦。若似月轮终皎洁，不辞冰雪为卿热。无那尘缘容易绝。燕子依然，软踏帘钩说。唱罢秋坟愁未歇，春丛认取双栖蝶。

蝶恋花

眼底风光留不住。和暖和香，又上雕鞍去。欲倩烟丝遮别路，垂杨那是相思树。　惆怅玉颜成间阻。何事东风，不作繁华主。断带依然留乞句，斑骓一系无寻处。

蝶恋花

又到绿杨曾折处。不语垂鞭，踏遍清秋路。衰草连天无意绪，雁声远向萧关去。　不恨天涯行役苦。只恨西风，吹梦成今古。明日客程还几许？沾衣况是新寒雨。

河传

春残，红怨，掩双环。微雨花间，昼闲，无言暗将红泪弹。阑珊，香销轻梦还。　斜倚画屏思往事，皆不是，空作相思字。记当时，垂柳丝，花枝，满庭蝴蝶儿。

秋千索

渌水亭春望

药阑携手销魂侣，争不记看承人处？除向东风诉此情，奈竟日春无语！　　悠扬扑尽风前絮，又百五韶光难住。满地梨花似去年，却多了廉纤雨。

菩萨蛮

催花未歇花奴鼓，酒醒已见残红舞。不忍覆余觞，临风泪数行。　　粉香看欲别，空剩当时月。月也异当时，凄清照鬓丝。

菩萨蛮

晶帘一片伤心白，云鬟香雾成遥隔。无语问添衣，桐阴月已西。　　西风鸣络纬，不许愁人睡。只是去年秋，如何泪欲流？

菩萨蛮

乌丝画作回纹纸，香煤暗蚀藏头字。筝雁十三双，输他作一行。　　相看仍似客，但道休相忆。索性不还家，落残红杏花。

清平乐

风鬟雨鬓，偏是来无准。倦倚玉兰看月晕，容易语低香近。软风吹遍窗纱，心期便隔天涯。从此伤春伤别，黄昏只对梨花。

临江仙

飞絮飞花何处是？层冰积雪摧残。疏疏一树五更寒。爱他明月好，憔悴也相关。　　最是繁丝摇落后，转教人忆春山。湔裙梦断续应难。西风多少恨，吹不散眉弯。

百字令

废园有感

片红飞减，甚东风无语，只催漂泊。石上胭脂花上露，谁与画眉商略。碧甃瓶沉，紫钱钗掩，雀踏金铃索。韶华如梦，为寻好梦担阁。　　又是金粉空梁，定巢燕子，一口香泥落。欲写华笺凭寄与，多少心情难托。梅豆圆时，柳棉飘处，失记当时约。斜阳冉冉，断魂分付残角。

晚近词风之转变*

一、清季词风转盛之原由

清代二百数十年间，文物昌明，远迈元、明二代，而尤以倚声填词之学，宗派迭兴，作者竞起，篇章之富，直夺宋贤之席，而有斯道中兴之誉焉。然自词乐既亡，歌词之作，不复重被弦管，所尚惟在意格，而声律次之。彼“长短不葺之诗”，在宋贤引为讥议者，而生乎宋、元之后，惟赖前贤遗制，以推究其声调之美，藉达作者心胸所蕴之情，而至情之激发，有关世运，非可力强而致，故终清之世，穷词之变，竟不能恢复歌词之法，仍惟有自成其为“长短不葺之诗”，而常州词派所标尊体之说，乃得发扬光大，因缘时会，以造成清季诸大家，而归安朱彊村先生，则又其集大成者也。

慨自大晟遗谱，荡为飞烟，白石歌曲，徒存谱字，于是倚声填词者，不复知乐律之律，而字音轻重之律，则仍可于前贤遗制推求得之。彼明人及清初人之词，大抵非音节未谐，即意格不高，二者交病，故识者无取焉。迨万红友（树）《词律》出，而学者始究心于字音轻重之律，以求其谐；朱竹垞（彝尊）《词综》出，而学者始注意于醇雅清空之境，以药其纤；其后张皋文（惠言）别辑《词选》，以此体侪于《风》《骚》之列，而淫荡靡曼之风，扫除净尽。周止庵（济）氏从而推拓之，辑为《宋四家词选》及《词辨》二书，示学者以从入之途径，而为之说曰：

> 清真（周邦彦），集大成者也。稼轩（辛弃疾）敛雄心，抗高调，

* 本文原刊于《同声月刊》第一卷第三号（1941 年 2 月）。

变温婉，成悲凉。碧山（王沂孙）餍心切理，言近指远，声容调度，一一可循。梦窗（吴文英）奇思壮采，腾天潜渊，返南宋之清泚，北宋之秾挚。是谓四家，领袖一代；余子荦荦，以方附庸。夫词，非寄托不入，专寄托不出。一物一事，引而伸之，触类多通，驱心若游丝之罥飞英，含毫如郢斤之斫蝇翼，以无厚入有间。既习已，意感偶生，假类毕达，阅载千百，謦欬弗违，斯入矣。赋情独深，逐境必寤，酝酿日久，冥发妄中；虽铺叙平淡、摹缋浅近，而万感横集，五中无主；读其篇者，临渊窥鱼，意为鲂鲤，中宵惊电，罔识东西，赤子随母笑啼，乡人缘剧喜怒，抑可谓能出矣。问途碧山，历梦窗、稼轩以还清真之浑化。余所望于世之为词人者，盖如此。(《宋四家词选·序论》)

观其所言，重寄托，明步骤，疏密并重，体用兼赅，而对于技术之讲求、词笔之运用，在其《宋四家词选·序论》及《介存斋论词杂著》中，三复致意焉。此其影响所及，视朱氏《词综》、张氏《词选》，尤为巨大。彊村先生所谓“金针度,《词辨》止庵精。截断众流穷正变，一灯乐苑此长明。推演四家评”(《望江南·题周保绪词集后》)。亦可见其钦挹之至。开清季词风之盛，而流波迄于今日者，盖周氏之力为多矣！

尝怪常州词派，独标宗旨，议论精辟，为倚声家开无数法门，而张、周二氏所为词，似不足与其言相副，久乃益信吾所持“至情之激发，有关世运，不可力强而致”，为颠扑不破之说。所可学而能者，技术词藻，其不可学而能者，所谓词心也。词心之养成，必其性情之特至，而又饱经世变，举可惊可泣之事以酝酿之，所谓“万感横集，五中无主”者，止庵能言之，而所作恒未能相称，则亦时为之也。近百年来之词坛，殆无不为张、周二氏所笼罩，而成就之大，则有“后来居上”之感，请再申论之。

曷言乎晚近词坛之悉为常州所笼罩也？晚近词坛之中心人物，世共推王半塘（鹏运）、朱彊村两先生，而风气之造成，则《薇省同声集》，实推首唱，而《庚子秋词》之作，影响亦深。当光绪中叶，有江宁端木子畴（埰）、吴县许鹤巢（玉瑑）、临桂王幼遐（鹏运）、况夔笙（周颐）等，同官内阁，以填词相酬和，而端木最为老辈，其于词笃嗜碧山，至以“碧瀣”自题其集，则其取径，固自止庵之说来也。是时王氏方致力于《花间》、《草堂》，及宋、元诸家词集之校勘，而清真、稼轩、梦窗、碧山四家之作，即在其中，且所据多善本，而对梦窗四稿，致力尤勤，胪举五例，一以清儒校勘经籍之法为之，濡染既深，词笔遂亦与之俱化。彊村先生序其《半塘定稿》云：

> 君天性和易，而多忧戚，若别有不堪者。既任京秩，久而得御史，抗疏言事，直声震内外，然卒以不得志去位。其遇厄穷，其才未竟厥施，故郁伊不聊之概，一于词陶写之。君词导源碧山，复历稼轩、梦窗以还清真之浑化，与周止庵氏说，契若针芥。

据此，则半塘词学，盖能实践周氏之言者，而又“于回肠荡气中，仍不掩其独往独来之慨”（彊村先生说），则由其性情抱负，有异乎恒人故耳。彊村先生少居汴梁，时半塘以省其兄之为河南粮道者至汴，遂相遇纳交，已而从学为词，且相约同校梦窗四稿。光绪庚子，八国联军入京，居人惊散。先生与刘伯崇（福姚）就半塘四印斋以居，既不得他往，乃约为词课，拈题刻烛，于喁唱酬，日为之无间，以成其所谓《庚子秋词》。虽中多小令，未必规摹止庵标举四家者之所为，而言外别有事在，与周氏之尚寄托不谋而合。先生自称四十后，始从事倚声之学。于侪辈中学词为最晚，而造诣乃最深。梦窗沉埋六七百年，自止庵表而出之，始为世重。既经半塘之校勘，先生复萃精力于此，再三覆校，勒为定本，由是梦窗一集，几为词家之玉律金科，一若非浸润其中，不足与于倚声之列焉。先生亦自言，于梦窗之阃奥，自信能深入，而半塘复谓：“自世之人，知学梦窗，知尊梦窗，皆所谓但学兰亭面者，六百年来，真得髓者，非公更有谁耶？”（《彊村词代序》）时在光绪末年，先生对于梦窗之造诣，即已如此！止庵所谓“奇思壮采，腾天潜渊”，为梦窗之真实本领，殆亦先生所从证入，彼貌为七宝楼台，炫人眼目者，乌足语于此耶？王、朱二氏之所宗尚，既未能脱出止庵四家之范围，略如上说，则谓晚近词坛，悉为常州所笼罩可也。

二、晚近词坛之领袖作家

逊清末叶，内忧外患，岌岌可危，士大夫于感愤之余，寄情声律，缠绵悱恻，自然骚辩之遗。鼎革以还，遗民流寓于津沪间，又恒借填词以抒其《黍离》《麦秀》之感，词心之酝酿，突过前贤。而彊村先生益务恢弘声家之伟业，网罗善本，从事校刊唐、宋、金、元人词，以成《彊村丛书》。一时词流，如郑大鹤（文焯）、况夔笙、张沚莼（上龢）、曹君直（元忠）、吴伯宛（昌绶）诸君，咸集吴下，而新建夏映庵（敬观）、钱塘张孟劬（尔田），稍称后起，亦各以倚声之学，互相切摩，或参究源流，或比勘声律，或致力于清真之探讨，或从事梦窗之宣扬，而大鹤之于清真，弘扬尤力，批校之本，至再至三,一时有“清真教”之雅谑焉。各家搜讨既勤，讲求益密，而又遭逢衰乱，感慨万端，故其发而为词，类能声情相称，芳悱动人，虽其源出常州，而门庭之广、成就之大，则远非张、周二氏之所能及矣。是时彊村先生方僦居吴下听枫园，周旋于郑、况诸子间，折衷至当，又以半塘翁有取东坡之清雄，对止庵退苏进辛之说，稍致不满，且以碧山与于四家领袖之列，亦觉轻重不伦，乃益致力于东坡，辅以方回（贺铸）、白石（姜夔），别选《宋词三百首》，示学者以轨范，虽隐然以周（清真）、吴（梦窗）为主，而不偏不倚，视周氏之《四家词选》，尤为博大精深，用能于常州之外，别树一帜焉。张孟劬氏谓先生晚年所为词，似杜甫夔州以后诗，固又非梦窗之所能囿，而亦岂常州之所能几及哉？此所谓“青出于蓝而胜于蓝”者是也。

晚近词人，除王、朱二氏外，其卓然能自树立者，则有萍乡文芸阁（廷式）、铁岭郑大鹤、临桂况夔笙三家。文氏论词一反时流之说，绝不为浙、常二派所囿。其说云：

> 迩来作者虽众，然论韵遵律，辄胜前人，而照天腾渊之才，溯古涵今之思，磅礴八极之志，甄综百代之怀，非窘若囚拘者所可语也。词者，远继《风》《骚》，近沿乐府，岂小道欤？自朱竹垞以玉田为宗，所选《词综》，意旨枯寂。后人继之尤为冗漫。以二窗为祖祢，视辛、刘若仇雠，家法若斯，庸非巨谬。二百年来，不为笼绊者，盖亦仅矣。曹珂雪有俊爽之致，蒋鹿潭有沉深之思，成容若学《阳春》之作而笔意稍轻，张皋文具子瞻之心而才思未逮。然皆斐然有作者之意，非志不离于方罫者也。

文氏博学多通，慨然有用世之志，卒以见嫉于那拉后，窜逐东瀛，归客湘中，抑郁以卒。所著《云起轩词》，兼有婉约俊迈之胜，其胸次固自不同。彊村先生赞之云：“闲金粉，曹郐不成邦。拔戟异军成突起，非关词派有西江，兀傲故难双。”（《望江南·题文道希词集》）世有豪杰之词，文氏足以当之矣。郑氏家世兰锜，累叶通显，大鹤独羁栖吴下，为东诸侯宾客。其神致清朗，怀抱冲远，真卫洗马一流人物。所著《瘦碧》《冷红》诸词，规抚石帚（姜夔），即制一题，下一字，亦不率意（参用冒广生《小三吾亭词话》）。其生平酷慕姜夔之为人，又复从事于白石歌曲旁谱及玉田《词源》之考校，在近代词流，号为深明音律之学者。又于周、吴二集，用力亦勤，予曾见其手校《清真》《梦窗》，丹黄满纸，且至数本之多，故其词于周、吴二家，亦不能无所濡染，要其隽逸冲远之致，称其为人，又其所独具之标格也。况氏治词最早，用力亦专，尤善说词，所著《蕙风词话》，彊村先生推为绝作。尝谓“填词第一要襟抱”，又谓“性情少勿学稼轩，非绝顶聪明勿学梦窗”。皆鞭辟入里之谈，实为时流痛下针砭。又称“作词有三要，曰：重、拙、大”。重者轻之反，拙者巧之反，大者纤之反，三者皆关乎意格，而持此以衡《蕙风词》，乃若未悉相称，倘所谓“此事不可强，并非力学所能到”耶？彊村先生晚岁寄住淞滨，有欲从治词学者，辄以转介蕙风，令其执贽门下，以是从游者众，一时称广大教主焉。

自诸老后先下世，嗣音阒然。并世词流，则夏吷庵先生之于清真，陈述叔先生（洵）之于梦窗，皆学有独到，而私心所好，尚有张孟劬先生，自谓服膺元遗山，而性情独至，苍凉激楚，有下泉匪风之思焉。淳安邵次公（瑞彭），著有《扬荷集》，步武清真，饶有清劲之气，其最后刻《山禽余响》一卷，全和遗山，亦多凄厉之音，并推杰作，不幸于前岁客死汴梁，致不克穷其所诣，惜哉！

三、晚近词家之流弊

自周、吴之学大行，于是倚声填词者，往往避熟就生，竞拈僻调，而对宋贤习用之调，排摈不遗余力，以为不若是，不足以尊所学，而炫其能也。又因精究声律之故，患习用词调之多所出入，漫无标准，而周、吴独创之调，则于四声配合，有辙可循，遂以为由是以求协律，虽不中，亦不远，于是填词家有专选僻调，悉依其四声清浊，一字不敢移易者，虽以声害辞，以辞害意，有所不恤也。殊不思四声清浊，虽于音律有关，而非即乐律之律。四声之辨，上、去之差，但求谐于唇吻间，原不必拘泥过甚，即就柳永《乐章集》，及周、吴创调，取其同用一调之词，参互比勘之，则亦多所出入，试问果将以何为准乎？且今日填词，要为“长短不葺之诗”，意格若高，何须因难见巧？往岁彊村先生虽有“律博士”之称，而晚年常用习见之调。尝叩以四声之说，亦谓可以不拘。然好事之徒乃复斤斤于此，于是填词必拈僻调，究律必守四声，以言宗尚所先，必惟梦窗是拟。其流弊所极，则一词之成，往往非重检词谱，作者亦几不能句读，四声虽合，而真性已漓。且其人倘非绝顶聪明，而专务挦撦字面，以资涂饰。则所填之词，往往语气不相贯注，又不仅“七宝楼台”，徒炫眼目而已！以此言守律，以此言尊吴，则词学将益沉埋，而梦窗又且为人诟病，王、朱诸老不若是之隘且拘也。今沪上词流，如冒鹤亭（广生）、吴眉孙（庠）诸先生，已出而议其非矣。吴氏与张孟劬、夏瞿禅两先生，往复商讨，力言词以有无清气为断，而深诋襞积堆砌者之失，孟劬先生亦然其说，而以情真景真，为词家之上乘，补偏救弊，此诚词家之药石也。

晚近二十年来，士不悦学，中华旧籍多遭摈弃，而诗歌、词曲，幸因比附于西洋之纯文艺，得列上庠，为必修之科，而词、曲之句度参差，尤令人有“渐近自然”之感，苟能因势利导，藉以继往开来，未尝不可以发扬国光，陶冶民性，进而翊赞中兴大业。然拘者为之，则不量学者程度之深浅，不察时势之需要，务以艰深拒人千里之外，必使斯道日即于沉沦澌灭而后已，此可为长叹者也。

四、今后词学必由之途径

词至今日，一方以列于大学课程，而有复兴之望；一方以渐滋流弊，而有将绝之忧，此亦所谓存亡之机，间不容发之时矣！词本以合乐为主，旧谱亡而化为“长短不葺之诗”，然其声调之美，固犹富有音乐性也。因其体势而少加变化，以就今日流行之西洋音乐，殆亦事所必然者，此重振词学之一途也。认词为“渐近自然”之新体律诗，相尚以意格，而举作者所有“照天腾渊之才，溯古涵今之思，磅礴八极之志，甄综百代之怀”，悉纳其中，则吾以为云起轩一派之词，合当应运而起。私意欲窃取周氏《四家词选》之义，标举周（清真）、贺（方回）、苏（东坡）、辛（稼轩）四家，领袖一代，而附以唐、宋以来，下逮近代诸家之作，取其格高而情胜，笔健而声谐者，别为一编，示学者以坦途，俾不至望而生畏，转而求词于胡适《词选》，以陷于迷误忘归。又别取词调若干，制为简谱，说明其声韵配合之妙，俾学者有所遵循，而便于研习，庶斯道得以微而复振，历久不渝。质之海内通人，倘不以其言为谬妄，则幸矣！

论常州词派*

一、引　论

言清代词学者，必以浙、常二派为大宗。常州派继浙派而兴，倡导于武进张皋文（惠言）、翰风（琦）兄弟，发扬于荆溪周止庵（济，字保绪）氏，而极其致于清季临桂王半塘（鹏运，字幼霞）、归安朱彊村（孝臧，原名祖谋，字古微）诸先生，流风余沫，今尚未全衰歇。其间作者，未必籍隶常州，而常籍词家，又未必同为一派。亦犹宋代江西诗派，以黄山谷（庭坚）为祖，而宗派图中，占籍他省者不一其人，盖以宗法师承言，不以地域限也。江阴缪艺风（荃孙）先生《常州词录·序》云："国朝词家，推吾州为极盛。"其作者之多，固矣。然在张氏兄弟之前，无常州词派之目。迨张氏《词选》刊行之后，户诵家弦，由常而歙，由江南而北被燕都，更由京朝士大夫之闻风景从，南传岭表，波靡两浙，前后百数十年间，海内倚声家，莫不沾溉余馥，以飞声于当世，其不为常州所笼罩者盖鲜矣！其渊源流变，得失利病之由，又乌可以忽诸？用是不揣谫陋，略述所闻，以就正于当代博雅君子焉。

二、常州词派之由来

欲知常州词派之由来，必先明张氏《词选》未刊行以前之词坛状况。先是康熙间，秀水朱竹垞（彝尊）氏，辑为《词综》一书，自唐、五代以迄元季之词，网罗几备。其甄录标准，一以醇雅为归。汪森为《词综·序》云：

---

*　本文原刊于《同声月刊》第一卷第十号（1941 年 9 月）。

> 西蜀、南唐而后，作者日盛。宣和君臣，转相矜尚。曲调愈多，流派因之亦别。短长互见，言情者或失之俚，使事者或失之伉。鄱阳姜夔出，句琢字炼，归于醇雅。于是史达祖、高观国羽翼之，张辑、吴文英师之于前，赵以夫、蒋捷、周密、陈允平、王沂孙、张炎、张翥效之于后，譬之于乐，舞《箾》至于九变，而词之能事毕矣。

特举姜夔，以为词家准则，此浙西词派之建立，所由偏重于南宋词人也。竹垞每称“词至南宋始极其工，至宋季而始极其变”（《词综·发凡》），又谓“词莫善于姜夔。宗之者张辑、卢祖皋、史达祖、吴文英、蒋捷、王沂孙、张炎、周密、陈允平、张翥、杨基，皆具夔之一体”（《黑蝶斋词·序》）。推其所以特崇姜氏之故，以为“填词最雅，无过石帚”（《词综·发凡》）。以醇雅救明末清初专力《花间》《草堂》流于纤靡或叫嚣之失，亦自持之有故，言之成理（参阅《词学季刊》第一卷第二号拙著《选词标准论》）。以是“浙西填词者，家白石而户玉田，春容大雅，风气之变，实由于此”（《静志居诗话》）。浙派既风靡海内，弊亦旋生。仁和谭复堂（献）先生云：“浙派为人诟病，由其以姜、张为止境，而又不能如白石之涩，玉田之润。”（《箧中词》）萍乡文道希（廷式）先生亦谓：“自朱竹垞以玉田为宗，所选《词综》，意旨枯寂，后人继之，尤为冗漫。”（《云起轩词·自序》）浙派末流之病如此，物穷则变，变则通，此常州词派所以乘时而起也。

张皋文以《易》学大师，于浙派衰敝之时，以《风》《骚》旨格相号召。其弟翰风为重刻《词选·序》云：“嘉庆二年，余与先兄皋文先生，同馆歙金氏。金氏诸生好填词。先兄以为词虽小道，失其传且数百年，自宋之亡而正声绝，元之末而规矩隳，窔宧不辟，门户卒迷。乃与予校录唐、宋词四十四家，凡一百十六首为二卷以示金生，金生刊之。而歙人郑君善长复录同人词九家为一卷，附刊于后，版存于歙。同志之乞是刻者踵相接，无以应之，乃校而重刊焉。”序作于道光二年（1822），而翰风称“乞是刻者踵相接”，则此选本之在嘉庆、道光间，即已流行普遍，而词派之形成，实基于此无疑矣。翰风又于道光十年为《续词选·序》云：“《词选》之刻，多有病其太严者，拟续选而未果。今夏外孙董毅子远来署，携有录本，适惬我心，爰序而刊之，亦先兄之志也。”据此，知续选虽出董氏，仍因张氏兄弟之宗旨，从而推拓之，固波澜莫二也。与张氏同时，而其词为张氏所推许者，有阳湖黄景仁、钱季重、陆继辂、左辅、李兆洛、恽敬及武进丁履恒等七人，皆籍隶常州者。而《词选·附录》所载，除上列七人及张氏兄弟外，又附歙人金应城（字子彦）、金式玉（字朗甫）、郑抡元（字善长）三家，斯并羽翼张氏，为播宗风者也。已而张氏复传其学于同邑董士锡（字晋卿，有《齐物论斋词》一卷）。吴德旋撰士锡传云：“君年十六，从舅氏张皋文游。皋文以文学伏一世。君承其指授为古文、赋、诗、词，皆精妙。”（引见《常州词录》卷十九）士锡复以传其子毅（字子远，有《蜕学斋词》二卷）。毅有《续词选》一刻。其族侄董贻清称其“渊源张氏，不愧外家宗风，大江南北，久已风行。至其生平著作，亦沉博绝丽，尤工倚声”（《常州词录》卷二十引《蜕学斋词·跋》）。张氏词学之传，得董氏父子，转益发扬光大。周止庵氏受词法于晋卿，而持论益精，乃复恢张疆宇，而常州词派遂愈为世所宗尚。止庵自述其词学渊源云：

余年十六学为词，甲子始识武进董晋卿。晋卿年少于余，而其词缠绵往复，穷高极深，异乎平时所仿效，心向慕不能已。晋卿为词，师其舅氏张皋文、翰风兄弟。二张辑《词选》而序之，以为词者意内而言外，变风、骚人之遗。其叙文旨深词约，渊乎登古作者之堂而进退之矣。晋卿虽师二张，所作实出其上。予遂受法晋卿，已而造诣日以异，论说亦互相短长。晋卿初好玉田，余曰：“玉田意尽于言，不足好。”余不喜清真，而晋卿推其沉着拗怒，比之少陵。牴牾者一年，晋卿益厌玉田，而余遂笃好清真。既予以少游多庸格，为浅钝者所易托。

白石疏放，酝酿不深，而晋卿深诋竹山粗鄙。牴牾又一年，予始薄竹山，然终不能好少游也。其后晋卿远在中州，余客授吴淞，弟子田生端学为词，因欲次第古人之作，辨其是非，与二张、董氏各存崖略，庶几他日有所观省。（《词辨·序》）

其推重晋卿甚至，虽持论颇有出入，而其渊源所自，则固与二张一脉相承者也。谭复堂云：

翰丰与哲兄同撰《宛邻词选》，虽町畦未尽，而奥窔始开。其所自为，大雅遒逸，振北宋名家之绪。其子仲远序《同声集》有云："嘉庆以来，名家均从此出。"信非虚语。周止斋益穷正变，潘四农又持异论。要之倚声之学，至二张而始尊耳。（《箧中词》三）

又云：

茗柯《词选》出，倚声之学，日趋正鹄。张氏甥董晋卿，造微踵美，予未得其全集。止庵切磋于晋卿，而持论益精。（中略）以予所见，周氏撰定《词辨》《宋四家词筏》（即《宋四家词选》），推明张氏之旨而广大之，此道遂与于著作之林，与诗赋文笔同其正变也。止庵自为词，精密纯正，与茗柯把臂入林。（《箧中词》三）

并足证常州词派之建立，二张引其端，而止庵拓其境，师承统系，亦至分明。至止庵《味隽斋词·自序》云：

词之为技小矣。然考之于昔，南北分宗，征之于今，江浙别派，是亦有故焉。吾郡自皋文、子居两先生开辟榛莽，以《国风》、《离骚》之旨趣，铸温、韦、周、辛之面目，一时作者竞出，晋卿集其成。余与晋卿议论，或合或否，要其旨归，各有正鹄。

是直以宗派自命，展开旗帜，以与浙派抗衡矣。兹为简表，以明常州词派之系统如右：

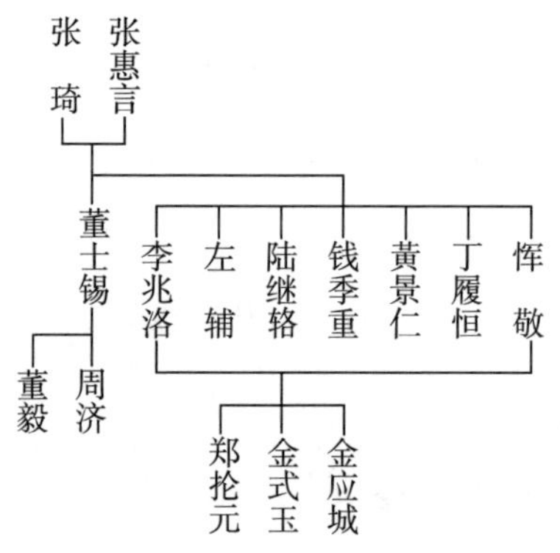

常州词派，至周止庵氏而确立不摇，衣被词流，迄于今日而未有已。故彊村先生《杂题清代诸名家词集后》云："回澜力，标举选家能。自是词源疏凿手，横流一别见淄渑。异议四农生。"（《题张皋文词集》）又云："金针度，《词辨》止庵精。截断众流穷正变，一灯乐苑此长明。推演四家评。"（《题周保绪词集》，并见《彊村语业》卷三）以皋文力挽狂澜，誉为《词源》疏凿手，即以表明张氏实为常州词派开山。而普度金针，力穷正变，至以灯明乐苑，归功止庵，则又暗示周氏不特为常州词派之正宗，直是海内倚声家所当同奉为圭臬。其影响近代词坛之大，昭然可知矣。

三、常州词派之宗旨

一种学术宗派之建立，必有其所标之特殊宗旨，力足以振废起衰，乃能使学者景从，蔚成风会。皋文兄弟，并为一时经术大师，其友好如恽子居、李申耆，又皆文坛健者，出其余力，以从事于倚声，其手眼已自不同。且自词与乐离，早经不复为里巷儿女谑浪戏弄之资，而所有纤靡淫媟之言，遂为士大夫所厌弃。明季《花间》《草堂》之余习，既为浙派一扫而空。然浙派承之，徒务"句琢字炼，归于醇雅"，其中空无所有，遂不免入于"词旨枯寂"，其弊正与明季作者相等。张氏兄弟乃起而力矫之，将以绵正声而复规矩，乃标“尊体”之说，以上附于《风》《骚》。故皋文《词选·序》云：

> 词者，盖出于唐之诗人，采乐府之音以制新律，因系其词，故曰词。传曰：“意内而言外谓之词。”其缘情造端，兴于微言，以相感动。极命风谣里巷男女哀乐，以道贤人君子幽约怨悱不能自言之情，低徊要眇，以喻其致。盖诗之比兴，变风之义，骚人之歌，则近之矣。然以其文小、其声哀，放者为之，或跌荡靡丽，杂以昌狂俳优。然要其至者，莫不恻隐盱愉，感物而发，触类条鬯，各有所归，非苟为雕琢曼辞而已。

以诗人比兴之义，变风楚骚之旨，转而论词，亦即止庵所称：“以《国风》《离骚》之旨趣，铸温、韦、周、辛之面目。”盖欲提高词格，以振颓风，亦舍此其道末由也。其于唐代词家，特尊温庭筠氏，谓“其言深美闳约”。然其说温氏《菩萨蛮》十四章，以为感士不遇之作，又称“照花四句，《离骚》初服之意”，未免失之穿凿附会，此又经师之通蔽，不必厚非者也。至其甄采宋词，独好张先、苏轼、秦观、周邦彦、辛弃疾、姜夔、王沂孙、张炎等八家，以为“渊渊乎文有其质焉”。又取诸家之词，加以诠释，以为“义有幽隐，并为指发，几以塞其下流，导其渊源，无使风雅之士惩于鄙俗之音，不敢与诗赋之流同类而风诵之也”。张氏此选，本为课金氏二生而作。金应珪为后序，历数当代词家之失云：

> 近世为词，厥有三蔽：义非宋玉而独赋蓬发，谏谢淳于而唯陈履舄，揣摩床第，污秽中冓，是谓淫词，其蔽一也。猛起奋末，分言析字，诙嘲则俳优之末流，叫啸则市侩之盛气，此犹巴人振喉以和《阳春》，黾蜮怒嗌以调疏越，是谓鄙词，其蔽二也。规模物类，依托歌舞，哀乐不衷其性，虑叹无与乎情，连章累篇，义不出乎花鸟，感物指事，理不外乎酬应，虽既雅而不艳，斯有句而无章，是谓游词，其

蔽三也。

惟兹三蔽，足使词格日卑。“今欲塞其歧途，必且严其科律”（金序）。裁伪体以亲风雅，举所有淫词、鄙词、游词，扩诸词林之外，此张氏所以独树一帜，竟能力挽狂澜，而为众流所共宗仰也。

二张开风气之先，崇比兴，争意格，而不甚措意于声律技巧。且其门庭稍隘，去取过严。所录唐词，李太白（白）、温飞卿（庭筠）、无名氏等三家；五代词，南唐中主（李璟）、后主（李煜）、韦端己（庄）、牛松卿（峤）、牛希济、欧阳炯、鹿虔扆、冯正中（延巳）等八家；宋词，宋徽宗（赵佶）、晏同叔（殊）、范希文（仲淹）、晏叔原（几道）、韩玉汝（缜）、欧阳永叔（修）、张子野（先）、苏子瞻（轼）、秦少游（观）、贺方回（铸）、赵德麟（令畤）、张芸叟（舜民）、王元泽（雱）、周美成（邦彦）、田不伐（为）、陈子高（克）、李玉、谢任伯（克家）、朱希真（敦儒）、辛幼安（弃疾）、张安国（孝祥）、韩元咎（元吉）、李知几（石）、姜尧章（夔）、尹惟晓（焕）、史邦卿（达祖）、王圣与（沂孙）、张叔夏（炎）、黄德文（孝迈）、吴彦高（激）、李易安（清照）、郑文妻孙氏、无名氏等三十三家：凡四十四家，一百十六首。董氏续选，益以唐词，李太白、张子同（志和）、温飞卿、皇甫子奇（松）；五代词，后唐庄宗、韦端己、薛昭蕴、毛熙震、李珣、冯正中；宋词，晏同叔、范希文、欧阳永叔、王介甫（安石）、柳耆卿（永）、苏子瞻、秦少游、贺方回、章质夫（楶）、舒信道（亶）、赵德麟、刘巨济（泾）、周美成、徐干臣（伸）、陈子高、鲁逸仲、叶少蕴（梦得）、陈去非（与义）、赵长卿、辛幼安、张安国、程正伯（垓）、刘潜夫（克庄）、俞国宝、姜尧章、刘改之（过）、杨炎、谢勉仲（懋）、陆子逸（淞）、高宾王（观国）、史邦卿、方巨山（岳）、吴君特（文英）、蒋胜欲（捷）、周公谨（密）、王圣与、张叔夏、吴彦高、德祐太学生、李易安、朱淑真、徐君宝妻等；凡五十二家，一百二十二首。董选既为翰风所鉴定，以为“亦先兄之志”，则谓两本并为二张家法，殆无不可。合观两本所录，一时号称大家者，惟温飞卿二十三首，秦少游十六首为最多。次则周美成十一首，姜尧章十首，冯正中、辛幼安、王圣与各八首，南唐后主、韦端己、苏子瞻各七首，朱希真、李易安各五首，南唐中主四首，晏同叔、欧阳永叔、张子野各三首。张叔夏则张选仅一首，而董选骤增二十三首。柳耆卿、吴梦窗，为张选所摈，而董选各采二首。以此亦足窥见二张家法，未尝不参酌于婉约、豪放二派之间，以"醇雅"为归，而特措意于"文有其质"。与后来周止庵氏之专崇技巧，退姜、张而进辛、吴，微异其趣。文道希先生称："张皋文具子瞻之心，而才思未逮，然皆斐然有作者之意，非志不离于方罫者。"（《云起轩词·自序》）然于止庵乃不赞一辞，则专崇技巧，虽足以广辟户庭，而接迹《风》《骚》，固惟意格是尚也。潘四农（德舆）于张选首发难端，其《与叶生书》略云：

> 张氏《词选》，抗志希古，标高揭己，宏音雅调，多被排摈。五代、北宋，有自昔传诵，非徒只句之警者，张氏亦多恝然置之。窃谓词滥觞于唐，畅于五代，而意格之闳深曲挚，则莫盛于北宋。词之有北宋，犹诗之有盛唐，至南宋则稍衰矣。（引见《箧中词》三）

其致讥于张氏，惟在"宏音雅调，多被排摈"，而对于彼之"抗志希古"，固不敢有异辞也。

张氏传其甥董晋卿，而晋卿论词之作无传。仅于止庵《词辨·序》内，知晋卿喜少游、玉田，且极推清真之"沉着拗怒"。又称"少游正以平易近人，故用力者终不能到"（《介存斋论词杂著》引晋卿说）。二张不谈技巧，而晋卿措意于清真之"沉着拗怒"，渐就运笔遣声以求词，实开止庵《四家词选》之先路。张选有振衰起废，摧陷廓清之功，而暗度金针，借传心法，或由口授，或竟郁而莫宣。止庵一脉相承，宏开宗派。综其异同之故，可得而言。

皋文以“恻隐盱愉，感物而发，触类条鬯，各有所归”，为词家之极则。止庵则谓“夫人感物而动，兴之所托，本必咸本庄雅。要在讽诵细绎，归诸中正，辞不害志，人不废言。虽乖缪庸劣，纤微委琐，苟可驰喻比类，翼声究实，吾皆乐取，无苛责焉”（《词辨·序》）。皋文以词能“道贤人君子幽约怨悱不能自言之情，低徊要眇，以喻其致”。止庵则谓“后世之乐，去诗远矣，词最近之。是故入人为深，感人为远。往往流连反复，有平矜释躁，惩忿窒欲，敦薄宽鄙之功”（《词辨·序》）。虽二家之说微有不同，而并尊词体一也。皋文崇比兴，止庵则言寄托。止庵之论寄托云：

夫词，非寄托不入，专寄托不出。一物一事，引而伸之，触类多通，驱心若游丝之罥飞英，含毫如郢斤之断蝇翼。以无厚入有间，既习已，意感偶生，假类毕达，阅载千百，謦欬弗违，斯入矣。赋情独深，逐境必寤，酝酿日久，冥发妄中；虽铺叙平淡、摹缋浅近，而万感横集，五中无主；读其篇者，临渊窥鱼，意为鲂鲤，中宵惊电，罔识东西，赤子随母笑啼，乡人缘剧喜怒，抑可谓能出矣。（《宋四家词选·序论》）

又云：

初学词，求有寄托，有寄托则表里相宣，斐然成章。既成格调，求无寄托，无寄托则指事类情，仁者见仁，知者见知。（《介存斋论词杂著》）

夫所谓寄托，初不出乎“意内言外”之旨，皋文比兴之义，已足尽之。然止庵复创为能入能出之说，殆因鉴于初学或不免流入金氏所称淫词、鄙词、游词之三蔽，故不得不先端其趋向，而示来者以从入之途。惟胶于寄托之说，亦多流弊。故止庵复为之说云：

感慨所寄，不过盛衰：或绸缪未雨，或太息厝薪，或己溺己饥，或独清独醒，随其人之性情、学问、境地，莫不有由衷之言。见事多，识理透，可为后人论世之资。诗有史，词亦有史，庶乎自树一帜矣。若乃离别怀思，感士不遇，陈陈相因，唾渖互拾，便思高揖温、韦，不亦耻乎！（《介存斋论词杂著》）

此皆暗示词乐既亡之后，所贵乎性情襟抱之卓越，与夫识见经历之丰富，乃足昌大其词。若徒迷恋古人，虽日言寄托，亦难自树。此止庵微旨，可于言外得之者也。皋文于特崇温氏外，复标举宋代张、苏、秦、周、辛、姜、王、张八家。止庵乃为分析正、变，以温庭筠、韦庄、欧阳炯、冯延巳、晏殊、欧阳修、晏几道、柳永、秦观、周邦彦、陈克、史达祖、吴文英、周密、王沂孙、张炎、唐珏、李清照等十八家为正，李后主、蜀主孟昶、鹿虔扆、范仲淹、苏轼、王安国、辛弃疾、姜夔、陆游、刘过、蒋捷等十一家为变（详见《词辨》）。共得词九十三首，而以温庭筠、辛弃疾各十首，李后主、周邦彦各八首为最多；次则王沂孙六首，冯延巳、吴文英各五首，韦庄、陈克各四首，姜夔三首，欧阳修、苏轼各二首。与张、董二选最显著之差别，即在抬举辛、吴，摈抑姜、张。正、变之分，复堂已持异议（谭评《词辨·跋》）。要其"折衷柔厚"（谭说），导来学以津梁，固与张选并为不朽之作也。据止庵自序，此选成于嘉庆十七年（1812），距张氏《词选》行世之日，仅后十五年。两本相校，规模可睹。是时止庵虽颇参己见，犹未能开径独行也。至道光十二年（1832），止庵标举四家，领袖一代，以成《宋四家词选》，始渐脱离二张畴范，自树风声。其序云：

清真，集大成者也。稼轩敛雄心，抗高调，变温婉，成悲凉。碧山餍心切理，言近指远，声容调度，一一可循。梦窗奇思壮采，腾天潜渊，返南宋之清泚，为北宋之秾挚。是为四家，领袖一代；余子荦荦，以方附庸。

又称：

问途碧山，历梦窗、稼轩以还清真之浑化。余所望于世之为词人者，盖如此。

既袭前人宗派之说，以自建一系统，复示学者以修习次第，规矩步骤，昭晰可寻，乐苑一灯，争为世重，非偶然也。独其抑苏而扬辛，退姜、张而进王、吴，又将北宋诸公，转隶四家之下，未免本末倒置，轩轾任情。兹就所选诸家，列表如次：

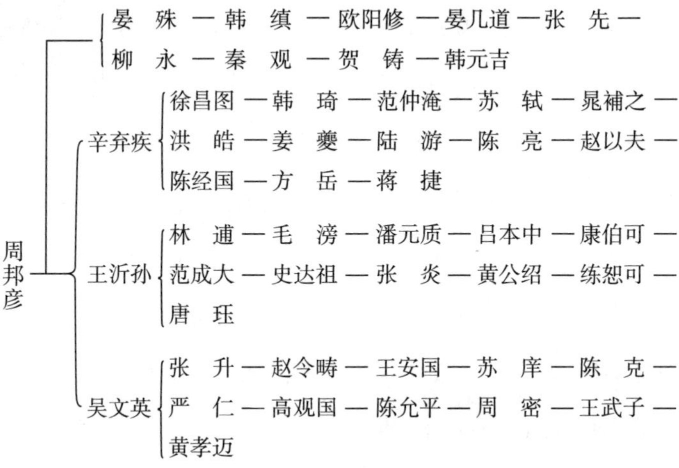

为示学者以研究途径计，分宋词为四系，而以清真为众流之归宿，自是别具匠心。然常州词派至此，已日趋于技术之讲求，持论益精，而拘束渐甚，影响词坛，亦复互有得失。所谓技术之讲求，不外运笔、选声二端。止庵于词笔之运用，一则曰：

笔以行意也，不行须换笔；换笔不行，便须换意。玉田惟换笔不换意。

再则曰：

词笔不外顺逆反正，尤妙在复、在脱。复处无垂不缩，故脱处如望海上，三山妙发。温、韦、晏、周、欧、柳，推演尽致，南渡诸公，罕复从事矣。(《宋四家词选·序论》)

因讲求运笔，而有所谓“钩勒”，遂不能不“细研词中曲折深浅之故”。故其言又曰：“学词先以用心为主，遇一事，见一物，即能沉思独往，冥然终日，出手自然不平。次则讲片段，次则讲离合。成片段而无离合，一览索然矣。次则讲色泽音节。”（《介存斋论词杂著》）词中之离合，皆关运笔之巧妙，固从事倚声者所宜深切研寻者也。其论选声，无红友（万树）、顺卿（戈载）之拘泥，而深识音理，要言不烦，尤足为学者之准则，兹为摘录如次：

“东”“真”韵宽平，“支”“先”韵细腻，“鱼”“歌”韵缠绵，“萧”“尤”韵感慨，各具声响，莫草草乱用。

阳声字多则沉顿，阴声字多则激昂，重阳间一阴则柔而不靡，重阴间一阳则高而不危。

韵上一字最要相发，或竟相贴，相其上下而调之，则铿锵谐畅矣。

上声韵，韵上应用仄字者，去为妙。去、入韵，则上为妙。平声韵，韵上应用仄字者，去为妙，入次之。叠则聱牙，邻则无力。

硬字软字宜相间，如《水龙吟》等俳句尤甚。（以上并详《四家词选·序论》）

凡此推论选声之法，并从经验中来。二张以余力为词，未遑措意于此。故《茗柯集》中如《水调歌头》诸阕，虽“胸襟学问，酝酿喷薄而出，赋手文心，开倚声家未有之境”（《箧中词》评语），而于音节间有未谐。且如“便了却韶华”“又断送流年”等句，句法不合，终为疵类，此常州词派所以有待于周氏之补苴也。止庵于运笔、选声之外，又极注意于字句之安排，与关节之转换。其说云：

领句单字，一调数用，宜令变化浑成，勿相犯。

积字成句，积句成段，最是见筋节处。如《金缕曲》中第四韵，煞上则妙，领下则减色矣。

> 吞吐之妙，全在换头煞尾。古人名换头为过变，或藕断丝连，或异军突起，皆须令读者耳目振动，方成佳制。换头多偷声，须和婉，和婉则句长节短，可容攒簇。煞尾多减字，须峭劲，峭劲则字过音留，可供摇曳。

声家于此，果能悉心体验，证以两宋名家之作，庶可毕窥奥蕴，自辟町畦。止庵之有功词林，盖不仅在恢宏二张之遗业，而其广开途术，示学者以善巧方便，诚不愧为广大教主矣。

四、常州词派之拓展

江阴缪氏（荃孙）手辑《国朝常州词录》，采宜兴、荆溪、无锡、金匮、武进、阳湖、江阴、靖江诸邑作者，自清初以迄清季，得人四百九十八家，词三千一百一十阕。常州词风之盛，于此可见一斑。虽词派之名，出于张、周二家选本行世之后，而前乎二张之作者，如顾梁汾（贞观）之《弹指词》，陈其年（维崧）之《湖海楼词》，皆能干之以风力，无纤淫枯槁之病。加以万氏《词律》，有纠正旧谱之功。宜、锡词风已骎骎与浙西旗鼓相当，为词林所重视。二张崛兴嘉庆、道光之际，以阳湖、武进为重振词学之中心。董氏父子传衣钵于前，荆溪周氏广波澜于后。于是常州词派，遂取浙派之席而代之。其占籍常州，而与二张并世，或后出之作者，则有武进黄仲则（景仁）之《竹眠词》，无锡杨蓉裳（芳灿）之《移筝词》《拗莲词》，金匮杨方叔（抡）之《春草轩词》，杨荔裳（揆）之《璎珞香龛词》，武进赵亿孙（怀玉）之《秋籁吟》，恽子居（敬）之《蒹塘词》，阳湖洪稚存（亮吉）之《更生斋诗余》，左仲甫（辅）之《念宛斋词》，荆溪周木君（青）之《柳下词》，阳湖钱季重之《黄山词》，陆祁孙（继辂）之《清邻词》，武进李申耆（兆洛）之《蜩翼词》，金匮孙莱甫（尔准）之《泰云堂词》，阳湖刘芙初（嗣绾）之《筝船词》，无锡顾蒹塘（翰）之《拜石山房词》，武进刘申受（逢禄）之《礼部集·附词》，阳湖董子诜（基诚）之《玉椒词》，董方立（祐诚）之《兰石词》，方彦闻（履笺）之《万善花室词》，武进丁若士（履恒）之《宛芳楼词》，董晋卿（士锡）之《齐物论斋词》，金匮杨伯夔（夔生）之《真松阁词》，武进费子敷（开荣）之《鼓铜馆词》，汤雨生（贻汾）之《琴隐园词》，阳湖董子远（毅）之《蜕学斋词》，武进管孝佚（绳莱）之《凤孙楼填词》，汤德卿（建中）之《�绿山房词》，阳湖谈鸿儒（澐）之《云西词》，汤果卿（成烈）之《清淮词》，陆蓉镜（容）之《巢睫词》，无锡顾兰厓（翃）之《金粟庵词》，阳湖陆康侯（鼎晋）之《茶巢小隐词》，武进程香谷（兆和）之《春谷词》，阳湖庄眉叔（缙度）之《黄雁山人词》，史燮甫（致泽）之《荆余草堂词》，赵于冈（起）之《约园词稿》，汤梅生（成彦）之《听云仙馆词》，武进汪逸云（士进）之《鬘云轩词》，宜兴徐慕云（宗襄）之《柏荫轩词》，阳湖吕庭芝（耀斗）之《鹤缘词》，徐子楞（廷华）之《一规八棱砚斋词》，汤冠卿（光启）之《桐影轩词》，武进陆子良（循应）之《鸥汀词》，阳湖周韬甫（腾虎）之《蕉心词》，许太眉（棫）之《三槶老屋词》，方元征（骏谟）之《耐余书屋诗余》，宜兴朱少白（珩）之《橘亭词》，阳湖承耀珊（越）之《听云山庄词》，昊晋壬（唐林）之《横山草堂词》，武进沈子佩（昌宇）之《泥雪词》，江阴蒋鹿潭（春霖）之《水云楼词》，武进谢子阶（应芝）之《会稽山斋词》，阳湖蒋侑石（曰豫）之《秋雅》，无锡俞芝田（敦培）之《艺云词》，丁云庵（翼）之《浣花山庄词》，沈秋白（鋆）之《留沤吟馆词》，江阴陆静夫（志渊）之《兰纫词》《瓠落词》，阳湖方子可（楷）之《句娄词》等，虽造诣各有浅深，好尚互有出入，而或师承有自，或家学相传，共振雅音，以趋正则，殆皆闻张、周二氏之风而起者。此常州词派之流播本州，约略可言者也。

蒋鹿潭挺生咸丰多难之秋，“为倚声家杜老”（《箧中词》）。虽自辟畦町，不为张、周所囿，且词人之词，与宛邻、止庵一派学人之词殊科。然鹿潭尝谓："词祖乐府，与诗同源。偎薄破琐，失风雅之旨。情至韵会，溯写风流，极温深怨慕之意，亦未知其同与异。"（李肇增《水云楼词·序》）又称："欲以骚经为骨，类情指事，意内言外，造词人之极致。"（宗源翰《水云楼词·续序》）由斯以谈，则亦与皋文尊体之说，本无二致，特不为止庵四家之论所牢笼耳。且止庵持论虽精，而襟抱才力，不足以当起衰之任，故其自为词，亦仅能造于"精密纯正"（谭复堂说）而止，发扬光大，固仍有待于后贤也。

溯自茗柯《词选》出而词体遂尊，止庵《词辨》及《宋四家词选》出而金针普度，于是常州宗派，不特在本土滋生蕃衍，且进而风靡一世。止庵以碧山为学词必由之径，而极其诣于清真，海内言词者，遂莫不以此为正鹄。虽或不免为才力所限，罕窥四家之全，而广播宗风，恒不能出此四家之外。清之末季，江宁端木子畴（埰）笃好碧山，既与临桂王幼遐、况夔笙（周颐）等合刊《薇省同声集》，益振止庵坠绪，而王氏造诣尤深。彊村先生称其词"导源碧山，复历稼轩、梦窗，以还清真之浑化，与周止庵氏说，契若针芥"（《半塘定稿·序》）。此足证常州词派，由江南而移植于燕都，更由燕都而广播于岭表。其后王氏复与彊村同校梦窗，又于庚子之秋，集四印斋为词课，由是止庵特崇梦窗之旨，遂益发扬于晚近词坛。鼎革以还，彊村归隐吴下，恒往来苏、沪间，而所与商量词学者，以夔笙与铁岭郑大鹤（文焯）为最著。大鹤虽力规白石，而对清真、梦窗之校订研寻，用力甚至，夔笙亦极推服梦窗。于此又足证常派词风，复由北而南，俨然为声家之正统焉。彊村晚辑《宋词三百首》，于张、周二选所标举外，复参己意，稍扬东坡而抑辛、王，益以柳耆卿、晏小山、贺方回冀以救止庵之偏失。然渊源所自，终不可掩。徒以身经世变，感慨遂深，且所见既多，门庭益广，爰有"出蓝"之誉耳。（参阅本刊第三号拙著《晚近词风之转变》，及拙编《中国韵文史》）

谭复堂为清季浙中词学大师，所辑《箧中词》，于张、周二氏亦深致推挹，又详评《词辨》，发止庵未尽之奥蕴，而为之跋云："予固心知周氏之意，而持论小异。大抵周氏所谓变，亦予所谓正也，而折衷柔厚则同。"据此，则两浙词人，亦早沾常州之芳润矣。

五、结　论

清词至常州派而体格日高，声情并茂，绵历百载，迄未全衰。良由"学人之词"，适可药末流之病，又值时变方亟，尤足以激发词心。自茗柯、鹿潭，以迄晚近王、朱诸氏，莫不"文有其质"，造极登峰。推其启发之功，固不得不归诸张、周二选也。惟是利之所在，弊亦随之。自尊体寄托之说兴，一扫淫、鄙、游之三蔽，而连情发藻，凡涉儿女而不失其正者，亦竟不为世重，以致末流或失之伪，或失之凿。自讲求技巧之说兴，一洗粗犷径露之习，而学者遂专敝精神于"顺逆反正"之运用，转忽"恻隐盱愉""意内言外"之功。自止庵偏尚梦窗，誉其"每于空际转身，非具大神力不能"；又喻以"天光云影，摇荡绿波，抚玩无斁，追寻已远"（《介存斋论词杂著》）。遂使学者益为目眩，日惟求其所谓"空际转身"者，既无梦窗之才藻以赴之，但务迷离惝恍，使人莫测其命意之所在，其笨伯乃竟以涂饰堆砌，隐晦僻涩为工，此其病至今日而转剧，亦止庵及王、朱诸先生所不及料。自止庵深抑白石，以为"白石放旷故情浅，局促故才小"，又云"白石词如明七子诗，看是高格响调，不耐人细思"（《介存斋论词杂著》）。遂使学者不复措意于姜词，而"清空峭拔"（张炎《词源》）之境，因多汩没。乾坤清气，所赋于词人者，在北宋则有东坡之清雄，在南宋则有白石之峭拔，止庵皆任情排抑，真使人百思莫得其解矣。今欲救常州末流之弊，允宜折衷浙、常两派及晚近谭、朱诸家之说，小令并崇温、韦，辅以二主、正中、二晏、永叔；长调则于北宋取耆卿、少游、东坡、清真、方回，南宋取稼轩、白石、梦窗、碧山、玉田。以此十八家者，为倚声家之轨范，又特就各家之源流正变，导学者以从入之途，不侈言尊体以漓真，不专崇技巧以炫俗，庶几涵濡深厚，清气往来，重振雅音，当非难事矣。

辛巳中秋前二日，脱稿于秣陵北秀村下。

陈海绡先生之词学 *

一、海绡先生之身世与交游

"雕虫手，千古亦才难。新拜海南为上将，试要临桂角中原，来者孰登坛。"(《彊村语业》卷三《望江南》)此二十年前先师朱彊村先生题《海绡词》之作也。其叙云："新会陈述叔、临桂况夔笙，并世两雄，无与抗手。"自斯论一出，而《海绡词》名遂震耀海内。彊村先生既为商订词稿，初用仿宋聚珍版，于癸亥秋代为印布。其后复辑一时朋好：嘉兴沈子培（曾植）、祥符裴韵珊（维侒）、咸阳李孟符（岳瑞）、揭阳曾刚甫（习经）、江阴夏闰枝（孙桐）、吴曹君直（元忠）、钱塘张孟劬（尔田）、海宁王静安（国维）、慈溪冯君木（开）、蕲水陈仁先（曾寿）诸先生之词，为《沧海遗音集》。而述叔先生之《海绡词》二卷，亦在其中。雕版尚未毕工，而彊村先生下世。予承遗命，复赖各方友好之赀助，为续成之，行世亦逾十稔矣。彊村先生晚岁居沪，于并世词流中最为推挹者，厥惟述叔、仁先两先生。而述叔居岭南，仁先居天津，不获时时会合，故寄怀之作，亦以二氏为独多。《彊村语业》卷三有《丹凤吟·寄怀陈述叔岭南》云：

> 俊赏霜花腴谱。韵起孤弦，秋蓬书客。兰荃盈抱，宜称赋情南国。歌成鬓改，老怀慵问，度厄莺花，招人萝薜。自著闲身句里，未忍伤春，春去留泪沾臆。　　却遣天涯怅望，暮云顿合无尽碧。袖底瑶华满，晦鸡鸣风雨，心素能惜。沧洲期在，落月照梁颜色。蔓草王风身世感，共低垂头白。几时把臂，迎梦江路识。

* 本文原刊于《同声月刊》第二卷第六号（1942 年 6 月）。

此词作于代刊词集之后，未曾识面之前。声气之求，神交之雅，溢乎楮墨。其后述叔先生自粤北游。彊村先生广为扬誉，遍邀寓沪词人墨客，大会于福州路之杏花楼。予时方居真如，教授暨南大学。彊村先生折简相招，有“岭表大词家陈海绡翁远来，不可不一见”之语，予因得陪末座。初识述叔先生，徒以不谙粤语，但见其神寒骨重，肃然益增钦挹而已。闻之彊村先生，述叔先生生平耿介，晚景亦良不佳。因为介于中山大学国学系主任古层冰君（直），聘任词学讲席。时述叔先生尚未与彊村先生谋面也。述叔先生之北游，盖在彊村先生下世之前一岁。《语业》卷三手稿之最后一阕为《应天长》（尚有绝笔《鹧鸪天·辛未长至口占》一阕。为以片纸就枕上书之者），题云：“海绡翁客秋北来，坐我思悲阁谈词，流连浃旬。吴湖帆为作图饯别。翁示新章，借其起句答之。”词云：

王风蔓草，歧路乱花，萍蓬逝水迟合。老去庾郎萧瑟，相思素笺迭。哀时意，悭问答。漫料理曼吟囊箧。梦回处，一笑南云，卷送帆叶。　　同抱岁寒心，旧赏新欢，弦外最清发。作弄断鸿踪迹，凉风动天末。芳馨在，双醉颊。悄未隔美人明月。待飞盏、共酹前修，随分闲业。

彊村先生病中之念念不忘于海绡翁者如此，真觉古道照人。迄今重诵此词，犹令人增友朋之重。述叔先生亦深感知己，事事关心。集中怀念彊村先生之作，竟至七八阕之多。如《海绡词》卷二，有《丹凤吟·春日怀彊村先生沪上》云：

掩户千红如海。听雨高楼，愁鹃南国。吟壶光小，灯飐夜来风色。沧波自远，梦回何处，雁断犹闻，云飞无极。试醒登临望眼，倦枕天涯，危槛还凭西北。　　载酒十年故地，去来漫忆人事隔。怅恨佳期晚，但无多芳草，须傍兰泽。东风吹老，冉冉好春如客。种柳依桃三径冷，待仙源重觅。感时溅泪，谁见花下立。

《八声甘州·不得彊村先生起居》云：

渐流红去远怕看春，江南古离忧。况青芜萧索，瑶华珍重，欲寄无由。又是清明近也，旧火一时收。城角余寒恋，凄恻如秋。　准拟随花追步，倩谢堂燕客，密意绸缪。对东风无语，迷路梦中休。雨潇潇、吴娘歌苦，但市园依旧接枫稠。人间世，此心安处，莫问渔舟。

《喜迁莺》（立春日，得杨铁夫书，喜闻彊村先生起居，赋此寄怀）云：

白头簪胜，尚依约梦华，东风吹醒。故国春回，闲门人老，时事几番重省。把酒可怜东望，到眼都无新咏。暮云锁，又飞鸿天阔，竹梅深静。　谁听？花信转，消息江南，前度流红冷。终岁怀人，兹辰芳草，一晌旧寒销凝。待得倩莺烦燕，争奈有期无定。愁未免，想芳菲掩抑，沧洲残影。

《海绡词》卷三（写定待刊）有《烛影摇红·沪上留别彊村先生》云：

鲈脍秋杯，树声一夜生离怨。趁潮津月向人明，还似当时见。芳草天涯又晚，送长风、萧萧去雁。凄凉客枕，宛转江流，彊来孤馆。　头白相看，后期心数逡巡遍。此情江海自年年，分付将归燕。襟泪香兰暗泫，两无言青天望眼。老怀翻怕，对酒听歌，吴姬休劝。

《应天长》（庚午秋，谒彊村翁沪上，日坐思悲阁谈词。吴湖帆为图以张之。赋此报湖帆，并索翁和）云：

王风委草，骚赋怨兰，危弦思苦谁说。坐对素秋摇落。芳菲与鹈鴂。吟壶永，双练发。悄未觉、翠消红歇。镇闲写、解带披襟，满坐香发。　长恨付梨园，似锦湖山，南渡最凄咽。况是泪枯啼宇，冬青更愁绝。斜阳事，人世别。怎料理、此间情切。画图展，后视如今，何处风月？

《水龙吟》（海绡楼填词图。往者彊村翁尝欲使吴湖帆先生为之。余曰，不如写吾两人谈词图，吴画遂不作填词。今年秋，黄子静游杭，复请余越园为之。去翁归道山，行一年矣。独歌无听，聊复叙怀，欲如曩昔与翁谈词，何可得哉）云：

看人如此溪山，等闲消与填词老。流尘换镜，天风吹籁，危阑自好。南渡斜阳，东篱旧月，古今怀抱。算承平去尽，笙歌梦里，浑昨日，非年少。　　金粉旗亭谢了，剩伤心、紫霞凄调。新绡故素，啼红泫碧，不成春笑。湖水湖烟，余情分付，又随风渺。望千秋、洒泪同时，怅断掩霜花稿。

《木兰花慢·岁暮闻彊村翁即世赋此寄哀》云：

水楼闲事了，忍回睇，问斜阳。但烟柳危阑，山芜故径，阅尽繁霜。沧江，悄然卧晚，听中兴琶笛换伊凉。一暝随尘万古，白云今是何乡？　　相望，天海共苍苍，弦敛赏音亡。剩岁寒心素，方怜同抱，遽泣孤芳。难忘，语秋雁旅，泊哀筝危柱暂成行。泪尽江湖断眼，马塍花为谁香？

朱、陈文字相知，观于上述各词，深情可见。在昔朱彝尊、陈维崧，有“朱陈村词”之刻。虽二人并世齐名，而词风各异。不似彊村、海绡两先生之同主梦窗，纯以宗趣相同，遂心赏神交，契若针芥也。

海绡先生，自经彊村先生之介，主讲中山大学，以迄于今，前后约十余载。与诸生讲论词学，专主清真、梦窗，分析不厌求详。金针暗度，其聪颖特殊子弟，能领悟而以填词自见者，颇不乏人。所谓“岭表宗风”，自半塘老人（王鹏运）倡导于前，海绡翁振起于后，一时影响所及，殆驾常州词派而上之。予以民国二十四年秋，自沪南游，任教中山大学，与海绡先生共事者年余。是时学校方迁石牌，而海绡翁家居市内，相距二十余里。每见其速来授课，扶杖登山，虽逼颓龄，而风神散朗。不甚喜与同人交接。每小时约讲词一、二首，时复朗吟，予往往从窗外窃听之。讲毕，径行返市。予尝至连庆涌边，访翁于所营小筑。门前自署集杜一联云：“岂有文章惊海内，莫教鹅鸭恼比邻。”板屋数椽，萧然四壁。翁出肃客，导登小楼。下临小溪，楼前置茉莉数本，案头陈宋儒理学书及宋贤词集若干册而已。清风亮节，于此亦见一斑。予生平不喜刺探朋侪身世及家庭琐屑，故与翁虽谊在师友间，而所知仅止于此。第闻人言，翁居粤中，亦颇落落寡合耳。予既因病北归，未两年而海氛遂炽，闻翁避地香港，转至澳门，时从汪憬吾丈（兆镛）书中，得知消息。予来白下，始悉翁已返羊城，仍就广州大学之聘。曾去一书不报。至去冬忽得翁书，喜慰之余，不料竟成绝笔。兹为移录如下：

榆生先生足下：前春由黄氏传到手教，时方病黄疸，未能作答也。岁月因循，以至于今。复承寄《遁堪乐府》，藉审起居康胜，深以为慰。洵澳门归来，再更寒暑；连庆桥宅，已毁于兵；移居宝华，又将半载。衰年多病，复逢世难，意绪可知矣。今春偶得一词，别纸写呈，聊当晤语。年前得容孺书，言先人手迹，遭乱散亡。不知近日肆中，能物色否？遗书补板，非公莫属矣。容孺近状如何，至念。孟劬、忏庵，寓居何所，皆所愿闻。相违千里，会合无期。北望新亭，此情何极。初寒，维珍卫不宣。洵顿首。秋尽日。

在此短札中，可略窥翁年来情况，及关心彊村先生后嗣，并忆晚岁朋好之情。附词为《玉楼春》。检《海绡词》卷三遗稿，知翁倚声之业，亦于此断手，令人不胜曲终人远之悲矣。

时予方收集《沧海遗音集》中诸家未刻之词，将刊《遗音补编》。既刻成《遁庵乐府》二卷，复向旧都乞得夏闰枝先生之《悔庵词续》，长春乞得陈仁先先生之《旧月簃词》续稿，正在写样雕版中。念惟海绡翁之作，仍未备耳。因闽南中友好传言，翁有续词一卷，方拟自谋排印。爰即报翁一札，告以补刻《遗音》之意。乃迟之又久，消息杳然。知翁老病侵寻，深为怅念。本年六月二十一日，国民政府主席汪公，自粤还京。甫下飞机，即驰书以海绡翁下世相告。谓翁以前两日（夏历五月初六日）病逝，在粤犹及致赙云云。次日晋谒汪公。谈及翁之学行，深致推挹，本拟相见，时已病不能言。汪公旋复致电粤中，从其家属商取未刊遗稿《海绡词》卷三及《海绡说词》各一卷，飞递入京。将为出资补刻，而命予任校勘。予念翁暮年萧瑟，得彊村先生为扬誉于前，汪公为表彰于后，词客有灵，应亦可以无憾矣。

海绡翁在未为彊村先生所知之前，曾受知于番禺梁节庵先生（鼎芬），而与顺德黄晦闻先生（节）最契。晦闻序其《海绡词》云：

陈洵字述叔，本新会人。补南海生员。少有才思。游江右十余年，归粤。辛亥秋七月，番禺梁文忠重开南园，述叔与余始相识。文忠与人，每称陈词、黄诗，此实勉厉后进，余诗未成，甚愧。述叔蚤为词，悦稼轩、梦窗、碧山。其时年未五十，今又十余年。归安朱彊村先生见其词，縻金刊之。以余知述叔平生，命余属序。述叔数赠余词，余未学词，虽心知其能，以彊村词宗当世，而称述叔词，且为刊而传焉，则知其词之有可传也。述叔穷老，授徒郡居。微彊村，世无由知述叔者矣。癸亥七月五日，黄节序。

观此，可略知海绡翁之身世，及其词学渊源。翁之交游，除晦闻及集中所与唱酬诸君外，晚岁惟与钱塘张孟劬（尔田）、惠阳廖忏庵（恩焘）、南海谭瑑青（祖壬）三先生，常有书札往还。孟劬与晦闻共事北京大学，历时甚久，而论词特推彊村先生，以此因缘，当为与翁神交之始。忏庵词主梦窗，则又气味相投，从而契合者也。翁有寄孟劬书云：

孟劬先生道席：沧萍来，得读海日楼遗书《蒙古源流笺证》。向苦元史难读，得此遂明瞭如指掌，惠我何厚耶。沧萍又言，执事已辞去教席，此极可羡，洵则有志未能也。自彊老徂逝，群言淆乱，无所折中。吾惧词学之衰也，非执事谁与正之？拙词八纸录呈，皆卷二未刻者。其中得失，不知视前日何如，愿有以教我。大著亦欲得一读也。

匆上，敬颂道祉。洵顿首。十一月朔。

其对孟劬先生之推重，于此可窥。孟劬数与予书，论及近代词家得失，有涉及翁者。如云：

比阅近代词集颇多，自当以樵风为正宗，彊村为大家也。述叔、吷庵，各有偏胜，无伤词体。阳阿才人之笔，苍虬诗人之思，降而为词，似欠本色。余子纷纷，一出一入，仆之造诣，抑又下焉。

又云：

尊论苍虬词，诚然。苍虬颇能用思，不尚浮藻。然是诗意，非曲意，此境亦前人所未到者。述叔、吷庵，皆从词入，取径自别。但一则运典能曲，一则下笔能辣耳。

最近孟劬与予书云：

海绡长逝，闻之惊痛。前眉孙书言："并世词坛，南有海绡，北有遁堪，玉峙双峰，莫能两大。"其言未免溢美。今海绡往矣，而弟亦么弦罢弹，广陵散殆真绝响耶？

予于梦窗致力未深，故对翁词亦不敢妄有论列。爰特罗列彊村先生及黄、张二氏，与翁交游往还之迹，以供研习海绡词者之参稽云。

二、海绡先生之词学

海绡翁一生敝精力于词，又特主周、吴二家。蕲向所在，遂成专诣。所著书已刊行者，有《海绡词》二卷、《海绡说词》一卷（《彊村遗书》内《沧海遗音集》本）。又往年江宁唐圭璋君，从予借得《海绡说词》一卷（中山大学排印讲义），收入《词话丛编》中。《沧海遗音集》本之《说词》，乃专论梦窗者。《词话丛编》本，则除论梦窗外，别有通论，及论清真之作。今汪公所得遗稿《说词》，又无通论，其论清真，亦与《词话丛编》本颇有出入，殆出晚年更定。今拟汇合参订，并《海绡词》卷三，补刻木版，与《沧海遗音集》本，合作全书焉。

近代词学之昌明，在宋、元名家词集之重刊广布。自临桂王氏之《四印斋所刻词》、归安朱氏之《彊村丛书》先后行世，而词林乃有校勘之学，善本日出，作者遂多。然王、朱二氏之词，虽卓然为一时宗主，至于金针之度，谦让未遑。讲论词学之书，二氏都无述造。况氏《蕙风词话》之作，彊村先生誉为前无古人。其书虽究极精微，而亦颇伤破碎。海绡翁既任大学讲席，不得不思所以引导后进之途。于是选取周、吴二家，分析其结构篇章之妙。使学者知所从入。而词家技术之巧，泄露无余。此其有裨词坛，殆在王、况诸家之上。今欲明海绡翁在词学史上之地位，不得不先于所著《海绡说词》内，加以探讨。

近百年之词风，鲜不受常州派之影响，予屡有论列，兹不赘言。海绡翁少长岭南，中居江右，对于倚声之业，冥心独往。黄序称"述叔早为词，悦稼轩、梦窗、碧山"。是所从入之途，仍在周止庵氏之《宋四家词选》，原不能轶出常州范围之外。其论《四家词选》云：

> 周止庵立周、辛、吴、王四家，善矣。惟师说虽具，而统系未明，疑于传受家法，或未洽也。吾意则以周、吴为师，余子为友，使周、吴有定尊，然后余子可取益。于师有未达，则博求之友；于友有未安，则还质之师。如此则系统明，而源流分合之故，亦从可识矣。周氏之言曰："清真，集大成者也。稼轩敛雄心，抗高调，变温婉，成悲凉。碧山切理餍心，言近指远，声容调度，一一可循。梦窗奇思壮采，腾天潜渊，返南宋之清泚，为北宋之秾挚。是为四家，领袖一代。"所谓师说具者也。又曰："问途碧山，历梦窗、稼轩以还清真之浑化。"所谓统系未明者也。

又云：

> 张氏辑《词选》，周氏撰《词辨》。于是两家并立，皆宗美成。而

> 皋文不取梦窗，周氏谓其为碧山门径所限。周氏知不由梦窗，不足以窥美成。而必问途碧山者，以其蹊径显然，较梦窗为易入耳。非若皋文欲由碧山直造美成也。吾年三十，始学为词。读周氏《四家词选》，即欲从事于美成，乃求之于美成，而美成不可见也；求之于稼轩，而美成不可见也；求之于碧山，而美成不可见也。于是专求之于梦窗，然后得之。因知学词者由梦窗以窥美成，犹学诗者由义山以窥少陵，皆途辙之至正者也。今吾立周、吴为师，退辛、王为友，虽若与周氏小有异同，而实本周氏之意。渊源所自，不敢诬也。

观此所言，翁固自承为常州嫡系，特于从入途径，略有修正耳。往者王半塘氏，“问途碧山，历稼轩、梦窗以还清真之浑化，与周止庵氏之说，契若针芥。”（朱彊村先生《半塘定稿·序》）然亦特慕东坡之清雄。彊村先生虽笃好梦窗，而对东坡则尤倾服。深以周选退苏而进辛，又取碧山侪于领袖之列为不当。以是晚岁乃兼学苏，门庭遂益广大。海绡翁对于唐、宋名家之源流正、变，亦曾有简单之论列云：

> 词兴于唐，李白肇基，温歧受命。五代缵绪，韦庄为首。温、韦既立，正声于是乎在矣。天水将兴，江南国蹙。心危音苦，变调斯作。文章世运，其势则然。宋词既昌，唐音斯畅。二晏济美，六一专家。爰逮崇宁，大晟立府。制作之事，用集美成。此犹治道之隆于成、康，礼乐之备于公旦。监殷监夏，无间然矣。东坡独崇气格，箴规柳、秦。词体之尊，自东坡始。南渡而后，稼轩崛起。斜阳烟柳，与故国月明，相望于二百年中。词之流变，至此止矣。湖山歌舞，遂忘中原。名士新亭，不无涕泪。性情所寄，慷慨为多。然达事变，怀旧俗，大晟余韵，未尽亡也。天祚斯文，钟美君特。水楼赋笔，年少承平，使北宋之绪，微而复振。尹焕谓前有清真，后有梦窗。信乎，其知言矣！

观此所言，翁于苏、辛，未尝不特加崇仰。惟细绎微旨，俨然以南唐二主、东坡、稼轩，以及南渡诸家悲凉慷慨之作，视为变调，乃令学者专主周、吴。周、吴技术之精，自为不祧之祖。然“心危音苦，变调斯作”“性情所寄，慷慨为多”，则今日填词，似应以周、吴之笔法，写苏、辛之怀抱。予之持论，所不敢与翁尽同者，仅在于此。惜斯人已往，更不获相从商榷，为足悲耳。

至翁示学者以填词之规律，特标“志学”“严律”“贵养”“贵留”“以留求梦窗”“由大几化”“内美”“襟度”等九目，洵为安身立命之宝训。而尤以“贵养”“贵留”二则为最精微。其论“贵养”云：

> 词莫难于气息。气息有雅俗，有厚薄，全视其人平日所养。至下笔时，则殊不自知也。

论“贵留”云：

> 词笔莫妙于留。盖能留则不尽而有余味。离合顺逆，皆可随意指挥。而沉深浑厚，皆由此得。虽以稼轩之纵横，而不流于悍疾，则能留故也。

前者属于词人之修养，后者属于词笔之运用。外形内美，人巧天工，二者能兼，斯称极致。前人贵于词外求词，固当于气韵辨之。苏、辛、周、吴，于气韵各有偏至，则由身世际遇，与平日学养之不同。阳刚阴柔，主气主韵。气息清雄，韵味隽永。运密入疏，寓浓于淡。由此以学苏、辛，则无横悍叫嚣之习；学周、吴，则无涂饰堆砌之病。至于沉深浑厚，为词家之极轨，而以一“留”字为能尽运笔之妙，亦犹书家所谓“无垂不缩”，学者所宜佩以终身者也。海绡翁主师周、吴，其说云：

> 清真格调天成，离合顺逆，自然中度。梦窗神力独运，飞沈起伏，实处皆空。梦窗可谓大，清真则几于化矣。由大而几化，故当由吴以希周。

此于词内求词，故能穷深研几，尽窥祕奥。孟劬翁所谓“述叔、吷庵，皆从词入”者是也。词为倚声之学，贵出色当行，故不得不于词内求之。词亦《诗》三百、《离骚》廿五之遗，故所重尤在内美，不没恻隐古诗之义，故又不得不于词外求之。此意在《海绡说词》中，亦曾兼顾。特恐后之未窥微旨者，见翁专主梦窗，遂不思“惟其国色，所以为美，若不观其倩盼之质，而徒眩其珠翠”，且不复于词外求词，则难免转滋流弊耳。

三、海绡先生之词品

海绡先生三十学词，萃四十余年之精力，从事于此。予曾见彊村先生为翁勘定词集，密圈满纸，时缀短评。一则曰：“神骨俱静，此真能火传梦窗者。”再则曰：“善用逆笔，故处处见腾踏之势，清真法乳也。”三则曰：“卷二多朴遬之作，在文家为南丰，在诗家为渊明。”其推许者至矣尽矣。伯牙之琴，钟期之听，缅怀二老，吾无间然。兹录《海绡词》一阕如下：

风入松（丁卯重九）

人生重九且为欢，除酒欲何言。佳辰惯是闲居觉，悠然想今古无端。几处登临多事，吾庐俯仰常宽。　菊花全不厌衰颜，一岁一回看。白头亲友垂垂尽，尊前问心素应难。败壁哀蛩休诉，雁声无限江山。

叶遐庵（恭绰）先生评云：“沉厚转为高浑，此境最不易到。”（《广箧中词》卷三）尝一滴而知大海味，海绡翁在词林为不朽矣。

附录：龙榆生学术年表*

1902 年

4 月 26 日（农历三月十九日），出生于江西万载县株潭镇凫鸭塘村。名沐勋，字榆生，又名元亮。排行第七，自称龙七。号忍寒词人、怨红词客、箨公等。曾用杏花春雨楼、风雨龙吟室、忍寒庐、荒鸡警梦室、小五柳堂、葵倾室、怀珠室等自榜书斋。

1912 年

入父龙赓言创办之集义小学，在父亲督诲下读书，至 1915 年毕业。

1921 年

春，往武昌从黄侃学习声韵、文字及词章之学。

1923 年

赴上海，任神州女学小学国文教师。

暑，至武昌，经黄侃介绍，任教武昌私立中华大学附中。

1924 年

正月，赴厦门，任教集美中学。

是年，结识时任厦门大学国文系主任的著名诗人陈衍。

1928 年

1 月至 8 月，仍任教于厦门集美中学。

9 月，赴上海任暨南大学国文系讲师。

冬，兼任上海国立音乐院教员。

---

* 本年表主要依据张晖所撰《龙榆生先生学术年表》（见《中国韵文史》，商务印书馆 2010 年版），有增补修改。

1929 年

9 月，任暨南大学国文系教授。

是年，结识夏承焘、易孺。

是年，《周清真词研究》《辛稼轩年谱》（订补清人万载辛梅臣编）由暨南大学出版社出版。另发表论文《周清真评传》。

1930 年

7 月，任上海暨南大学中国语文系主任。

秋冬之际，与潘飞声、夏敬观、冒鹤亭、叶恭卓等二十余人结成“沤社”。

是年，《唐宋诗学概论》由暨南大学出版社出版。另发表论文《清季四大词人》《水云楼词跋》《冷红词跋》等。

1931 年

仍任教暨南大学。2 月，兼任上海音乐专科学校教员。

1 月，完成《东坡乐府笺》初稿，以“国立暨南大学讲义”名义由暨大出版。

2 月，《风雨龙吟室丛稿》由暨南大学文学院出版。

3 月，发表一系列新体歌诗，有《好春光》《眠歌》《赶快去吧》《蛙语》《喜新晴》等。署名“龙七作歌”，标志着撰写新体歌诗的成熟。

6 月，发表论文《最近二十五年之词坛概况》等。

7 月，与萧友梅在国立音乐专科学校成立歌社，并联名发表《歌社成立宣言》。

1932 年

仍任教暨南大学。2 月起至 7 月，兼任中国公学及正风文学院教授。

与萧友梅、易大厂、黄自、李惟宁等共同创作新体乐歌，合作完成《玫瑰三愿》《秋之礼赞》《逍遥游》《嘉礼乐章》等歌曲。其中《玫瑰三愿》为一代名曲。

是年，发表论文《东坡词之风格及其特点》《从旧体歌词之声韵组织推测新体乐歌应取之途径》等。

1933 年

仍任教暨南大学及国立音乐专科学校。

4 月，在暨南大学创办“词学研究会”，主编《词学季刊》创刊。

4 月至 8 月，编校《彊村遗书》陆续出版。

是年，发表《苏辛词派之渊源流变》《论贺方回词质胡适之先生》《词体之演进》《选词标准论》《词律质疑》《彊村本事词》等论文。

1934 年

仍任教暨南大学。

8 月，《中国韵文史》作为《国立音乐专科学校丛书》之一由上海商务印书馆出版。

11 月，作《唐宋名家词选 · 自序》。

12 月，《唐宋名家词选》由上海开明书店出版，一时风行。

是年，发表论文《研究词学之商榷》《苏门四学士词》《两宋词风转变论》《我对韵文之见解》等。

1935 年

仍任教暨南大学。秋，移讲广州中山大学，任中文系主任和文科研究所语言文学部主任，兼任省立勷勤学院教授。

是年，发表论文《今日学词应取之途径》《东坡乐府综论》《清真词叙论》等。

1936 年

上半年任教于广州中山大学，下半年任教于上海国立音乐专科学校及苏州章氏国学讲习所。

1 月，《东坡乐府笺》由商务印书馆出版。

2 月起，在广州倡立夏声社。欲仿南社，以文学振民志，略尽兴亡之责。并拟创办《夏声月刊》。

11 月，刊黄侃遗著《日知录校记》，并作《跋》。

是年，发表论文《漱玉词叙论》《南唐二主词叙论》《论词谱》《论平仄四声》等。

1937 年

任上海国立音乐专科学校教授。

5 月，选注《唐五代宋词选》《曾国藩家书选》由上海商务印书馆出版。

7 月，任苏州章氏国学讲习会理事会理事。

8 月，因日军炮轰上海，主编的《词学季刊》被毁版停刊，共出 11 期。

11 月，编选《古今名人书牍选》由上海商务印书馆出版。

是年，发表论文《填词与选调》《令词之声韵组织》等。

1939 年

2 月，章太炎夫人汤国梨在上海创办“太炎文学院”，被聘为教授及国文系主任。

7 月，编选《苏黄尺牍选》由上海商务印书馆出版。

1940 年

4 月，赴南京任伪中央大学文学院教授等职，至 1945 年 5 月。

12 月，创办《同声月刊》，以为《词学季刊》之继。

是年，发表论文《诗教复兴论》等。

1941 年

是年，发表论文《晚近词风之转变》《论常州词派》《读词随笔》等。

1942 年

是年，发表论文《创制新体乐歌之途径》《陈海绡先生之词学》《如何建立中国诗歌之新体系》等。

1943 年

4 月，在南京结交周作人，同游玄武湖，并陪同其赴苏州为扫章太炎墓。

秋，任南京中央大学文学院院长。

是年，结识钱锺书。

是年，发表回忆录《苜蓿生涯过廿年》《记吴瞿安先生》《忍寒居士自述》等。

1944 年

3 月，《求是》创刊出版，任社长。

是年，发表回忆散文《乐坛怀旧录》等。

1945 年

1 月，发表论文《词曲概说》等。

6 月，辞去南京伪中央大学文学院教授等一切职务。

是年，《宋词讲义》（原名《宋词》）刊印。

1947 年

2 月，《唐宋名家词选》印行第 5 版。

1948 年

季春之月，作《近三百年名家词选·后记》。

11 月，任上海商务印书馆编审部馆外编审，至 1949 年 10 月为止。

是年，刊行《忍寒词》。分甲稿《风雨龙吟词》、乙稿《哀江南词》。

1949 年

4 月，所作《骸骨舞曲》（独唱歌集）在上海出版，署名“龙七作词、钱仁康作曲”，属《音乐教育协进会丛书》。

11 月，任上海市文物管理委员会编纂。

1950年

仍任上海市文物管理委员会编纂。秋季，文管会成立研究室，改任研究员。

1951年

调任上海市博物馆编纂，又改任研究员。

4月起，参加“镇压反革命”“三反”等各项运动。

1952年

任上海博物馆资料室主任，至1956年7月为止。

10月，调任图书资料组组长。在废纸堆中捡得明代徐光启手校所译《几何原本》，幸免劫灰。

1954年

5月，手稿《介绍文学遗产的方式问题》完成。

1955年

1月，修订增删旧著《唐宋名家词选》成，抽去原“自序”并作“后记”。

春季，为北京文学古籍社校订《宋六十家长短句》。

1956年

8月，任上海音乐学院民乐系古典文学教授，至1966年为止。

9月，《近三百年名家词选》由上海古典文学出版社出版。

是年，发表论文《我们应该怎样继承传统来创作民族形式的新体诗》《介绍夏承焘〈唐宋词人年谱〉》等。

1957年

是年，发表论文《试谈辛弃疾词》《谈谈词的艺术特征》《校订〈苏门四学士词〉弁言》《宋词发展的几个阶段》《重印东坡乐府笺序论》等。

1958年

1月，所校《樵歌》由北京文学古籍刊行社印行。

4 月,《东坡乐府笺》由上海商务印书馆重版。

6 月,《唐五代词选注》导言《唐五代词导论》完成。

1959 年

是年,撰写讲义《词曲概论》与《音韵学》。

1960 年

是年,撰写《钱塘张尔田〈清史·后妃传〉跋》《唐人写经残卷跋尾》《详评明刊〈牡丹亭还魂记〉跋尾》等。

1962 年

2 月至 7 月,为上海戏剧学院戏曲创作研究班授课。

11 月,《唐宋名家词选》《近三百年名家词选》由中华书局上海编辑所重新出版。

是年,撰写讲义《词学十讲》《唐宋词格律》(原名《唐宋词定格》)。

1963 年

5 月,撰《王船山词三种提要》一文。

10 月,发表《读者贵在得闲尤贵亲身体验》。

1964 年

5 月至 7 月,因心脏病加剧,遂董理家藏词籍,撰写题跋,分别捐赠上海音乐学院、浙江图书馆、广西图书馆、南宁图书馆、杭州大学文学研究会、浙江省文物管理委员会等单位,俾得保存久远。

1965 年

9 月至 10 月,作《葵倾室题跋》五则。

中秋日,为《词学季刊》作跋。

1966 年

11 月 18 日凌晨,因肺炎并发心肌梗塞,辞世。

责任编辑:宰艳红
封面设计:石笑梦

图书在版编目(CIP)数据

龙榆生集/张振谦 编.—北京:人民出版社,2022.8
(暨南中文名家文丛/程国赋,贺仲明主编)
ISBN 978-7-01-024279-8

Ⅰ.①龙… Ⅱ.①张… Ⅲ.①龙榆生(1902-1966)-文集 Ⅳ.①I217.2

中国版本图书馆 CIP 数据核字(2021)第 254187 号

龙榆生集

LONG YUSHENG JI

程国赋 贺仲明 主编 张振谦 编

人民出版社 出版发行
(100706 北京市东城区隆福寺街 99 号)

北京盛通印刷股份有限公司印刷 新华书店经销

2022 年 8 月第 1 版 2022 年 8 月北京第 1 次印刷
开本:710 毫米×1000 毫米 1/16 印张:22.5
字数:286 千字

ISBN 978-7-01-024279-8 定价:79.00 元

邮购地址 100706 北京市东城区隆福寺街 99 号
人民东方图书销售中心 电话 (010)65250042 65289539